Wo mein Herz schlägt

Christopher Ross

Wo mein Herz schlägt

Roman

Weltbild

Besuchen Sie uns im Internet:
www.weltbild.de

Werner-von-Siemens-Straße 1, 86159 Augsburg
86167 Augsburg
Projektleitung: usb bücherbüro, Friedberg/Bay
Redaktion: Ingola Lammers
Umschlaggestaltung: *zeichenpool, München
Umschlagmotiv: plainpicture, Hamburg (© Reilika Landen);
www.shutterstock.com (© Konstanttin)
Satz: Datagroup int. SRL, Timisoara
Gesamtherstellung: CPI Moravia Books s.r.o., Pohorelice
Printed in the EU
ISBN 978-3-95569-455-5

2019 2018 2017 2016
Die letzte Jahreszahl gibt die aktuelle Ausgabe an.

1

Eileen O'Leary bewunderte ihre Mutter. Die schmächtige Frau blickte sich nicht einmal um, als sie an Bord der *Carlotta* ging, und blieb mit entschlossener Miene an der Reling stehen, ohne sich für die zahlreichen Schaulustigen zu interessieren, die zur Verabschiedung des Schiffes an den Pier gekommen waren. Ihr Blick war bereits nach Westen gerichtet, zum fernen Horizont jenseits des Atlantiks, während die meisten Passagiere noch zurückblickten, bis auch der Turm der St. Colman's Cathedral im morgendlichen Dunst verschwunden war.

Wie eine Statue stand Kathleen O'Leary dort, unnahbar und in sich gekehrt, allein mit ihren Gedanken und anscheinend bereit, die alte Heimat schon jetzt für immer zu vergessen. Sie hörte weder den jungen Mann, der ein Liebeslied auf seiner Fiddle spielte und wohl seiner zurückgelassenen Geliebten gedachte, noch die Worte ihres Mannes, der sich eine kalte Zigarre zwischen die Zähne geschoben hatte und sagte: »Ein neues Land und eine neue Zukunft, Kathleen. Jetzt kann uns nichts mehr aufhalten!« Aber es klang mehr wie eine Durchhalteparole, die er an sich selbst richtete. Während der letzten Woche hatte er stets vor dem »unabwägbaren Abenteuer« gewarnt.

Eileen dachte ähnlich wie ihre Mutter. Sie war bereit, die Herausforderung anzunehmen und ihren Eltern dabei zu helfen, sich eine neue Zukunft aufzubauen. Schlechter als das Leben, das sie bisher geführt hatten, konnte es nicht sein, und was nützte alle Verbundenheit zur heimatlichen Scholle, wenn die Engländer den Daumen draufhielten und sie mit unsinnigen Steuern quälten? Während der Kartoffelfäule waren sie sogar gezwungen gewesen, einen Winter im Arbeitshaus zu verbringen, bevor sie auf ihre Farm zurückgekehrt waren und dem Boden eine neue Ernte abgerungen hatten. Sie brachte gerade so viel ein, dass ihre Großeltern, ihr Onkel und ihre Tante mit ihren vier Kindern mehr schlecht als recht davon leben konnten, und sie konnte sich noch gut an die erleichterten Gesichter erinnern, als ihr Vater zum ersten Mal von ihren Plänen gesprochen hatte, in das ferne Amerika auszuwandern. Sie hatten ihm sogar einen Teil ihrer Ersparnisse gegeben und sich an den Tickets beteiligt, in der Hoffnung, ohne William und seine Familie besser über die Runden zu kommen.

»Wir werden ihnen zeigen, wozu wir fähig sind«, stieß William O'Leary trotzig hervor, blickte aber im Gegensatz zu seiner Frau mehrmals zurück, um noch einen Blick auf Queenstown zu werfen, selbst dann, als die Stadt nicht mehr zu sehen war und die irische Küste bereits im Nebel verschwand. »Wir werden die Gewinner sein, nicht meine Eltern und schon gar nicht mein Bruder, der schon während der Kartoffelfäule vor den Engländern gekuscht hat.«

Eileen kannte die großspurigen Reden ihres Vaters, hütete sich jedoch, ihm zu widersprechen. Auch als ältester Tochter stand es ihr nicht zu, Kritik an ihm zu üben. Das wagte lediglich ihre Mutter, die dabei aber so behutsam und raffiniert vorging, dass er es gar nicht merkte. Ihr war auch die Reise nach Amerika zu verdanken. Bei jedem zweiten Sonntagsessen hatte sie von dem fremden Land geschwärmt, den unzähligen Möglichkeiten, die Einwanderern dort geboten wurden. Sogar kostenloses Land sollte man dort bekommen, und es gab keine englischen Landlords, die von jeder Ernte ihren unverschämten Anteil wollten. Und abends, wenn sie neben ihm im Bett lag, hatte sie ihm wahrscheinlich auch zugeflüstert, wie sehr sich sein Bruder ärgern würde, wenn sie in Amerika ihr Glück fanden und zu wohlhabenden Leuten wurden.

Sie blickte in den Dunst, der in feuchten Schwaden über dem Meer hing, und sog die würzige Luft ein. Vier bis sechs Wochen sollte die Überfahrt nach Amerika dauern. Nicht nach New York, wie sie ursprünglich geplant hatten, sondern nach Baltimore etwas weiter südlich, einer aufstrebenden Stadt an der Chesapeake Bay.

Der Ticketagent in Queenstown hatte ihnen eine Karte mit der Route gezeigt und ihnen die Vorzüge von Baltimore in blumigen Worten gepriesen: In der Stadt sei es sehr viel einfacher, eine Wohnung und Arbeit zu finden, und mit der Baltimore & Ohio Railroad bräuchte man nur einmal umzusteigen, um nach St. Louis zu kommen. Von dort starteten die großen Planwagenzüge nach Kalifornien, dem »Paradies auf Erden«, wie es in den Broschüren hieß. Dort wuchsen Orangen und andere exotische Früchte.

Sie lächelte bei dem Gedanken daran und täuschte einen jungen Mann, der nur ein paar Schritte entfernt an der Reling stand und das Lächeln auf sich bezog. Er machte keinen besonders stattlichen Eindruck, trug einen alten Mantel, an dem mehrere Knöpfe fehlten, einen schwarzen Schal, den er kess um seinen Hals geschlungen hatte, und eine Schiebermütze. Besonders an ihm waren nur das spöttische Funkeln in seinen Augen und seine Verwegenheit, als er sagte: »*How ye*, meine Liebe! So wahr ich Jonathan Delaney heiße, ich hätte nicht gedacht, die Liebe meines Lebens ausgerechnet auf diesem armseligen Kahn zu finden.« Er lüftete seine Schiebermütze und ließ sein dunkelblondes Haar blitzen. »Sie sind wunderschön, Missy, wissen Sie das?«

Eileen wusste mit Komplimenten umzugehen, besonders wenn sie von großspurigen Burschen wie diesem Iren kamen. Denn ein Ire war er, das verriet schon sein ausgeprägter Dialekt. »*How ye*, mein Herr. Sollte ich tatsächlich Ihre große Liebe sein, würde ich Sie bitten, sich hinten anzustellen und mit Ihren Komplimenten etwas vorsichtiger zu sein. Ich weiß selbst, dass ich in meinem Flickenmantel und mit den verfilzten Haaren nicht wie eine Prinzessin aussehe, und ich lege auch keinen Wert darauf, solange wir unter unwürdigen Umständen auf dem Zwischendeck leben. Und noch weniger bin ich daran interessiert, auf der Überfahrt einen Blender wie Sie kennenzulernen. Ich bin mit meinen Eltern und meinen Geschwistern unterwegs und habe weder Zeit noch Lust, mir die Komplimente eines Weiberhelden anzuhören.«

Die Zurechtweisung schien nicht den geringsten Eindruck auf Jonathan zu machen. Sein Lächeln blieb, nur seine Mundwinkel verschoben sich leicht nach unten. »Sie tun mir unrecht, Missy, aber das nehme ich Ihnen nicht übel. Ich weiß selbst, wie ich in diesem Aufzug auf Sie wirken muss. Doch das wird sich ändern. Wenn wir uns in der Neuen Welt treffen, werde ich der kühne Ritter sein, der Sie auf einem weißen Pferd in die Zukunft entführt. Und dann werden auch Sie erkennen, dass wir füreinander geschaffen sind.« Er tippte mit zwei Fingern an seine Schirmmütze. »Auf bald, Missy!«

Ihre Schwester Sophie tauchte neben ihr auf. Sie sah selbst in einem zerfledderten Mantel noch verführerisch aus, was einmal an ihren gelockten blonden Haaren und zum anderen an ihren blaugrünen Augen lag, deren Funkeln selbst verheirateten Männern das Blut ins Gesicht trieb. Sie war gerade erst achtzehn geworden, drei Jahre jünger als Eileen, und hatte schon so manchen Jüngling ins Unglück gestürzt. »Und so einen Prachtkerl lässt du laufen?«, wunderte sie sich, als Jonathan gegangen war. »Hast du denn nicht in seine Augen gesehen? So einen findest du nicht alle Tage, Schwester.«

»Das Zwischendeck ist kein Heiratsmarkt«, erwiderte Eileen, »und ich hab keine Lust, mich während der Überfahrt mit einem Angeber herumzuschlagen. An deiner Stelle wäre ich auch vorsichtig. Die meisten Passagiere wollen in den großen Städten bleiben. New York, Baltimore, Philadelphia. Einige wollen in den Nordosten nach Boston oder nach Chicago. Diese Leute werden wir niemals wiedersehen. Mammy und Daddy wollen nach Westen.« Sie senkte ihre Stimme und klang beinahe verschwörerisch. »Seit dem großen Goldrausch in Kalifornien gibt es dort so viele Männer, dass sie sogar in Zeitungen nach Ehefrauen suchen. Du hast die freie Auswahl, Schwesterlein.«

»Du willst dich über mich lustig machen.«

»Du bist sowieso noch zu jung zum Heiraten.«

»Wer spricht denn vom Heiraten?« Sophie lächelte verschmitzt. »Ich will meinen Spaß haben, zumindest ein paar Jahre lang, und wer weiß, vielleicht finde ich irgendwann einen reichen Prinzen, der mich auf sein Schloss entführt und mit Geschenken überschüttet. Männer sind einfache Geschöpfe. Wenn du es richtig anstellst, kriegst du jeden rum. Du solltest es auch mal probieren, Schwester. Schnapp dir den hübschen Kerl und hab Spaß mit ihm. Er ist verrückt nach dir, so was sehe ich auf den ersten Blick.« Sie packte Eileen am Mantelkragen. »Wenn du ihn nicht willst, nehme ich ihn mir, verstanden?«

»Meinetwegen. Aber lass dich nicht von Daddy erwischen.«

»Hat er mich jemals erwischt?«

Eileen beobachtete, wie ihre Schwester an der Reling entlanglief und dabei trotz des leicht schwankenden Decks eine so gute Figur machte, dass ihr fast alle Männer nachstarrten, sogar die Passagiere der ersten und zweiten Klasse in den Oberdecks. Sie genoss es, die Männer an der Nase herumzuführen, besonders wenn sie reicher und vornehmer zu sein schienen als die Tochter eines einfachen Farmers. Elaine bekam mit, wie einige Ladys der zweiten Klasse abfällige Bemerkungen über das Flittchen aus dem Zwischendeck machten und ihre Männer wegzogen. Eine handfeste Beleidigung, die Sophie wenig ausmachte, sie sogar anzustacheln schien, sich noch aufreizender zu bewegen. »Irgendwann gerätst du an den Falschen«, ermahnte Eileen sie, »oder eine der eifersüchtigen Ehefrauen schlägt dir den Schädel ein.«

Eileen war froh, dass sie sich vor der Reise nicht gebunden hatte. Sie war ein paarmal verliebt gewesen, vor allem als junges Mädchen und eher oberflächlich, ohne eigentlich zu wissen, was wirkliche Liebe ist. Richard war einer der Anführer in Kilbrittain gewesen, ein Farmerjunge mit starken Muskeln, der sich nicht mal von anderen Jungen etwas sagen ließ und sie herumkommandierte. Wahrscheinlich wollte er den anderen nur zeigen, was für ein toller Bursche er war. Umso wütender reagierte er, als sie ihm den Laufpass gab. Es fehlte nicht viel, und er hätte sie geschlagen, aber sein Vater erschien gerade noch rechtzeitig, zog seinen Gürtel aus der Hose und verpasste ihm eine Abreibung, die er sein Leben nicht vergessen würde. Ausgerechnet eine ihrer besten Freundinnen schnappte ihn sich einige Jahre später und bekam sogar ein Kind von ihm. Angeblich sollte Richard ein hingebungsvoller Vater und Ehemann sein.

Die letzten beiden Jahre hatten ihr gleich mehrere Männer den Hof gemacht, alles gute Partien, wie ihr Vater betonte, ausgenommen der Engländer, der zum katholischen Glauben übergetreten war und auf diese Weise glaubte, sie nach Liverpool entführen zu können. Er war Uhrmacher. Sehr viel mehr war ihr Vater von dem Schäfer angetan, der jeden Morgen mit einem frisch gepflückten Blumenstrauß bei ihr erschien und ihr sogar einen Kuss abschwatzte. Doch die Vorstellung, ein ganzes Leben mit ihm verbringen zu müssen, erschreckte sie genauso wie die anderen jungen Männer, die sich um sie bemühten. »Wenn ich einen Mann heirate, muss alles stimmen«, sagte sie zu ihrem Vater, der sich zunehmend ungeduldiger zeigte. Und als sie die Tickets nach Amerika besorgten: »Sei froh, dass deine Töchter noch unverheiratet sind, oder wolltest du unbedingt noch zwei Schwiegersöhne nach Amerika mitnehmen? So Gott will, finden wir auch in Amerika einen Ehemann.«

Inzwischen hatten sie das offene Meer erreicht, und die *Carlotta* fuhr mit geblähten Segeln nach Westen. Der Wind stand günstig und trieb sie scheinbar ungeduldig durch die sanften Wellen. Falls das Wetter auch während der nächsten Wochen ein Einsehen mit ihnen zeigte, würden sie die Reise vielleicht sogar in drei statt der veranschlagten vier Wochen schaffen. Noch schneller wäre die Fahrt mit einem der neuen Dampfschiffe gewesen, aber ihre Ersparnisse hatten nur für die Reise auf einem Segelschiff gereicht. Woher sollten sie auch wissen, wie viel beschwerlicher und gefährlicher die Fahrt mit der *Carlotta* war? In den Broschüren stand nichts von Bedingungen, wie man sie nur auf Sklavenschiffen vorgefunden hatte, und die Ticketagenturen hüteten sich, von den vielen Passagieren zu berichten, die während der letzten Fahrt erkrankt und sogar gestorben waren.

Eileen war einigermaßen entsetzt, als sie über einen Niedergang ins Zwischendeck hinabstieg. Die Quartiere für Familien und unverheiratete Männer und Frauen waren voneinander getrennt und konnten nur über die Luken erreicht werden. Obwohl sie noch keine Nacht unter Deck verbracht hatten, stank es erbärmlich nach Schweiß, Urin und Erbrochenem. Einige Seekranke lagen benommen in ihren Kojen, darunter auch Robert, Eileens siebzehnjähriger Bruder. Obwohl kräftig und abgehärtet durch die harte Arbeit auf den Feldern, war ihm schon bei der Fahrt durch die ruhige See so schlecht geworden, dass er sich in einen der bereitstehenden Holzeimer erbrochen hatte.

»Das vergeht wieder«, tröstete Eileen ihn. »Ein Seemann hat mir verraten, dass es nur die ersten zwei, drei Tage so schlimm ist, dann gewöhnt man sich daran. Sobald wir wieder an Deck dürfen, kommst du mit. Hüll dich in eine warme Decke und atme die frische Seeluft ein, dann bist du bald wieder gesund.«

»Wir hätten gar nicht fahren sollen«, jammerte er. Er öffnete die Augen und suchte nach seinem Vater. »Warum ist der Onkel nicht gegangen? Der hat doch die ganze Zeit getönt, wie rosig die Zukunft in Amerika aussieht.«

William O'Leary gefiel es ebenso wenig auf dem Zwischendeck wie allen anderen. Beinahe angewidert blickte er auf die schmalen Stockbetten, die ihn auf fatale Weise ans Arbeitshaus erinnerten. Sie erhoben sich zu beiden Seiten eines langen Ganges und waren mit gebrauchten Strohsäcken gefüllt. Von den Querbalken hingen Laternen herab. Ein Ziegelofen verbreitete dürftige Wärme, daneben lag ein Holzstapel, der niemals für die ganze Reise reichen würde. Ein im Boden verankerter langer Holztisch zog sich durch den Raum.

»Du kennst das Erbrecht«, sagte William O'Leary zu seinem Sohn. »Nur einer kann die Farm bewirtschaften. Sollte ich vielleicht als Knecht auf dem Hof meines Bruders bleiben? Auf einem Hof, der ihm gar nicht gehört, solange jedes Jahr der Mittelsmann des Landlords kommt und die Pacht kassiert?«

»In Amerika wird alles anders«, beruhigte ihn Kathleen O'Leary. Sie wollte ihn berühren, zog ihre Hand aber wieder zurück. »Dort hat die Regierung weniger zu sagen, und es wird keine Engländer geben, die uns Befehle geben und uns das letzte Geld aus der Tasche ziehen.« Sie schöpfte Wasser aus einem der bereitstehenden Fässer und ließ ihn aus der Kelle trinken. »Ruh dich aus, Robert, und sag mir, wenn du Hunger hast. Wir haben einige Vorräte dabei.«

Die Vorräte hatten sie dem Onkel zu verdanken, der froh gewesen war, sie endgültig aus dem Haus zu haben, und bereitwillig einen Leinensack mit Käse, Schinken und Wurst gefüllt hatte, weil er irgendwo gehört hatte, dass die Verpflegung auf einem Segelschiff weder reichlich noch schmackhaft war. Hauptsächlich bestand sie aus Haferbrei, Reis und Zwieback, wie die O'Learys während der nächsten Tage herausfanden. Dazu gab es dünnen Tee mit Zucker oder Molasse. Wenn man die Zwiebackstücke in den Tee tauchte und anschließend mit Käse oder Schinken belegte, schmeckten sie gar nicht so übel. Nur der Haferbrei erinnerte an die magere Kost im Arbeitshaus und war auch mit Melasse kaum zu ertragen. »Ein Ranken Brot mit irischer Butter wäre mir lieber«, sagte William O'Leary und tröstete sich mit einem kräftigen Schluck aus seiner Whiskeyflasche, die allerdings nach drei Tagen halbvoll aus ihrem Versteck kullerte und auf den Planken zerschellte. Der Alkohol roch immer noch besser als das Erbrochene und der Urin in den Eimern.

Der Erste Maat der *Carlotta* hatte ein Einsehen mit den Passagieren auf dem Zwischendeck und ließ sie so oft wie möglich an Deck. Außer William, der sich den Magen verdorben hatte und sich lieber in seiner Koje ausruhte, genossen alle anderen O'Learys die frische Luft. Sophie freundete sich mit einem jungen Mann an, der Schokoladenriegel und andere Süßigkeiten gegen heimliche Küsse tauschte und über ungeahnte Vorräte zu verfügen schien. Robert balgte sich mit ein paar Engländern und beschimpfte sie als »Landdiebe« und »Ausbeuter«. Eileen blieb bei ihrer Mutter, ertappte sich aber dabei, wie sie nach dem jungen Mann mit der Schiebermütze Ausschau hielt und verlegen den Kopf senkte, als er plötzlich in ihrer Nähe auftauchte.

Er tippte an seine Mütze und lächelte ihnen freundlich zu. »Ma'am! Missy! Haben wir heute nicht einen wunderschönen Tag? Sehen Sie nur, wie sich die Segel blähen! Wir haben Rückenwind! Der Herrgott will, dass wir möglichst schnell nach Amerika kommen. Drei Wochen, sagt der Maat. Länger halte ich es, ehrlich gesagt, auch nicht in diesen schändlichen Quartieren aus. Ich hoffe doch, die Verpflegung bei den Familien ist besser.« Er sah Kathleen O'Learys fragenden Blick und stellte sich rasch vor. »Jonathan Delany aus dem County Cork. Meine Eltern sind während der Kartoffelfäule ums Leben gekommen, und ich habe die letzten Jahre allein auf der Farm verbracht. Unser Landlord wollte das Anwesen wieder für sich haben und jagte mich mit Pauken und Trompeten von davon. Natürlich musste ich ihm die gesamte Ernte und alle meine Ersparnisse überlassen.« Er grinste. »Bis auf die fünf Pfund, die ich im Schweinestall versteckt hatte. Dort suchen diese feinen Herren nie, nicht wahr?«

Eileen wäre am liebsten weitergegangen, doch ihrer Mutter schien der junge Mann sympathisch zu sein. Sie stellte sich selbst vor. »Und das ist meine Tochter Eileen. Sie haben recht, das Essen hier ist wirklich nicht besonders.«

»Selbst im Arbeitshaus war es besser.«

»Wollen Sie in Baltimore bleiben?«, fragte Kathleen.

»Ich bleibe dort, wo es Arbeit gibt«, antwortete Jonathan. Sein leicht spöttisches Lächeln wirkte immer so, als wollte er sich über sein Gegenüber lustig machen, hatte aber auch etwas Gewinnendes und Sympathisches. »Wir Iren sind harte Arbeiter, das wissen Sie ja selbst. Vielleicht stellt mich die Eisenbahn ein, mit dem Schwellenlegen kenne ich mich aus, oder ich kann beim Kanalbau helfen. Ich will so schnell wie möglich zu Geld kommen.« Er blickte Eileen an und lächelte, als sie errötete. »Darf ich höflichst fragen, was Sie und Ihre Familie vorhaben? Sie wollen doch sicher in der Großstadt bleiben?«

Kathleen hielt sich mit einer Hand an der Reling fest. »Nein, wir wollen weiter nach Westen, auf die großen Ebenen. Dort soll es freies Land geben, sobald die Indianer besiegt sind, und wir wollen unter den ersten Siedlern sein. Wir wollen endlich frei und ungebunden leben, das wäre in einer Stadt wie New York oder Baltimore nicht möglich. Wir gehen nach Westen.«

»Nach Westen?« Er blickte Eileen enttäuscht an.

»Finden Sie die Idee nicht gut, junger Mann?«

Er errötete. »Natürlich … Das ist sehr mutig von Ihnen, Madam. Ich wette, Sie haben keine Angst vor Indianern. Nein, Sie haben bestimmt keine Angst.«

Von einem der Niedergänge ertönte ein wütender Schrei.

2

Eileen drehte sich erschrocken um und beobachtete, wie zwei junge Männer mit erhobenen Fäusten aufeinander losgingen. Wild fluchend drosch jeder auf den anderen ein, die Gesichter von Aufregung oder Alkohol gerötet und anscheinend fest entschlossen, den anderen bewusstlos auf die Planken zu schicken. Man brauchte nur ihren Dialekt zu hören, um zu wissen, warum einer den anderen hasste. Der junge Mann mit dem dunklen Pullover und der Wollmütze fluchte wie ein Hafenarbeiter aus Liverpool. Der andere in dem langen Mantel sprach den gleichen Dialekt wie Eileen mit ihrer Freundin in Cork.

»Robert!«, erkannte ihn seine Mutter zuerst. »Lass den Unsinn und komm sofort hierher! Wir fahren nach Amerika, um diesen Streit hinter uns zu lassen, und nicht, um während der Überfahrt wieder damit anzufangen.«

Doch es war schon zu spät. Ihre Worte wurden von den Anfeuerungsrufen zahlreicher anderer Passagiere übertönt, die anscheinend nur auf eine Schlägerei gewartet hatten und die Kämpfenden nach Herzenslust anfeuerten. »Gib's dem verdammten Marienanbeter!«, riefen sie dem Engländer zu. »Soll er doch seine Heiligen um Hilfe rufen, wenn ihm der Arsch auf Grundeis geht!« Und die Iren, die deutlich in der Mehrzahl waren, tönten: »Schlag ihm die Zähne ein, Buddy! Der verfluchte Heide hat es nicht anders verdient!«

Es fielen noch ganz andere Worte, die Eileen und ihrer Mutter das Blut ins Gesicht trieben. Sie konnten von Glück sagen, dass ihnen die Schaulustigen die Sicht versperrten und sie nicht sahen, mit welcher Entschlossenheit die beiden Kämpfer aufeinander eindroschen. Sie hörten nur die dumpfen Geräusche, wenn einer der beiden einen Treffer landete, und das begeisterte Gejohle der männlichen Zuschauer, die während der eintönigen

Seereise wohl dringend nach einem Ventil suchten. Die meisten Frauen hatten sich ängstlich verzogen oder waren von ihren Ehemännern unter Deck gedrängt worden.

Eileen fand es noch furchtbarer, den Kampf nur hören zu können, und zuckte bei jedem Faustschlag zusammen. Es war nicht zu erkennen, welcher der beiden jungen Männer die Oberhand gewann. Einmal jubelten die Engländer, dann wieder die Iren, und als sich der Zuschauerring für einen Augenblick lichtete, erkannte sie flüchtig, dass sich Robert und der Engländer inzwischen mit nackten Oberkörpern gegenüberstanden und beide aus mehreren Platzwunden bluteten. Robert hatte sich anscheinend an das schwankende Deck gewöhnt und war begierig darauf, seinem Gegner zu zeigen, dass er kein feiger Waschlappen und auch stark genug war, um es mit einem zwei Jahre älteren Mann aufzunehmen. Vergessen sein Gejammer, als er seekrank in seiner Koje lag, die Augen waren wieder voller Entschlossenheit und von dem Wunsch beseelt, als einer der Stärksten auf dem Schiff anerkannt zu werden. In Irland hatte er hart gearbeitet, aber er war kein Farmer, nie einer gewesen, und würde sich auch in Amerika nicht hinter einen Pflug stellen. Er würde in Baltimore bleiben, vielleicht sogar nach New York gehen und dort auf dem Bau oder im Hafen arbeiten. Die Prügeleien mit seinen Rivalen würden zu seinem Alltag gehören, und er konnte von Glück sagen, wenn er nicht auf die schiefe Bahn geriet und zum Verbrecher wurde.

Diese Gedanken gingen Eileen nicht zum ersten Mal durch den Kopf. Robert war nie einem Streit aus dem Weg gegangen und hatte sich auch in Irland oft mit Älteren angelegt und meist gewonnen. Für seine siebzehn Jahre war er schon so muskulös und stark, dass er meist älter geschätzt wurde. Doch der Engländer, mit dem er sich jetzt prügelte, war nicht nur älter, sondern auch einen Kopf größer als er, und seine Abneigung gegen alle Iren war so groß, dass er den Papst als »Hurenwirt« und katholische Priester als »Kanzelkasper« beschimpfte und sich mit jedem Fluch weiter in Rage redete. Seine Anhänger johlten immer lauter und bedrohten Robert mit wütend erhobenen Fäusten.

Jonathan sah, wie besorgt Eileen und ihre Mutter waren, und zögerte nicht länger. Er ging geradewegs auf die Menschenansammlung zu, bahnte sich einen Weg durch die johlende Menge und drängte sich zwischen die Kämpfenden. »Was soll dieser Kinderkram?«, rief er den verdutzten Streithähnen zu. »Wollt ihr wie zwei räudige Köter aufeinander losgehen und euch in die Waden beißen? Oder wollt ihr einen ordentlichen Kampf nach den internationalen Regeln, bei dem gewettet und ordentlich Geld verdient werden kann?«

Der Engländer, der aus einer Platzwunde an der Stirn und aus der Nase blutete, wischte sich das Blut mit dem rechten Unterarm vom Gesicht und spuckte einen Zahn aus. »Hey, was soll der Scheiß? Bist du'n Freund von dem verdammten Iren? Noch zwei, drei Schläge, und er wär fertig gewesen!«

»Ich kenn den Typ genauso wenig wie du«, erwiderte Jonathan. Er schien nicht die geringste Angst vor dem Engländer zu haben. »Aber ich denke, so ein offizieller Kampf wäre eine tolle Abwechslung, und Geld verdienen könnte man damit auch. Keine Angst, ich bin neutral. Ob du's glaubst oder nicht, ich wurde auf einem Fischerboot geboren, und meine Eltern wussten bis zu ihrem Tod nicht, ob es noch in Irland oder schon in England war. Und ob einer katholisch oder protestantisch ist, geht mir ziemlich am Arsch vorbei.« Eileen und ihrer Mutter hatte er etwas anderes erzählt. »Also, was meint ihr? Ich sammle die Wetteinsätze ein, und heute Abend um acht Uhr legen wir los. Dem Maat ist es doch egal, was wir hier veranstalten, solange wir ihm nicht in die Quere kommen.« Er zog Robert vom Boden hoch und schob ihn Eileen und ihrer Mutter entgegen. »Also, wer setzt auf den Engländer?«

Während Jonathan die ersten Einsätze kassierte und die Namen der Wetter auf einem Zettel notierte, beeilten sich Eileen und ihre Mutter, Robert über den steilen Niedergang ins Zwischendeck zu führen. Auch er blutete aus mehreren Wunden und stöhnte vor Schmerzen, als sie ihm in seine Koje halfen, und er mit der Brust gegen einen Pfosten stieß. Eileen kramte rasch das Verbandszeug aus ihrer Umhängetasche, befeuchtete etwas Mull und begann seine Wunden zu säubern. »Halb so schlimm, Robert«, tröstete sie ihn.

Ihr Vater hatte geschlafen und öffnete die Augen, als er seinen Sohn stöhnen hörte. »Robert! Was ist passiert? Hast du dich geprügelt?« Er setzte sich auf und rieb sich die Augen. »Du hast dich doch nicht mit den Engländern eingelassen?« Er blinzelte. »Hast du wenigstens gewonnen?«

»Er ist auf einen dieser Burschen losgegangen«, klagte Kathleen, »wie ein Berserker hat er auf ihn eingeschlagen! Wenn Jonathan nicht gewesen wäre ...« Sie sah, wie ihr Mann eine Augenbraue hochzog. »Ein junger Mann, der gerade noch rechtzeitig eingegriffen hat. Obwohl er uns erzählt hatte, dass er die Engländer auch nicht mochte, ist es ihm gelungen, den Kampf zu beenden. Ich weiß nicht, was sonst passiert wäre. Der Schläger war einen Kopf größer als Robert, und ich glaube nicht, dass er lange gegen ihn durchgehalten hätte.«

William sah seinen Sohn an. »Du hast aufgegeben? Hast dich wie ein geprügelter Hund verzogen? Seit wann hast du Angst vor einem Engländer?«

»Ich hab keine Angst.« Mittlerweile sah Robert schon wieder manierlich aus. »Und ich hab diesen Jonathan auch nicht gebeten, sich für mich einzusetzen. Ich wär schon allein mit dem Kerl fertiggeworden.«

»Und warum hast du dann nicht weitergemacht?«

»Weil es heute Abend einen offiziellen Kampf nach den internationalen Regeln gibt. Um sechs Uhr auf dem Oberdeck. Ich gegen den Engländer. Jonathan nimmt bereits Wetten an. Die Leute wollen ihren Spaß haben und waren sofort Feuer und Flamme, als er auf die Idee mit den Wetten kam.« Er stützte sich auf einen Ellbogen und presste die Lippen gegen den Schmerz zusammen. »Ich mach den Engländer fertig, Daddy! Du weißt, dass ich ein guter Kämpfer bin. Ich schick ihn auf die Bretter.« Er konnte schon wieder grinsen. »Meinetwegen setzt eure ganzen Ersparnisse auf mich. Ich hole sie doppelt und dreifach wieder rein. Bis heute Abend bin ich wieder voll da.«

»Das werden wir nicht tun«, widersprach seine Mutter. »Dieser Engländer ist kein Bauernlümmel von nebenan. Der ist zwei, drei Jahre älter als du und kann dir richtig gefährlich werden. Gegen einen fairen Boxkampf habe ich nichts einzuwenden, den muss es zwischen Männern geben, aber was heute Abend stattfinden soll, hat mit Fairness wenig zu tun. Und so wie ich deinen Gegner beobachtet habe, wird er wenig Rücksicht auf dich nehmen. Wirf das Handtuch, wenn du merkst, dass du gegen ihn nicht ankommst. Hörst du? Gib auf, bevor er dich ernsthaft verletzt. Wenn du gegen einen älteren Hünen wie ihn aufgibst, hast du dir nichts vorzuwerfen. Versprichst du mir das?«

William O'Leary ließ seinen Sohn nicht zu Wort kommen. »Er soll vor dem Engländer davonlaufen? Wie ein Duckmäuser den Schwanz einziehen? Kommt gar nicht infrage. Er wird diesen Kampf gewinnen. Ein Ire läuft vor keinem Gegner davon, auch dann nicht, wenn der größer und älter ist.« Er beugte sich über den Gang hinweg und packte seinen Sohn am Oberarm. »Du wirst diesem verdammten Engländer zeigen, was es heißt, gegen einen Iren aus dem County Cork anzutreten. Du wirst bis zum bitteren Ende kämpfen.«

Eileen verstand ihre Mutter. Sie hatte gesehen, mit welcher Vehemenz der Engländer vorgegangen war und wie gering Roberts Chancen waren, diesen Kampf zu gewinnen. Aber in ihr schlug auch das Herz einer wahren Irin, die sich niemals mit einer Niederlage zufriedengeben und sich bis zum letzten Atemzug gegen einen Gegner verteidigen würde. »Ich bin keine willenlose Waldfee, die sich damit abfindet, für dich zu kochen, deine schmutzige Wäsche zu waschen und deine Kinder großzuziehen«, hatte sie einem Verehrer heimgeleuchtet, der bei ihrem Vater um ihre Hand anhalten wollte. »Ich habe meinen eigenen Willen. Wenn es stürmt, laufe ich mit wehenden Haaren über die Hügel und treibe das Vieh in den Stall. Wenn die verfluchten Engländer mehr Steuern wollen, spucke ich ihnen vor die Füße. Wenn ein Mann glaubt, mich in der Küche einschließen zu können, trete ich die Tür ein und verschwinde auf Nimmerwiedersehen. Ich komme aus dem County Cork, und du bist gewiss nicht der Mann, der mich aus diesem Land vertreiben könnte.«

Jonathan Delaney war so ein Mann. Zumindest hatte sie ihn vergangene Nacht in ihrem Traum so gesehen. Ein ansehnlicher Bursche, selbst in seinen abgetragenen Kleidern, mit diesem spöttischen Funkeln in den Augen, wenn er sie ansah. Selbstsicher und unerschrocken, als er den Engländern entgegengetreten war und sich für einen fairen Kampf eingesetzt hatte. Ein Mann, zu dem man aufsehen konnte, und in ihrem Traum ein begeisterter Liebhaber, der sie zu ungeahnten Höhen getrieben hatte. Natürlich hatte sie niemandem davon erzählt, auch Sophie nicht, mit der sie manches Geheimnis teilte.

Eileen wusste nicht, ob sie es darauf anlegte, Jonathan zu treffen, als sie am späten Nachmittag allein an Deck erschien und sich den frischen Wind ins Gesicht blasen ließ. Am Himmel waren dunkle Wolken aufgezogen, und die Matrosen hatten einige Segel gerefft, um das Schiff gegen den böigen Wind zu schützen. Sie hatte nahe genug am Meer gewohnt, um zu wissen, dass man an Bord eines Schiffes oder Fischerbootes rechtzeitig Vorkehrungen gegen schlechtes Wetter treffen musste, wenn man keine böse Überraschung erleben wollte. Und als Farmerstochter war sie erfahren genug, um die Vorboten eines Sturms zu erkennen. Noch deutete nichts auf eine unmittelbare Gefahr hin, aber die *Carlotta* lag jetzt unruhiger im Wasser, und sie fühlte auf einmal selbst, wie ihr flau im Magen wurde. Sie war froh, der schlechten Luft unter Deck entkommen zu sein und die frische Meeresluft atmen zu können.

»*How ye*«, erklang die vertraute Stimme von Jonathan neben ihr. Er war unbemerkt an die Reling getreten, als hätte er nur auf sie gewartet. Anscheinend freute er sich, sie wiederzusehen. »Sieht ganz so aus, als würden wir in stürmische See geraten. Ich hab mir sagen lassen, das ist häufig in diesen Breiten der Fall. Wenn wir Pech haben, wirft uns das um Tage zurück.« Er kramte in seiner Manteltasche und zog ein Stück Schokolade hervor. »Hier, das habe ich für Sie aufgehoben. Soll gut gegen Seekrankheit sein.«

Sie griff nach den in Zeitungspapier eingewickelten Riegeln und lächelte dankbar. »Was dagegen, wenn ich sie mit meinen Leuten teile? Wir hatten schon lange keine Schokolade mehr. Ich glaube, die letzten Süßigkeiten hab ich vor der Kartoffelfäule vor zehn Jahren bekommen. Woher haben Sie die?«

»Ich hab meine Beziehungen«, erwiderte er lächelnd.

»Sie haben doch nicht …«

»Natürlich nicht«, beruhigte er sie. »Ich kann nicht behaupten, immer mit ungezinkten Karten zu spielen, aber ich würde niemals Schokolade stehlen. Ich hab Sie ehrlich erworben, Missy, darauf gebe ich Ihnen mein Ehrenwort.«

Eileen steckte die Schokolade ein und lächelte verlegen. Sie fühlte sich unbehaglich in der Gegenwart von Jonathan, auch weil sie ihn bei ihrer ersten Begegnung so hart angegangen hatte. »Tut mir leid, dass ich Sie einen Blender genannt habe, Jonathan. Ich glaube zwar immer noch nicht, dass ich die Liebe Ihres Lebens bin, aber Sie haben mir zumindest ein tolles Geschenk gemacht.« Sie blickte in den nebligen Dunst hinaus. »Und Sie haben dafür gesorgt, dass dieser Engländer meinen Bruder nicht halbtot geschlagen hat. Dafür möchte ich Ihnen danken.« Sie war nahe daran, sich auf die Zehenspitzen zu stellen und ihm einen Kuss auf die Wange zu hauchen, ließ es aber sein.

»Robert ist ein guter Kämpfer«, sagte er. »Er ist kräftig und kann einiges einstecken. Aber das bedeutet nichts. Ich bin sicher, er hatte es bisher nur mit Farmersjungen zu tun. Johnny Duncan, so heißt der Engländer, ist ein anderes Kaliber. Er ist älter, größer, stärker und vor allem gemeiner als Ihr Bruder und kennt alle Tricks. Ich hab ihm heute Morgen zugesehen und wusste schon nach wenigen Schlägen, dass er ihm überlegen ist. Es stimmt, ich bin auch auf einer Farm aufgewachsen, aber ich hab einige Jahre im Hafen gearbeitet und weiß, was es für Typen gibt. Duncan ist ein Verbrecher.«

»Und in einem Kampf nach internationalen Regeln«, sie betonte die letzten Worte, »hat mein Bruder größere Chancen? Warum haben Sie den Kampf vorgeschlagen? Warum haben Sie

Duncan nicht gesagt, er soll sich zum Teufel scheren? Mein Bruder hat einiges abbekommen heute früh. Ich habe Angst um ihn.«

»Robert wird gewinnen«, erwiderte Jonathan zu ihrem Erstaunen. »Ich beobachte diesen Duncan schon seit ein paar Tagen. Unter Deck hat er schon einige Männer zusammengeschlagen und dabei immer dieselben Tricks angewandt. Er ist ein grober Klotz. Brandgefährlich, weil er so stark und rücksichtslos ist und wahrscheinlich auch nicht vor einem Mord zurückschreckt, aber auch dumm und zurückgeblieben, weil er glaubt, jeden anderen mit roher Gewalt besiegen zu können. Sagen Sie Ihrem Bruder, er soll nachher an Deck kommen. Ich werde ihm zeigen, wie man gegen Johnny Duncan gewinnt.«

Eileen blieb eine Weile schweigend neben Jonathan stehen und blickte aufs Meer hinaus. Im Dämmerlicht hatte es sich grau verfärbt. Die *Carlotta* bewegte sich schwankend durch die Dünung, trieb mit der Strömung nach oben, um im nächsten Augenblick in eines der tiefen Täler zu rauschen. Bleifarbene Wellen klatschten gegen die Bordwand des Schiffes, über ihnen knarrten die Segel. Der Wind hatte gedreht und kam jetzt aus Nordwesten.

Sie wandte verstohlen den Kopf und beobachtete, wie Jonathan sehnsuchtsvoll nach vorn blickte, als könnte er es gar nicht erwarten, endlich wieder Land zu sehen. Sie brauchte ihn nicht zu fragen, warum er Irland verlassen hatte. Darauf antworteten alle ihre Landsleute das Gleiche. Aus Angst vor Hunger und Armut, vor der Willkür der Engländer – weil es nichts mehr gab, was sie in der alten Heimat hielt.

»Amerika soll das gelobte Land sein«, sagte er. »Wenn nur die Hälfte von dem stimmt, was in den Zeitungen und Broschüren steht, kann es uns dort nur besser gehen. Leider haben mir meine Eltern kein Geld hinterlassen. Ich hatte gerade immer so viel, dass ich nicht verhungerte, sonst wäre ich schon viel früher gefahren. Aber damit ist jetzt Schluss. In Amerika werde ich endlich wieder arbeiten können und genug Geld haben, nicht nur für Schokolade.«

»Hat der Landlord Ihr Ticket bezahlt?«, fragte sie neugierig.

»Der Geizhals?« Er lachte. »Der hätte mir am liebsten gar nichts mehr zum Leben gelassen. Ich hab jahrelang seine Beleidigungen geschluckt, auch um in der Nähe meiner Eltern bleiben zu können. Ihr Grab liegt auf dem Friedhof von Kilbrittain. Aber dann platzte mir doch der Kragen, und ich verpasste ihm die Abreibung, die er verdiente, bevor ich mich aus dem Staub gemacht hab.«

»Sie haben ihn doch nicht …«

»Nein, ich habe ihn nicht getötet, obwohl ich die Schaufel schon in den Händen hielt und ihm am liebsten den Schädel eingeschlagen hätte. Aber er hetzte natürlich die Polizei auf mich, und ich konnte von Glück sagen, dass mich die Constables nicht erwischt haben.« Er hielt inne und blickte in den Nieselregen, der mit dem Wind über das Deck wehte. »Warum erzähle ich Ihnen das eigentlich alles, Missy? Wenn ich so weitermache, werden Sie mir doch niemals glauben, dass ich eines Tages wie ein Ritter auf einem weißen Pferd bei Ihnen auftauche und um Ihre Hand bitte. Oder etwa doch?«

Sie konnte nicht umhin, zu lächeln. »Wir werden sehen, weißer Ritter. Im Augenblick habe ich ganz andere Sorgen. Ich hole meinen Bruder, okay?«

»*Right Ye Be*«, stimmte er ihr mit einer alten Redewendung zu.

3

Robert glaubte, auch ohne die guten Ratschläge von Jonathan auskommen zu können, und war sogar ein bisschen eingeschnappt, als Eileen ihm von dem Vorschlag des jungen Mannes berichtete. Erst als sie ihm erklärte, dass Jonathan den Engländer beobachtet hatte und jeden seiner gemeinen Tricks kannte, kletterte er aus seiner Koje. Er wusch sich das Gesicht mit einigermaßen frischem Wasser aus dem Vorratsfass und reckte und streckte sich etliche Male, um sicherzugehen, dass ihm nichts fehlte. »Dieser Duncan hat mich reingelegt«, schimpfte er, »sonst hätte er mich doch nie erwischt. Heute Abend werde ich ihm zeigen, was es heißt, sich mit einem O'Leary anzulegen.«

Eileen wusste, dass ihm niemand den Kampf ausreden konnte. Kein Ire schreckte vor einem Kampf gegen einen Engländer zurück, dazu bestand die Feindschaft zwischen den beiden Völkern schon zu lange. Er wäre mit Schimpf und Schande davongejagt worden und hätte sehr weit laufen müssen, um wieder einen Job und einen Platz in der Gesellschaft zu ergattern. Umso größer wäre Roberts Ansehen, wenn er Duncan tatsächlich besiegte. »Hör auf Jonathan«, empfahl sie ihrem Bruder. »Er sagt dir, wo Duncan verwundbar ist.«

Kathleen O'Leary drückte ihren Sohn flüchtig an sich, bevor er den Niedergang hinaufstieg, und sagte gar nichts. Sophie sprach mit einem jungen Mann einer anderen Familie und bekam gar nicht mit, was Robert vorhatte. William O'Leary klopfte seinem Sohn aufmunternd auf den Rücken und verfluchte alle Engländer, »verdammte Protestanten allesamt«, die sich gegen die »heilige katholische Kirche« wandten und es mehr als verdient hätten, den Rest ihres Lebens in der Hölle zu schmoren. »Du wirst diesen Angeber in die Schranken weisen«, rief er so laut, dass es die Leute in den Nachbarkojen hörten. »Wir haben unsere Heimat verlassen, um der Unterdrückung durch diese verräterischen Heiden zu entgehen, und lassen uns nicht länger an der Nase herumführen. Bring dich in Form und hau dem Mistkerl die Hucke voll!«

Eigentlich wollte William O'Leary aufstehen und Robert und Jonathan beim Training zusehen, doch er fühlte sich nicht gut, hatte anscheinend mit dem stärkeren Seegang zu kämpfen und sich schon einige Male übergeben. Erschöpft sank er in seine Koje zurück. Er fluchte unterdrückt und scheute nicht vor derben Schimpfwörtern zurück, als Kathleen ihm versprach, heiße Brühe aufzusetzen. »Bemuttere mich nicht wie ein herrenloses Kalb«, brummte er. »Ich hab mir den Magen verdorben, das ist alles. Ist ja kein Wunder bei dem Fraß, den uns der Maat jeden Morgen bringen lässt.«

»Ich weiß, dass du lieber ein kühles Guinness hättest«, erwiderte Kathleen, »aber gegen die Schaukelei hilft heiße Brühe besser, glaub mir. Robert kommt schon allein zurecht. Ich habe mit Jonathan gesprochen. Er ist ein kluger Bursche und kann Robert sicher helfen. Du würdest da nur stören.«

»Ich würde stören? Ich bin sein Vater!«, begehrte er auf. »Und wie du weißt, hab ich selbst schon einige Kämpfe hinter mir. Erinnerst du dich noch an den Burschen, der uns das verfaulte Saatgut andrehen wollte? Den hab ich windelweich geschlagen, und ich wette, er wagt sich heute noch nicht in unsere Gegend zurück. Oder der Händler auf dem Markt in Bandon, der es gewagt hat, dir schöne Augen zu machen. Der hat bis heute blaue Flecken! Ich könnte sicher selbst diesem Jonathan noch einiges beibringen.« Er hatte sich etwas zu sehr verausgabt und schnaufte wütend. »Oder sehe ich wie eine Memme aus?«

Eileen hatte immer bewundert, wie ihre Mutter es verstand, das aufbrausende Temperament ihres Mannes in die richtigen Bahnen zu lenken. »Natürlich nicht«, erwiderte ihre Mutter. »Du bist ein Ire von echtem Schrot und Korn, sonst hätte ich dich niemals geheiratet.« Sie drückte ihn sanft auf seine Koje zurück. »Und weil dein Sohn ein noch besserer Ire als du werden soll, hältst du dich jetzt zurück und lässt ihn seine Kämpfe allein ausfechten.«

Dagegen wusste er nichts zu sagen, und als sie ihm die heiße Brühe brachte, griff er nach der Blechschüssel und löffelte ohne Widerrede. Eine Seltenheit bei William O'Leary, die auch Eileen verwunderte. Normalerweise versuchte ihr Vater stets, das letzte Wort zu haben und auf keinen Fall den Eindruck zu erwecken, er könnte unter der Fuchtel seiner Frau stehen. Anscheinend machte ihm der Seegang mehr zu schaffen, als er zugeben wollte. Und tatsächlich musste er sich wenig später, als die *Carlotta* in ein tiefes Wellental sackte, erneut übergeben und hatte nicht einmal mehr genug Kraft zum Fluchen.

Eileen erkannte, wie peinlich ihm sein Schwächeanfall war, und entfernte sich von ihrem Lager. Erst beim Laufen merkte sie, wie unruhig der Seegang tatsächlich war. Sie musste breitbeinig laufen und sich ständig festhalten, um nicht das Gleichgewicht zu verlieren. Ein Glück, dass sie anscheinend immun gegen die Seekrankheit war. Wenn ihr übel wurde, dann von dem unerträglichen Gestank, der sich vor allem bei geschlossener Luke auf dem Zwischendeck ausbreitete. Einige der vollen Eimer waren umgekippt, und das Wasser war zu kostbar, um es zum Schrubben des Bodens zu verwenden. Ein paar Sägespäne erfüllten denselben Zweck, behauptete der Erste Maat kühn, wenn man damit auch kaum gegen den beißenden Gestank ankam. Einem Passagier wurde so übel, dass er seinen letzten Whiskey opferte und sogar selbst Hand anlegte, bis der Boden vor den Kojen seiner Leute wieder einigermaßen sauber war.

Nur weil im hinteren Teil des Decks etliche Babys zu schreien begannen und Eileen neugierig den Kopf hob, sah sie, wie Sophie mit einem älteren Mann vor einer Koje stand, ihn umarmte und auf den Mund küsste. Dann gab er ihr eine Papiertüte und ergaunerte einen weiteren Kuss, bevor sie sich von ihm löste und ihn stehen ließ. Sie blickte sich nicht einmal nach dem Mann um und hatte dieses triumphierende Grinsen im Gesicht, das Eileen immer dann bei ihr sah, wenn sie einen Mann mit ihren

Reizen verwirrt hatte. Sophie wusste genau um ihre Wirkung auf Männer. Schon vor drei Jahren, wenige Tage nach ihrem fünfzehnten Geburtstag, hatte Eileen sie mit einem älteren Mann in Bandon erwischt. »Ein Gentleman«, war ihre Entschuldigung gewesen, als Eileen sie zur Rede gestellt hatte. »Er hat mich zum Essen eingeladen, und wir haben uns unterhalten, weiter war nichts.« Außer den Münzen, die sie angeblich für ihre selbst gemachte Marmelade auf dem Markt bekommen hatte. Aber wo verdiente man mit Marmelade mehr als einen Wochenlohn?

Sophie lächelte unschuldig. Selbst in ihrem schmutzigen Kleid und mit den zerzausten Haaren sah sie wie ein Engel aus, das musste ihr der Neid lassen. »Die Babys machen Ärger«, sagte sie. »Ihre Mütter haben kaum noch Milch.«

Eileen ging nicht darauf ein. »Ich hab dich gesehen.«

»Mit dem alten Mann? Das war doch nichts.«

»Und warum küsst du ihn dann wie einen Liebhaber?« Eileen verstand ihre Schwester nicht. »Hast du denn gar kein Schamgefühl? Ich bin weiß Gott nicht prüde, aber das geht entschieden zu weit. Sag bloß, er ist verheiratet!«

»Und wenn schon?« Sophie öffnete die Papiertüte und zeigte ihr zwei nicht mehr ganz frische Orangen. »Meinst du, die hätte er mir ohne einen Kuss gegeben? Ich hab es für Daddy getan. Es geht ihm nicht gut, das sieht man doch. Viele Leute sagen, ohne Obst und Gemüse bekäme man das Schwarze Fieber. Besonders ältere Menschen könnten sich dagegen nicht wehren.«

»Daddy ist nicht alt.«

»Er ist zweiundvierzig.«

Eileen musste zugeben, dass ihm die Orangen tatsächlich sehr guttun würden, und verzog keine Miene, als Sophie den Eltern erzählte, sie hätte das Obst mit einem ihrer Spargroschen gekauft. Ihr Vater schöpfte nicht den geringsten Verdacht. Ihre Mutter zog die Augenbrauen zusammen und ahnte wahrscheinlich, dass Sophie wieder einmal ihre Reize eingesetzt hatte, sagte aber nichts. Die Wahrheit hätte den Vater wahrscheinlich so aufgeregt, dass er trotz seiner Übelkeit aus der Koje geklettert wäre und dem Mann, von dem die Orangen kamen, die Nase blutig geschlagen hätte. Wenn es um seine Kinder ging, kannte William O'Leary kein Pardon, auch wenn er manchmal sehr streng war und schon mal zum Gürtel griff, wenn Robert nicht parierte.

Natürlich wusste Kathleen O'Leary von den Eskapaden ihrer jüngsten Tochter. Man brauchte Sophie nur anzusehen, wenn Männer in der Nähe waren. Wie sie verstohlen lächelte, sich anmutig bewegte, wie sie selbst in einfachen Kleidern wie eine Prinzessin aussah und jedem Mann das Gefühl gab, nur für ihn auf der Welt zu sein. Und wie sie jeden Vorteil, der sich daraus ergab, dankend annahm. Kleine Geschenke, einen großzügigen Rabatt, wenn sie bei einem Handel dabei war, eine besonders große Portion, wenn sie nach einem erfolgreichen Markttag im Gasthaus von Bandon eingekehrt waren. »Eines Tages wird dir deine Flirterei das Genick brechen«, hatte ihre Mutter zu ihr gesagt. »Und lass das bloß nicht deinen Vater merken, sonst schickt er dich noch am selben Tag ins Arbeitshaus zurück.« Obwohl Sophie sich auch dort bei den Aufsehern Vorteile verschafft hatte.

Der Seegang war noch stärker geworden, als Robert von seinem Training mit Jonathan zurückkehrte. Er rieb sich seinen schweißnassen Körper mit einem Tuch trocken und schien die blutigen Schrammen vom Morgen gar nicht mehr zu spüren. »Ich stutze diesen Engländer auf Normalgröße zurecht, Daddy!«, rief er großspurig. »Jonathan hat mir ein paar Tricks beigebracht, die ich noch nicht kannte, und er wusste genau, wo der Mistkerl verwundbar ist. Du solltest deine Ersparnisse auf mich setzen, dann hätten wir genug Geld, um die ersten Wochen in Amerika einigermaßen über die Runden zu kommen.«

»Wir wetten nicht«, mischte sich ihre Mutter ein. »Auch wenn wir wissen, wie stark du bist, kann man nie wissen, was während eines solchen Kampfes passiert oder mit welchen Tricks die Engländer arbeiten.« Sie legte ihm einen Arm um die Schultern. »Wir kommen auch so zurecht, Robert. Wer die Kartoffelfäule überstanden hat, braucht keine Angst vor der Zukunft zu haben.«

»Und du wirst gewinnen«, war Sophie sicher.

»Wir alle wissen, dass du gewinnen wirst«, betonte Eileen.

Doch als die achte Stunde nahte und die meisten Männer bereits an Deck kletterten, um den Kampf auf keinen Fall zu verpassen, war Eileen unschlüssig, und auch ihre Mutter und ihre Schwester zeigten sorgenvolle Mienen, wenn sie sicher sein konnten, dass Robert sie nicht sah. Vielleicht lag es auch an ihrem Vater, der am späten Nachmittag plötzlich Fieber bekommen hatte und vor Erschöpfung eingeschlafen war. Er wäre nicht der erste Passagier auf dem Zwischendeck, der sich mit einer gefährlichen Krankheit angesteckt hatte. Vor zwei Tagen war eine Frau gestorben, und einige Mütter machten sich Sorgen um ihre Babys, die besonders unter dem schlechten Essen litten. Nicht alle Familien hatten es sich leisten können, eigene Vorräte mitzunehmen.

»Wir bleiben bei eurem Vater«, entschied Kathleen O'Leary mit einer Stimme, die keine Widerrede duldete. »Wie ihr seht, geht es ihm nicht gut.« Sie blickte ihren Sohn an. »Robert, du musst leider ohne uns auskommen.«

Robert lachte. »So ein Kampf ist sowieso nichts für Frauen.«

Nachdem Robert auf das Oberdeck geklettert war, setzte sich Eileen zu ihrer Schwester in die Koje und faltete die Hände. Mit einem stillen Gebet setzte sie sich für ihren Vater, der mit schweißnasser Stirn in seinen Decken lag, und für ihren Bruder ein. Normalerweise litten vor allem Frauen und Kinder auf einer so beschwerlichen Reise, aber in ihrer Familie hatte es der Herrgott auf die Männer abgesehen. Er schickte ihrem Vater ein gefährliches Fieber und ihrem Bruder einen Kampf, der ihm zumindest einige Platzwunden und Prellungen einbringen würde. Ihre Mutter ließ sich davon nicht beeindrucken, sie saß neben ihrem Mann, hielt seine Hände und lächelte so zuversichtlich, als hätte er sich nur etwas verkühlt. Nur wenn Eileen ihr direkt in die Augen blickte, erkannte sie die Angst darin.

Als ahnte der Wind, dass auf dem Oberdeck ein wichtiger Kampf begann, hielt er plötzlich inne und ließ die *Carlotta* in ruhigeres Wasser gleiten. Noch immer drang kalter Nieselregen durch die Luke auf das Zwischendeck, immer noch angenehmer, als wenn die Luke geschlossen gewesen wäre, aber das Schiff lag plötzlich ruhiger und das Knarren der Segel war kaum noch zu hören.

In diese Stille fielen das Startsignal von Jonathan und das unangenehme Geräusch, als die Faust eines Kämpfers in das Gesicht des anderen prallte und ein wütender Schrei über das Deck hallte. Übertönt wurde er vom lauten Johlen und den wilden Anfeuerungsrufen der Zuschauer, die den ganzen Tag auf diesen Kampf gewartet hatten und nun keine Zurückhaltung mehr kannten. Die Schritte der Kämpfer polterten über den O'Learys über die Planken, ließen Kathleen besorgt nach oben blicken und Sophie sich an einen Pfosten klammern, als hätte sie Angst, selbst von einem Fausthieb erwischt zu werden.

Eileen hielt es nicht länger aus. Ohne sich mit ihrer Mutter zu verständigen, rannte sie zum Niedergang und kletterte an Deck. Sie musste den Kampf mit eigenen Augen sehen, auch wenn ihr das brutale Vorgehen der Kämpfenden und das Blut Übelkeit bereiteten. Sie lief zur Reling und lehnte sich mit dem Rücken dagegen, hielt sich mit beiden Händen fest und starrte wie gebannt auf den Engländer und ihren Bruder, die in diesem Augenblick den Ring der Zuschauer durchbrachen, nach vorne stolperten, auf dem nassen Boden ausrutschten und der Länge nach auf die Bretter fielen.

Robert war als Erster wieder auf den Beinen. Wie der Engländer kämpfte er mit freiem Oberkörper, die Schultern leicht nach vorn gebeugt, beide Fäuste erhoben wie ein Boxer, der sein Gesicht schützte. Er war ständig in Bewegung, tänzelte auf der Stelle und machte es dem Engländer schwer, ihn zu fassen. Den Trick musste ihm Jonathan am Nachmittag beigebracht haben, denn er kämpfte sonst eher wie Johnny Duncan, wild entschlossen und mit offenem Visier, so wie es auch die Zuschauer am liebsten sahen. Doch als der Engländer auf ihn zustürmte und wütend mit einer Faust ausholte, trat Robert leichtfüßig zur Seite und ließ den Engländer in eine harte Gerade laufen. Duncan rannte wie gegen eine Wand, schüttelte benommen den Kopf und setzte sich erst wieder in Bewegung, als ihn seine Anhänger wütend anfeuerten. Manch einer hatte seine ganzen Ersparnisse auf den Engländer gesetzt.

Eileen verzog ihr Gesicht, als ihr Bruder einen Treffer einstecken musste und nach hinten taumelte, und stieß einen ängstlichen Schrei aus, als er auf dem glitschigen Boden ausrutschte und sofort von einem Tritt des Engländers getroffen wurde. »Nicht mit den Füßen!«, warnte Jonathan. »Das ist gegen die Regeln!« Er konnte jedoch nicht verhindern, dass Robert noch einmal ausrutschte, als er sich stöhnend aufrappelte, und ungedeckt einen weiteren harten Schlag von Duncan einstecken musste. Aus seiner Nase spritzte Blut.

Eileen stieß einen ängstlichen Schrei aus und wich unwillkürlich weiter vor den Kämpfenden zurück. Jonathan blickte in ihre Richtung, rief etwas, was sie nicht verstand, und kümmerte sich wieder um die beiden Männer, die inzwischen beide bluteten, aber fest entschlossen schienen, so lange zu kämpfen, bis einer von ihnen bewusstlos auf den Planken lag. Eileen bekam es plötzlich mit der Angst zu tun und wandte sich ab, weil sie nicht sehen wollte, wie Blut aus einer Wunde spritzte, und erschrak vor den schwarzen Wolken, die sich am Horizont zusammenballten. Ähnlich dunkle Wolken hatte sie vor zwei Jahren in Myrtle Grove gesehen, der kleinen Stadt, in der Sir Walter Raleigh die ersten Kartoffeln des Landes gepflanzt hatte. Der Fischer, der sie in seinem Boot mitgenommen hatte, schaffte es gerade noch in den Hafen, bevor der Sturm losbrach und faustgroße Hagelkörner vom Himmel prasselten.

Einige der Männer an Deck, vor allem aber Jonathan, hatten wohl ähnliche Gedanken, und selbst Robert und Duncan ließen voneinander ab und starrten wie gebannt auf die dunkle Wolkenwand, die sich viel zu rasch näherte. Die meisten Männer hatten nahe genug am Meer gelebt, um zu wissen, wie plötzlich sich das Wetter auf offener See ändern und wie gefährlich es einem Segelschiff und seiner Besatzung werden konnte. »Ein Sturm!«, rief Jonathan den Männern zu. Er war der geborene Anführer, benahm sich mit einer Selbstsicherheit, die jeden gehorchen ließ. »Unter Deck, bevor wir alle im Meer landen! Hört doch, wie die Segel knattern, es geht schon los! Beeilt euch! Der Kampf endet unentschieden. Ihr bekommt alle euer Geld zurück.«

Eileen löste sich aus ihrer Erstarrung und rannte zum Niedergang. Der Wind heulte bereits wütend und zerrte an ihrem Mantel und ihrem Schal. Sie drehte sich noch einmal um und sah den Ersten Maat an Deck stürmen. »Alle Passagiere unter Deck! Macht schon!«, rief er. Sie gehorchte und stieg nach unten, gefolgt von den Männern, die ebenfalls an Deck gewesen waren, hörte die Trillerpfeife des Ersten Maats und seine durchdringende Stimme: »Alle Mann in die Wanten! Refft die Segel, bevor uns die Leinwand davonfliegt!«

Sie sah nicht mehr, wie die Seeleute in die Wanten kletterten, denn sie hatte alle Hände voll zu tun, ihr Gleichgewicht zu bewahren und nicht den Halt zu verlieren. Über ihr schloss sich die Luke. In dem Halbdunkel, das nur vom Flackern der Laternen durchbrochen wurde, tastete sie sich über das Zwischendeck. Der Sturm hatte die *Carlotta* bereits fest im Griff, drückte sie weit nach unten, und man hörte sogar in dem Heulen und Toben des Windes, wie die Wellen gegen die Schiffswand schlugen. Die Befehle des Ersten Maates drangen wie aus weiter Ferne zu ihr: »Alle Segel! Seht ihr denn nicht, womit wir es hier zu tun haben? Beeilt euch, Männer!«

»Löscht die Laternen!«, hörte sie einen Mann rufen. »Sonst bricht noch ein Feuer aus. Nun macht schon, oder wollt ihr alle verbrennen?« Er löschte die Laterne, die direkt neben ihm hing, und fauchte einen jungen Mann auf der anderen Seite an, der vor lauter Angst zu keiner Bewegung fähig war. »Ihr sollt die Laternen löschen, Leute! Und haltet euch gut fest! Ich bin selber zur See gefahren und kenn mich aus. Das wird gleich verdammt ungemütlich.«

Eileen hangelte sich von einer Koje zur nächsten. Einmal verlor sie das Gleichgewicht und fiel auf einen älteren Mann, der vor Schreck wild um sich schlug. Drei Schritte weiter rutschte sie auf Erbrochenem aus und konnte sich gerade noch an einer Koje festhalten. Inzwischen waren alle Laternen erloschen, und es war so finster, dass man kaum die eigene Hand vor Augen sah.

»Mammy! Daddy! Sophie!«, rief sie und sah plötzlich Robert neben sich auftauchen, immer noch mit nacktem Oberkörper und mit blutigen Schrammen übersät. Er packte sie an der Hand und zog sie an den Kojen entlang, drückte sie auf ihr Nachtlager und kletterte selbst in seine Koje. »Alles in Ordnung«, rief er. Er musste beinahe schreien, um das Tosen des Windes und das Knarren und Ächzen der Planken zu übertönen. »Wir sind in Sicherheit!«

»Zum Teufel, ist das ein Sturm!«, rief ihre Mutter beinahe ärgerlich.

4

Die O'Learys hatten unheimliche Gewitter und gewaltige Hagelstürme erlebt, und vor einigen Jahren war der Wind mit solcher Wucht über die irischen Hügel gefegt, dass Äste von den Bäumen gebrochen und verfilztes Gestrüpp entwurzelt worden war. Aber sie hätten zehn dieser Unwetter in Kauf genommen, nur um diesen Sturm nicht erleben zu müssen. Der Wind fegte mit einer solchen Urgewalt heran, dass die *Carlotta* hilflos in den aufgewühlten Wellen hing, von einer Seite auf die andere gedrückt wurde, ächzend in scheinbar abgrundtiefe Wellentäler sauste, wieder nach oben schoss und jeden Augenblick unter der mächtigen Faust eines unsichtbaren Riesen zu zerbrechen drohte.

Das Schlimmste an dem Sturm war, dass man ihn nicht sah. Auf dem Zwischendeck war es so dunkel, dass Eileen selbst ihre Eltern und Geschwister nur schemenhaft erkannte, wenn sie sich aus ihrer Koje lehnte. Dafür hörte und spürte man ihn umso mehr. Der Wind heulte und tobte, die tosenden Wellen ließen die Planken der Schiffswand erzittern, und wenn das Schiff den Halt unter dem Kiel verlor, lag es so schief, dass Passagiere aus ihren Kojen rutschten und schreiend auf dem Boden lagen, bis hilfreiche Hände sie in ihre Kojen zogen. Jede Welle schien noch fester gegen die Schiffswand zu schlagen, als hätte der Riese längst die Geduld verloren und wollte die *Carlotta* so schnell wie möglich zerstören und ins Meer werfen.

Eileen hielt sich mit beiden Händen an ihrer Koje fest. Sie glaubte, das Chaos unter Deck mit geschlossenen Augen besser ertragen zu können, doch dabei wurde ihr so schwindlig und übel, dass ihr nichts anderes übrig blieb, als sie wieder zu öffnen. Das Schiff taumelte scheinbar ziellos durch die tiefen Wellentäler und erzitterte so heftig unter den Hieben des Meeres, dass es nur noch eine Frage der Zeit zu sein schien, bis die Planken nachgeben und zerbersten und die Wassermassen das Zwischendeck fluten würden. Die *Carlotta* wäre nicht das erste Segelschiff, das dem aufgewühlten Atlantik zum Opfer fiel.

Über den Kojenrand hinweg beobachtete sie, wie sich ihre Mutter um den kranken Vater bemühte. Schützend wie eine Glucke lag sie über ihm, beide Arme um ihn geschlungen, und redete unablässig auf ihn ein. Eileen verstand kein Wort, ahnte aber, dass allein der sanfte Tonfall ihrer Stimme beruhigend auf den Vater einwirkte und ihm die Angst vor einem baldigen Ende nahm. Später würde er alles abstreiten. Ein waschechter Ire wie er ließ sich von einer »läppischen Erkältung« und der »harmlosen Schaukelei« nicht unterkriegen. Ihre Mutter würde ein spöttisches Lächeln unterdrücken und in seine Arme sinken, als wäre er es gewesen, der sie vor dem Sturm beschützt hatte.

Wie lange der Sturm gedauert hatte, vermochte später keiner mehr zu sagen. Keine halbe Stunde, schätzte der Matrose, der die Luke zum Oberdeck öffnete und endlich wieder Luft und Licht nach unten strömen ließ. Zahlreiche Passagiere blieben misstrauisch und hatten Angst, der Sturm würde zurückkehren und sie erneut in die Mangel nehmen. Erst die beruhigenden Worte des Matrosen, die dunklen Wolken wären nach Südosten abgezogen und sie hätten nichts mehr zu befürchten, lösten sie aus ihrer Verkrampfung. Teilweise mit verweinten Augen und immer noch blass und unsicher auf den Beinen, verstauten sie die wenige Habe, die während des Sturms aus den Kojen gefallen war, unter ihren Decken und kletterten durch die offene Luke aufs Oberdeck. Die Laternen flammten wieder auf und verbreiteten trüben Schein.

Eileen kletterte aus ihrer Koje und sah nach ihren Eltern. Robert und Sophie waren bereits bei ihnen und blickten mit sorgenvollen Mienen auf den benommenen Vater. Im Schein der Laterne über ihnen glänzte der Schweiß auf seiner Stirn. Kein Schwarzes Fieber, wie sie erleichtert feststellte, auch keine Cholera, eine tödliche Krankheit, von der auch der Arzt gesprochen hatte, der sie vor der Abfahrt untersucht hatte. »Ich weiß, bei starkem Wind oder Regen ist es nicht gerade angenehm an Deck«, hatte er gesagt, »aber halten Sie sich so oft wie möglich an der frischen Luft auf, und nehmen Sie möglichst viel Obst und Gemüse mit.« Beides hatten sie getan, doch die mitgebrachten Lebensmittel hatten nur für ein paar Tage gereicht, und die wenigen Stunden auf dem luftigen Oberdeck standen in keinem Vergleich zum langen Aufenthalt im stinkenden und stickigen Zwischendeck.

Warum ausgerechnet ihr Vater erkrankt war, wusste sie nicht. Er war am stärksten und widerstandsfähigsten von ihnen, hatte sie gedacht, ein Farmer, der Zeit seines Lebens hart gearbeitet hatte, der bei sengender Hitze und strömendem Regen auf die Felder und die Weide gegangen war und einen Holzklotz mit einem mächtigen Axthieb zu spalten vermochte. Sie konnte sich nicht daran erinnern, ihn jemals krank erlebt zu haben. Selbst bei Fieber oder starkem Bauchweh war er nie zu einem Arzt gegangen, sondern hatte ihn nur als »verfluchten Quacksalber« beschimpft, der alles noch schlimmer machen würde. »Der will doch nur an seinem Laudanum und seinen Pillen verdienen.«

Ohne ihn näher zu untersuchen, wusste Eileen, dass er diesmal ernsthaft erkrankt war. Aus irgendeinem Grund, den sie nicht zu bestimmen vermochte, litt ausgerechnet er am meisten unter der Schiffsreise. Sie baten ihren Kojennachbarn, einen Apotheker, ihn zu untersuchen, und erkannten an seiner besorgten Miene, dass es noch schlechter um ihn stand, als sie angenommen hatten. »Sein Atem rasselt«, sagte er und fügte nach einigem Zögern hinzu: »Es könnte eine Lungenentzündung sein. Ich gebe Ihnen was gegen das Fieber.«

Das Mittel linderte seine Schmerzen und ließ ihn schlafen. Die Ruhe tat ihm sichtlich gut. Dennoch bestand Kathleen am nächsten Morgen darauf, bei ihm zu bleiben, und trieb ihre Kinder im selben Atemzug nach oben. »Oder wollt ihr auch krank werden?« Sie duldete keine Widerrede, versprach lediglich, in einigen Stunden selbst an die frische Luft zu gehen, falls sich der

Zustand des Vaters besserte. »Geht schon. Ich kümmere mich um Daddy.«

Auch wenn Eileen ein schlechtes Gewissen hatte, ihre Eltern allein zu lassen, folgte sie Robert und Sophie nach oben. Auf dem Oberdeck atmete sie ein paarmal tief durch, bevor sie an die Reling trat und sich die frische Meeresluft ins Gesicht wehen ließ. Auf dem Deck war viel Betrieb. Fast alle Passagiere des Zwischendecks waren aus ihrem dunklen Verlies geflohen, sogar Mütter mit ihren Babys. Bevor Eileen sich versah, war Sophie in der Menge verschwunden, und Robert hatte es anscheinend einer jungen Dame angetan, die in ihrem geflickten Mantel allerdings wenig attraktiv aussah.

Eileen blickte an den Masten empor. Die Matrosen hatten alle Segel gesetzt, und die *Carlotta* beeilte sich, die verlorene Zeit aufzuholen, und trieb mit geblähter Leinwand der fernen Küste entgegen. Über dem Meer wölbte sich ein bedeckter Himmel. Wie schon so oft, nachdem sie den Entschluss gefasst hatten, nach Amerika auszuwandern, fragte sie sich, was wohl die Zukunft bringen würde, in einem Land, das sie nur vom Hörensagen kannten und in dem es noch wilde Eingeborene geben sollte, die ihren Feinden bei lebendigem Leib die Kopfhaut vom Schädel schnitten. Ihr Vater hatte beschlossen, Baltimore so bald wie möglich den Rücken zu kehren. Ihr Ticket war auf drei Monate nach ihrer Ankunft datiert. »Irgendwo im Westen«, wie er sich ausdrückte, wo es noch freies Land gab, wollten sie sich eine Farm aufbauen. Eine Farm, die ihnen allein gehörte. Niemals wieder wollten sie von einem Landbesitzer abhängig sein, der sie schikanierte und ausnutzte.

Sie bezweifelte, dass Sophie mit ihnen gehen würde. Ihr stand der Sinn nach etwas anderem: einem reichen Mann, der sie verwöhnte und ihr ein luxuriöses Leben ermöglichte. Bei ihrem Aussehen war das durchaus möglich. Wenn sie sich bessere Kleider anzog, ihre Haare kämmte und etwas Farbe auf ihre Wangen brachte, würden sich noch mehr Männer nach ihr umdrehen. Mit der Farmarbeit hatte sich Sophie ohnehin niemals anfreunden können.

»Nur nicht schlappmachen, Missy«, erklang eine vertraute Stimme. Wieder einmal war Jonathan Delaney unbemerkt neben sie getreten. »Es wird wohl noch zwei Wochen dauern, bis wir an Land gehen können.« Er tippte grinsend an seine Schirmmütze. »Ich hoffe, Sie haben das Unwetter gut überstanden. Bei uns hat es selbst einen Hünen wie Johnny Duncan erwischt. Sie hätten unseren englischen Preisboxer sehen sollen. Ganz grün war er vor Angst.«

»Dann ist ihm wohl der Sinn nach einer Schlägerei vergangen.«

»Er kann froh sein, wenn sie ihn an Land lassen.«

Eileen berichtete von der Krankheit ihres Vaters und den Sorgen, die sich ihre Familie um ihn machte. Sie drückte ihre Hoffnung aus, das Pulver des Apothekers würde das Fieber vertreiben, wirkte dabei aber so verzweifelt, als hätte ein Arzt bereits das Todesurteil über ihren Vater gesprochen. »Daddy ist ein starker Mann«, sagte sie trotzdem. »Von dem bisschen Fieber lässt er sich nicht unterkriegen. Der hat schon ganz andere Sachen überlebt. Er wird wieder gesund.«

»Das will ich hoffen, Missy. Wollen Sie wirklich nach Westen?«

»So bald wie möglich«, erwiderte sie. »Haben Sie denn nicht gehört, was in Baltimore passiert? Da soll es Banden geben, die auf uns Iren losgehen. Sie können uns nicht leiden, weil wir katholisch sind, und es soll Fabrik- und Ladenbesitzer geben, die uns schlechteren Lohn bezahlen als den Schwarzen. Das Paradies, von dem in den Broschüren die Rede ist, liegt nicht in Baltimore oder New York. Das liegt im Westen.«

»Sie kennen sich gut aus, Missy«, sagte Jonathan.

»Sie wussten das alles schon?«

»Da, wo ich herkomme, pfeifen das die Spatzen von den Dächern. Was soll's? In Irland hatte ich's mit einem englischen Ausbeuter und einem skrupellosen Mittelsmann zu tun, der mich für einen rechtlosen Sklaven hielt, den man erschießen oder mit einem Knüppel erschlagen konnte, falls er nicht spurte. Tiefer kann man nicht sinken. In Amerika, hab ich mir sagen lassen, kannst du es immer zu was bringen, wenn du hart arbeitest und besser bist als dein Rivale, egal, wo er herkommt oder welche Hautfarbe er hat. Das gilt auch für die Banden. Du musst diesen Angebern zeigen, dass mit dir nicht gut Kirschen essen ist, dann kuschen sie von allein. Ich hab keine Angst, Missy.«

»Aber das ist doch kein Leben.«

Sein spöttisches Lächeln kehrte zurück. »Ich habe ja nicht gesagt, dass ich ewig in Baltimore bleiben werde. Nur so lange, bis ich genug Geld gespart habe. Schon vergessen? Ich muss mir ein weißes Pferd und eine Rüstung besorgen, wenn ich Ihnen nach Westen folgen und um Ihre Hand anhalten will.«

»Und ich soll auf Sie warten?«

»Das hoffe ich doch. Ich habe keine Lust, einen eifersüchtigen Ehemann zum Duell zu fordern, wenn ich Sie auf Ihrer Farm besuche. Aber keine Angst. Auch wenn die Amerikaner den Iren kaum was bezahlen, werde ich bei der Eisenbahn oder den Kanalbauern genug Geld verdienen, um Sie nicht aus den Augen zu verlieren. Sie werden es nicht bereuen, Missy, ganz bestimmt nicht. Seit wir uns zum ersten Mal begegnet sind, weiß ich, dass es für mich nur eine Frau gibt. Liebe auf den ersten Blick. Ich weiß, dass es Ihnen ähnlich ging wie mir. Ich habe es in Ihren Augen gesehen.«

Sie errötete. »Sie sind ganz schön eingebildet, Mister.«

»Ich hab eine große Klappe, ich weiß.«

Sie blickte rasch auf das Meer hinaus, damit er ihre geröteten Wangen und das Glänzen in ihren Augen nicht bemerkte, und gestand sich nur widerwillig ein, dass sie ähnlich dachte wie er. Auch er hatte einen tiefen Eindruck auf sie gemacht und war sogar in ihren Träumen aufgetaucht, auch ohne Rüstung und weißes Pferd. Sie hatte das Gefühl, in ihm den Mann getroffen zu haben, nach dem sie sich seit Jahren sehnte, den einen Mann, den man nur traf, wenn der Herrgott es wirklich gut mit einem meinte. Welche hatte schon das Glück, mit einem Mann das Leben zu verbringen, den sie wirklich liebte?

Die *Carlotta* sank in ein Wellental, und Eileen verlor für einen Moment das Gleichgewicht, stolperte und fiel gegen seine Brust. Er schlang instinktiv seine Arme um sie, um sie vor einem Sturz zu bewahren, und sie hielt sich an ihm fest, spürte seine Wärme und seinen Atem an ihren Wangen. Wie zwei Verliebte standen sie an der Reling, wärmten sich gegenseitig, ohne dass einer von ihnen Anstalten machte, den anderen loszulassen. Ein magischer Augenblick für Eileen, die einem Mann noch nie so nahe gewesen war, wie selbstverständlich ihre Wange an seiner rieb und ihn beinahe geküsst hätte.

Nach einer viel zu langen Schrecksekunde lösten sie sich voneinander. Eileen hielt sich mit beiden Händen an der Reling fest und wagte nicht, ihm in die Augen zu blicken. »Wir sehen uns später«, sagte sie, dann eilte sie davon. Sie drehte sich nicht nach ihm um, als sie in den Niedergang zum Zwischendeck stieg, und wäre beinahe gestürzt, so eilig hatte sie es. Erleichtert stand sie im sicheren Halbdunkel, wo die Verlegenheit langsam von ihr abfiel. Als sie wieder einigermaßen klar denken konnte, lächelte sie. Vielleicht war es das, dieses seltsame Gefühl in der Magengrube, das man empfand, wenn man sich in einen Mann verliebt hatte. Wie es in den Romanen stand, die sie von der Frau des Apothekers in Bandon geschenkt bekommen hatte, nachdem sie einigermaßen lesen und schreiben gelernt hatte. Ihr Vater hatte getobt, als er herausbekommen hatte, was sie heimlich trieb, sich aber auch schnell wieder beruhigt, als ihre Mutter ihm erklärt hatte, wie nützlich es für alle sein konnte, wenn wenigstens einer in der Familie es einigermaßen beherrschte. Weder William O'Leary noch sein Sohn Robert hatten in der Schule aufgepasst und verzweifelten schon an den einfachsten Texten. »Unsere Mädchen sind schlau«, hatte sie ihn beruhigt, denn auch Sophie war einige Jahre zur Schule gegangen. »Eileen und Sophie kann keiner übers Ohr hauen.«

Nach dem Unwetter stieg die Stimmung unter Deck. Die meisten Passagiere glaubten, das Schlimmste hinter sich zu haben, und hielten auf ihren Deckspaziergängen bereits nach der

Küste Ausschau. Nicht einmal über das schlechte Essen und das inzwischen brackige Wasser beklagten sie sich. Einige Tage schien sogar die Sonne und ließ das Meer verheißungsvoll glitzern, als hätte man es mit einem silbernen Schleier übergossen.

Viel zu spät merkten viele, dass der gefährlichste Teil der Überfahrt erst begonnen hatte. Das teilweise verdorbene Essen und die kaum erträglichen Zustände unter Deck erhöhten die Infektionsgefahr, und da bei den meisten die privaten Vorräte jetzt rasch zur Neige gingen, konnten sie ihre Abwehrkräfte nicht mehr stärken. Vergeblich setzten sich Jonathan und einige andere Männer beim Ersten Maat für besseres Essen und saubere Unterkünfte ein, doch diese Privilegien waren den Passagieren der Ersten und Zweiten Klasse vorbehalten, die auch mehr für die Überfahrt bezahlt hatten, teilte man ihnen mit.

Nach zwei einigermaßen ruhigen Nächten verschlechterte sich der Zustand von William O'Leary. Das Pulver des Apothekers nützte nichts mehr, obwohl er es großzügig bemaß, und weder der heiße Tee, den Sophie bei einem anderen Passagier auftrieb, noch die Orange, die sie einen Tag später brachte, ohne zu verraten, was der Besitzer dafür verlangt hatte, senkten sein Fieber. Er war so heiß, dass man es selbst durch die Wolldecken spürte.

Obwohl sie es sich nicht eingestehen wollten, mussten sie erkennen, dass er im Sterben lag. Vor einigen Wochen noch ein Fels in der Brandung, war er während der Überfahrt zerbrochen und würde Amerika nicht mehr erleben. Was das entbehrungsreiche Leben auf der Farm und die harte Arbeit nicht geschafft hatten, besorgte die heimtückische Krankheit, die unter seine Decken gekrochen war und ihn genauso zum Tode verurteilte wie das Baby auf der anderen Seite des Ganges, das vor Hitze glühte, als es für immer seine Augen schloss. Die verzweifelten Schmerzensschreie seiner Mutter, als sie das tote Kind in den Armen hielt, hallten bis aufs Oberdeck.

Während dieser schweren Stunden, als ihr Vater im Sterben lag, brachte es Eileen nicht fertig, an Deck zu gehen, so sehr sie Jonathans Zuspruch auch gebraucht hätte. Sie wollte jede Minute nutzen, die ihr noch mit dem Vater blieb. Er war nicht immer fair mit ihr umgegangen, hatte kein Hehl daraus gemacht, dass er lieber einen Sohn als Erstgeborenen gehabt hätte, und natürlich war er ihr auch böse gewesen, weil sie Lesen und Schreiben gelernt hatte, aber er war ihr Vater. Sie konnte ihm nicht böse sein. So war es eben in Irland, auch in den anderen Familien, die sie kannte.

Als es endgültig zu Ende mit ihm ging, bewunderte sie ihre Mutter, die weder schrie noch weinte oder die Nerven verlor, lediglich ruhig auf seiner Koje saß und ihn in den Armen hielt, bis er für immer gegangen war. Was sie ihm ins Ohr flüsterte, würde niemand erfahren. Nur ihre Augen waren feucht, als sie aufblickte und der Lichtschein der Laterne auf sie fiel, ansonsten wirkte sie ruhig und gefasst, wie der Fels in der Brandung, der er zu seinen Lebzeiten gewesen war. »Gott sei deiner Seele gnädig«, sagte sie, als sie ihm die Augen zudrückte. »Gelobt sei Jesus Christus in Ewigkeit, Amen.«

»Amen«, wiederholten Eileen, Sophie und Robert. Alle drei weinten hemmungslos, als sie ihren toten Vater zum letzten Mal in die Arme schlossen.

5

William O'Leary hatte sich immer gewünscht, in irischer Erde begraben zu werden. Hätte er gewusst, dass zwei Matrosen seinen Leichnam der See übergeben würden, hätte er sicher laut geflucht. »Gelobt sei der Name des Herrn«, sagte ein weißhaariger Priester, der nach einigem Zögern aus der Zweiten Klasse herabgestiegen war, und zitierte aus der lateinischen Bibel, die er bei sich trug: »Er weidet mich auf einer grünen Aue und führet mich zum frischen Wasser. Mögest du in Frieden ruhen, William O'Leary! Amen!«

»Amen«, wiederholten seine Witwe und seine Kinder.

Eileen wunderte sich selbst, wie gefasst sie war, als der Leichnam ihres Vaters im Meer verschwand. Außer dem bitteren Gefühl, den Vater verloren zu haben, und einer gewissen Leere packten sie weniger Schmerz und Verzweiflung als der unbedingte Wille, es in Amerika auch ohne den Vater zu schaffen. Die gleiche trotzige Haltung erkannte sie bei ihrer Mutter, die stolz und ohne Tränen neben der Reling stand, während ihr Ehemann seinem nassen Grab übergeben wurde. Sophie fühlte sich unwohl und wartete nur darauf, dass die Zeremonie zu Ende ging, und Robert presste die Lippen zusammen und ballte die Fäuste, sich seiner neuen Verantwortung als einziger Mann der Familie vollkommen bewusst.

»Wir müssen an die Zukunft denken«, sagte Kathleen O'Leary an einem der folgenden Morgen, als sie an der Reling standen und die Sonne genossen, die am östlichen Horizont aus dem Meer gestiegen war. »Nicht einmal der Tod eines vertrauten Menschen darf uns von unserem Ziel abbringen. Wer seine Heimat verlässt und sich in der Fremde eine neue Zukunft aufbaut, muss bereit sein, Opfer zu bringen. Das hat auch euer Vater immer gesagt.«

Ob sich auch ihre Mutter fragte, ob alle ihre Kinder mit nach Westen gehen und dort auf der Farm mitarbeiten würden, wusste Eileen nicht. Kathleen O'Leary war keine Träumerin. Sie akzeptierte die Welt, so wie sie war, und gab sich keinen Illusionen hin. Sie hatte sicher längst gemerkt, dass Sophie ganz andere Vorstellungen von der Zukunft hatte, und auch Robert wirkte viel zu nervös und unstet, um sich der harten Arbeit auf einer Farm hinzugeben. Eileen dachte zuerst an Jonathan, wenn sie über ihre eigene Entscheidung nachgrübelte, und glaubte zumindest in ihren Träumen daran, dass er ihr tatsächlich den Hof machen und vielleicht auch mitkommen würde, um ihrer Mutter und ihr auf der Farm zu helfen. Ein erfahrener und selbstsicherer Mann wie er wäre Gold wert, wenn sie tatsächlich nach Westen fuhren.

Ihre Mutter hatte wohl ähnliche Gedanken. »Ich weiß, dass du an meiner Seite sein wirst, wenn wir uns eine Farm aufbauen«, sagte sie, »aber es wird nicht einfach werden. Die Wildnis, die Indianer, die Arbeit … Wir muten uns eine Menge zu, wenn wir zu zweit oder zu dritt bleiben. Bist du bereit dazu?«

»Ich werde dir helfen«, erwiderte Eileen. »Du weißt, wie gern ich mit Tieren arbeite. Und wenn die Ernte uns und nicht einem englischen Landlord gehört, macht es mir auch nichts aus, einen Pflug durch die Erde zu schieben.«

»Du könntest einen Mann kennenlernen.«

»Auch er würde dir beistehen.«

Jonathan ließ sie mit ihren Gedanken allein und gesellte sich erst einen Tag nach der Bestattung wieder zu ihr. Er drückte ihr sein Beileid aus und versprach, ihr und ihrer Familie zu helfen, falls sie in Schwierigkeiten gerieten. Auch er wirkte seit dem Kampf ein wenig bedrückt. Das schlechte Essen, der widerliche Gestank, die üble Stimmung, weil die Fahrt länger dauerte, als man ihnen in Queenstown versprochen hatte. Überall auf dem Zwischendeck war der Kummer groß, bei den Männern, den Frauen und den Familien.

»Ihre Mutter ist eine starke Frau«, sagte Jonathan.

»Ich weiß«, erwiderte sie.

»Und Sie sind ihr sehr ähnlich. Wussten Sie, dass man den irischen Frauen nachsagt, sie könnten es mit jedem Mann auf der ganzen Welt aufnehmen?«

Sie lächelte. »Das will ich meinen.«

Ausgerechnet nach dem Tod ihres Vaters und während der verbleibenden zwei Wochen, die allen Passagieren am meisten zusetzten, redeten Eileen und Jonathan am meisten miteinander. Nicht nur über ihre Zukunft, auch über das, was sie bisher erlebt hatten, die schweren Jahre nach der Kartoffelfäule, die Auseinandersetzungen mit den Engländern, die harten Bedingungen, die sie und die anderen Menschen an Bord aus Irland vertrieben hatten. Jonathan hatte eine Flasche Limonade aufgetrieben, nur er wusste, wie er daran gekommen war. Jetzt prostete er ihr grimmig zu: »Kein Guinness, aber nicht schlecht.«

»Wir werden immer Iren bleiben«, sagte sie, »selbst irgendwo im fernen Westen und wenn sie uns einen amerikanischen Pass geben. Mir ist es egal, welche Flagge vor unserer Farm weht. Ich will vor allem frei sein, unabhängig von den Engländern, die so tun, als würde ihnen die ganze Welt gehören.«

»*Right Ye Be*, Missy. So soll es sein.«

»An unserer Sprache wird man uns immer erkennen. An unseren Gedichten und Liedern, an unseren Tänzen, vor allem aber am Mut unserer Männer, Frauen und Kinder. Wir lassen uns nichts mehr gefallen. Und wenn sich alle anderen Amerikaner gegen uns stellen sollten, wir kommen, um zu bleiben.«

»Sie reden wie eine wahre Irin.«

An einem besonders schönen Abend während der Überfahrt blieben sie lange an Deck. Sie standen an der Reling und bestaunten Delfine, die artistisch aus dem Wasser sprangen und sogar die Passagiere der Ersten und Zweiten Klasse auf ihre Decks lockten, hielten sich aneinander fest, als die *Carlotta* einige Wellen kreuzte und von Windböen geschaukelt wurde, und ließen einander auch dann nicht los, als die Wellen wieder sanfter wurden und das Schiff ruhig im Wasser lag. Ohne sich vor den anderen Passagieren zu schämen, lehnte Eileen den Kopf an seine Schulter und genoss seine Nähe, glaubte sogar, das aufgeregte Pochen seine Herzens zu hören.

Ihr Kuss war sanft und vorsichtig und hätte jeder Anstandsdame einen Entsetzensschrei entlockt, doch sie kümmerten nicht um irgendwelche Anstandsregeln und küssten sich so lange, bis die Blicke fast aller auf sie gerichtet waren. Erst dann erkannten sie, welche Aufmerksamkeit sie mit ihrem leidenschaftlichen Kuss erregt hatten, besonders bei den Familien mit Kindern, und ließen rasch voneinander ab und hielten sich nur noch an den Händen wie spielende Kinder. Sie lächelten beide, brauchten dem anderen nicht zu sagen, was sie dachten oder fühlten. Ihre Blicke sagten mehr als tausend Worte.

»Auf einem weißen Pferd?«, hakte sie lächelnd nach.

»Darauf kannst du wetten«, antwortete er.

Zwei Einwanderungsbeamte, ein Arzt und mehrere Krankenschwestern kamen in der Chesapeake Bay an Bord, zusammen mit einem Lotsen, der dem Captain der *Carlotta* half, sein Segelschiff sicher durch die Bucht zu steuern. Länger als einen Tag verbrachten die Passagiere damit, sich ärztlich untersuchen, ihre Papiere überprüfen und sich registrieren zu lassen, immer noch harmlos im Vergleich zu den Formalitäten in New York, wie eine Krankenschwester ausplauderte, wo man wesentlich strenger und unfreundlicher mit den Einwanderern umging. Eileen, ihre Geschwister und ihre Mutter passierten die Kontrollen anstandslos. Sie besaßen gültige Papiere und genügend Geld und hüteten sich vor allem davor, den Beamten oder dem Arzt patzige Antworten zu geben, im Gegensatz zu einigen jungen Männern aus dem Zwischendeck, die sich bald darauf am Ende der Schlange wiederfanden und bis spät in die Nacht warten mussten.

Als die *Carlotta* in den Hafen einfuhr, standen alle Passagiere an Deck, das Gepäck griffbereit neben sich. Hoffnungsvoll blickten sie auf die bunten Backsteinhäuser, die sich zu beiden Ufern des Patapsco River entlangzogen und im schwachen Licht der Nachmittagssonne leuchteten. Am Fell's Point, der Halbinsel mit den Landungspiers, erhoben sich die riesigen Gebäude der Werften; die Masten eines fast fertiggestellten Segelschiffes ragten zwischen den Lagerhallen empor. Ungefähr fünf Häuserblocks vom Hafen entfernt war der schlanke Giebel einer Kirche zu sehen. »St. Patrick's«, rief ein Passagier, »das ist St. Patrick's, eine von zwei katholischen Kirchen!«

In dem Gedränge, das bei der Ankunft auf dem Oberdeck herrschte, verlor Eileen ihre Mutter und ihre Geschwister und Jonathan aus den Augen. Von nervösen Passagieren getrieben, die nach der langen und strapaziösen Überfahrt vor allem daran interessiert waren, so schnell wie möglich an Land zu kommen, näherte sie sich der Gangway und musste aufpassen, dass sie mit ihrem Koffer und dem Rucksack, den sie über den Schultern trug, nicht den Halt verlor und zu Boden ging. Einer der Männer hatte es so eilig, dass er mit zwei schweren Koffern auf der nassen Gangway ausrutschte und durch den schmalen Spalt zwischen Schiffswand und Pier ins Wasser fiel. Nur mit viel Glück wurde er herausgezogen. Eine Mutter ließ beinahe ihr Baby fallen und konnte froh sein, dass ihr eine andere Mutter zu Hilfe eilte.

An Land suchte Eileen verzweifelt nach ihren Verwandten, bis sie ihnen abseits einer Lagerhalle in die Arme lief. »Gott sei's gedankt«, sagte ihre Mutter. »Ich dachte schon, du wärst mit Jonathan durchgebrannt.« Ihr Lächeln deutete an, wie ihre Worte gemeint waren. »Was war denn los?«

»Da waren lauter Verrückte. Ich kam weder vor noch zurück.« Eileen stellte ihren Koffer ab und ließ ihren Blick über die ankommenden Passagiere schweifen. Sie hatte gar nicht gewusst, dass so viele Menschen an Bord der *Carlotta* gewesen waren. Über dreihundert. »Habt ihr Jonathan gesehen?«

Sophie grinste. »Er wird sich eine andere gesucht haben.«

»Sieh dich bloß vor, sonst bekommst du eine Abreibung!«

»Sophie! Eileen! Lasst den Unsinn! Ihr seid doch keine vierzehn mehr!« Sie wandte sich an Eileen. »Nein, wir haben ihn nicht gesehen, aber weit kann er ja nicht sein. Wir waren so lange unterwegs, da kommt es auf ein paar Minuten auch nicht mehr an.« Sie setzte sich auf ihren Koffer und forderte ihre Kinder auf, es ihr gleichzutun. »Ich denke, er taucht jeden Moment hier auf.«

Wer dann auftauchte, war ein junger Mann im selben Alter wie Jonathan, nur besser gekleidet und mit einem Stapel bedruckter Zettel in den Händen. »Meine Damen, mein Herr«, sprach er sie höflich an. Sein Lächeln galt besonders Sophie, die sein Lächeln sofort erwiderte und sich scheinbar zufällig an die Haare griff. »Willkommen in Amerika, willkommen in Baltimore!« Er sprach mit irischem Akzent. »Ich freue mich, dass Sie die beschwerliche Überfahrt unbeschadet überstanden haben.« Es klang einstudiert. »Ich nehme an, Sie haben noch keine Arbeit und keine Bleibe für die Nacht gefunden?«

Kathleen traute ihm nicht, war aber zu müde, um sich auf eine längere Diskussion einzulassen. »Das stimmt. Können Sie uns helfen?«

»Dafür ist die Firma meines Herrn da«, fuhr der junge Mann fort. Er lächelte bereits siegessicher. »›Irish-American Society‹, hat er sie genannt. Wir verfügen über erstklassige Kontakte zu Wohnungsvermietern und Arbeitgebern und helfen beim Unterschreiben der Verträge und beim Eingewöhnen in die neue Umgebung.« Eine Gebühr erwähnte er nicht. »Wenn Sie mir bitte folgen wollen, die Herrschaften, unser Büro liegt gleich um die Ecke.«

Die O'Learys waren nicht dumm, doch die entbehrungsreiche Überfahrt und der Tod des Vaters hatten an ihren Nerven gezerrt, und sie sehnten sich nach einer Unterkunft, und wenn es für die erste Nacht nur eine Pension war.

Lediglich Eileen zögerte. »Sollten wir nicht auf Jonathan warten?«

Der junge Mann hatte bereits nach zwei Koffern gegriffen. Die Frage kam ihm mehr als ungelegen. »Jonathan? Das ist sicher Ihr werter Gatte.« Er blickte Kathleen an. »Ich hatte mir gleich gedacht, dass Sie nicht allein unterwegs sind. Er wird doch sicher bald kommen. Ist er denn noch auf dem Schiff?«

»Eileen!«, hallte es im gleichen Augenblick über den Pier.

»Jonathan!«, rief sie erleichtert.

Er bahnte sich einen Weg durch die Menschenmenge und betrachtete den jungen Mann misstrauisch. Mit einer schwungvollen Bewegung schnappte er sich einen der bedruckten Zettel. »Sieh an«, sagte er, nachdem er den Text überflogen hatte, »die Irish-American Society. Ich dachte mir doch gleich, dass du zu diesen Betrügern gehörst. Bei uns auf dem Zwischendeck waren mehrere Männer, die Briefe von ihren Verwandten in Amerika bekommen hatten, und in allen Briefen wurden sie vor der Irish-American Society und anderen Betrügern gewarnt. Ihr seid keine Iren. Ihr seid Betrüger, die dunkle Absteigen als Wohnungen vermieten und Männer und Frauen für einen Hungerlohn an Fabrikbesitzer vermitteln. Und dafür überredet ihr die Leute, einen Vertrag zu unterschreiben, der sie jahrelang an die Irish-American Society bindet. Wir sind nicht dumm, mein Freund. Wir wissen, was gespielt wird.«

Der junge Mann versuchte die Fassung zu bewahren. »Wir sind keine Betrüger. Im Gegenteil, wir helfen den Einwanderern, sich in Amerika zurechtzufinden. Und die Gebühr, die wir dafür verlangen, ist kaum der Rede wert.«

»Fünfzig Prozent?

»Wir haben gute Beziehungen.«

»Und du fängst dir gleich ein blaues Auge ein, wenn du nicht sofort verschwindest und dich hier nie wieder blicken lässt! Stell die Koffer hin und mach, dass du wegkommst, oder ich versohle dir deinen amerikanischen Hintern!«

»Ich bin ein waschechter Ire!«

»Du bist ein waschechter Vollidiot, sonst würdest du keine gutgläubigen Einwanderer ausnehmen! Und jetzt geh zu deinem Boss und sag ihm, dass sich Jonathan Delaney seine Betrügereien nicht länger bieten lassen wird!«

Der junge Mann erkannte wohl, dass Jonathan es ernst meinte, und verschwand in der abschüssigen Gasse gegenüber. »Vielen

Dank«, sagte Kathleen. »Sie haben uns vor einer großen Dummheit bewahrt. Wenn ich nicht so müde wäre, hätte ich es wohl selbst gemerkt. Aber was tun wir jetzt?«

Jonathan schien den Betrüger schon vergessen zu haben. »Tut mir leid, ich hätte es Ihnen schon früher sagen sollen. Von anderen Passagieren weiß ich, dass es nur eine Gesellschaft für uns Iren in Baltimore gibt, der man wirklich vertrauen kann: die Hibernian Society. Ihr Büro liegt zwei Straßen weiter.«

Den Mann, der mit einem Schild für die Hibernian Society warb, sahen sie erst, als sie an ihm vorbeikamen. Jonathan warf ihm einen vorwurfsvollen Blick zu. »Das nächste Mal würde ich pünktlich kommen, Mister. Oder wollen Sie, dass die Hälfte der Passagiere diesen Betrügern auf den Leim geht?«

»Das habe ich ja versucht«, reagierte er betrübt. »Und wenn diese Know-Nothings nicht gewesen wären, hätte ich es auch geschafft. Sie haben mir den Weg versperrt und mir Prügel angedroht. Ich kann froh sein, dass sie mir keine Abreibung verpasst haben. Am liebsten würden sie alle Iren umbringen.«

»Know-Nothings?«, wunderte sich Kathleen.

Auch von denen hatte Jonathan schon gehört. »So was wie eine politische Partei, Ma'am. Sie glauben, dass der Papst eine Verschwörung plant und einen neuen Vatikan mit den Iren in Amerika gründen will. Eine schwachsinnige Idee! Soweit ich weiß, gehen sie gegen alle Ausländer in Amerika vor.«

Der Mann mit dem Schild nickte. »Ihre Banden prügeln sich mit Iren, Deutschen, sogar mit Schwarzen. Als ob sich dadurch etwas ändern würde. Ein Drittel aller Einwohner von Baltimore sind Ausländer, wussten Sie das?«

»Und die Hibernian Society tut nichts?«

»Wir tun, was wir können, aber die Polizei macht es uns nicht leicht.« Er senkte seine Stimme. »Laut darf man es nicht sagen, aber wir haben festgestellt, dass ein Teil der Polizei mit den Nothings gemeinsame Sache macht.«

Eileen war schockiert und erkannte an den Mienen ihrer Mutter und ihrer Geschwister, dass auch sie nicht mit einem solchen

Empfang gerechnet hatten. Von dem Paradies, das man ihnen in Irland vorgegaukelt hatte, war bisher nichts zu spüren. Auf den ersten Blick schien sich überhaupt nichts zu ändern. Skrupellose Geschäftsleute, die arme Leute wie sie ausnahmen. Gewalttätige Banden, die sich auf den Straßen bekriegten. Teure Wohnungen und schlecht bezahlte Jobs. Dafür hätten sie nicht nach Amerika reisen müssen.

Im Büro der Hibernian Society besserte sich ihre Laune etwas. Die Leute dort waren tatsächlich daran interessiert den ankommenden Iren zu helfen, und hielten ein Merkblatt mit zahlreichen Wohnungen und Zimmern und ein paar Stellenanzeigen bereit. »Leider haben wir Iren in Amerika nicht den besten Ruf«, sagte ein Angestellter zu ihnen. »Eher geben die meisten Leute einem Schwarzen die Stelle als einem Iren. Versuchen Sie es in einer der Fabriken oder als Hausmädchen.« Er blickte Robert an. »An Ihrer Stelle würde ich mich bei der Eisenbahn bewerben. Die Baltimore & Ohio baut eine neue Strecke in Ohio.« Zu Jonathan sagte er: »Und Sie? Haben Sie schon Arbeit?«

»Ich suche mir was im Hafen«, erwiderte Jonathan. »Keine Bange.«

»Du willst dich doch nicht klammheimlich aus dem Staub machen?«, sagte Eileen, als sie das Büro verließen. »Auch auf einen edlen Ritter auf einem weißen Pferd kann ich nicht ewig warten, das weißt du hoffentlich. In drei Monaten ziehen wir nach Westen weiter, so steht es auf unseren Tickets.«

»Und ich werde dem Zug auf meinem Prachtpferd folgen. Oder meinst du, ich lasse die schönste Frau, die jemals Irland verlassen hat, einfach sausen?«

»Das wollte ich hören, mein Freund. *Right Ye Be.*«

6

Es gab keine Wohnungen für Iren, nur ein Zimmer in einem mehrstöckigen Mietshaus, das beinahe genauso schäbig wirkte wie das Zwischendeck auf der *Carlotta* und von einem düsteren Flur mit einem einzigen Fenster im Treppenhaus abging. Öllampen und Kerzen waren im Flur streng verboten. Der Vermieter, ein gleichgültiger Mann in mittleren Jahren, kassierte die Miete für den ersten Monat, verwies auf die Hausordnung, die in großen Buchstaben in jedem Stockwerk hing, und blickte Robert an, als er sie davor warnte, sich auf Handgreiflichkeiten, Mord und Totschlag einzulassen.

Das Zimmer spottete jeder Beschreibung. Es war nicht einmal so groß wie der Wohnraum ihres Farmhauses in der alten Heimat, stank nach Essensresten und den schmutzigen Decken neben dem Herd und war von den Nachbarräumen nur durch dünne Holzwände getrennt. Man hörte jedes Geräusch und verstand jedes Wort. Das einzige Fenster ließ sich nur einen Spalt öffnen. Es gab zwei Betten, ein Stockbett für Kinder und zwei zerfledderte Matratzen. Der Schrank wackelte, der Spiegel über der Kommode hatte einen Sprung.

»So sieht also das Paradies aus«, schimpfte Sophie. »Ich glaube langsam, wir sind vom Regen in die Traufe gekommen. Da hätten wir auch gleich in Irland bleiben können. Die Amerikaner sind nicht besser als die Engländer.«

»Niemand hat gesagt, dass es leicht wird«, erwiderte ihre Mutter. »Aber drei Monate halten wir durch, und dann geht es nach Westen. Dort ist alles besser. Wir werden uns ein Haus bauen, Kühe und Schweine haben und Getreide aussäen, und niemand wird uns mehr ausnehmen oder beschimpfen.«

»Warum fahren wir nicht gleich weiter? Die Tickets haben wir doch, und das fehlende Geld können wir auch irgendwo im

Westen verdienen. St. Louis soll eine großartige Stadt sein, auf jeden Fall besser als dieser Sündenpfuhl.«

Kathleen hatte sich längst in ihr Schicksal gefügt, wenn auch widerwillig. »Sie konnten uns keinen früheren Termin geben, das weißt du doch. Oder wir hätten den Ticketagenten bestechen und die Hälfte unserer Ersparnisse hinlegen müssen.« Sie legte ihrer Tochter einen Arm um die Schultern und lächelte aufmunternd. »Wir schaffen das schon. Das sind wir auch Daddy schuldig. Er darf nicht umsonst gestorben sein. Also lasst uns dieses Loch so wohnlich wie möglich einrichten.« Sie kramte einige Münzen aus ihrer Manteltasche. »Und du, Robert, könntest uns was zu essen kaufen. Nudeln, Brot, etwas Käse, wenn er nicht zu viel kostet. Gegenüber hab ich einen Laden gesehen.«

Sie machten sich an die Arbeit. Mit einem Blecheimer holte Eileen frisches Wasser aus der Pumpe hinter dem Haus und schrubbte den Boden mit einem Scheuerlappen, bis sich ihre Hände rot färbten. Ihre Mutter löste sie ab. Sophie, die sich schon immer vor körperlicher Arbeit gedrückt hatte, bezog die Betten und putzte nach einem strengen Blick ihrer Mutter das Fenster. Sie schrie mehrmals auf, wenn sie auf Ungeziefer stieß, und stöhnte nur, als Eileen ihr lächelnd berichtete, eine Ratte im Flur gesehen zu haben. Humor war die beste Waffe gegen die unhaltbaren Zustände in dem alten Mietshaus.

Robert kehrte schimpfend aus dem Laden zurück und legte ein halbes Brot, eine Tüte Nudeln und etwas Käse auf den Tisch. »Wucherpreise!«, rief er so laut, dass es die Nachbarn drei Zimmer weiter hören mussten. »Dabei ist der Verkäufer ein Ire. Der Laden gehört einem Amerikaner, sagt er, und der würde die Preise diktieren. Er wollte mir nicht sagen, wo der Ausbeuter wohnt, sonst wäre ich heute noch hin und hätte ihm die Meinung gesagt.«

»Und wärst wahrscheinlich im Gefängnis gelandet. Willst du das?«

»Ich hab keine Lust, mich wie ein schäbiger Landstreicher behandeln zu lassen!«, sagte Robert. »Am liebsten würde ich bei einer dieser Banden mitmachen, die gegen die Amerikaner kämpfen. Die Irish Patriots heizen den Schlappschwänzen der Know-Nothings, den Rip Raps und Plug Uglies ordentlich ein, hab ich mir sagen lassen. Die bekämpfen sich bis aufs Messer.«

»Das lässt du schön sein!«, warnte seine Mutter. Sie konnte sehr bestimmt klingen, wenn sie etwas nicht wollte. »Wir sind nicht nach Amerika gesegelt, um dich am Galgen oder im Leichenschauhaus zu sehen. Lass das, hörst du?«

»Schon gut, Mammy.«

»Auf keinen Fall lässt du dich mit diesen Schlägern ein. Du hast doch gehört, was sie bei den Hibernians gesagt haben. Das sind keine Rüpel wie auf den Volksfesten in Irland, das sind Verbrecher, die mit Pistolen und Messern kämpfen. Die warten nur darauf, dass ihnen ein Ire vor die Flinte läuft.«

»Aber gefallen lassen muss ich mir auch nicht alles.«

»Geh ihnen aus dem Weg. Das tun die meisten hier.«

Nach dem Abendessen, das aus Brot und etwas Käse bestand, gingen sie früh schlafen. Kathleen nahm das eine Bett, Eileen und Sophie teilten sich das andere. Robert legte sich auf eine der zerfledderten Matratzen. Sie waren so müde und erschöpft, dass sie beinahe sofort einschliefen. Nicht einmal das laute Gezeter eines streitenden Paares aus einem der Nachbarzimmer und das Geschrei von Kindern, die unter ihrem Fenster spielten, hielt sie davon ab.

Nur Eileen brauchte länger. Ihre Gedanken waren bei Jonathan, der sie bis zu ihrer neuen Bleibe begleitet hatte und dann gegangen war. »Vergiss mich nicht, Missy!«, hatte er sie getröstet. »Wir sehen uns schneller, als du denkst.« Sie brauchte nicht einmal die Augen zu schließen, um sein Lächeln und das Leuchten in seinem Gesicht zu sehen, wenn er ihr zärtlich mit den Fingern über die Wange strich. Warum war er nicht bei ihnen geblieben? Was gab es so Wichtiges für ihn zu tun, dass er sie verlassen musste? Er hatte sich nicht einmal umgedreht, nachdem er sich von ihr verabschiedet hatte und in der Seitenstraße verschwunden war. Würde er tatsächlich zurückkehren? Oder bekam er kalte Füße und fürchtete um seine Freiheit? Komm zurück, flüsterte sie in Gedanken. Mir ist egal, ob du auf einem weißen Pferd reitest oder in abgetragenen Lumpen über die Felder kommst, aber komm zurück!

Am nächsten Morgen tranken sie Tee und frühstückten die restlichen Haferflocken, die vom Schiffsproviant übrig waren. Sie würden getrennt nach Arbeit suchen, wie man es ihnen empfohlen hatte, weil schon ein Ire einen Arbeitgeber erschreckte, eine ganze Familie ihn aber davon abhalten würde, auch nur ein Wort mit ihnen zu wechseln. Umso erstaunter waren sie, als Robert seinen Rucksack packte und sagte: »Ich muss euch verlassen, Mammy. Das Leben hier ist nichts für mich. Ich ziehe weiter und melde mich bei der Eisenbahn oder den Kanalarbeitern im Norden. Da wohne ich mit anderen Männern in einem Camp und muss mir nicht das Geschrei in diesem elenden Mietshaus und die dummen Sprüche eines Fabrikbesitzers anhören.«

»Und du meinst, die Eisenbahn behandelt dich besser?«

»Hab ich jedenfalls gehört. Dort arbeiten fast nur Iren, und die Vorarbeiter sollen einigen Respekt vor der Leistung von uns Iren haben. In Ohio wird eine neue Linie gebaut. Ich bin sicher, die Eisenbahn bringt mich hin, wenn ich bei ihnen unterschreibe. Ich muss raus aus diesem Moloch von einer Stadt.«

»Und wir werden dich niemals wiedersehen?« Kathleen wischte sich verstohlen eine Träne aus den Augen. »Du kommst nicht mit uns nach Westen?«

Robert kramte sein Ticket aus dem Rucksack und reichte es ihr. »Nein, Mammy. Du kannst es bestimmt einlösen. Du bist mir doch nicht böse?«

»Nein, Robert«, sagte sie. »Ich habe mir schon gedacht, dass du uns verlassen würdest. Du bist kein Farmer, eher ein Wanderer, der von einem Arbeitsplatz zum nächsten zieht und nirgendwo Wurzeln schlägt. Aber jeder Mutter tut es weh, wenn ein Sohn das Haus verlässt.« Sie nahm ihn in die Arme und drückte ihn wie einen kleinen Jungen. »Versprich mir, dass du uns besuchen kommst, wenn wir erst unsere Farm haben. Du wirst uns finden, da bin ich sicher.« Nun hielt sie ihre Tränen nicht länger zurück. »Farewell, Robert!«

»Farewell, Mammy! Farewell, Eileen und Sophie! Bis bald!«

Sie winkten ihm vom Fenster nach und beobachteten unter Tränen, wie er in derselben Gasse wie Jonathan verschwand. Nach dem Vater, der irgendwo zwischen Irland und Amerika auf dem Meeresboden lag, hatte auch der zweite Mann die Familie verlassen. Sie waren allein. Grund genug für die drei Frauen, den Tee aufzuwärmen und sich eine weitere Tasse einzuschenken.

»Wir geben nicht auf!«, sagte die Mutter. »Der Herrgott wollte, dass wir nach Amerika auswandern und dort eine neue Farm aufbauen, und genau das werden wir tun. Wir schaffen das auch ohne Männer. Ich weiß, die meisten Frauen würden aufgeben oder verzweifelt nach einem neuen Ehemann suchen. Aber wir sind keine gewöhnlichen Frauen. Wir kommen aus Irland. Wir sind O'Learys. Wir sind stark genug, uns gegen jedes Schicksal aufzulehnen.« Sie hob ihre Teetasse. »Auf die Zukunft, meine Töchter! Auf unser neues Leben in Amerika!«

»Auf Amerika!«, erwiderten Eileen und Sophie feierlich.

Am späten Vormittag zogen sie los und suchten nach Arbeit. Eileen hatte vor, in einem der kleinen Läden um die St. Patrick's Church anzuheuern, und hoffte, dort auf freundliche Iren zu treffen, sah sich aber bald eines Besseren belehrt. Die meisten Läden gehörten Amerikanern oder Iren, die schon während der Kartoffelfäule vor acht Jahren eingereist waren und den Neuankömmlingen ebenso feindlich gegenüber eingestellt waren wie Amerikaner.

Einige der Läden suchten tatsächlich Angestellte. »Help Wanted« stand auf einem Schild im Schaufenster eines Eisenwarenladens. Doch gleich darunter stand »No Irish Need Apply«. Iren brauchen sich nicht zu bewerben. Beim ersten Schild schüttelte Eileen lediglich den Kopf, auch beim zweiten und dritten, aber beim vierten schimpfte sie so laut, dass der Besitzer nach draußen kam und rief: »Verschwinden Sie, Miss, oder ich rufe die Polizei!«

Nach mehreren vergeblichen Versuchen, sich in Läden ohne Schilder zu bewerben, erreichte sie die Bank Street und sah den schlanken Turm der St. Patrick's Church vor ihr in die Höhe ragen. Einem Impuls folgend, betrat sie die Kirche, tauchte die Fingerkuppen ins Weihwasser und schlug ein Kreuz, bevor sie vor einer Bank niederkniete. Sie betete für ihren toten Vater und ihren Bruder, sagte aber auch: »Wie kannst du so etwas zulassen, Herr? Dass sich Amerikaner und sogar Iren gegen uns stellen, nur weil wir vor der Schreckensherrschaft der Engländer geflohen sind und in Amerika eine neue Zukunft suchen? Ist in diesem riesigen Land nicht Platz für alle? Warum bekämpfen sie uns, nur weil wir katholisch sind? Wir beten zum selben Gott wie die Protestanten, oder etwa nicht? Soweit ich weiß, gibt es kaum Unterschiede zwischen unseren Religionen. Warum lässt du so etwas zu? Warum hinderst du die Menschen nicht daran, uns schlechter als Tiere zu behandeln?«

Ohne dass sie es gemerkt hatte, war ein Priester neben sie getreten. Er legte eine Hand auf ihre linke Schulter und sagte: »Ich habe gehört, was du gesagt hast, meine Tochter, und ich verstehe deinen Unmut. Aber Gott lässt nichts ohne Absicht geschehen. Wir müssen wohl alle Opfer bringen, wenn wir den beschwerlichen Weg zu den grünen Weiden des Paradieses gehen wollen. Der Tag wird kommen, an dem Katholiken und Protestanten in friedlicher Eintracht zusammenleben und auch die Amerikaner erkennen müssen, dass wir Iren aus einem besonders harten Holz geschnitzt sind.« Er lächelte versonnen. »Auch ich komme aus der alten Heimat und habe viel erdulden müssen, und doch weiß ich, dass am Horizont eine bessere Welt auf uns wartet.« Er blickte sie an. »Du bist noch jung, und das Leben liegt noch vor dir.«

»Amen«, sagte sie. Wie alle Iren war sie gläubig, wusste aber auch, dass der Herrgott nicht alles für seine Schäfchen richten konnte. Aber ein wenig leichter könnte er es uns schon machen, dachte sie. Haben wir nicht genug mitgemacht?

Sie hatte die Worte nur in ihren Gedanken ausgesprochen, doch der Priester schien sie auch so zu verstehen. »Manchmal scheint es mir, als würde der Herrgott von uns Iren mehr als von anderen erwarten«, sagte er. »Als könnte er uns mehr Verantwortung und mehr Arbeit auflasten, weil wir härter im Nehmen sind und schon in der Vergangenheit so viel erduldet haben. Ich brauche dich nur anzusehen, meine Tochter. Du bist stark genug!«

Eileen verließ die Kirche und blieb einen Augenblick in der schwachen Frühlingssonne stehen. Das Gespräch mit dem Priester hatte sie gestärkt, auch wenn sie von ihm nichts Neues erfahren hatte. Ihr war immer schon klar gewesen, dass es weniger auf Gott als auf die Menschen ankam, wenn man das Leben meistern wollte, besonders in einem jungen Land wie diesem Amerika.

Sie knabberte an der Scheibe Brot, die sie als Proviant mitgenommen hatte, und ging bis zur Baltimore Street, einer breiten Straße, an der es angeblich besonders viele Läden und Betriebe gab. Vor einem der Kaufhäuser blieb sie lange stehen und betrachtete die Auslagen. Wie gerne hätte sie neue Kleider und einen neuen Mantel gekauft, aber die Preise waren unverschämt hoch, daran war nicht zu denken. Staunend blickte sie auf ein Cape, »aus Paris in Frankreich importiert«, wie ein Schild erklärte, und von einem hellen Rot, wie sie es noch nie gesehen hatte. Daneben lagen einige Hauben in ebenfalls kräftigen Farben und mit zahlreichen Stickereien auf den Aufschlägen.

Die meisten Frauen, denen sie begegnete, trugen allerdings einfachere Kleidung, wenn auch nicht so abgetragene Mäntel wie sie. Sie war eine ausgezeichnete Näherin und nahm sich vor, sich einen neuen Mantel zu schneidern, sobald sie an preiswerten Stoff kam. Sie wischte sich die Brotkrümel vom Mantel und ging zögernd an den Läden vorbei, hatte Angst, von den Besitzern ausgelacht zu werden oder sich eine deftige Abfuhr zu holen.

Vor einer Schneiderei, die in einem der kleineren Backsteinhäuser untergebracht war, blieb sie stehen. An der Tür hing das Schild, das sie inzwischen schon kannte, komplett mit dem Zusatz »No Irish Need Apply«. »Jetzt reicht es mir aber!«, schimpfte sie und betrat den Laden, fest entschlossen, dem Besitzer zumindest die Meinung zu sagen. Ein Glöckchen klingelte, als sie die Tür öffnete, und signalisierte dem Besitzer, dass Kundschaft im Laden war.

Der Mann mochte um die Fünfzig sein, ein korpulenter Bursche mit Halbglatze und nervösen Augen und einer Schere in der rechten Hand. Sein Anzug saß wie angegossen. Er verzog missbilligend das Gesicht, als er ihre schäbige Kleidung bemerkte, sagte aber dennoch: »Womit kann ich dienen, Miss?«

»Ich suche Arbeit, Sir. Ich kann gut mit Nadel und Faden umgehen.«

Er erkannte ihren Dialekt. »Sie sind Irin?«

»Ja, Sir. Spielt das eine Rolle?«

»Können Sie denn nicht lesen, Miss?« Er deutete auf das Schild. »Wir stellen keine Iren ein. Nicht mal für einen Hungerlohn. Als amerikanischer Betrieb sind wir unseren Kunden einiges schuldig, und es ist nun einmal so, dass die Leute nicht von Iren bedient werden wollen. Auf Wiedersehen, Miss.«

»Und warum nicht?«

Der Besitzer hatte nicht mit einer Widerrede gerechnet.

»Warum mögen die Leute keine Iren?«

Dem Mann stieg das Blut ins Gesicht. »Muss ich Ihnen das wirklich erklären, Miss? Sie gehören nicht hierher. Ihre Männer trinken Whiskey und grölen nachts auf den Straßen. Man sagt, dass Sie zu einer Armee des Papstes gehören, die in unserem Amerika einen neuen Vatikanstaat errichten will.«

»Und Sie glauben diesen Blödsinn?« Eileen konnte sich nicht länger zurückhalten und ging den Besitzer so hart an, dass er unwillkürlich einen Schritt vor ihr zurückwich und sich mit beiden Händen an einem Regal festhielt. »Soweit ich weiß, gibt es außer den Indianern überhaupt keine echten Amerikaner. Oder woher kommen Ihre Vorfahren? Ich weiß einiges über die amerikanische Geschichte. Selbst wenn Ihre Vorfahren vor mehr als zweihundert Jahren mit der *Mayflower* nach Amerika gekommen sind, sind sie genauso eingewandert wie die Iren, die jetzt kommen, und wir haben beide das gleiche Recht, uns hier eine Zukunft aufzubauen. Unsere Männer trinken Whiskey, aber auch Kaffee und Tee, und was diesen Unsinn mit dem Papst betrifft: Glauben Sie allen Ernstes, dass wir zu einer Armee gehören? Was sind Sie? Protestantisch? Wir glauben an denselben Gott, nicht wahr? Wir glauben an die gleichen christlichen Werte. Und dazu gehört auch, den anderen nicht zu verleumden, nur weil er aus einem anderen Land kommt und einer anderen Religion angehört. Ich bin eine erstklassige Schneiderin, mein Herr, und würde Ihnen gern beweisen, was ich mit Nadel und Faden alles kann. Nehmen Sie das Schild aus dem Fenster und stellen Sie mich ein!«

Das war eine ausgesprochen lange Rede für Eileen, die ihre Wirkung nicht verfehlte. Denn noch, bevor der Besitzer etwas sagen konnte, erschien seine Frau und betrachtete sie wie ein seltenes Fabelwesen. »Ich kann nicht sagen, dass ich besonders gut auf die Iren zu sprechen bin«, sagte sie, »aber so hat noch keiner meinen Mann in die Enge getrieben, und allein dafür müsste ich Ihnen schon die Stelle geben. Sie haben recht, Miss, auch unsere Vorfahren kommen aus Europa. Und wir glauben an denselben Gott und die gleichen Werte wie Sie.« Sie wechselte einen raschen Blick mit ihrem Mann. »Können Sie wirklich so gut mit Nadel und Faden umgehen, wie Sie sagen?«

»Stellen Sie mich ein, dann beweise ich es Ihnen.«

»Was meinst du, Henry? Wollen wir es mit ihr versuchen?« Sie las die Antwort in seinen Augen und fuhr fort: »Drei Tage zur Probe. Wenn Sie so gut sind, wie Sie sagen, haben Sie die Stelle. Wann können Sie anfangen?«

»Sofort«, antwortete Eileen und zog ihren Mantel aus.

7

Die Besitzer der Schneiderei hießen Henry und Agnes Collister und waren ein kinderloses Ehepaar, das den Betrieb mit einer unerwarteten Erbschaft finanziert hatte und sich wenig für Politik interessierte. Das Schild hatten sie ins Fenster gestellt, weil es alle so machten und sie auf keinen Fall gegen den Strom schwimmen wollten. Erst Eileen hatte ihnen mit ihrer Brandrede die Augen geöffnet, auch wenn sie schon einige Zeit später wieder bedrückte Mienen zeigten und ernsthaft darüber nachzudenken schienen, ob sie etwas falsch gemacht hatten.

Doch Eileen nahm ihnen die Entscheidung ab. Sie arbeitete so schnell und gut, dass beide anerkennend nickten, auch wenn sie am ersten Tag nur Zierleisten und Knöpfe angenäht und andere leichte Arbeiten ausgeführt hatte. In den Regalen lag so viel Arbeit, dass sie Hilfe dringend nötig hatten. Der Lohn war so niedrig, wie Eileen befürchtet hatte, aber wenn die Hiobsbotschaften der Hibernian Society stimmten, musste man als Irin schon froh sein, überhaupt Arbeit zu haben, und dann noch in der Baltimore Street in der Innenstadt.

Auch zu Hause erwarteten sie fröhliche Gesichter. Ihre Mutter hatte Arbeit in einer Textilfabrik gefunden und nähte den ganzen Tag modische Blusen. Sophie begann als Spülerin in einem Gasthaus in der Hafengegend. »Nichts Besonderes«, berichtete sie scheinbar gelangweilt. »Aber wenn ich Glück habe, kann ich in zwei Wochen als Köchin weitermachen. Eine der Köchinnen ist schwanger, und die Gerichte, die sie dort servieren, kriege selbst ich hin.«

»Ein Gasthaus am Hafen? Doch nicht eine dieser Spelunken?«

»Ein ganz normales Gasthaus. Nichts Besonderes, aber auch keine dieser Bars, in denen man Angst um sein Leben haben muss. Ich komm schon nicht unter die Räder, Mammy. Ich bin erwachsen und kann auf mich aufpassen.«

»Das will ich hoffen, Sophie.«

»In der Küche beachtet mich sowieso niemand.«

Ihre Mutter gab sich mit der Erklärung zufrieden, doch Eileen vermutete, dass ihre Schwester schwindelte und wieder einmal versuchte, Profit aus ihrem guten Aussehen zu schlagen. Sie würde sich niemals ändern. Eileen hütete sich, darauf einzugehen, und holte stattdessen Wasser für die Nudeln und den Tee. Lieber hätten sie Fleisch und Kartoffeln gegessen, aber beides war sehr teuer, und sie wollten so viel Geld wie möglich für ihre Fahrt nach Westen sparen. Bis sie eine Farm aufgebaut hatten und von den Erträgen leben konnten, würde mindestens ein Jahr vergehen. Sie brauchten jeden Penny.

Der nächste Tag verlief sehr vielversprechend. Eileen durfte jetzt auch anspruchsvollere Arbeiten ausführen und stellte ihre Geschicklichkeit mit Nadel und Faden mehrfach unter Beweis. Sie änderte zu schmale oder zu weite Kleider und Röcke, reparierte eine Stickerei auf einer kostbaren Haube und half Agnes Collister beim Schneidern eines kostbaren Ballkleides. Sie arbeitete so angestrengt, dass sie gar nicht merkte, wie schnell die Zeit verging.

Mittags luden die Collisters sie zum Essen ein. Es gab Eintopf mit Fleisch, Gemüse und Kartoffeln, ähnlich dem Irish Stew, das sie aus der alten Heimat kannte, nur dass man dort Lamm- oder Ziegenfleisch nahm. Der Eintopf schmeckte so gut, und sie hatte so großen Hunger, dass es ihr schwerfiel, sich zurückzuhalten. »Essen Sie ruhig, Miss!«, forderte Agnes Collister sie auf.

Innerhalb kürzester Zeit kamen sie und die Collisters sich näher. Sie sprachen nicht über Politik und diskutierten auch nicht über die Probleme zwischen Einheimischen und Neuankömmlingen, unterhielten sich eher über belanglose und alltägliche Dinge und stellten dabei fest, dass Agnes Collister und sie ähnliche Interessen teilten. Außer der Arbeit mit Nadel und Faden erfreuten sie sich an der Natur, an Tieren und Pflanzen, besonders an Wildblumen, wie Eileen sie noch von der alten Heimat im Gedächtnis hatte. Sie verriet der Besitzerin nicht, dass sie bereits in drei Monaten nach Westen aufbrechen würde; ein solches Geständnis hätte die Frau des Schneiders nur beunruhigt. Aber sie räumte ein, dass sie davon träumte, irgendwann eine eigene Farm zu bewirtschaften. »Aber bis dahin wird wohl noch einige Zeit vergehen.«

Als sie sich an diesem Abend verabschiedete, händigte ihr Henry Collister bereits ihr Arbeitspapier aus und lobte sie für ihre gute Arbeit. Zufrieden machte sie sich auf den Rückweg. Von den wenigen Münzen, die sie in der Manteltasche mitführte, kaufte sie etwas Schinken und ein paar Eier von einem fahrenden Händler, der sich wohl mit humanen Preisen beliebt machen wollte. Sie lief rasch nach Hause, traf aber nur ihre Mutter im Zimmer an.

»Ist Sophie noch nicht zu Hause?«, fragte sie erstaunt.

Kathleen legte den Schinken und die Eier an einen sicheren Platz und hob eine Kanne mit etwas Milch hoch. »Sie arbeitet wohl noch. Als Spülerin kann man sich die Zeiten nicht aussuchen, da muss man auch mal abends arbeiten.«

Erst gegen neun Uhr, als die Sonne bereits untergegangen war und auf der Straße unter ihnen die Gaslaternen brannten, kehrte Sophie zurück. Sie wirkte etwas aufgekratzt und sehr nervös. »Tut mir leid, dass ich so spät komme«, entschuldigte sie sich eher beiläufig, »aber der Besitzer wollte mich nicht früher gehen lassen. Ohne Überstunden läuft in seinem Gewerbe nichts, sagt er.«

»Das haben wir uns schon gedacht«, erwiderte Kathleen, froh darüber, dass ihrer Jüngsten nichts passiert war. »Eileen hat Eier und Schinken mitgebracht. Ich dachte, ich mache uns etwas Rührei. Und in den Tee kommt heute frische Milch.«

Während des Essens berichtete jede von ihrer Arbeit, nur Sophie hielt sich zurück und winkte gelangweilt ab. »Höchste Zeit, dass wir hier rauskommen. Lange halte ich das nicht durch.« Kathleen war auch nicht begeistert, sie saß den ganzen Tag mit vierzig Frauen in einem großen Raum und nähte immer den gleichen Ärmel an das gleiche Vorderteil. Wie ein kleines Rad in einer großen Maschine fühlte sie sich, und den Handgriff beherrschte sie schon im Schlaf. »Aber das macht mir nichts aus«, sagte sie trotzig. »In drei Monaten kommen wir hier raus, und dann beginnt unser neues Leben.«

Eileen schämte sich fast, von dem Glück zu berichten, dass sie bei der Arbeitssuche gehabt hatte, und verschwieg auch den schmackhaften Eintopf. Sie wollte Sophie und ihre Mutter nicht neidisch machen. »Die Eier schmecken wirklich gut«, sagte sie stattdessen. »Mal sehen, ob der Händler öfter dort mit seinem Handkarren parkt. Aber beim nächsten Mal sind sie bestimmt teurer.«

»Für die nächsten Tage haben wir genug«, erwiderte Kathleen.

In dieser Nacht ließ sich Eileen nicht stören. Nicht mal das Babygeschrei, das aus einem der Nachbarzimmer zu ihnen drang, und das laute Bellen eines Hundes, der sich in den Flur verirrt hatte, hinderten sie am Einschlafen. Sie hatte Sophie das zweite Bett überlassen und lag auf einer der Matratzen. Sie war viel zu müde, um sich noch mit ihrer Mutter oder Schwester zu unterhalten.

In einem ihrer wirren Träume traf sie Jonathan wieder. Er trug eine Rüstung und ritt ein weißes Pferd, doch in seiner rechten Hand lag ein Schwert, als er im vollen Galopp auf eine Übermacht von Feinden zuritt und mit blutiger Waffe und einem stolzen Siegerlächeln im Gesicht zu ihr zurückkehrte.

Noch am nächsten Morgen, als sie zur Baltimore Street unterwegs war, dachte sie an ihn. Befand er sich tatsächlich in Gefahr? War der Traum eine böse Vorahnung gewesen? Wenn sie es sich recht überlegte, war seine Entscheidung, sich irgendwo eine Bleibe und Arbeit im Hafen zu suchen, recht seltsam gewesen. Es wäre doch viel vernünftiger gewesen, in ihrer Nähe zu bleiben, wenn er sie wirklich liebte. Oder wollte er sie nicht dabeihaben? Wollte er den harten Burschen nacheifern, die sich ihr Geld mit Preiskämpfen oder auf unlautere Weise verdienten? Umgab ihn ein Geheimnis, das sie nicht einmal ahnte?

In der Baltimore Street war an diesem Morgen besonders viel Betrieb. Auch vor der Schneiderei der Collisters hatte sich eine Menschentraube gebildet. Eileen befürchtete Schlimmes und verlangsamte ihre Schritte. Sie bahnte sich einen Weg durch die Menge und blieb entsetzt vor dem eingeschlagenen Schaufenster stehen. Ungläubig und mit der dumpfen Vorahnung, der vergangene Tag könnte ihr letzter Arbeitstag gewesen sein, betrat sie den Laden.

Henry und Agnes Collister saßen im Arbeitszimmer. Beide hatten Tränen in den Augen und hielten mit roter Farbe beschmierte Kleidungsstücke in den Händen. Wer immer das Schaufenster eingeworfen hatte, war in die Schneiderei eingedrungen und hatte mit roter Farbe um sich gespritzt. An die Wand hatte er deutlich sichtbar geschrieben: »Amerika den Amerikanern!« Ihr schossen ebenfalls Tränen in die Augen. »Die Know-Nothings!«, sagte sie.

»Ihre Handlanger!«, schimpfte Henry Collister. »Die Rip Raps. Boney Lee und seine Leute, die erkenne ich aus zehn Meilen Entfernung. Alles Seeleute mit dunklen Wollmützen, die sind ihr Erkennungszeichen. Sie haben alles zerstört. Sogar das Geld haben sie uns aus der Kasse gestohlen.« Er wischte sich die Tränen aus den Augen. »Wir wohnen im ersten Stock und haben alles mitbekommen. Als die Scheibe zerbrach, liefen wir zum Fenster und sahen sie vor dem Laden johlen. Wenn wir runtergegangen wären, hätten sie uns geschlagen, ganz bestimmt. Boney Lee hat immer eine Eisenstange dabei.«

»Es tut mir leid«, erwiderte Eileen benommen. »Das war nur meinetwegen.« Sie musste sich am Tresen festhalten. »Haben Sie die Polizei gerufen?«

»Die Constables?« Der Schneider verzog das Gesicht. »Die würden sich um die Sache kümmern, aber wir wissen alle, dass sie gar nichts unternehmen und den Überfall unter den Teppich kehren, so wie alle anderen Verbrechen der Rip Raps und Plug Uglies. Sie stecken mit ihnen unter einer Decke.«

»Die Polizei und die Know-Nothings?«

»Wer denn sonst?« Henry Collister nahm seine Frau in den Arm und umarmte sie liebevoll. »Sie gehen jetzt besser, Eileen. Sie sehen ja, was wir davon haben, wenn wir eine Irin einstellen.

Nichts als Ärger. Es wird Monate dauern, bis wir uns von diesem Überfall erholt haben.« Sie schluchzten beide. »Sie sind eine nette Frau und eine fähige Arbeiterin, und unter normalen Umständen würden Sie sicher gut zu uns passen, aber viele Leute sehen das anders, und wir können es uns nicht erlauben, einen weiteren Überfall zu riskieren. Vielleicht haben die Know-Nothings ja recht. Seit die Iren nach Amerika einwandern, gibt es nur Ärger.«

Eileen gestand ihre Niederlage ein. »Und ich dachte, in Amerika werden Unabhängigkeit und Freiheit großgeschrieben. Hier sollen nur die Taten eines Menschen zählen, steht in den Broschüren und Artikeln, die ich gelesen habe. Weder Herkunft noch Religion sollen eine Rolle spielen. Steht es so nicht in der amerikanischen Unabhängigkeitserklärung? *All men are created equal*? Alle Menschen sind gleich geboren? O ja, ich kenne die wichtigsten Sätze und habe sie für bare Münze genommen. Aber ich habe mich wohl geirrt.«

»Tut mir leid, Eileen. Bitte gehen Sie jetzt«, sagte er.

»Und nehmen Sie sich vor den Banden in Acht!«, fügte seine Frau hinzu.

»Ich wünsche Ihnen alles Gute«, sagte Eileen und ging. Während sie sich einen Weg durch die Menschentraube vor dem Laden bahnte, hörte sie Bemerkungen wie »Geschieht ihnen ganz recht! Warum stellen sie auch eine Kartoffelfresserin ein!« und »Amerika den Amerikanern!«. Sie war froh, dass keine Kunden vor dem Laden standen und sie niemand als Irin erkannte.

Als sie endlich außer Sichtweite der Neugierigen war, blieb sie stehen und begann zu weinen. Sie kümmerte sich nicht um die Blicke der anderen Passanten und weinte so hemmungslos, dass sich einige besorgt bei ihr erkundigten, ob sie verletzt wäre oder Schmerzen hätte. »Ach was«, hörte sie einen Jüngling lästern, »die hat bestimmt nur Liebeskummer!«

Sie schnäuzte sich verstohlen in ihr Taschentuch und ging weiter. Den Händler mit seinem Handkarren, der wieder unweit der Kreuzung hielt und »frische Farmerzeugnisse« anbot, beachtete sie gar nicht. Zu tief saßen Schmerz und Enttäuschung nach dem unliebsamen Vorfall in der Schneiderei. So vehement hatte sie sich die Abneigung gegen Einwanderer nicht vorgestellt. Wovor hatten die Menschen bloß Angst? An der Religion und der Sprache konnte es doch eigentlich nicht liegen, die unterschieden sich kaum.

Hatten die Amerikaner tatsächlich Angst, dass ihnen die Einwanderer die Arbeit wegnahmen? So dumm konnten sie doch nicht sein. Von den Collisters wusste sie, dass riesige Landgebiete im Westen noch als weiße Flecken auf den Landkarten erschienen, dass die Menschen in langen Wagenzügen über die Prärie zogen, um in Oregon und Kalifornien fruchtbares Land zu bewirtschafteten. Und dass es allein entlang der großen Flüsse wie dem Mississippi und dem Ohio so viel Arbeit gab, dass man über jeden Einwanderer froh war, der sich dorthin verirrte. Nur wenige wollten doch für immer in Baltimore, Philadelphia oder New York bleiben. Im Westen lag die Zukunft.

Sie irrte ziellos durch die Straßen. Wie eine Bettlerin lief sie den Broadway nach Süden hinab, entsetzt über die rohe Gewalt, mit der eine Straßenbande wie die Rip Raps sogar gegen Einheimische vorging. Die Collisters konnten von Glück sagen, dass die Angreifer nicht zu ihnen vorgedrungen waren und sie erschlagen hatten. Inzwischen hielt sie alles für möglich. Auch in irischen Städten und sogar in manchen Dörfern hatte sich die Gewalt ausgebreitet, aber sie hatte sich gegen einen rücksichtslosen Feind gerichtet, die englischen Herrscher, die die Iren wie Sklaven unterdrückt hatten.

Weil sie dringend etwas Ruhe brauchte und auch den neugierigen Blicken eines Constables entgehen wollte, betrat sie wieder die St. Patrick's Church. Sie kniete in derselben Reihe wie bei ihrem ersten Besuch nieder, nur dass diesmal kein Priester erschien und ihr Trost spendete. Sie blieb allein mit dem Duft von schmelzendem Wachs und Weihwasser und dem Christus, der über dem Altar am Kreuz litt und ihr zu bedeuten schien, dass sie keinen Grund hatte, sich über ihr Leid zu beschweren. Wer in ein fremdes Land zog, musste sich an Rückschläge gewöhnen und immer wieder von Neuem versuchen, einen entscheidenden Schritt nach vorn zu tun, auch wenn er Gefahr lief, dabei eine weitere Niederlage hinnehmen zu müssen. »Verzeih mir«, bat sie und erinnerte sich an einen Vers aus der Bibel: »Wer geduldig ist, der ist weise; wer aber ungeduldig ist, der offenbart seine Torheit.« Sie würde ihr Glück nicht von heute auf morgen finden. Die Straße ins Paradies führte über Berge und Täler, wand sich durch tiefe Schluchten und durchquerte reißende Ströme. Nur wer fest im Glauben blieb, erreichte sein Ziel.

Sie verließ die Kirche und kehrte nach Hause zurück. Dort erledigte sie die Hausarbeit und holte frisches Wasser für den Tee. Mochten die Engländer ihren Tee am Nachmittag trinken, sie nahmen ihn am frühen Abend zu sich und hatten den »Evening Tea« zum Ritual erhoben. Auf dem Gehsteig vor dem Haus flatterten ihr einige Seiten der *Baltimore Sun* vor die Füße. Sie hob die Seiten auf und nahm sie mit in ihr Zimmer, strich sie auf dem Tisch glatt und begann zu lesen. Ein hoher Politiker der Know-Nothing-Partei hatte eine Rede gehalten und davor gewarnt, weitere Einwanderer ins Land zu lassen. Vor allem die Iren, diese »Gesandten des machthungrigen Papstes«, seien nur darauf aus, die Herrschaft zu übernehmen und alle rechtschaffenen Amerikaner aus ihren Jobs zu drängen. Er sei zwar gegen die brutalen Methoden mancher Banden, schließe aber nicht aus, dass man »aufsässige Elemente wie die Whiskey-Trinker« nur mit dem nötigen Nachdruck vertreiben könne. »Amerika den Amerikanern«, schloss er seine Rede.

»Du bist schon hier?«, wunderte sich ihre Mutter, als sie um kurz nach sieben das Zimmer betrat. Sie zog ihren Mantel aus. »Hast du Kummer, Eileen?«

Eileen blickte von der Zeitung auf und berichtete ihr, was passiert war. Ihre Mutter war genauso entsetzt wie sie und haute wütend mit der Faust auf den Tisch, als sie den Artikel über den Know-Nothing-Redner überflog. »Deshalb sind wir also nach Amerika gefahren? Um uns von solchen Wirrköpfen beschuldigen zu lassen? Die unsere Herkunft und unsere Religion durch den Dreck ziehen, nur weil sie Angst um ihren mickrigen Besitz haben? Der Teufel soll sie holen! Wir lassen uns nicht unterkriegen, und wenn sie mit Pistolen und Messern auf uns losgehen! Wir haben das gleiche Recht wie sie, uns in dieser Neuen Welt eine Zukunft aufzubauen, oder etwa nicht?«

»Wir müssen so schnell wie möglich weiter«, sagte Eileen. »In Baltimore ist kein Platz für uns, und in New York und Philadelphia ist es sicher noch viel schlimmer.« Sie seufzte. »Wir hätten den Ticketagenten bestechen sollen.«

»Damit wir gleich in den Zug steigen können?« Ihre Mutter hatte sich längst auf einen Stuhl fallen lassen. »Das hätte uns ein Vermögen gekostet!«

»Es wäre den Einsatz wert gewesen.«

»Hinterher ist man immer schlauer. Ist noch Tee da?«

»Ich wollte ihn gerade aufsetzen«, antwortete Eileen. Sie schob ein Holzscheit ins Feuer und stellte einen Topf mit Wasser auf die Herdplatte. »Sollen wir die restlichen Eier essen? Sonst werden sie noch schlecht. Mit etwas Schinken und Käse schmecken sie bestimmt noch besser als gestern.«

Ihre Mutter nickte nur. Nach ihrem wütenden Ausbruch brauchte sie einige Zeit, um sich von den schlechten Nachrichten zu erholen und auf die neue Lage einzustellen. Diese Phasen dauerten niemals lange bei ihr. Ihrem irischen Temperament waren die gelegentlichen Wutausbrüche geschuldet, die selbst ihre männlichen Verwandten erschreckt hatten, doch während der zahlreichen Schicksalsschläge, die auch in Irland auf sie eingeprasselt waren, hatte sie gelernt, niemals aufzugeben, so aussichtslos die Zukunft auch schien.

»Du suchst dir neue Arbeit«, sagte sie, »irgendwas wird sich schon finden. Es muss ja nicht an dieser Einkaufsstraße sein. Vielleicht kann ich den Besitzer unserer Fabrik überreden, dich einzustellen. Irgendwie müssen wir die ersten drei Monate überstehen. Im Westen wird alles besser, das weiß ich.«

»Hoffentlich, Mammy«, erwiderte Eileen.

8

Weder Eileen noch ihre Mutter konnten schlafen. Sie waren um kurz nach zehn Uhr ins Bett gegangen, weil ihnen nach dem anstrengenden Tag die Augen zugefallen waren, und hatten sich entschlossen, dort auf Sophie zu warten. Das Herdfeuer hatte Eileen mit einem Holzscheit angefacht, damit der Tee warm blieb. Doch als sie unter ihren Decken lagen, waren beide wieder hellwach, und Kathleen setzte sich nervös auf. »Und wenn ihr was passiert ist? Du hast doch heute gesehen, wozu diese sogenannten Patrioten fähig sind.«

»Sophie weiß sich zu helfen«, erwiderte Eileen. »Wahrscheinlich ist die andere Spülerin nicht zur Arbeit erschienen und sie muss auch die andere Schicht übernehmen und die halbe Nacht arbeiten. Sie ist hart im Nehmen.«

»Diese Stadt ist gefährlicher, als wir dachten, Eileen.«

»Ich weiß, Mammy.«

Eileen stand auf und trat barfuß ans Fenster. Ihr Zimmer lag im zweiten Stock, und sie konnte fast die ganze Straße einsehen. Sie ging vom Broadway ab und lag nicht gerade in der besten Gegend der Stadt. Passanten in modischen Kleidern wie auf der Baltimore Street oder vornehme Kutschen sah man hier nicht. Im trüben Licht der Öllaternen erkannte sie einige Jugendliche, die grölend durch die Gegend zogen, und einen Betrunkenen, der benommen an einer Hauswand lehnte und auf den Boden starrte. Weiter südlich waren die flackernden Lichter der Hafengegend zu erkennen; die Masten der vor Anker liegenden Segelschiffe hoben sich gegen den Sternenhimmel ab.

Eileen lehnte sich mit beiden Händen gegen den Fensterrahmen. Sie war ziemlich sicher, dass Sophie nicht als Spülerin arbeitete. Die Hände ihrer Schwester wären schon gestern Abend vom heißen Wasser gerötet gewesen, hatten aber eher gepflegt ausgesehen, wie bei einer vornehmen Frau, die überhaupt keine körperliche Arbeit verrichtete. Ihrer Mutter hatte Eileen nichts von ihrem Verdacht gesagt. Vielleicht hatte Kathleen es sogar auch bemerkt und wollte es nur nicht wahrhaben. Sophie flunkerte nicht zum ersten Mal.

In Irland hatte sie sich einige Male heimlich mit Männern getroffen, auch mit fünfzehn und sechzehn schon. Nicht nur mit dem Gentleman, den sie auf dem Markt in Bandon kennengelernt hatte und mit dem sie in ein Gasthaus gegangen war. Wenn sie sich zurechtmachte, ging sie leicht für zwanzig durch. Einmal hatte Eileen sie neben dem Kutscher auf einem Frachtwagen gesehen, und sie war am selben Abend mit einem Korb voller Obst und Gemüse nach Haus gekommen, angeblich ein Geschenk wandernder Mönche. Und nur wenige Wochen vor ihrer Abreise hatte Eileen sie in der Kutsche eines wohlhabenden Engländers entdeckt, ein Verbrechen in den Augen jedes Iren, aber vielleicht der Grund dafür, dass ihre Ersparnisse besonders groß waren und dass der englische Landlord sie bei den Steuern nicht völlig ausgenommen hatte.

Ohne lange nachzudenken, zog sie sich an. »Ich gehe sie suchen, Mammy. Allein«, fügte sie entschlossen hinzu, als sie sah, wie sich ihre Mutter aus den Decken schälte. »Kein Grund, uns beide um den Schlaf zu bringen. Ich warte, bis sie mit ihrer Arbeit fertig ist, und komme zusammen mit ihr zurück. Die Rip Raps oder wie immer sie heißen werden es nicht wagen, zwei Frauen auf offener Straße anzugreifen. Außerdem sind dort unten viele Constables.«

»Ich weiß nicht.«

»Spätestens um Mitternacht sind wir zurück«, versprach Eileen. »Vielleicht kann Sophie ihren Chef überreden, sie nur tagsüber arbeiten zu lassen. Mit ihrem Lächeln kriegt sie ihn bestimmt rum. Mach dir keine Sorgen, Mammy.«

Eileen schlüpfte in ihren Mantel und verließ das Zimmer, bevor ihre Mutter sie zurückhalten konnte. Durch den dunklen Flur tastete sie sich zum Ausgang und trat auf die Straße hinaus.

Sie wollte ihre Mutter nicht dabeihaben, wenn sie Sophie in einer verfänglichen Situation aufspürte. Das würde nur böses Blut geben. Mit entschlossenen Schritten ging sie an dem Betrunkenen vorbei, der irgendetwas Unverständliches lallte, und wandte sich nach Süden.

In den Gassen von Fell's Point lag eine Bar neben der anderen. Überall brannten Öllampen und zauberten geheimnisvolle Schatten auf die Backsteinwände; die Fenster leuchteten gelb. Aus den Kneipen drangen die schrägen Klänge von Walzenklavieren, der schrille Sound irischer Fiddles und sogar das aufdringliche Signal einer Trompete. In das Gemurmel der Männer, vornehmlich Seeleute, die mit ihren Schiffen in Baltimore ankerten, mischten sich das helle Lachen von leichten Mädchen und Gläserklirren.

Auch vor den Kneipen standen Männer in der milden Frühlingsluft und tranken und rauchten, weniger friedvolle Gäste stritten laut oder gingen mit den Fäusten aufeinander los. Die uniformierten Constables waren nicht so präsent, wie Eileen gehofft hatte, und störten sich nicht an den Raufereien. Sie griffen nur ein, wenn jemand eine Pistole oder ein Messer zog, und selbst darauf konnte man sich nicht verlassen. Ein Grund, warum sich hübsche Frauen von Hafengegenden fernhalten sollten, nicht nur in Baltimore. Die Chance, von Betrunkenen belästigt zu werden oder einen Streit zwischen Seeleuten auszulösen, war zu groß. Eileen hatte ihren Mantelkragen hochgeschlagen und ihre Wollmütze tief in die Stirn gezogen, damit man ihre blonden Haare nicht sah. Sie konnte von Glück sagen, dass ihr Gang lange nicht so aufreizend wie der ihrer Schwester war.

Um nicht erkannt zu werden, blieb sie im Schatten der Backsteinhäuser. Mit gesenktem Kopf lief sie an den Gasthäusern und Bars vorbei, spähte so unauffällig wie möglich durch offene Türen und Fenster und hielt Ausschau nach Sophie. Ihre Hoffnung, sie aufzuspüren, war nicht besonders groß. In fast jeder Kneipe herrschte großes Gedränge, und die Frauen und leichten Mädchen, die sich mit den Männern tummelten, waren in dem schummrigen Licht kaum zu erkennen. Aber sie musste etwas tun. Sie war sicher, dass Sophie kein Geschirr spülte, und sie konnte nicht tatenlos zu Hause sitzen und Sophie der Gefahr aussetzen, von einem Betrunkenen belästigt oder gar vergewaltigt zu werden. Sophie unterschätzte die Gefahr vielleicht und fühlte sich relativ sicher, weil sie bisher nie in ernsthafte Schwierigkeiten geraten war.

Obwohl Eileen den Seeleuten aus dem Weg ging, konnte sie nicht vermeiden, von einem der Burschen angehalten zu werden. Er hatte wohl die blonde Locke gesehen, die unter ihrer Wollmütze hervorlugte. »Hey, seht mal, wen ich hier habe!«, rief er seinen Kumpanen überrascht zu. »Ich lass mich kielholen, wenn das nicht ein Weibsbild ist!« Er war untersetzt und hatte das Gesicht eines Boxers, seine Nase stand schief, als wäre sie gebrochen. Auf seinem Hals prangte das Tattoo einer exotischen Schönheit. »Was tust du denn so spät auf der Straße? Und dann noch in dieser gefährlichen Gegend? Hat dir denn niemand gesagt, wie gefährlich es ist, nachts am Hafen herumzulungern?« Sein Lachen klang nicht gefährlich, obwohl er leicht beschwipst war.

Eileen beschloss, sich nicht vor dem Mann und seinen Freunden zu fürchten. Trotz ihres wilden Aussehens machten die Jungs einen eher freundlichen Eindruck. »Das weiß ich, Seemann«, sagte sie. »Aber ich weiß auch, dass mir ein Ehrenmann wie du nichts antun wird. An deinem Akzent erkenne ich, dass du aus Irland kommst. *Aye*, ich stamme aus dem County Cork und bin stolz darauf, von dort eingewandert zu sein. Zwei Iren werden sich doch vertragen?«

Der Seemann ließ sie los und signalisierte seinen Freunden, sich ebenfalls zu benehmen. »Natürlich vertragen wir uns. Können wir dir helfen, Miss?«

»Ich suche meine Schwester«, antwortete sie, »etwas kleiner und zwei Jahre jünger als ich. Sie hat wunderschöne blonde Locken und einen aufregenden Gang. Sie heißt Sophie. Habt ihr sie zufällig gesehen? Ich nehme an, sie arbeitet in einer Bar. Ich will sie zurückholen, unsere Mutter macht sich Sorgen.«

Er wandte sich an seine Freunde. »Habt ihr das gehört? Sie sucht nach ihrer Schwester, zwei Jahre jünger als sie und mit blonden Locken. Richtig?«

»Richtig«, bestätigte sie.

»Die blonde Sophie, die hab ich gesehen«, rief einer der Freunde. »Eine Straße weiter im ›Drunken Sailor‹. Kein Kind von Traurigkeit, die Kleine, das muss ich sagen. So was Aufregendes hab ich lange nicht mehr gesehen.«

»Im ›Drunken Sailor‹?«

»Da vorne links«, bestätigte der Seemann.

»Ich danke euch, meine Freunde. *Cheers*!«

»*Cheers*!«

Sie verließ die freundlichen Seeleute und lief in die Parallelstraße zum »Drunken Sailor«. Ein ovales Schild mit der Karikatur eines betrunkenen Seemanns und dem Namen des Lokals hing über der Tür der Kaschemme, die im Erdgeschoss eines windschiefen Backsteinhauses untergebracht war. Ein Walzenklavier spielte ein irisches Trinklied, und durch die Fenster sah man die überwiegend angetrunkenen Männer mit leicht bekleideten Frauen tanzen.

Eileen suchte vergeblich nach ihrer Schwester. Sie hatte keine Ahnung, wie sie es anstellen sollte, sie aus der vollen Bar zu lotsen, ohne sich mit einigen der Männer anzulegen, und hatte große Angst, die Kaschemme zu betreten. Nicht alle Seeleute waren so freundlich wie die Männer, die sie vor wenigen Minuten getroffen hatten. Und wer konnte schon sagen, welche Auswirkungen ihr Auftauchen auf Sophies Anstellung und ihre Bezahlung hatte?

Sie überlegte eine Weile und wollte gerade die Tür öffnen, als sie zwei dunkle Gestalten aus einer Seitentür und in der schmalen Gasse neben dem Haus verschwinden sah. Im düsteren Schein einer Öllampe erkannte sie ihre Gesichter. Sie zögerte einen Augenblick und rief dann mit gedämpfter Stimme: »Sophie! Ich bin's, Eileen! Ich muss kurz mit dir sprechen. Bitte, Sophie!«

Sophie blieb erschrocken stehen und ließ ihren Begleiter laufen, der wütend in der Nacht verschwand. Widerwillig trat sie in den Lichtschein. Ihr Gesicht war angemalt, und ihr offenherziges Kleid ließ kaum Raum für Fantasie. »Was willst du?«, fauchte sie wenig begeistert. »Spielst du dich plötzlich als meine Anstandsdame auf? Wie hast du mich überhaupt gefunden?«

»Ich bin hier, weil Mammy sich große Sorgen macht«, beantwortete Eileen nur einen Teil der Fragen. »Und weil ich mir schon dachte, dass du dir nicht als Spülerin die Hände schmutzig machst. Was tust du in dieser Absteige?«

»Nicht das, was du denkst.« Sophie strich sich eine Locke aus der Stirn. »Ich gehe nicht mit den Männern ins Bett. Ich tanze und habe Spaß mit ihnen und sorge dafür, dass sie genug Whiskey und Bier bestellen, und wenn mir einer gefällt und ein großzügiges Trinkgeld lässt, gebe ich ihm auch mal einen Kuss. Aber mehr lasse ich nicht zu.« Sie zog ein kleines Messer unter ihrem Kleid hervor und zeigte es ihr. »Keine Angst, ich weiß mich zu wehren.«

»Und der Mann, mit dem du gerade verschwinden wolltest?«

»Hat mir ein gutes Trinkgeld gegeben. Ist das ein Verhör?«

Eileen versuchte, ihre Schwester zu verstehen. »Natürlich nicht. Aber du spielst mit dem Feuer, und das Messer wird dir wenig nützen, wenn du an den Falschen gerätst. Die Gegend hier ist gefährlich, Sophie. Ich möchte nicht, dass dir was passiert! Warum kommst du nicht mit mir nach Hause und suchst dir morgen einen anderen Job? In einer Fabrik oder einem Laden?«

»So wie Mammy und du?« Sophie schüttelte vehement den Kopf. »Nein, das ist nichts für mich. Nicht für den Hungerlohn, den man euch bezahlt. Ich kann hier dreimal so verdienen, und wenn ich Glück habe, sogar noch mehr. Warum sollte ich diesen Job aufgeben? Geh nach Hause, Eileen, und leg dich schlafen. Wenn wir es zu etwas bringen wollen, muss wenigstens eine genug Geld verdienen. Keine Angst, ich beschmutze die Familienehre schon nicht.«

»Und was soll ich Mammy erzählen? Dass ihre jüngste Tochter in einer üblen Kaschemme arbeitet und sonst was mit wildfremden Männern treibt?«

Sophie blickte sie verächtlich an. »Eines Tages wirst du nicht mehr so über mich sprechen. Niemand wird das tun.« Sie spuckte auf das Kopfsteinpflaster. »Sag ihr, dass ich die Nachtschicht übernehmen musste und ungefähr um Mitternacht nach Hause komme.« Sie ging zu der Seitentür zurück und blickte sich noch einmal um. »Und lass dich hier nicht mehr blicken, hast du verstanden?«

»Das Essen steht auf dem Herd«, erwiderte Eileen.

Sie wartete, bis Sophie in der Bar verschwunden war, und brauchte eine ganze Weile, bis sie die Wahrheit verarbeitet hatte. Ihre Schwester bewegte sich auf einem schmalen Grat. Wer seine Schönheit auf diese Weise verkaufte, brauchte sich nicht zu wundern, wenn er irgendwann als »Schlampe« oder »Hure« beschimpft wurde. Auch dann nicht, wenn sie niemals für Geld mit einem Mann geschlafen hatte. Für Eileen reichte es schon, mit einem Fremden auf diese anrüchige Weise zu tanzen oder ihn zu küssen. Sie hätte so etwas niemals fertiggebracht, nicht einmal für viel Geld. Die Liebe war etwas Heiliges, so wie es in der Bibel stand, und sie würde sich nur dem Mann hingeben, den sie wirklich liebte. Nach der Vermählung in der Hochzeitsnacht.

In den Ohren eines jungen Mädchens wie Sophie mochte das altmodisch klingen, obwohl sie noch niemals davon gehört hatte, dass ein Liebespaar vor der Hochzeit miteinander geschlafen hätte. Nicht einmal als Verlobte. Sie hätten es beichten müssen und wahrscheinlich ihr Leben lang ein Ave Maria oder Vaterunser beten müssen, um die schwere Sünde aus ihrem Leben zu tilgen. Es gab andere Wege, um auch vor der Hochzeit sein Glück zu finden.

Doch als sie an Jonathan dachte, war sie plötzlich gar nicht mehr so sicher, ob sie sich in seinen Armen lange als tugendhaft erweisen würde. Allein der Gedanke an ihn löste diesen leichten

Druck in ihren Lenden aus, den man wohl nur fühlte, wenn man der großen Liebe seines Lebens gegenüberstand. So glaubte sie jedenfalls. Sie brauchte nur die Augen zu schließen, um zu fühlen und zu schmecken, wie sie sich an ihn klammerte und ihn küsste, wie sie sich gegenseitig die Kleider vom Körper rissen und laut stöhnend zueinander fanden. Ein Gedanke, der ihr früher nie gekommen war. Kein Mann hatte sie jemals so stark beeindruckt, dass sie ihn auf diese Weise begehrt und sogar ihre Unschuld riskiert hätte, um endlich die große Liebe zu erleben.

Über einige dunkle Nebenstraßen kehrte sie nach Norden zurück. Dort gab es weniger Spelunken und Bars, und es waren kaum Menschen zu sehen. Unterwegs überlegte sie angestrengt, was sie ihrer Mutter sagen sollte. Die Wahrheit kam nicht infrage, die würde sie viel zu sehr aufregen. Die Ausrede mit der Nachtschicht klang am plausibelsten und war nicht einmal gelogen, wenn Sophie auch nicht als Spülerin in einem Gasthaus, sondern als Animierdame in einer zweifelhaften Kaschemme arbeitete. Sie hoffte nur, dass Sophie ihr Versprechen einhielt und tatsächlich gegen Mitternacht nach Hause kam.

Sie war so in Gedanken versunken, dass sie die jungen Männer viel zu spät entdeckte. Ohne Vorwarnung kamen sie aus einer Seitengasse und stellten sich ihr in den Weg. Ein halbes Dutzend verwegener Burschen und ihr Anführer, ein kräftiger Mann mit einer armlangen Eisenstange in der Rechten.

Die Rip Raps, schoss es Eileen durch den Kopf.

»Wen haben wir denn da?«, ging sie der Anführer an. Boney Lee, erinnerte sie sich an die Worte von Henry Collister. Er war einer der Anführer der Rip Raps und trug angeblich immer eine Eisenstange bei sich. »Du hast wohl gehört, dass wir uns am Hafen rumtreiben und willst ein wenig Spaß mit uns haben?«

»Lasst mich in Ruhe!«, fuhr sie die Burschen wütend an.

Das gemeine Grinsen des Anführers wurde noch breiter. »Sieh an, eine kleine Irenschlampe! Du hättest den Mund nicht aufmachen dürfen, mein Täubchen, an deinem komischen Dialekt erkennt man sofort, dass du zu dem Irenpack gehörst. Warum seid ihr nicht auf eurer Insel geblieben? Wir wollen keine Katholen in Amerika, das hättest du dir doch denken können, oder?«

»Was redest du da?«, erwiderte Eileen. Sie hätte in diesem Moment gern das Messer ihrer Schwester gehabt, sah aber auch ein, dass es ihr gegen diese Übermacht wenig genützt hätte. »Wir tun nichts anderes als eure Vorfahren. Auch die sind mal in Amerika eingewandert. Und dieses Gerede von dem Papst, der hier einen zweiten Vatikan errichten will, ist einfach nur dumm.«

Boney Lee lachte. »Hör sich einer diese Schlampe an! Will aufrechten Amerikanern erzählen, was richtig und was falsch ist. Du bist auf dem Holzweg, Mädchen! Wir sind die wahren Amerikaner. Ihr seid schlimmer als die dummen Niggersklaven, nichtsnutziges Pack, das sich hinter seinen angeblichen Heiligen versteckt und hier eine Kirche nach der anderen bauen will.«

»Wir sind Iren! Und stolz darauf!«, widersprach sie trotzig.

»Dann wird es höchste Zeit, dass wir dir diesen Stolz austreiben und dich auf das zurechtstutzen, was du bist: eine billige kleine Schlampe, die es wahrscheinlich nicht mal schafft, die Beine für einen Amerikaner zu spreizen.«

»Wir können es ja mal versuchen«, rief ein anderer.

»Na, dann los! Ich fange an!«, rief ein anderer.

»*Ich* fange an!«, verbesserte ihn Boney Lee. Mit seinen halblangen Haaren und den stechenden Augen sah er wie der Fanatiker aus, der er tatsächlich war. »Aber zuerst zeige ich ihr, was es heißt, einen Rip Rap zu beleidigen.«

Eileen sah ihn mit der Eisenstange auf sich zukommen und ahnte, was ihr blühte. Boney Lee würde sie zusammenschlagen, und dann würden sie einer nach dem anderen über sie herfallen und sie vergewaltigen. Sie konnte von Glück sagen, wenn sie danach noch lebte. »Dafür kommt ihr ins Gefängnis!«, rief sie nervös. Sie sah sich vergeblich nach einem Fluchtweg um. Von den wenigen Leuten, die sich um diese Zeit in die dunkle Gasse verirrten, würde ihr niemand helfen. »Ich rufe die Polizei! Sie werden euch einsperren! Für so was bekommt ihr mindestens zwanzig Jahre, vielleicht sogar lebenslänglich!«

»Einen Scheißdreck bekommen wir«, erwiderte Boney Lee lachend. »Oder meinst du, die Polizei würde wegen einer Schlampe wie dir groß ermitteln?«

»Hilfe!«, schrie Eileen in aufkommender Panik. »Hilfe! Hierher!«

Doch Boney Lee ließ sich nicht beirren. Er war nur noch wenige Schritte von ihr entfernt und holte mit der Eisenstange aus, als ein Schuss krachte, ihn in die Brust traf und er blutüberströmt aufs Kopfsteinpflaster sank.

9

Eileen war unfähig, einen klaren Gedanken zu fassen. Reglos stand sie in der Gasse und starrte auf den verletzten Anführer. Boney Lee lebte noch. Seine Lippen bewegten sich, als wollte er um Hilfe rufen, doch aus seinem Mund kamen nur ein leises Gurgeln und hellroter Schaum.

Sie löste sich aus ihrer Erstarrung. »Worauf wartet ihr noch?«, herrschte sie seine Freunde an. »Holt einen Arzt! Seht ihr denn nicht, was mit ihm passiert? Er muss dringend in ein Krankenhaus! Bewegt euch, verdammt!«

Die jungen Männer waren so entsetzt und auch verwirrt, von einer Frau angebrüllt zu werden, dass sie gehorchten. Im gleichen Augenblick erschien Jonathan und packte sie am Unterarm. »Schnell! Weg hier!«, raunte er ihr zu. »Wir müssen so rasch wie möglich verschwinden. Gleich wimmelt es hier von Polizisten. Komm schon, ich kenne ein Versteck bei den Lagerhallen!«

»Jonathan!« Sie starrte auf die Pistole in seiner rechten Hand. »Du warst das? Sie wollten mich vergewaltigen, Jonathan! Und dieser Boney hätte mich mit seiner Eisenstange geschlagen, wenn du nicht gekommen wärst! Ich …«

Jonathan ließ sie nicht ausreden. »Komm! Wir haben keine Zeit mehr.« Von der Straße, die an die Gasse grenzte, waren bereits die Stimmen eines Constables und hastige Schritte zu hören. »Sie sind jeden Moment hier.«

Jonathan zog sie über die Straße und bog in eine Querstraße, die zum Fluss hinabführte. Direkt am Ufer erstreckten sich einige Lagerhäuser. Er zog sie in den Hof der American Tobacco Company, öffnete eine unverschlossene Seitentür und blieb mit ihr im Dunkeln stehen. Gleich darauf flammte ein Streichholz auf. Er zündete eine Kerze in einem der Regale an und grinste sogar ein wenig. »Eines unserer Verstecke«, sagte er leise. »Hier kommt nur alle paar Monate jemand rein. Den Tabak verladen sie auf der anderen Seite.«

Sie blickte sich in dem riesigen Raum um und entdeckte unzählige Tabakballen zwischen den Stützbalken auf dem Boden und der Empore im zweiten Stock. »Unser Versteck?«, wiederholte sie überrascht. »Wen meinst du damit?«

»Die Irish Patriots.«

»Die Bande? Du machst bei einer Bande mit?«

In seine Augen trat ein gefährliches Funkeln. »Sollen wir vielleicht tatenlos zusehen, wie die Rip Raps und die anderen Banden der Know-Nothings unsere Landsleute terrorisieren? Du hast es doch gerade am eigenen Leib erlebt. Sie greifen sogar Frauen und Kinder an. Selbst Constables stecken mit ihnen unter einer Decke. Das dürfen wir nicht zulassen. Wir müssen sie bekämpfen, bis Gleichheit und Gerechtigkeit die Oberhand gewinnen.«

»Du redest wie ein Politiker.« Sie klang besorgt.

»Ich versuche nur, meinen kleinen Anteil zu leisten«, erwiderte er. »Die Irish Patriots gibt es schon seit einigen Jahren, aber es war in letzter Zeit mächtig still um sie geworden. Ich habe mir die Anführer gepackt und ihnen ordentlich ins Gewissen geredet. Wir haben uns lange genug von den Engländern unterdrücken lassen. Während der Kartoffelfäule sind Tausende Menschen gestorben, nur weil uns die Engländer jegliche Hilfe verweigert haben und weil wir zu schwach waren, um gegen sie in den Kampf zu ziehen. So etwas wird uns in Amerika nicht noch einmal passieren. Wir lassen uns nicht abschlachten!«

»Du hast Boney Lee erschossen! Er stirbt wahrscheinlich!«

»Wirfst du mir das etwa vor? Er hätte dich geschlagen, und er und seine Männer wären wie wilde Tiere über dich hergefallen, wenn ich nicht eingegriffen hätte! Boney Lee ist einer der übelsten Verbrecher der Ostküste.«

»Ich weiß«, sagte sie, »und ich bin dir auch unendlich dankbar. Es ist nur … Als er plötzlich vor mir lag und das Blut aus seiner

Brust und seinem Mund quoll … Mir wurde ganz elend, Jonathan. Gibt es denn nur noch Gewalt?«

Er klang entschlossen wie ein Soldat. »Wir befinden uns im Krieg, Eileen. Ich weiß, wir dachten alle, in Amerika würde uns das Paradies erwarten, aber das ist nicht wahr. Auch hier herrscht das Unrecht, und wir müssen uns den Weg zum Paradies erkämpfen. Ich kann hier nicht weg, solange wir Iren in vielen Fabriken, Werkstätten und Läden keine Arbeit bekommen. Wir dürfen auch keine öffentlichen Ämter bekleiden, wusstest du das? Das geht nicht.«

Sie hatte das Gefühl, ihm Unrecht getan zu haben, und ging einen Schritt auf ihn zu. Zögernd berührte sie seine Unterarme. »Du hast mir das Leben gerettet, Jonathan. Du kamst genau im rechten Augenblick, als hätte der Herrgott deine Schritte geleitet. Ohne dich wäre ich jetzt vielleicht schon tot. Aber ich habe Angst, ich habe große Angst um dich. Wenn sie rauskriegen, dass du geschossen hast, wird dich die Polizei jagen, und wenn sie dich erst mal haben, kommst du ins Gefängnis, und ich werde dich niemals wiedersehen.«

Er zog sie an sich und strich ihr sanft über die Wange. »Das wird nicht passieren, Eileen. Ich lasse mich nicht fangen. Die Irish Patriots sind stark. Wir werden dafür sorgen, dass Recht und Ordnung in Baltimore einziehen. Die Know-Nothings haben lange genug faire Wahlen verhindert.«

»Das haben sie getan?«

»Das und noch viel mehr. Sie sind eine politische Partei und haben ihre Leute in wichtige Ämter geschleust. Iren dürfen gar nicht kandidieren. Und während der Wahlen haben sie ihre Gegner daran gehindert, ihre Stimmen abzugeben. So was wird bei den nächsten Wahlen nicht mehr vorkommen.«

Eileen erschrak. »So lange willst du bleiben? Und was ist mit uns?«

»Ich werde dich finden, Eileen, und wenn ich den ganzen Westen nach dir absuchen muss. Hinterlass eine Nachricht auf den Bahnhöfen, wenn ihr nach Westen fahrt. Die Leute von der

Eisenbahn sollen sie für mich aufheben.« Er küsste sie zuversichtlich auf die Stirn. »Ich vergesse dich nicht. Und ich warte bestimmt nicht, bis du alt und grau bist. Bevor du dich versiehst, komme ich auf meinem weißen Prachthengst über die Hügel geritten und halte um deine Hand an. Vertrau mir, Eileen! Ich liebe dich über alles, das weißt du.«

Von draußen waren Schritte zu hören. Jonathan blies die Kerze aus und öffnete die Tür einen Spalt. Er sah einen Constable an der Lagerhalle entlanggehen. »Verdammt!«, fluchte er leise. »Ein Polizist! Ich werde ihn ablenken. Sobald er mir nachläuft, verschwindest du auf dem Weg, den wir gekommen sind. Geh so schnell wie möglich nach Hause. Versprich mir das!«

»Und du?«, fragte sie.

»Mir passiert schon nichts! Bis bald, Missy!«

Er öffnete die Tür und rannte aus der Lagerhalle, zog sofort die Blicke des Constables auf sich, der aber viel zu weit entfernt war, um ihn mit einer Kugel aus seiner Pistole zu treffen. Eileen beobachtete durch die halb geöffnete Tür, wie Jonathan quer über den Hof rannte, gleich darauf zwischen gestapelten Kisten verschwand und sich wahrscheinlich in einer der dunklen Gassen versteckte, die Fell's Point wie ein Labyrinth überzogen. »Lauf, Jonathan! Lauf!«, hätte sie ihm am liebsten nachgerufen. »Und pass gut auf dich auf.«

Sie wartete, bis der Constable ebenfalls aus ihrem Blickfeld verschwunden war, und beeilte sich, in die Stadt zurückzukommen. Über die Caroline Street, eine der breiteren Geschäftsstraßen, lief sie zügig nach Norden, den frischen Nachtwind im Gesicht. Selten war sie so verstört und durcheinander gewesen. Während der Kartoffelfäule hatte sie viele Tote gesehen, manchmal waren es so viele gewesen, dass die Leichensammler kaum mit dem Bergen nachgekommen waren. Der Anblick hatte sich tief in ihre Seele gebrannt, und doch war der Anblick von Boney Lee, wie er blutüberströmt zusammengebrochen war, noch schlimmer gewesen. Blanker Gewalt so nahe zu sein, war eine vollkommen neue Erfahrung für sie, und als Jonathan mit seiner

Pistole aufgetaucht war, hatte sie ihrer heillosen Verwirrung kaum noch etwas entgegenzusetzen gehabt. Ausgerechnet Jonathan. Ihr Lebensretter, der Mann, den sie liebte, ihr Ritter, wenn auch ohne Pferd, der tatsächlich in den Kampf zog und sich gegen das Unrecht wandte.

»Miss! Bleiben Sie bitte stehen, Miss!« Ein Constable, ein junger Mann mit kantigem Gesicht, war so plötzlich aus einem Hauseingang getreten, dass ihr keine Möglichkeit blieb, ihm auszuweichen. »So spät noch unterwegs?«

»Ich bin auf dem Heimweg, Constable. Ich war meine Schwester besuchen. Ich wohne drei Blocks von hier. Habe ich irgendwas falsch gemacht?«

Er grinste bei ihrem Dialekt. »Irin?«

»Ja, Sir. Und stolz darauf.«

»Sparen Sie sich Ihre Kommentare. Name?«

»Eileen O'Leary.«

»Vor ungefähr einer Stunde wurde ein Mann erschossen, als er versuchte, sich einer jungen Irin zu nähern. Die Beschreibung passt auf Sie, Miss.« Er zog ein Notizbuch hervor und notierte ihren Namen. »Wo wohnen Sie?«

Sie nannte ihm ihre Adresse.

»In dem heruntergekommenen Mietshaus?«

»Dafür können wir nichts, Constable. Man mag uns Iren nicht besonders und vermietet nur dunkle Löcher an uns. Warum, weiß ich auch nicht. Wir sind übers Meer gekommen, weil wir in der alten Heimat von den Engländern unterdrückt werden. Für die meisten von uns war die Fahrt nach Amerika die einzige Chance auf eine Zukunft. Wir sind anständige Menschen.«

»So anständig, dass Sie sich einem Amerikaner angeboten haben?«

»Wie meinen Sie das, Constable?«

»Sie haben mich schon verstanden, Miss.«

Sie hätte ihn am liebsten angeschrien und brachte es nur unter größter Mühe fertig, ihre Stimme ruhig und beherrscht klingen zu lassen. »Ich habe mich Boney Lee nicht angeboten, Constable. Er und seine Kumpane wollten mich verprügeln und vergewaltigen. Die Rip Raps. Gestern Nacht haben sie das Fenster einer Schneiderei eingeschlagen, weil der Besitzer mich eingestellt hatte, und vorhin wollten sie mir Gewalt antun, nur weil ich aus Irland komme.«

»Bis Ihr Freund ihn erschossen hat. Er ist tot, Miss.«

Die Nachricht ließ den Abendwind noch kühler und abweisender werden. Sie spürte ihn bis unter ihre Haut und erschauderte. »Ich weiß nicht, wer geschossen hat, Constable. Ich habe niemanden gesehen. Ich war zu Tode erschrocken, als der Schuss fiel und der Mann vor mir zu Boden fiel.«

»Und warum haben Sie nicht die Polizei gerufen?«

»Ich hab Boney Lees Freunden gesagt, dass sie einen Arzt und die Polizei holen sollen. Sie rannten sofort los. Ich wollte so schnell wie möglich hier weg. Ich war nur knapp einem Überfall entkommen, und dann der Schuss ...«

Eileen merkte, dass sie nicht besonders glaubwürdig klang, und hatte plötzlich Angst, dass der Constable sie aufs Revier mitnahm. Vielleicht steckte man sie sogar in eine Zelle. Man würde sie stundenlang verhören und ihr hart zusetzen, um herauszubekommen, ob sie den Schützen kannte. Der Constable war nicht gut auf Iren zu sprechen, das war deutlich zu spüren, und er würde keine Rücksicht nehmen. Sie versuchte, sich ihre Gedanken nicht anmerken zu lassen. Sie durfte Jonathan nicht in Gefahr bringen, nicht bei Constables wie diesem. Die brachten es fertig und erschossen ihn von hinten.

Aufgeregte Rufe wurden laut. Zwei Constables kamen aus einer Seitenstraße gerannt und rannten an ihnen vorbei. »Reagan hat einen Verdächtigen aufgespürt!«, rief einer der beiden. »Unten beim Tobacco Warehouse. Komm schon, das ist bestimmt der Kerl, der Boney Lee auf dem Gewissen hat!«

Der Constable bei Eileen steckte seinen Notizblock weg und zog seine Pistole. »Sie halten sich zur Verfügung!«, rief er ihr zu, während er den anderen Polizisten folgte. »Wenn Sie die Unwahrheit gesagt haben, sind Sie dran!«

Sie war froh, als er verschwand, und beschleunigte ihre Schritte. Ihr Herz klopfte. Sie hätte Jonathan gern geholfen, wäre am liebsten mit ihm in den nächsten Zug nach Westen gestiegen und weggefahren. Er durfte sich auf keinen Fall verhaften lassen. Wenn man ihn verhaftete, würde man ihn zu einer lebenslänglichen Strafe oder sogar zum Tode verurteilen. Gegen Behörden, die gemeinsame Sache mit Straßenbanden machten, war er machtlos.

Sie schaffte es bis nach Hause, ohne noch einmal aufgehalten zu werden. Ihre Mutter war noch wach und hatte die Öllampe auf kleiner Flamme brennen lassen. Ihre Augen waren feucht. »Du hast dir sicher Sorgen gemacht, Mammy«, sagte sie, ohne sie zu begrüßen, »aber ich konnte nicht eher. Es ist was Schlimmes passiert.« Sie berichtete von dem Überfall der Rip Raps und dem Tod des Anführers. »Jonathan hat mir das Leben gerettet!«

»Und jetzt wird er von der Polizei gesucht?«

»Nur, wenn ihn jemand beobachtet hat.« Sie schlüpfte aus dem Mantel und wärmte ihre Hände über dem Feuer. »Er hat sich einer Bande angeschlossen, Mammy. Den Irish Patriots. Er will hierbleiben und kämpfen.«

»Gegen halb Amerika?«

»Für Gleichheit und Gerechtigkeit.«

»Und du? Willst du auch hierbleiben?«

»Nein, Mammy.« Sie berichtete, was sie mit Jonathan vereinbart hatte, und schenkte sich eine Tasse Tee ein, bevor sie sagte: »Sophie muss jeden Augenblick hier sein. Sie musste die Nachtschicht übernehmen. Sie ist okay.«

»Du hast sie gesehen?«

»Sie arbeitet in einem Gasthaus. Keine besonders gute Adresse, aber unsere ist ja auch nicht besser. Eine Kollegin war krank, und sie musste die Nachtschicht übernehmen. Du brauchst dir keine Sorgen zu machen.«

Das war natürlich gelogen, doch was sollte sie sonst sagen? Die Nachrichten, die sie ihr von ihrem Ausflug mitgebracht hatten, waren schlimm genug. Die Mitteilung, ihre jüngste Tochter würde in einer zweifelhaften Bar arbeiten, sich dort mit betrunkenen Seeleuten herumtreiben und es mit dem Anstand nicht besonders genau nehmen, hätte bei Kathleen ungeahnte Folgen. Sie konnte nur hoffen, dass Sophie es nicht zum Äußersten kommen ließ. Der Gedanke, sie könnte mit einem dieser Männer schlafen und vielleicht sogar ein uneheliches Kind nach Hause bringen, machte auch Eileen zu schaffen.

Ihre Mutter hatte sich in eine Wolldecke gehüllt und blickte nachdenklich aus dem Fenster. Von nebenan drang wieder Streit herüber, und ein Kind schrie etwas, bekam eine Ohrfeige und begann laut zu weinen. »Das habe ich mir alles ganz anders vorgestellt«, sagte sie niedergeschlagen. »Ich dachte, hier wird man nur nach dem beurteilt, was man leistet, aber da habe ich mich wohl geirrt. Dieses Land leidet unter den gleichen Vorurteilen wie Europa.«

»Im Westen wird es besser. Hast du selbst gesagt.«

»Langsam weiß ich nicht mehr, was ich glauben soll, Eileen. Seitdem wir Queenstown verlassen haben, wurde ich nur enttäuscht. Gott nahm uns den Vater und den Ehemann. Er lockte meinen Sohn und euren Bruder in die Ferne und sagt uns nicht, ob wir ihn jemals wiedersehen werden. Und jetzt sind wir keine drei Tage hier und müssen zusehen, wie eine fremdenfeindliche Bande ihr Unwesen treibt und der Mann, der dich liebt, zur Waffe greift.«

»Wenn er es nicht getan hätte, wäre ich tot.«

»Ich weiß, Eileen.«

Es war schon nach Mitternacht, als Sophie endlich erschien. Sie war guter Dinge und hob erstaunt die Augenbrauen, als sie Eileen und ihre Mutter am Tisch sitzen sah. »Welche Laus ist euch denn über die Leber gelaufen?«, fragte sie. »Liegt es daran, weil ich so spät komme?« Sie blickte ihre Schwester an, hatte wohl Angst, dass sie ihr Geheimnis preisgegeben hatte. »Ich hab dir doch gesagt, dass die Kollegin krank ist und ich ihre Schicht übernehmen muss.«

»Darum geht's nicht«, erwiderte Eileen. Sie schilderte in wenigen Worten, was geschehen war. »Jonathan ist in großer Gefahr. Wenn ihn jemand verrät, sperren sie ihn ein, und wir sehen uns nie wieder. Das überlebe ich nicht.«

»Sie haben ihn nicht erwischt.«

»Was? Woher willst du das wissen?«

»Hab ich unterwegs aufgeschnappt. Die Constables haben einen Verdächtigen verfolgt und ihn schon bald aus den Augen verloren. Niemand verdächtigt Jonathan. Sie tappen im Dunkeln.« Sie holte sich das verkochte Rührei vom Ofen und schenkte sich Tee ein. »Du warst das also. Ich hatte gleich Angst, dass die Rip Raps dich abgepasst hatten. Das sind harte Burschen.«

»Du darfst niemand sagen, dass Jonathan geschossen hat.«

»Dazu hab ich sowieso keine Gelegenheit mehr.« Sie legte die Gabel auf den Teller, griff nach ihrem Mantel und zog grinsend ein Blatt Papier aus der Tasche, auf das etwas geschrieben war. »Stellt euch vor, wen ich heute getroffen habe.«

»Du sprichst in Rätseln«, sagte Kathleen.

Sophie genoss die Aufmerksamkeit. »Gute Nachrichten, Mammy! Kurz bevor ich nach Hause ging, lief mir ein Ingenieur der Baltimore & Ohio Railroad über den Weg. Er lud mich zu einem Glas Wein ein, und ich überredete ihn, mir diesen Brief zu geben. Die Anweisung, dass wir jederzeit nach Westen aufbrechen können. Wir brauchen sein Schreiben nur am Schalter zu zeigen. Das Geld für Roberts Ticket bekommen wir auch. Ist das nicht wunderbar?«

»Du hast dich auf ein Glas Wein einladen lassen?«

»Nicht der Rede wert, Mammy. Ich hab ihm schöne Augen gemacht, das ist alles. Nichts Verbotenes. Morgen früh um acht geht unser Zug, Mammy!«

»Morgen früh«, wiederholte ihre Mutter, immer noch misstrauisch.

Eileen durchdrang das Lächeln ihrer Schwester mit ihrem Blick und glaubte zu sehen, wie sie mit einem Ingenieur, einem sehr viel älteren und verheirateten Mann, in einem Hinterzimmer verschwand. Noch quälender war nur der Gedanke, sich nicht mehr von Jonathan verabschieden zu können.

»Wunderbar«, sagte sie, ohne zu lächeln.

10

Am nächsten Morgen hielten sie einen Händler an, der sie und ihr Gepäck für ein paar Münzen zum Bahnhof mitnahm. Die Camden Station lag westlich von Fell's Point in der Innenstadt, ein schmuckloses Giebelhaus aus Naturstein, das nach den Plänen, die in der Schalterhalle hingen, während der nächsten Jahre noch um weitere Gebäude und Türme erweitert werden sollte.

Der Zug wartete bereits am Bahnsteig, als sie eintrafen. Eine mächtige Dampflokomotive, die aus mehreren Ventilen zischend Dampf abließ, und zahlreiche Wagen mit offenen Plattformen. Der Lokführer ging mit einem Schraubenschlüssel am Zug entlang und überprüfte die Kupplungen, sein Heizer schaufelte frische Kohle in den Heizkessel und regulierte den Druck.

»Hast du gemerkt, wie er mich angestarrt hat?«, raunte Sophie ihrer Schwester zu, als sie an dem Heizer vorbeigingen. »Bei dem hätte ich gute Chancen, und ehrlich gesagt, wäre ich auch nicht abgeneigt. Hast du seine Muskeln gesehen? Da kommen unsere irischen Farmboys nicht mit.«

Natürlich hatte Eileen gemerkt, welches Verlangen in den Augen des Heizers aufgeblitzt war. So ging es fast jedem Mann, der Sophie zu Gesicht bekam, und sie fürchtete sich schon jetzt vor dem Tag, an dem ihre Schwester in einem festlichen Kleid über den Gehsteig einer Stadt flanierte. Die Männer würden ihr zu Füßen liegen. Als verfüge sie über magische Kräfte.

»Ich geb's ja zu«, sagte Eileen so leise, dass es ihre Mutter nicht hörte, »ich beneide dich manchmal um dein gutes Aussehen. Du bekommst jeden Mann, den du haben möchtest, und schaffst es sogar, den Ingenieur einer Eisenbahngesellschaft zu überreden, unsere Tickets zu ändern. Aber der Preis dafür wäre mir zu hoch.« Sie blickte ihre Schwester an und glaubte an ihren erröteten

Wangen zu erkennen, dass sie mit ihrem Verdacht richtiglag. »Und ich weiß, dass du irgendwann mal großen Ärger bekommst. Sieh dich vor, Sophie! Es gibt Männer, die wollen mehr von dir, als du ihnen geben willst.«

»Kein Grund zur Sorge, Eileen. Ich komme zurecht.«

Der Schaffner half ihnen in einen der vorderen Wagen und verstaute ihr Gepäck in den Netzen. Eileen blieb auf der Plattform vor der Tür. Ihr Blick wanderte über den Patapsco River zum Hafen, wo gerade ein Segelschiff das Pier verließ und auf das offene Meer zuhielt. Zurück nach Irland, der alten Heimat, die sie im guten Glauben, etwas Besseres zu finden, verlassen hatten.

Irgendwo dort unten hielten sich Jonathan und seine Irish Patriots versteckt. Gejagt von den Rip Raps, Plug Uglies und anderen Banden der Know-Nothings, der Polizei und dem großen Teil der Bürger, die etwas gegen irische Einwanderer hatten. Wie wollte er diesen Kampf jemals gewinnen?

»Ich bin gleich wieder zurück!«, rief sie ihrer Mutter und ihrer Schwester durch die offene Tür zu. Sie kletterte auf den Bahnsteig und lief in die Schalterhalle, wo bereits drei Passagiere darauf warteten, ihre vorbestellten Tickets abzuholen oder eine Beschwerde vorzubringen. Sie bat um ein Blatt Papier, einen Umschlag und einen Bleistift und hinterließ die versprochene Nachricht für Jonathan: »Lieber Jonathan, wir konnten heute schon fahren. Wir werden sicher einige Wochen in St. Louis bleiben. Ich hinterlasse auch dort eine Nachricht. Pass gut auf dich auf! Ich liebe dich von ganzem Herzen. Eileen.«

Sie schob eine Münze mit dem Brief durch das Gitter und bedankte sich bei dem Angestellten. Zum Glück blickte er nicht auf den Namen, den sie auf den Umschlag geschrieben hatte, denn kaum hatte er den Umschlag in ein Fach gelegt, tauchten zwei Constables in der Schalterhalle auf. »Hast du schon gehört?«, fragte der eine. »Sie wissen inzwischen, dass Jonathan Delaney geschossen hat. Dieser Mistkerl, der sich den Irish Patriots angeschlossen hat. Der Kollege bei den Lagerhallen hat ihn erkannt, und heute Morgen hat sich ein Augenzeuge gemeldet. Einer der Rip Raps hat gesehen, wie er geschossen hat.« Der andere antwortete: »Und du meinst, er will heimlich mit dem Zug verschwinden? Das glaube ich nicht. Ohne Ticket hätten sie ihn bald erwischt.« Der Erste: »Wir sollten trotzdem mal nachsehen. Bei diesen Iren weiß man nie.« Er senkte seine Stimme, aber Eileen konnte ihn immer noch hören. »Vielleicht geht ihm der Arsch auf Grundeis, und er verliert die Nerven. Würde uns ′nen Orden einbringen, wenn wir ihn schnappen könnten.«

Eileen beobachtete, wie die Constables in den Zug stiegen und von einem Wagen zum anderen gingen. Ihr Name war glücklicherweise gar nicht gefallen, was nur bedeuten konnte, dass die Polizei nicht mehr an ihrer Aussage interessiert war. Sie würden Jonathan festnehmen und verurteilen. Kein Verteidiger, und wenn er noch so handfeste Beweise vorbrachte, würde ihn vor der Todesstrafe retten können. Der Constable, der ihn verfolgt hatte, konnte ihn nicht erkannt haben, dazu war sein Vorsprung viel zu groß gewesen. Und als er den Schuss abgefeuert hatte, war er in Deckung gewesen, und keiner der Rip Raps konnte ihn gesehen haben. Sie wollten Jonathan tot sehen. Sie hatten erkannt, dass er zu einer ernsthaften Bedrohung werden konnte, und wollten ihn sich vom Hals schaffen, ganz egal, ob er schuldig war oder nicht.

Sie sah ihn in Gedanken an einem Galgen baumeln und verlor die Nerven. Tränen schossen ihr in die Augen. »Jonathan!«, flüsterte sie. »Ich muss ihn warnen! Er muss sofort hier weg!« In ihrer Panik dachte sie nicht an das Risiko, das sie einging, stürmte aus dem Bahnhof und lief schon nach wenigen Schritten einem Constable in die Arme. »Oh … oh Verzeihung!«, stammelte sie. »Ich dachte … Ich meine … Mein Zug fährt gleich!«

Der Constable lachte. »Nicht so stürmisch, junge Dame! Den Zug erreichen Sie noch früh genug.« Er zog eine Taschenuhr aus seiner Hose, anscheinend ein Erbstück, das er gern präsentierte. »Der fährt erst in zehn Minuten.«

»In zehn Minuten?« Sie lachte ängstlich. »Natürlich … in zehn Minuten.«

»Haben Sie denn kein Gepäck dabei?«

»Das ist schon im Zug«, antwortete sie. »Tut mir leid, dass ich in Sie hineingelaufen bin, aber … Ich bin heute etwas nervös. Ich fahre zum ersten Mal mit der Eisenbahn. Man hat mir gesagt, es sei vollkommen ungefährlich …«

»Das stimmt, Miss.« Der Constable hatte anscheinend nichts gegen Iren und störte sich nicht an ihrem Akzent. »Sie brauchen keine Angst zu haben.«

»Vielen Dank, Constable. Auf … Auf Wiedersehen.«

Sie lief zum Zug zurück und setzte sich rasch auf ihren Platz. »Die Constables suchen nach Jonathan«, erklärte sie leise, als sie in die fragenden Mienen ihrer Mutter und ihrer Schwester blickte. »Er ist in großer Gefahr!«

»Du kannst ihm nicht helfen«, sagte Kathleen. »Du würdest dich nur strafbar machen und verhaftet werden. Er kann sich nur selbst helfen. Wenn er klug ist, verlässt er Baltimore und versucht irgendwo anders sein Glück.«

»Mit uns im Westen. Ich hab ihm eine Nachricht dagelassen, dass wir eine Zeit lang in St. Louis bleiben, bevor wir weiterziehen. Dort wäre er sicher.«

»Vielleicht.«

»Jonathan hat mir das Leben gerettet, Mammy. Wenn er nicht geschossen hätte, läge ich jetzt im Krankenhaus oder wäre tot. Boney Lee hatte sechs Kumpane dabei, die hätten mich alle vergewaltigt. Das waren keine Jungen, das waren ausgewachsene Männer! Du hättest ihre Gesichter sehen sollen. Die hatten kein Mitleid mit mir. Eine irische Schlampe ist Ungeziefer für die. Boney Lee hätte mich mit seiner Eisenstange bearbeitet, und sie hätten ihren Spaß mit mir gehabt. Wie ein Plantagenbesitzer mit einer Negersklavin.«

Kathleen legte einen Finger auf ihre Lippen. »Nicht so laut. Auch hier im Zug haben wir bestimmt nicht viele Freunde. Sei vorsichtig! In St. Louis wird es besser, da bin ich sicher. Die Menschen sind nicht überall so verbohrt wie hier in Baltimore.« Sie blickte aus dem Fenster und sah zwei Jungen beim Baseballspielen zu. »Vielleicht hätten wir nach New York fahren sollen.«

»Da soll es noch schlimmer sein«, sagte Sophie.

»*All aboard*!«, rief der Schaffner auf dem Bahnsteig. »Alles einsteigen!« Wenig später stieß die Lokomotive einen lauten Pfiff aus, ein Schwall von weißem Dampf und kleinen Rußpartikeln zog an den Fenstern vorbei, und der Zug setzte sich in Bewegung. Am Patapsco und am Monocacy River entlang dampfte er durch die Vororte von Baltimore und dicht besiedeltes Gebiet mit geschäftigen Kleinstädten und nur wenigen Farmen bis zum Potomac River.

Eileen wurde das Gefühl nicht los, dass der Zug in jedem noch so kleinen Ort hielt. Jedes Mal die gleiche Prozedur: Ihr Wagen begann zu ruckeln und kam in einer dichten Dampfwolke zum Stehen, vom Bahnsteig drängten neue Passagiere in den Zug und luden ihr Gepäck in die hängenden Netze, und noch bevor sie saßen, ertönte von draußen das langgezogene »*All Aboard*!«, und die Lokomotive nahm wieder Fahrt auf. Ein schriller Pfiff warnte die Leute, dem Zug zu nahe zu kommen, er richtete nur nichts gegen die Hunde aus, die in jedem Bahnhof auf den Zug warteten und lange neben der Lok herliefen.

Eileen schloss die Augen. Die Angst um Jonathan hielt sie noch immer in Bann, und der Gedanke, die Constables könnten ihn schon gefasst und eingesperrt haben, ließ sie beinahe verzweifeln. Hätte sie vielleicht doch keine Nachricht am Bahnhof für ihn abgeben sollen? Würde der Angestellte misstrauisch werden und den Brief zur Polizei bringen? Warum hatte sie nur St. Louis erwähnt? Sie schwor sich, die Stadt so schnell wie möglich zu verlassen, falls Jonathan wirklich dort auftauchte. Woher soll er denn wissen, wo ich bin, wenn ich keine Nachricht hinterlasse? Sie öffnete die Augen und merkte, wie ihr Tränen über die Wangen liefen. In welchen Schlamassel war sie bloß geraten. Vor einigen Wochen hatte alles noch so einfach ausgesehen, als wären alle Probleme gelöst, wenn sie auswanderten.

Woran Sophie und ihre Mutter dachten, konnte sie nur raten. Auch sie hatten die Augen geschlossen und dösten still vor sich hin. Ihre Mutter würde nicht aufgeben. Sie war stärker als sie alle zusammen, stärker auch als Robert, der allein losgezogen war und sich erst beweisen musste. Sie würde genau das tun, was sie sich in Irland vorgenommen hatte, eine Farm aufbauen, vielleicht auch eine kleine Ranch, und das Land bestellen, zur Not auch allein.

Und Sophie? Sie träumte von einer Stadt wie San Francisco, dem Paris des Westens, eine Stadt, die wie geschaffen für ihre kühnen Pläne schien. Wie die aussahen, konnte sie nur raten. Auf keinen Fall würde sie mit in die Provinz gehen und Tiere züchten und Getreide anbauen. Ihr stand der Sinn nach etwas Luxuriöserem. Sicher sah sich in ihren Träumen mit einem modisch gekleideten Gentleman über eine Einkaufsstraße mit exquisiten Läden flanieren und in erlesenen Restaurants ausgesuchte Speisen genießen. Ihr Begleiter würde reich und ihrer Schönheit verfallen sein und ihr jeden Wunsch von den Augen ablesen. Nur die teuersten Kleider würde man an ihr sehen, die modernsten Schuhe und ausgefallensten Hüte, den teuersten Schmuck. Die Ladenbesitzer würden sie mit »Madam« anreden und sich demütig vor ihr verbeugen.

»Und wohin fahren Sie, wenn ich fragen darf?«, meldete sich die ältere Dame auf der Sitzbank nebenan zu Wort. Ihr Mann war eingeschlafen, und sie sehnte sich wohl nach etwas Abwechslung. »Auch nach Cincinatti?«

Eileen freute sich über die Ablenkung. »St. Louis«, sagte sie. »Wir wollen westlich der Stadt eine Farm aufbauen.« Sie stellte sich und ihre Familie vor.

»Emily Roscoe«, erwiderte die Lady. »Sie kommen aus Irland?«

Eileen hörte keinen Vorwurf in ihrer Stimme und lächelte. »Das hört man, nicht wahr? Wir kommen aus dem County Cork, das liegt unten im Süden.«

»Irland muss ein wunderschönes Land sein. Mein Vater kam aus Irland, aber das ist lange her. Ich bin hier geboren, in New

York City, und habe die alte Heimat leider nie besuchen können. In New York wohnen viele Iren.«

»Gab es keine Schwierigkeiten mit den Einheimischen?«

»Sicher gab es die. Gleich, nachdem mein Vater von Bord ging, geriet er in eine Schlägerei mit einem Amerikaner. Ihm machte das nichts aus. Er war ein bärenstarker Mann und hatte vor nichts Angst. Er heiratete sogar eine Einheimische und arbeitete sich in einer Fabrik vom Laufburschen bis zum Manager hoch. Mein Dad war ein besonderer Mann, das können Sie mir glauben.« Sie lächelte versonnen. »Wenn man es in Amerika zu etwas bringen will, muss man stark sein, wissen Sie? Man darf sich niemals unterkriegen lassen. Mein Vater sagte stets: ,Wenn du was willst, bekommst du es auch.'«

»Mein Vater ist auf der Überfahrt gestorben«, sagte Eileen. Es tat gut, mit einer Fremden darüber zu reden. »Aber meine Mutter ist auch stark.« Sie warf einen raschen Blick auf ihre schlafende Mutter und sprach leise weiter. »Ich glaube sogar, der Tod meines Vaters hat sie noch stärker gemacht. Sie ist mein großes Vorbild. Ich werde ihr helfen, unsere neue Farm zu bewirtschaften.« Sie bewunderte den blumengeschmückten Hut der Lady. »Ich wüsste nicht, ob ich in einer großen Stadt wie New York wohnen könnte. Ich habe mich schon in Baltimore unwohl gefühlt. Wohnen Sie in einem Mietshaus?«

»In einem Backsteinhaus in einem Vorort. Ich schätze, man muss in New York geboren sein, um die Stadt zu mögen. Ich bekomme immer Heimweh, wenn ich in Cincinnati bin, obwohl ich sehr gerne hinfahre, besonders jetzt, seitdem es die Eisenbahnverbindung gibt. Wir besuchen meinen Sohn und seine Frau. David, mein Sohn, arbeitet für die Ohio Life Insurance & Trust, eine große Versicherungsgesellschaft. Mein Mann war einer der leitenden Angestellten in der New Yorker Filiale. Nach dem Börsencrash vor zwei Jahren wurde er entlassen, kein Beinbruch, er war sowieso schon über sechzig und wir haben einige Ersparnisse. David blieb glücklicherweise von der Kündigungswelle verschont. Inzwischen hat sich die Börse beruhigt, und es geht wieder aufwärts. Wir besitzen Aktien der Baltimore & Ohio Railroad.«

Eileen kannte sich weder mit Aktien noch mit Versicherungen aus, und auch von dem Börsencrash vor zwei Jahren hatte sie nichts mitbekommen. In Irland hatten sie ihre eigenen Probleme. »Waren Sie schon mal im Westen, Ma'am?«, fragte sie nach einer Weile zaghaft. »Westlich von St. Louis, meine ich, auf den weiten Ebenen, wo die Indianer noch auf den Kriegspfad gehen?«

»O nein«, antwortete sie. »Wir sind hier im Osten verwurzelt, und mein Mann war nie der Abenteurer, der man sein muss, wenn man den Mississippi überquert. Wenn sie eine Eisenbahnstrecke quer durch das Land bauen, ändert sich die Lage vielleicht, aber zurzeit muss man sehr mutig oder auch verzweifelt sein, wenn man es dort schaffen will. Mein Vater hätte es vielleicht gewagt, aber zu seiner Zeit gab es nicht mal den Erie Canal, geschweige denn den Oregon Trail, und er hätte als Pelztierjäger in den Bergen leben müssen.«

»Und wohin würde er gehen, wenn er heute leben würde?«

»Texas«, antwortete sie, ohne lange nachzudenken. »Dort leben nur Verrückte, sagt mein Mann, »tollkühne Burschen, die weder Angst vor den Mexikanern noch vor den Comanchen haben. Ihnen ist kein Kampf zu wild, kein Sturm zu heftig und kein Regen zu nass. Oder so ähnlich.« Sie kicherte leise. »Ja, er würde nach Texas gehen und sich dort eine kleine Ranch aufbauen. Dort soll es Rinder mit so langen Hörnern geben.« Sie hielt wie beim Anglerlatein die Hände auseinander und berührte Eileen unabsichtlich an der Wange. »In Texas ist alles größer, wissen Sie? Die Texaner sind furchtbare Angeber. Aber …«, und sie hob einen Zeigefinger, »sie sind gut zu ihren Frauen.«

Sie erreichten Harper's Ferry gegen Mittag und hatten lange genug Aufenthalt, um in einem Gasthaus zu essen. Sie beschlossen, sich diesen Luxus zu leisten und kehrten in dem Restaurant gegenüber vom Bahnhof ein, in dem auch die meisten anderen Passagiere aßen. Sie bestellten das Special, gebratenes

Hühnchen mit Kartoffeln und Gemüse und tranken frische Limonade.

»Habt ihr gehört, was die nette Lady gesagt hat?«, fragte Eileen während des Essens. »Ihr Vater wäre nach Texas gegangen und hätte dort eine Ranch aufgebaut. Ein wildes Land mit kriegerischen Indianern, aber die Siedler dort wären freundlich, und es gäbe Rinder mit langen Hörnern, die gibt es sonst nirgendwo. Dort macht man keinen Unterschied zwischen Iren und Amerikanern, dort zählt nur, was ein Mann oder eine Frau im Leben zustande bringt.«

»Eine Ranch mitten unter kriegerischen Indianern?« Sophie trank von ihrer Limonade und schüttelte den Kopf. »Nichts für mich. Ich suche mir lieber einen Mann und fahre mit ihm nach Santa Fe oder San Francisco. Das sind die Städte, in denen man es wirklich zu etwas bringen kann. Aber keine Angst, ich bleibe schon noch eine Weile bei euch. St. Louis ist auch nicht zu verachten, wenn ich's mir recht überlege. Ich würde gern mal auf einem dieser riesigen Flussdampfer fahren. Das sollen schwimmende Paläste sein, und an Bord soll es jeden nur erdenklichen Luxus geben. Das wäre doch eine Sünde wert.«

Eileen war beinahe sicher, dass ihre Schwester es wörtlich meinte, und wechselte schnell das Thema. »Schade, dass es keine Schlafwagen gibt. Noch ungefähr zwölf Stunden bis Parkersburg, eine Übernachtung im Hotel und noch mal sechzehn Stunden bis St. Louis. Das Land ist größer, als ich dachte.«

»Und ich hoffe, es sieht weiter westlich auch besser aus. Ich vermisse die grünen Hügel von Irland.« Sie trank lächelnd ihre Limonade aus und tupfte sich den Mund ab. »Aber wir wollten nicht mehr zurückblicken, nicht wahr?«

»Das stimmt«, erwiderte Eileen. »Wir wollten nur nach vorn sehen.«

11

Sophie überstand die lange Fahrt am besten. Wenn ihr die Aussicht zu langweilig wurde, schloss sie die Augen und ließ ihre Gedanken schweifen. Sie lebte bereits in der Zukunft, die sie sich in ihren Träumen ausgemalt hatte. Sie dachte an San Francisco, die glitzernde Metropole im fernen Kalifornien, in der eine Künstlerin wie sie ihren exzessiven Lebensstil ungestört ausleben konnte. Noch war die Stadt über zweitausend Meilen entfernt, doch sie war längst entschlossen, den Grundstein für eine erfolgreiche Karriere im Paris des Westens zu legen.

Sie sah sich als Schauspielerin und Tänzerin, vielleicht sogar als Sängerin, und glaubte in allen drei Bereichen über die nötige Begabung zu verfügen. Ihr schauspielerisches Talent setzte sie bei jedem Mann ein, mit dem sie flirtete. Als Tänzerin fühlte sie sich, wenn sie leichtfüßig über eine Wiese schlenderte. Als Sängerin glaubte sie genug Talent zu besitzen, um auf einer Bühne bestehen zu können. Es kam nicht nur auf die Stimme an. Wenn eine Sängerin verführerisch aussah und sich zu bewegen musste, verzieh man ihr vieles.

Bei dem Gedanken, vor ein großes Publikum zu treten, wurde Sophie warm ums Herz. Gab es etwas Schöneres, als in einem kostbaren Kleid auf einer Bühne zu stehen und sich von vielen hundert Menschen bewundern zu lassen? Ihre Bewunderer würden nach Zugaben rufen und Blumen auf die Bühne werfen, und vor ihrer Garderobe die Würdenträger mit langstieligen Rosen und Champagner auf sie warten und darauf hoffen, sie zum Dinner in ein exklusives Restaurant einladen zu dürfen. Vor dem Theater würde eine Kutsche mit weißen Pferden für sie stehen, und ein livrierter Diener würde sich tief vor ihr verbeugen und ihr und ihrem Begleiter die Tür aufhalten.

Vor ihrer Mutter und ihrer Schwester empfand sie höchsten

Respekt. Nur wenige Frauen brachten wohl so viel Mut auf, um sich den Herausforderungen in der Wildnis zu stellen. Die Vorstellung, kriegerischen Indianern zu begegnen, jagte ihr einen Schauer über den Rücken. Ihr reichte es schon, sich dieser Gefahr auf der langen Fahrt nach Westen auszusetzen, auch wenn man in einem großen Wagenzug kaum etwas zu befürchten hatte. Sie hatte sich bereits erkundigt und erfahren, dass die meisten Indianer das Risiko scheuten, einen Wagenzug anzugreifen und sich lieber an einsame Reisende hielten. Oder an allein lebende Farmersfrauen wie Eileen und ihre Mutter.

»Wollt ihr wirklich nach Texas fahren?«, fragte sie, als sich der Zug durch die Allegheny Mountains kämpfte. »Habt ihr denn keine Angst vor den Indianern? Diese Comanchen sollen nicht gerade zimperlich sein. Ich hab gehört, sie sollen gefangene Frauen an reiche Sklavenhalter nach Mexiko verkaufen.«

»Wer sagt das?«, fragte ihre Mutter.

»Einer der … der Köche in dem Gasthaus, in dem ich gearbeitet habe.«

»Und wenn schon. So weit lassen wir es gar nicht kommen. Ich werde mir ein Gewehr besorgen und ihnen klarmachen, was es heißt, sich mit einer Irin anzulegen. Weißt du nicht, wie groß Amerika ist? Da ist genug Platz für alle.«

»Ein Gewehr? Kannst du denn schießen?«

»Eine Schrotflinte. Damit trifft jeder.«

»Außerdem kommt Jonathan bald nach«, fügte Eileen rasch hinzu. »Er kann bestimmt schießen und hilft uns, die Farm aufzubauen. Er ist auf einer Farm aufgewachsen und weiß, worauf es ankommt. Und er ist ein erfahrener Kämpfer, sonst hätten ihn die Irish Patriots bestimmt nicht aufgenommen.«

»Wenn er der Polizei entkommt.«

»Er lässt sich nicht einsperren.«

»Dann sollte er Baltimore so schnell wie möglich verlassen. Die Einheimischen sind in der Überzahl, und solange die Know-Nothings die Regierung und die Polizei im Sack haben, lebt er gefährlich. Das sind alles Verbrecher.«

»Meinst du, das weiß ich nicht selbst?«

Manchmal verstand Sophie ihre Schwester nicht. Bei den Männern, die bisher um sie geworben hatten, war sie energisch genug gewesen und hatte ihnen ordentlich heimgeleuchtet, aber bei Jonathan war sie viel zu unterwürfig. Natürlich war es richtig, sich ein solches Schmuckstück zu ergattern, aber man musste sich doch nicht gleich mit Haut und Haaren hingeben und vollkommen verrücktspielen, wenn er Ärger mit der Polizei bekam? Andere Mütter hatten auch interessante Söhne, die Welt war voller interessanter Männer, und wenn Eileen sich noch ein wenig lockerer und lässiger benahm, würde sie sich vor Angeboten kaum noch retten können. Wie oft hatte sie ihr schon geraten, das Leben leichter zu nehmen. Es half nichts, über eine Situation zu jammern. Die Kunst bestand darin, das Beste daraus zu machen. So wie sie es schon seit ein paar Jahren tat, nur so meisterte man das Leben.

Als sie St. Louis erreichten, dampfte der Zug minutenlang durch die Vororte, bis er in den Bahnhof fuhr und sie endlich aussteigen konnten. Die Stadt war riesengroß, viel größer als Dublin oder Baltimore, und auf den Straßen wimmelte es von Menschen. Sie leisteten sich eine Droschke und ließen sich zu einem preiswerten Hotel kutschieren, in dem sie die erste Nacht verbringen wollten. Staunend blickten sie auf die mehrstöckigen Häuser, die meisten waren nach einem großen Feuer aus Stein gebaut worden, und die Fabriken mit ihren riesigen Schornsteinen, darunter zahlreiche Brauereien, wie sie von dem Kutscher erfuhren. »Das muss man den Deutschen lassen«, sagte er, »gutes Bier brauen, das können sie.« Sogar Pferdebahnen gab es, geräumige Wagen, die von Pferden gezogen auf festen Schienen fuhren und deshalb lange nicht so stark schaukelten wie die ebenfalls von Pferden gezogenen Omnibusse. Auch das verriet ihnen der Kutscher, der seine Stadt in den höchsten Tönen pries und auch praktische Tipps bereithielt: »Beim *Missouri Democrat* wissen sie, wer offene Stellen hat, und wo es Wohnungen zu mieten gibt. Das Gebäude können Sie gar nicht verfehlen.« Er nannte ihnen die Adresse der Zeitung.

Sie gaben dem Kutscher ein großzügiges Trinkgeld und bereuten es nicht. Seine Tipps erwiesen sich als Volltreffer. Das Hotel, in dem sie übernachteten, kam ihnen nach der langen Bahnfahrt wie der reinste Luxus vor, und bei der Zeitung bediente sie ein freundlicher Gentleman, der gerade erst eine Irin geheiratet hatte und ihnen breitwillig Auskunft gab. In einer Anzeige, die just gedruckt wurde, wurden Wohnungen in der 14th Street angeboten, zwei Blocks abseits des Kerry Patch, dem Viertel der irischen Einwanderer, das teilweise schon zu einem Slum verkommen war. Der Vermieter war ein Verwandter seiner Frau und gab ihnen die Wohnung zu einem angemessenen Preis.

»Man muss auch mal Glück haben«, sagte Sophie, als sie in der Wohnung waren und die einigermaßen geschmackvolle Einrichtung und die bequemen Betten begutachtete. »Und ich musste dem Jungen nicht mal schöne Augen machen.«

Die Wohnung bestand aus einem Schlafzimmer mit glücklicherweise drei Betten und einem Wohnzimmer mit einem Esstisch und vier Stühlen, einem Schrank und einer Vitrine und einer Sitzecke mit Couch, Sessel und Tisch. Die Küche war klein, aber ausreichend. Es gab zwei Fenster, die beide zum Hinterhof hinausgingen, ein eher trister Ausblick. In dem fünfstöckigen Haus lebten noch zahlreiche andere Parteien, auch Familien mit Kindern, aber die Verhältnisse waren wesentlich besser als in der schäbigen Absteige in Baltimore. »Wir hätten es nicht besser treffen können«, sagte Kathleen zufrieden.

»Mit einem vollen Bankkonto schon«, erwiderte Sophie. Sie legte ihren Koffer auf eines der Betten und nahm ihren Rucksack von den Schultern. »Wisst ihr, wie ich in ein paar Jahren leben werde? In einer prächtigen Villa mit riesigen Zimmern, überall teure Möbel und kostbare Gemälde an den Wänden, und schlafen werde ich in einem Himmelbett wie eine Prinzessin.«

Eileen wiegte den Kopf. »Du träumst schon wieder, Sophie.«

»Nur wird sich mein Traum auch erfüllen. Natürlich würde ich mich freuen, einen wohlhabenden und einflussreichen Gentleman zu heiraten, einen Unternehmer oder Börsenmakler, aber ich werde keinen Mann zu meinem Glück brauchen. Als Künstlerin werde ich mehr Geld verdienen, als ihr euch vorstellen könnt. Ich weiß, ihr denkt, ich wäre größenwahnsinnig geworden, aber das stimmt nicht. Kann sein, dass es noch ein wenig dauert, aber spätestens in drei Jahren werde ich meinen Traum verwirklicht haben.«

»Ich glaube, die Bahnfahrt war ein bisschen zu lang für dich.«

»Was ist denn wahrscheinlicher? Dass Jonathan lebend aus Baltimore rauskommt und euch gegen die Indianer verteidigt? Oder dass ich als Schauspielerin oder Sängerin bekannt werde und in einer luxuriösen Villa lebe?«

»Jonathan lässt mich nicht im Stich!«

»Und ich hab einen Plan.«

»Aber noch lebst du in einer bescheidenen Wohnung mit einem Schlafzimmer«, erwiderte ihre Mutter. »Wie wär's, wenn du ein bisschen was einkaufst, Kartoffeln, Eier, Käse und Milch, während Eileen und ich saubermachen. Vielleicht ein wenig Obst, falls es nicht zu teuer ist. Einen halben Block von hier habe ich einen Laden gesehen. Ich hoffe, hier mögen sie uns Iren.«

Sophie war froh, nicht beim Saubermachen helfen zu müssen, und verließ das Haus. Obwohl sie immer noch ihren zerfledderten Mantel trug und liebend gern einen dieser neuen modischen Hüte getragen hätte, fühlte sie sich leicht, beinahe beschwingt, wegen ihrer lockigen Haare, die sie am vergangenen Abend im Hotel gewaschen hatte, und wegen der neuen Umgebung, die positiv und anregend auf sie wirkte. St. Louis hatte ein anderes Flair als Baltimore, war offener und großzügiger und lebte von der Aufbruchsstimmung, die hier alle Menschen zu ergreifen schien. Die Stadt war das Tor zum Westen.

Auch für sie begann hier ein neues Leben. Ein besseres Sprungbrett für eine große Karriere als St. Louis gab es nicht. Hier lebten wohlhabende Unternehmer, die genug Geld besaßen, um in eine aufstrebende Künstlerin zu investieren, und vielleicht fand sich hier sogar ein junger Mann, der über beides verfügte: das nötige Vermögen, das gute Aussehen und die gepflegten Umgangsformen, um sie in eine neue Zukunft zu führen. Der Gedanke brachte sie zum Lächeln. Wie in dem Märchen vom Aschenputtel würde auch sie sich von der armselig gekleideten und zurechtgemachten Farmerstochter in eine strahlende Prinzessin verwandeln und ganz Amerika erobern. Sie hatte das Zeug dazu. Sie brauchte lediglich jemanden, der ihr eine Chance gab.

Sie war so in Gedanken vertieft, dass sie nicht nach links blickte, als sie die Straße zu dem Laden überquerte. Viel zu spät bemerkte sie den Gentleman in dem Einspänner, der sich mit aller Macht in die Zügel stemmte und es gerade noch schaffte, ihr auszuweichen. Einige Schritte weiter kam sein Einspänner zum Stehen. Das Pferd stieg auf die Hinterhand und wieherte laut.

Sophie erschrak so sehr, dass sie ins Stolpern geriet und auf das Kopfsteinpflaster fiel. Der Gentleman aus der Kutsche war sofort bei ihr und half ihr hoch. »Tut mir furchtbar leid, Miss. Das wollte ich nicht. Sind Sie verletzt?«

»Nur ein paar Schrammen. Nicht der Rede wert.«

»Das nächste Krankenhaus ist nur ein paar Straßen weiter. Ich bringe Sie gern hin. Auf meine Kosten natürlich. Ist vielleicht besser, wenn sich das jemand ansieht.« Er deutete auf ihre Knie, die unter dem Mantel allerdings nicht zu sehen waren. »Ich bin vielleicht ein wenig zu stürmisch gefahren.«

Sie sah sich den Fremden genauer an. Er war vielleicht fünf Jahre älter als sie, wirkte sehr gepflegt und trug einen knielangen Gehrock über seinem blütenweißen Hemd, der Brokatweste und der schwarzen Hose. Auch seine Stiefel waren schwarz und glänzten. Er duftete nach Rosenwasser.

»Sie brauchen sich nicht zu entschuldigen, Mister«, sagte sie. »Es war meine Schuld. Ich hätte besser aufpassen müssen. Es tut mir furchtbar leid.«

Natürlich tat es ihr überhaupt nicht leid. Schließlich war niemandem etwas passiert, und dies war eine willkommene Gelegenheit, sich bei einem attraktiven und offensichtlich wohlhabenden Gentleman einzuschmeicheln. Sie hoffte nur, dass er sich nicht allzu sehr an ihrem schmuddeligen Mantel störte.

»Es ist vielleicht doch besser, wenn ich Sie zu einem Arzt bringe«, schlug er vor. »Wenn nicht ins Krankenhaus, dann zu dem Doktor, der mich vor einigen Monaten operiert hat.« Er lächelte hintergründig. »Er hat seine Praxis unten am Fluss. Anschließend bringe ich Sie natürlich nach Hause.« Er tippte mit zwei Fingern an seinen breitkrempigen Hut. »Übrigens, ich bin Frank Kelso.«

»Sophie O'Leary.« Sie deutete einen Knicks an und erwiderte sein Lächeln. »Sie scheinen ja ganz versessen darauf zu sein, mich zu einem Arzt zu bringen. Zu Hause in Irland machen wir nicht so viel Aufhebens um Kratzer und Schrammen. Oder gibt es einen anderen Grund, mich so zu bemuttern?«

Sein Lächeln verstärkte sich. »Wenn ich ehrlich bin, würde ich alles tun, um möglichst lange Ihre Gesellschaft genießen zu können. Ich habe schon lange keine so schöne Frau mehr gesehen, und ich bin viel auf Raddampfern unterwegs und treffe dort die vornehmsten Töchter des Südens. Sie tragen kostbare Kleider und sündhaft teuren Schmuck, aber keine kommt Ihnen auch nur im Entferntesten nahe. Selbst in Ihrer …« Er suchte nach einem passenden Wort. »… einfachen Kleidung stechen Sie jede von ihnen aus.« Er freute sich über sein eigenes Kompliment. »Sie verzeihen mir doch meine Offenheit?«

»Natürlich, Mister Kelso.«

»Frank. Nennen Sie mich bitte Frank.«

»Sophie«, revanchierte sie sich. »Aber Sie brauchen mich wirklich nicht zu einem Arzt zu bringen. Eine kleine Spazierfahrt würde ich jedoch nicht ablehnen. Ich wollte mir sowieso die Dampfer an der Anlegestelle ansehen.«

»Zu Ihren Diensten.« Er half ihr lächelnd in den Einspänner und stieg auf der anderen Seite ein. »Dann sind Sie gerade erst in St. Louis angekommen?«

»Gestern«, antwortete sie. »Meine Mutter, meine Schwester und ich. Sie wollen bald nach Texas fahren und dort eine Farm aufbauen. In der alten Heimat hatten wir auch eine Farm, wissen Sie? Ich will nach San Francisco weiter. Leider haben uns die

Engländer daran gehindert, genügend Geld für die Fahrt nach Amerika auf die Seite zu legen. Morgen suchen wir uns Arbeit, und sobald wir genug Geld in der Tasche haben und uns wieder anständig kleiden können, fangen wir neu an.« Es machte ihr nichts aus, ihre Pläne offenzulegen. »Dann werden meine Familie und ich getrennte Wege gehen.«

Er blickte sie von der Seite an. »Sie werden es schaffen, Sophie. Sie haben das Zeug dazu, etwas Besonderes zu schaffen. Ich hab mir sagen lassen, das wären die hervorstechendsten Eigenschaften einer irischen Lady. Sie können feurig und liebevoll, aber auch kratzbürstig wie ein wütender Tiger sein.«

»Wer immer das gesagt hat, war nicht dumm«, sagte sie grinsend.

»Und Sie? Was machen Sie? Sie sehen wie ein Gentleman aus.«

Er hatte die Zügel aufgenommen und lenkte den Einspänner zum Fluss hinab. »Ich bin Spieler«, sagte er. »Manche Leute halten meinen Beruf für anrüchig, aber ich sage Ihnen, wir müssen genauso hart für unseren Lebensunterhalt arbeiten wie ein Bürovorstand, Zimmermann oder Farmer. Ich komme aus dem tiefen Süden, aus Baton Rouge, und arbeite entweder in den Casinos der Stadt oder auf den Raddampfern auf dem Mississippi. Seit meine Eltern in einem Feuer umkamen, hält mich nichts mehr in Baton Rouge.« Er ließ eine Pferdebahn vorbei und verlangsamte das Tempo, als sein Pferd vor dem lauten Klingeln der Bahn scheute. »Sie sind mit der Eisenbahn gekommen?«

Sie nickte. »Aus Baltimore. Eine furchtbare Stadt.«

Sie wunderte sich selbst, wie vertraut sie schon nach wenigen Minuten mit dem Spieler war. Wahrscheinlich, weil sie aus ähnlichem Holz geschnitzt waren, nahm sie an. Er ein Spieler, sie eine Künstlerin, und beide auf der Suche nach Ansehen, Erfolg und Glück. Ob sie tatsächlich als Schauspielerin, Tänzerin oder Sängerin erfolgreich sein konnte, würde sich zeigen. Wenn nicht, könnte sie sich auch vorstellen, als Spielerin ein Vermögen zu verdienen.

»*Voilà*«, sagte Frank, als sie die Anlegestelle erreichten. Wie alle Südstaatler aus der Gegend um Baton Rouge und New Orleans warf er gern mit französischen Ausdrücken um sich. »Ein Anblick, den man nicht so schnell vergisst.«

Frank zog die Bremse an und half ihr aus dem Einspänner. Ohne nachzudenken, hielt sie seine Hand länger als nötig. Zu eindrucksvoll war das Bild, das sich ihren Augen am Ufer des Mississippi bot. Über hundert Schaufelraddampfer lagen nebeneinander am Ufer, schwimmende Paläste mit weißen Aufbauten, bunten Gemälden auf den Radkästen und schwarzen Schloten, die sich wie ein Wald verbrannter Bäume gegen den abendlichen Himmel abhoben. Auf einigen Decks brannten Lampen, Schlote rauchten, und die vielstimmige Melodie einer Dampfpfeife hallte über das Ufer.

Nicht einmal in den Häfen von Queenstown und Baltimore hatte eine solche Hektik geherrscht. Unzählige Frachtwagen parkten auf dem breiten Uferstreifen. Vor allem dunkelhäutige Arbeiter, Sklaven und freie Schwarze, luden die Erzeugnisse der Fabriken und Baumwollballen von den umliegenden Plantagen auf die Frachtdecks. Vor einem der Dampfer warteten Passagiere darauf, an Bord gehen zu dürfen, umringt von Händlern, die Zigarren feilboten, und minderjährigen Mädchen, die frische Äpfel verkauften oder sich von einem der Seeleute überreden ließen, ihm in eine dunkle Ecke zu folgen und für ein paar Münzen den Rock zu heben. Aber das erzählte Frank ihr erst sehr viel später.

»Und auf einem solchen Dampfer arbeiten Sie?«, fragte sie beeindruckt.

Er lächelte stolz, als wäre das prunkvolle Aussehen der meisten Flussdampfer sein Verdienst. »Sie sollten die prachtvollen Speisesäle sehen, dagegen ist das Planter's House nur eine bescheidene Herberge.« Das Planter's House war das teuerste Hotel in St. Louis. »Und die Möbel sind so kostbar, dass sich einige Gesellschaften weigern, sie zu versichern. So stelle ich mir einen Königspalast im alten Frankreich vor.« Er hielt immer noch ihre Hand. »Ein neues Kleid und exquisite Schuhe, und Sie würden hervorragend auf ein solches Schiff passen. Nicht auf ein Transportschiff wie die beiden Kähne dort drüben. Auf einen der luxuriösen Prachtdampfer wie die New Orleans oder Mississippi Queen. Dort würden Sie alle Frauen in den Schatten stellen.«

»Geben Sie mir ein paar Wochen, Frank, dann werde ich so weit sein.« Sie bemerkte, dass die Sonne bereits hinter Bloody Island versank, der schmalen Insel im Mississippi. »Jetzt muss ich aber nach Hause. Ich habe meiner Mutter versprochen, noch was einzukaufen. Sie wartet bestimmt schon auf mich.«

Sie stiegen in den Einspänner.

»Und wann darf ich Sie wiedersehen?«, fragte der Spieler, als sie zurückfuhren. »Ich werde ab morgen eine Woche unterwegs sein, aber wenn ich zurückkomme, würde ich Sie gerne zum Essen ausführen. Einverstanden?«

»Gerne«, freute sie sich. »Wo ich wohne, sehen Sie ja gleich.«

12

Am nächsten Morgen stand Sophie vor ihrer Mutter und ihrer Schwester auf und bereitete das Frühstück zu. Dass sie am vergangenen Abend erst nach zwei Stunden von ihrem Einkauf zurückgekehrt war, hatte ihr eine heftige Standpauke eingebracht, und sie wollte wenigstens versuchen, sich bei ihrer Mutter einzuschmeicheln. »Du fährst mit einem wildfremden Mann durch die Gegend, während wir uns hier beim Putzen abschuften?«, hatte sie geschimpft. Und als Sophie ihren Unfall erwähnte: »Seit wann fängt eine waschechte Irin an zu jammern und wirft sich einem Mann an die Brust, nur weil sie sich das Knie aufgeschrammt hat? Du bist zu leichtgläubig, Sophie! Pass besser auf!«

So rasch ihre Mutter aufbrausen konnte, so bald legte sich ihre Wut auch wieder. Als sie den heißen Tee auf dem Tisch sah, lächelte sie versöhnlich und weckte Eileen, die sich nur widerwillig aus ihren Decken schälte. »Wach auf, Eileen! Heute werden wir verwöhnt. Das Frühstück ist fertig.«

Sophie war keine große Köchin und hatte Rührei mit Speck zubereitet, dazu gab es jeweils eine Scheibe von dem guten Brot, das sie in dem Laden gekauft hatte. Er gehörte einem deutschen Ehepaar, das vor einem Jahr nach Amerika ausgewandert war und keinen Groll gegen andere Einwanderer hegte. Ihr Brot schmeckte besonders herzhaft und war im ganzen Viertel beliebt.

»Ist Frank wirklich so nett, wie du sagst?«, fragte Eileen.

»Er ist ein Gentleman.«

»Sei dennoch vorsichtig«, warnte ihre Mutter. »Ich hab nichts gegen Spieler, aber sie sind ständig unterwegs und die Letzten, die zum Ehemann taugen. Oder willst du den Rest deines Lebens auf einem Dampfschiff verbringen?«

Sophie war überrascht, wie gut ihr das Rührei gelungen war. Nur der Tee war etwas zu dünn. »Warum nicht? Frank hat mir versprochen, mich auf einen der Prachtdampfer mitzunehmen, sobald er von seiner Reise zurück ist. Er kommt in einer Woche wieder. Ich hab ihm gesagt, er soll sich melden.«

»Aber bevor wir uns dem Vergnügen hingeben, sollten wir uns erst mal Arbeit suchen«, sagte ihre Mutter. »Ob dich ein Spieler ernähren kann, wage ich doch stark zu bezweifeln. Was machst du, wenn er eine Pechsträhne hat?«

Sophie nahm Rührei nach. »Ich werde immer mein eigenes Geld verdienen, Mammy. Nichts gegen einen reichen Mann, der mich mit schönen Kleidern und edlem Schmuck verwöhnt, aber ich will niemals abhängig von ihm sein. Im Gegenteil, ich werde so reich und berühmt sein, dass mir die Männer scharenweise nachlaufen.« Obwohl sie jedes ihrer Worte ernst meinte, lachte sie. »Wie sagst du immer, Mammy? Wenn es darauf ankommt, schafft es eine Irin auch allein! Wären wir denn sonst so weit gekommen?«

»So gefällst du mir schon besser.«

Nach dem Frühstück machten sie sich auf den Weg. Sie hatten sich die Adressen, die sie von der Zeitung bekommen hatten, aufgeteilt und zogen in verschiedene Richtungen los. Sophie nahm die Pferdebahn zum Lafayette Park, einer der vornehmsten Gegenden der Stadt, und kam sich reichlich deplatziert in ihrem Mantel vor. Inzwischen hatten sie ihre Kleidung gründlich gewaschen und gereinigt, aber mit den zahlreichen Flicken sah der Mantel noch immer schäbig aus, und sie rechnete eigentlich damit, von einigen der wohlhabenden Anlieger verjagt zu werden. Glücklicherweise ließ sich niemand blicken. Nur ein paar Vorhänge bewegten sich, als sie von der Haltestelle auf der Südseite zur gewünschten Adresse auf der Nordseite des Parks ging.

Vor der zweistöckigen Villa der Greens, der ersten Adresse auf ihrer Liste, blieb sie ehrfürchtig stehen. So ein prächtiges Haus hatte sie in ganz Irland nicht gesehen. Kunstvolle Verzierungen und ein Türmchen, das aus dem steilen Giebeldach ragten, ließen es wie ein Schloss aussehen. Es war von einem riesigen Garten mit blühenden Bäumen und Büschen und einem weiten Rasen umgeben. Abseits der Villa erhob sich ein Kutschenhaus. In so einem Haus will ich mal wohnen, dachte sie, während sie am eisernen Zaun entlangging.

Sie fand den Dienstboteneingang und klopfte. Eine dunkelhäutige Frau in Kittelschürze und Haube öffnete und sagte: Ich bin Hannah, die Köchin. Du willst dich als Hausmädchen bewerben, hab ich recht? Der Master hat mir schon gesagt, dass sie jemand suchen. Komm rein, ich sage den Herrschaften, dass du hier bist.« Sie führte Sophie durch die Küche im Untergeschoss und an Vorratsräumen vorbei in einen Aufenthaltsraum. »Wie heißt du?«

»Sophie O'Leary.«

»Dann nimm deine Mütze ab, Sophie, damit man deine blonden Locken besser sieht, und warte hier. Der Master mag hübsche Frauen. Wenn du ihm ein bisschen um den Bart gehst, bekommst du den Job, da bin ich sicher.«

Sophie nickte nur und wartete nervös, bis Horace W. Green erschien und sich so grimmig gab, als wären gerade seine wichtigsten Aktien abgestürzt. Als er sie erblickte, änderte sich jedoch sein Verhalten, und er errötete sogar, wenn auch nur leicht. »Sie kommen früh. Wie war doch Ihr Name, Miss?«

»Sophie O'Leary, Sir.«

Er legte ihr lächelnd eine Hand auf die Schultern. »Setzen Sie sich doch, Sophie. Ich würde Sie gerne besser kennenlernen, bevor ich mich entscheide.« Seine Hand blieb länger auf ihren Schultern als notwendig und bereitete ihr Unbehagen. Erst als er sich ihr gegenüber setzte, war sie einigermaßen sicher vor ihm. Er musste um die Fünfzig sein, ein wohlbeleibter Mann mit schmalen Äuglein, streng gescheitelten schwarzen Haaren und einem gepflegten Backenbart. Seine Lippen waren feucht und wulstig und bewegten sich ständig, auch wenn er nicht sprach. »Sie kommen aus Irland, nehme ich an.«

»Das stimmt«, erwiderte Sophie. Green erinnerte sie an einen schmierigen Viehhändler, der auf dem Markt in Bandon jungen Frauen nachgestellt hatte. Am liebsten wäre sie sofort davongelaufen, doch ein Arbeitgeber, der einen mochte, hatte auch seine Vorteile und bedeutete vielleicht besseren Lohn. Sie berichtete, dass sie Irland verlassen hätte, um sich in Amerika eine neue Zukunft aufzubauen, bemühte sich aber, nicht zu viel Persönliches preiszugeben. Mit zunehmender Dauer merkte sie wie angetan Green von ihrem Aussehen und ihrer Stimme war. »Es soll einige Leute in Amerika geben, die uns Iren nicht mögen, aber diese Feindseligkeiten bestehen doch nur, weil wir härter und zuverlässiger arbeiten als viele andere. Auch wir Frauen, Sir.«

»Das will ich gern glauben, Sophie.« Er beugte sich nach und ergriff ihre Hände, eine Berührung, bei der sie am liebsten angewidert aufgesprungen wäre. Nur mit größter Anstrengung ertrug sie den laschen, beinahe mädchenhaften Händedruck. »Sie dürfen versichert sein, dass wir keinen Groll gegen Iren hegen. Wir haben selbst irische Wurzeln.« Er fuhr sich mit der Zunge über die Lippen. »Haben Sie denn schon mal als Hausmädchen gearbeitet?«

Sie konnte ihm schlecht sagen, dass ihr jegliche Hausarbeit verhasst war, und sie nur einen Job für ein paar Wochen brauchte, um etwas Geld auf der Seite zu haben, bevor sie weiter nach Westen zog. Stattdessen erwiderte sie den Druck seiner Hände, wenn auch nur für einen kurzen Augenblick. »Ich habe meiner Mutter schon als kleines Mädchen geholfen und kenne mich damit aus. Und aus Büchern weiß ich, wie man in vornehmen Kreisen spricht.«

»Sie können lesen und schreiben?«, fragte er verwundert.

»O ja, ich bin zur Schule gegangen, darauf haben meine Eltern größten Wert gelegt.« Sie verheimlichte ihm, dass nur Eileen zur Schule gegangen war und sie in ihrer Freizeit zu Hause unterrichtet hatte, und dass sie in ihrem Leben nur ein Buch, nämlich ›Ivanhoe‹, und zahlreiche Zeitschriften gelesen hatte.

»Nun gut, Sophie«, sagte er und ließ ihre Hände los, »dann will ich es gern mit Ihnen versuchen. Hannah wird Ihnen Ihre Kammer zeigen. Im Schrank finden Sie die Kleidung Ihrer Vorgängerin. Sie hatte ungefähr die gleiche Statur wie Sie, und die

Sachen dürften Ihnen passen. Sie arbeiten von morgens bis abends und zu besonderen Gelegenheiten auch nachts. Zu Ihren Aufgaben gehört es, nach dem Aufstehen die Betten zu machen, im Haus für peinliche Sauberkeit zu sorgen und das Essen zu servieren. Außer Ihnen gibt es noch einen Diener, dem allerdings nur repräsentative Pflichten zukommen, und eine Magd, die Ihnen bei der Hausarbeit helfen soll. Außerdem verlange ich, dass Sie meiner Gattin Louise und mir zur Verfügung zu stehen, wann immer wir Sie brauchen.« Er nannte einen Lohn, mit dem sie gut leben konnte. »Lassen Sie mich Ihnen jetzt das Haus zeigen. Normalerweise würden das Louise oder unser Diener Oscar übernehmen, aber Sie sind ein so entzückendes Wesen, dass ich diese Aufgabe gerne selbst übernehme. Kommen Sie, Sophie!«

Sophie erhob sich und folgte ihrem neuen Arbeitgeber durch die Villa. Sie kam aus dem Staunen gar nicht mehr heraus. Die Zimmer waren so prunkvoll eingerichtet, wie sie sich einen Königspalast vorstellte. Exquisite Möbel, wahrscheinlich aus England oder Frankreich importiert, auf den Böden lagen samtweiche Teppiche mit orientalischen Mustern und die Wände schmückten kostbare Gemälde mit Ansichten, die sie an Bilder aus Italien erinnerten. Von der Decke hingen ausladende Kronleuchter mit glockenförmigen Öllampen, und im Flur standen Vasen, die offensichtlich aus Asien stammten und sicher ein Vermögen wert waren. Greens privater Raum war die Bibliothek, vollgestopft mit Büchern und anscheinend auch sein Raucherzimmer. Es stank nach kaltem Zigarrenrauch, der sie sofort zum Husten brachte. Sie blieb stehen.

Sofort spürte sie die zudringlichen Hände von Green auf ihren Schultern. Er war ihr so nahe, dass sie seinen Atem im Gesicht spürte. »Tut mir leid, Sophie. Ich wusste nicht, dass Sie den Rauch nicht vertragen. Kein Grund zur Sorge, das Zimmer kann Esther übernehmen.« So hieß das dunkelhäutige Dienstmädchen. Er zog sie näher zu sich heran und klopfte ihr leicht auf den Rücken. »Das wird schon wieder, Sophie. Möchten Sie ein Glas Wasser?«

»Nein, danke. Es geht schon.«

Sie war froh, als er seine Hände endlich herunternahm und sie ins Schlafgemach im ersten Stock führte. Sein anzügliches Grinsen verriet ihr, was er dachte, als er die Treppe hinaufging und sich immer wieder nach ihr umdrehte. Die Vorstellung, wie er sie auf Händen trug, sie im Schlafzimmer auf das Himmelbett warf und mit ihr das tat, was ihm seine Gattin wohl schon seit Jahren vorenthielt, verbarg sie hinter der Maske eines scheinbar freundlichen Lächelns. Verlegen blickte sie auf das Himmelbett, das beinahe den ganzen Raum einnahm. Der Baldachin bestand aus himmelblauer Seide, wie bei den Prinzessinnen in den Märchen ihrer Jugend.

Eher würde sie sich mit einem schmutzigen Hafenarbeiter einlassen, als mit diesem feisten Ekel das Bett zu teilen, sagte sie sich. Nicht einmal für viel Geld. Man konnte ihr vorwerfen, die Männer auszunutzen, sie mit ihrem guten Aussehen und ihrer koketten Art zu verführen, um einen möglichst großen Vorteil für sich herauszuschlagen, aber auch dafür gab es eine Grenze. Vielleicht gelang es ihr, mit ihrem Lächeln schon nach wenigen Tagen eine Lohnerhöhung herauszuschlagen, aber mehr würde sie nicht investieren. Nicht in einen Mann wie ihn. Sie war keine Hure, die sich jedem an den Hals warf.

»Ich wünsche, dass Sie schon heute Ihr Zimmer beziehen und morgen früh mit der Arbeit beginnen«, sagte er, als er sie in den Dienstbotenbereich zurückführte. Er erwartete anscheinend keine Widerrede. »Bis morgen früh.«

Er schüttelte ihr noch einmal die Hand und schien nicht zu ahnen, dass ihm seine Gedanken ins Gesicht geschrieben standen. Ein alter Mann, der seine Vorliebe für hübsche Mädchen nicht verbergen konnte. Kein Einzelfall, weder in Irland noch hier in Amerika, das hatte sie schon vor sechs, sieben Jahren festgestellt, als sich die ersten Männer nach ihr umgedreht hatten. Schon damals hatte sie etwas an sich gehabt, das auch ältere Männer verrückt machte. Eine verborgene Ausstrahlung, die geheime Signale an Männer aussandte.

Sie ließ sich von Hannah ihre Kammer zeigen, mehr eine winzige Absteige, in der kaum Platz für ein Bett, einen Schrank und einen Tisch mit Stuhl war. »So hat Master Green noch keine Angestellte begrüßt«, staunte die Köchin. »Hast du seine Augen gesehen? Er hätte dich am liebsten ausgezogen. An deiner Stelle würde ich gut aufpassen. Ich weiß nicht, ob es der Master jemals mit einer Angestellten oder Sklavin getrieben hat, aber wenn du dich weiter so aufreizend bewegst und so nett lächelst, hast du nichts Gutes zu erwarten. Es sei denn, du willst was von ihm, und das will ich doch nicht hoffen.«

»Ich will gut bezahlt werden, das ist alles«, sagte Sophie. »Wenn er sich bei meinem Anblick sonst was vorstellt, ist mir das egal. Das tut fast jeder Mann, dem ich begegne. So sind die Männer eben. Bist du schon lange hier?«

»Zwei Jahre«, antwortete Hannah. »Ich bin eine freie Schwarze. Mein Großvater kam als freier Mann nach Amerika, als Seemann an Bord eines Schiffes, und auch mein Vater war niemals in der Gewalt eines weißen Herrn. Ich bekomme weniger Lohn als die meisten Weißen, und in vielen Läden werde ich nicht bedient, aber ich bin frei und kann gehen, wohin ich will.«

Sophie öffnete die Schranktür und nahm die Kleider heraus. »Wir Iren haben es auch nicht leicht. In Baltimore haben Schwarze leichter einen Job als wir bekommen, und die einheimischen Banden gingen auch nur auf uns Iren los.«

»Master Green ist ein guter Herr. Er stellt jungen Frauen nach und streitet mit seiner Frau, und manchmal, wenn er besonders schlechte Laune hat, schreit er uns auch schon mal an, aber er hält seine Versprechen und zahlt immer pünktlich. Das kann man nicht von allen Herren in Saint Louie sagen.«

Sophie sortierte die Kleider und Blusen und bewunderte die einfachen Schnürschuhe. Es war die Kleidung eines Dienstmädchens, aber für sie eine wahre Offenbarung nach den abgetragenen Kleidern, die sie während der Überfahrt getragen hatte. Sie probierte einen Rock und eine Bluse an und sah, dass sie passten. Bewundernd blickte sie an sich hinunter. »Wie sehr habe ich mich die letzten Tage nach anständiger Kleidung gesehnt.« Sogar ein Mantel hing im Schrank. Sie strich liebevoll über den groben Stoff. »Einfach wunderbar.«

»Eine Frau wie du gehört eigentlich in ein Ballkleid«, sagte Hannah.

»Meine Rede«, erwiderte sie lachend, »aber bis dahin wird es wohl noch einige Zeit dauern. Ich lasse die Kleider am besten gleich an, dann sehen mich die Leute nicht mehr so schief an, wenn ich nach Hause gehe und meinen Koffer hole.« Sie packte ihren alten Mantel in den Schrank und wechselte auch die Schuhe. »Bekommen wir unser Essen eigentlich von dir, Hannah?«

Hannah blickte sie verwundert an. »Meinst du, ich lasse das Dienstpersonal verkommen? Wir essen in der Küche, also sei gefälligst um sechs hier.«

»*Aye*, Hannah«, erwiderte Sophie.

Diesmal sparte sich Sophie das Geld und lief zu Fuß nach Hause. Wieder einmal war sie überrascht von den durchweg mehrstöckigen Häusern in der Innenstadt, allesamt sehr solide und aus Stein gebaut. Nach einer großen Brandkatastrophe vor mehr als zehn Jahren wollte man kein Risiko mehr eingehen. Nur die gewaltige Kuppel des Gerichtsgebäudes und einige Kirchtürme überragten die Häuser. Auf den Straßen herrschte reger Verkehr. Klingelnde Pferdebahnen scheuchten Fuhrwerke und Passanten von den Schienen, schlecht gelaunte Kutscher fluchten so laut, dass Mütter ihren Kindern die Ohren zuhielten. Es stank nach Pferdeäpfeln. Auf der Washington Avenue boten fahrende Händler ihre frischen Waren an.

Sie erreichte die heimatliche Wohnung um die Mittagszeit und traf Eileen und ihre Mutter beim Mittagessen an. »Auch schon hier?«, fragte sie und drehte sich um die eigene Achse. »Na, was sagt ihr zu meinem neuen Aufzug?«

Eileen machte große Augen. »Hast du in der Lotterie gewonnen?«

»Meine Arbeitskleidung«, erklärte Sophie. Sie berichtete von ihrem neuen Job und dass sie im Haus ihres neuen Arbeitgebers wohnen würde. »Das tun alle Angestellten. Ist nur eine winzige Kammer, aber das reicht mir erst mal. Green zahlt anständigen Lohn, stellt die Kleidung, und Essen bekomme ich von der Köchin. Wenn ich will, kann ich jeden Penny auf die Seite legen.«

»Das würde ich dir auch dringend empfehlen«, warnte ihre Mutter.

Auch Eileen und sie hatten bereits Arbeit gefunden, Eileen als Verkäuferin in einem Eisenwarenladen und ihre Mutter als Angestellte einer Brauerei. Eileen hatte nur zwei Blocks zu dem Laden zu laufen, und ihre Mutter bekam genug Lohn, um jeden Tag die Pferdebahn zu nehmen. »Wir hätten es wohl alle schlechter treffen können«, sagte Kathleen. Sie holte einen Teller für Sophie aus dem Schrank und füllte ihn mit Suppe. »Und ich dachte immer, du magst keine Hausarbeit«, sagte sie vorsichtig. »Als Hausmädchen musst du doch sicher für Ordnung sorgen, oder was verlangt Mister Green von dir?«

Sophie zählte ihre Pflichten auf. »Aber keine Angst, er wird über manches hinwegsehen. Er hat einen Narren an mir gefressen. Ihr hättet seine Augen sehen sollen, am liebsten hätte er mich ausgezogen und aufs Bett geworfen.«

»Sophie!«, wies ihre Mutter sie zurecht.

»Keine Angst«, wiegelte sie schnell ab, »ich lasse ihn nicht an mich ran. Er ist doppelt so alt wie ich und verheiratet! Selbst wenn er zwanzig Jahre jünger und ledig wäre, würde ich ihn nicht anfassen. Aber ein Lächeln oder ein kleiner Hüftschwung schaden sicher nichts, wenn mein Lohn stimmen soll.«

»Pass bloß auf, Sophie!«, warnte ihre Mutter noch einmal.

13

Wenn Sophie gedacht hatte, sie könnte sich bei den Greens allein auf ihr hübsches Aussehen verlassen und es mit der Arbeit nicht so genau nehmen, sah sie sich schon bald getäuscht. Die beiden legten größten Wert auf Sauberkeit und achteten sogar auf Kleinigkeiten. Ob die Laken in den Betten makellos sauber, die Fenster geputzt waren, und ob sie das Klavier im Musikzimmer vom Staub befreit hatte. Vor allem Louise Green verfolgte argwöhnisch jede ihrer Bewegungen und kritisierte sie sofort, wenn ihr etwas nicht passte.

Horace W. Green spekulierte mit Grundstücken und arbeitete die meiste Zeit zu Hause, er ließ sich oft stundenlang nicht blicken, doch kaum war er mit der Arbeit fertig, rief er nach Sophie, bestellte frischen Tee, bat sie, ihm einen Imbiss aus der Küche oder ein frisches Glas zu bringen, in das er Whiskey aus seinem Geheimvorrat füllte und sie warten ließ, bis er den ersten Schluck genommen hatte. Meist prostete er ihr zu, brachte einen zweideutigen Trinkspruch an oder machte ihr ein Kompliment, das wenig Raum für Fantasie ließ und kein Hehl aus seinen Absichten machte. Er umgarnte sie wie ein lediger junger Mann, der es darauf anlegte, sie so schnell wie möglich herumzukriegen, ohne die lästigen Umwege, die ein solches Vorgehen sonst verlangten. »Ich hätte kein hübscheres Hausmädchen finden können«, sagte er am Nachmittag des zweiten Tages. »Ihre Locken könnten einem Engel gehören.«

Sophie hatte schon viele Komplimente in ihrem Leben gehört, fand dieses aber besonders albern, vor allem, weil es aus dem Mund eines so viel älteren Mannes kam. Anscheinend besaß er so viel Geld, dass er glaubte, sich alles damit kaufen zu können. Er handelte mit Grundstücken, hatte sich nach dem großen Feuer frühzeitig mehrere Areale in St. Louis gesichert, sie in kleinere Parzellen aufgeteilt und verkaufte sie an den Meistbietenden. Außerdem besaß er Anteile an einer Brauerei und einer Zuckerraffinerie. Die Greens aßen nur erlesene Speisen, tranken exquisiten Wein, und die Zigarren, die sich Horace W. Green nach dem Essen gönnte, wurden aus der Karibik importiert.

»Also, wenn du mich fragst, hat er seine Finger noch in ganz anderen Geschäften«, vermutete Hannah, als sie allein in der Küche saßen. »Mit dem Sklavenhandel lassen sich Millionen verdienen. Ich hab ihn öfter von einer Plantage in der Nähe von Vicksburg reden hören, wo er Zuckerrohr für seine Raffinerie hier in Saint Louie ernten lässt. Dort arbeiten nur Sklaven. Einen Weißen hab ich noch nie auf einem Zuckerrohrfeld gesehen. Ich bin sicher, ich bin die einzige freie Schwarze, die für ihn arbeitet. Hier kann er sich keine Sklaven erlauben. Hier wohnen viele Deutsche, und die sind alle gegen die Sklaverei. Würde mich nicht wundern, wenn es bald zum Krieg kommt.«

»Wegen der Sklaverei?«

»Ich bin nicht dumm«, erwiderte die Köchin. »Ich kann sogar ein bisschen lesen und schreiben. Hat mir ein Pfarrer beigebracht. Und manchmal kommt mir eine Zeitung wie der *Democrat* unter, die lese ich dann von Anfang bis Ende, damit ich noch besser werde. Dort stand, dass es zum Krieg zwischen dem Norden und dem Süden kommen könnte. Auch wegen der Sklaven. Im Norden brauchen sie keine. Im Süden könnten sie alle Plantagen schließen, wenn es keine Sklaven mehr gäbe. Im *Democrat* haben sie gewarnt. Dass man aus Saint Louie eine geteilte Stadt machen könnte.« Sie hob die Schultern und trank von dem Kaffee, den sie sich gebraut hatte. »Aber so weit werden sie es sicher nicht kommen lassen. Wer will schon einen Bruderkrieg?«

Nach vier Tagen hatte sich Sophie eingelebt und wusste einigermaßen, was von ihr erwartet wurde. Die Komplimente und die scheinbar unabsichtlichen Berührungen durch ihren Arbeitgeber ließ sie lächelnd über sich ergehen. Solange sie sich mit diesem Lächeln sein Wohlwollen, einen guten Verdienst und so manches Trinkgeld verdiente, war sie zufrieden. Sie hätte es wahrlich schlechter treffen können. Sie hatte ein Dach über dem Kopf, bekam gutes Essen und geriet nur selten ins Schwitzen. Das war mehr, als die meisten Menschen in der alten Heimat behaupten konnten.

Doch als Horace W. Green für zwei Tage auf Reisen ging, um sich mehrere Grundstücke eine halbe Tagesreise südlich von St. Louis anzusehen, änderten sich die Verhältnisse. Schon beim Bettenmachen am frühen Morgen stand Louise Green neben ihr und überwachte ihre Arbeit wie eine Aufseherin in einem Arbeitshaus. Ständig hatte sie etwas auszusetzen und zu korrigieren. Beim Abendessen, das sie allein im Salon einnahm, beschwerte sie sich sogar darüber, dass Sophie die Teller nicht mit dem Familienwappen nach oben auf das kostbare Tischtuch stellte. Sie rief Oscar herbei und bat ihn, sie zu bedienen, wie er es schon getan hatte, bevor Sophie als Hausmädchen eingestellt worden war. Eine deutliche Ohrfeige für sie und das Versprechen, dass sie ihre Arbeit sofort verlieren würde, falls Horace W. Green sie nicht verteidigte.

Sie machte der Gattin des Grundstücksmaklers keinen Vorwurf. Wer ständig ertragen musste, wie der eigene Mann einem jungen Hausmädchen nachstellte und seine Nähe suchte, hatte allen Grund, die attraktive Rivalin zum Teufel zu wünschen. Nur weil sie abhängig von ihrem Gatten war, wagte sie wohl nicht, sich noch deutlicher gegen sie zu wenden oder ihr sogar zu kündigen. Sie kannte ihn wahrscheinlich zu gut, um zu wissen, dass er seine Spielchen niemals aufgab. Wenn Sophie aus dem Haus war, würde das nächste Hausmädchen kommen, und er würde es erneut versuchen. Sie hatte von reichen Männern gehört, die sich sogar mit Sklavinnen einließen.

Sophie ertrug die Schikanen ihrer Herrin, ohne sich auch nur einmal zu beklagen. Sie wischte zweimal Staub, wenn beim ersten Mal nicht jedes Staubkorn von einem Möbelstück verschwand, kroch in die äußersten Ecken, um dort zu putzen, und schaffte die Körbe mit der schweren Schmutzwäsche zu einer schwarzen Dienstmagd, die den ganzen Tag in der Waschküche arbeitete und jedes Mal die Augen verdrehte, als Sophie mit einem Korb kam.

In der Nacht, die Horace W. Green in einer Herberge südlich von St. Louis verbrachte, wurde Sophie durch ein leises Klopfen geweckt. Es dauerte einige Zeit, bis sie merkte, dass jemand an das Fenster der Köchin pochte, die im Nachbarzimmer schlief. Gleich darauf hörte sie, wie Hannah so leise wie möglich ihre Tür öffnete, anscheinend barfuß durch den Flur lief und den Schlüssel in der Tür des Dienstboteneingangs umdrehte. Vollkommen geräuschlos ließ sich das nicht bewerkstelligen, aber sie hatte anscheinend einige Übung darin und passte auf. Gedämpfte Stimmen hallten durch den Flur.

Sophie war neugierig geworden und kletterte aus dem Bett. Sie schlüpfte in ihren Mantel, öffnete ebenfalls so leise wie möglich ihre Tür und spähte in den Flur hinaus. Im flackernden Schein der Kerze, die Hannah inzwischen entzündet hatte, erkannte sie die Köchin und einen verängstigten Schwarzen, der ihr nervös in die Küche folgte. Hannah gab ihm einen Leinenbeutel und flüsterte eine Weile mit ihm, bevor sie ihn durch den Dienstboteneingang nach draußen ließ. Nachdem sie offenbar sicher sein konnte, dass er ungesehen vom Grundstück gekommen war, verschloss sie die Tür und kehrte in den Flur zurück. »Sophie!«, erschrak sie, als sie merkte, dass sie entdeckt worden war.

»Wer war das?«, fragte Sophie flüsternd. »Ein Verwandter von dir?«

»Verrate mich nicht!«, bat die Köchin. »Ich helfe flüchtigen Sklaven. Abraham kommt von einer Plantage in der Nähe von New Orleans. Er ist den ganzen Weg zu Fuß gelaufen. Bis Baton Rouge waren die Männer mit den Hunden hinter ihm her. Wenn es die Underground Railroad nicht gäbe, hätten sie ihn bestimmt erwischt. Das ist der Deckname von vielen Leuten, nicht nur Schwarzen, die den flüchtigen Sklaven helfen, nach Norden zu entkommen.«

»Underground Railroad? Davon habe ich gehört.«

»Dann verrätst du mich nicht?«

Sophie zögerte etwas und beruhigte sie mit einem Lächeln. »Ich bin auch gegen die Sklavenhaltung. Jeder anständige Ire wäre das. Wir waren lange genug Sklaven der Engländer, um so was gutzuheißen. Nein, ich verrate dich nicht. Aber du musst vorsichtig sein. Wenn sie dich erwischen, könnten sie dich ins Gefängnis sperren. Sie gehen nicht zimperlich mit Schwarzen um.«

»Das weiß ich, Sophie. Und du solltest dich vor dem Master hüten.«

Am Abend des nächsten Tages kehrte Horace W. Green von seiner Geschäftsreise zurück und begrüßte sie mit einem Lächeln, das ihr beinahe lüstern vorkam. Natürlich ließ er sich sofort einen Tee von ihr bringen und hielt sie minutenlang in seiner Bibliothek fest, betrachtete sie ungeniert von oben bis unten und sagte: »Ich habe Sie vermisst, Sophie. Ich habe mich wohl schon daran gewöhnt, von jugendlicher Schönheit umgeben zu sein. Würden Sie mir bitte Feuer reichen?« Er fischte eine Zigarre aus seiner Brusttasche.

Sophie blickte ihn verwundert an. Sie hatte noch nie gesehen, dass ein Hausmädchen seinem Herrn die Zigarre anzündete, nicht einmal Ehefrauen taten so etwas, aber sie sagte nichts. Wortlos zog sie in Streichholz aus dem Behälter auf dem Beistelltisch, riss das Streichholz an und reichte es ihm.

Er griff lächelnd nach ihrer Hand mit dem Streichholz, umfasste ihr Handgelenk mit spürbarem Verlangen und führte die Flamme an die Zigarre. Noch während er paffte, hielt er sie fest, bis das Streichholz heruntergebrannt war, und sie sich hastig von ihm löste und die Flamme löschte. »Vielen Dank, meine Liebe«, sagte er. »Sie sind sehr aufmerksam. Wir sehen uns noch.«

Als sie das Zimmer verließ, sah sie Louise Green die geschwungene Treppe herunterkommen und mit bittersüßer Miene innehalten, als sie ihr Hausmädchen aus dem Allerheiligsten ihres Gatten kommen sah. »Wir brauchen Sie heute Abend nicht mehr, Sophie«, sagte sie. Es klang wie ein Befehl.

Sophie war froh, sich zurückziehen zu dürfen, und bedankte sich bei Hannah, die noch etwas von einem scharfen Eintopf für sie übrig gelassen hatte. »Langsam frage ich mich, was Green damit bezweckt?«, sagte sie. »Er muss doch wissen, dass ich mich nicht mit ihm einlassen kann. Was denkt er sich dabei? Glaubt er, mich verführen zu können, ohne dass seine Frau etwas merkt? Denkt er, sie ließe sich das gefallen? Von einem Hausmädchen?«

»Bisher waren die Hausmädchen nie so hübsch wie du. Mit deinen blonden Locken passt du gar nicht in unsere armseligen Quartiere hier unten. Du solltest mit einer Kutsche kommen, in einem modischen Kleid und Schuhen mit hohen Absätzen, wie die Reichen sie wieder tragen. Mit einem reichen Gentleman, der dich über alles liebt und dir jeden Wunsch von den Augen abliest. Einem gleichaltrigen Gentleman, nicht mit einem Greis wie dem Master.« Bei ihren letzten Worten, die sie nur geflüstert hatte, musste sie selbst lachen.

Sie dachte an Frank Kelso, der irgendwo im Salon eines Raddampfers saß und hoffentlich die richtigen Karten ausspielte. »Vielleicht hab ich ihn schon gefunden, Hannah. Was ist mit dir? Hast du auch einen Traumprinzen?«

»Mein Traumprinz ist tot«, sagte sie tonlos. »Er wurde von zwei Weißen zusammengeschlagen und erstickte an seinem eigenen Blut. Ich konnte ihm nicht mehr helfen. Die Constables wussten, wer seine Mörder waren, aber die beiden wurden nicht mal vor Gericht gestellt. Auch als freie Schwarze haben wir kaum Rechte.« Sie wischte sich eine Träne aus den Augen. »Ich habe meinem Mann versprochen, nie wieder zu heiraten. Ich war es ihm schuldig.«

»Das ist eine traurige Geschichte. Warum gibt es bloß so viel Unrecht auf der Welt? In der alten Heimat in Irland, in Baltimore, hier am Mississippi …«

»Man darf die Hoffnung nicht aufgeben, sagt unser Pfarrer.«

»Oder man muss diese Schurken mit ihren eigenen Waffen schlagen.«

Sieben Tage waren vergangen, als etwas geschah, das Sophies Leben in eine Richtung drängte, die sie selbst nicht für möglich gehalten hätte. Wieder hatte sie den ganzen Tag die übertriebenen Komplimente ihres Arbeitgebers über sich ergehen lassen müssen. Sie hatte sich allmählich daran gewöhnt und glaubte auch, stark genug zu sein, um sich nicht mit einer überhasteten Reaktion um einen einträglichen Job zu bringen. Horace W. Green hatte ihr schon mehrmals ein nicht zu knappes Trinkgeld gegeben. Wenn sie es auch weiterhin schaffte, ihn mit ihrem kokettem Verhalten bei Laune zu halten, und ihn gleichzeitig davon abhielt, ihr zu nahezukommen, würde sie die Greens in gar nicht allzu langer Zeit mit einer hübschen Summe verlassen.

Sophie lag schon im Bett, als sich der Drehknopf ihrer Tür bewegte und eine dunkle Gestalt ihr Zimmer betrat. Sie hatte noch nicht geschlafen und riss sofort ein Streichholz an, das sie im selben Moment fallen ließ, als sie Horace W. Green erkannte. Die Flamme erlosch, und er kam langsam auf sie zu. »Hab keine Angst!«, flüsterte er wie ein Schuljunge, der sich heimlich in die Kammer seiner Liebsten schleicht. »Ich bin es. Ich habe meiner Frau gesagt, dass ich noch dringende Arbeit zu erledigen habe und deshalb später ins Bett komme.«

Sie wich vor ihm zurück. »Was wollen Sie, Sir? Es ist schon spät …«

»Ich kann nicht anders, Sophie.« Das wenige Licht, das durch das Fenster hereinfiel, brach sich in seinen Augen. »Ich muss dir heute Nacht nahe sein.«

»Was soll das heißen? Sie können doch nicht …«

Er packte sie an den Oberarmen. »Ich will dich verwöhnen, Sophie. Ich will dich berühren und dich küssen … Wir gehören zusammen, meine Liebe!«

»Sir!« Panik machte sich in ihr breit und ließ sie immer weiter vor ihm zurückweichen, bis sie ans Kopfende des Bettes stieß. »Sie können doch nicht einfach nachts in meine Kammer kommen. Was soll denn Ihre Frau denken?«

»Meine Frau ist längst zu Bett gegangen. Wir haben schon

lange nicht mehr miteinander geschlafen. Wir hatten niemals Kinder, wissen Sie, und sie weigerte sich nach einer Weile einfach, sich mir zu nähern. Sie hätte vielleicht nicht mal was dagegen, dass ich mir woanders hole, was ich brauche.«

»Das glaube ich nicht«, erwiderte sie immer noch in der Hoffnung, ihn durch Reden zur Vernunft zu bringen. »Ihrer Gattin gefällt es überhaupt nicht, dass Sie mich so oft zu sich rufen. Sie hätten sie erleben sollen, als sie unterwegs waren. Sie hat mich mit Arbeit überhäuft, als wollte sie mich bestrafen.«

Green ließ seine Hände an ihren nackten Armen nach unten gleiten. »Ein Grund mehr, dass ich besonders nett zu dir bin. Sei ein bisschen nett zu mir, Sophie! Du magst mich doch! Weißt du denn nicht mehr, wie du mich angelächelt und mir Feuer gegeben hast? Du liebst mich, Sophie!«

»Das ist nicht wahr!«, wehrte sie sich vehement. »Sie sind mein Arbeitgeber. Ich wollte nur freundlich zu Ihnen sein. Sie können doch nicht im Ernst glauben, dass ich Sie liebe! Sie sind doppelt so alt wie ich und verheiratet!«

»Und wenn schon!« Seine Stimme klang jetzt ungeduldig und heiser.

»Lassen Sie mich los, Sir! Bitte!«

Green dachte nicht daran. Er schob beide Arme unter ihren Rücken und beugte sich über sie, kam ihr mit seinen feuchten Lippen so nahe, dass sie vor Ekel beinahe würgen musste, und schrie wütend auf, als Sophie die Nerven verlor, sich gewaltsam von ihm befreite und mit beiden Beinen von sich stieß.

Sophie sprang aus dem Bett und wollte fliehen, doch Green bekam sie zu fassen und schleuderte sie mit wutentbrannter Miene gegen den Schrank. Sie schrie vor Schmerz, rutschte zu Boden und musste erkennen, dass sie keine Chance gegen Green hatte. »Hannah! Hilfe!«, wollte sie rufen, aber es wurde nur ein Krächzen daraus. »Warum hilft mir denn keiner? Hannah … komm!«

Statt Hannah erschien Louise Green mit einer flackernden Öllampe in der offenen Tür. Sie erfasste die Situation mit einem

Blick. »Geh nach oben!«, sagte sie zu ihrem Mann. Ihre Miene war wie versteinert. »Geh, Horace!«

»Sie wollte mich verführen«, machte er den hilflosen Versuch, sich zu rechtfertigen. »Das versucht sie schon seit Tagen! Sie ist eine Hexe! Du musst mir glauben, Louise! Ich würde niemals mit einem Hausmädchen ...«

»Natürlich würdest du«, schnitt sie ihm das Wort ab. »Warum wärst du denn sonst hier unten im Dienstbotenbereich? Geh nach oben, und nimm ein kühles Bad, das wird dir helfen, sie zu vergessen. Ich regele das mit Sophie.«

Ihr Mann zog wie ein geprügelter Hund davon. Sie wartete, bis seine Schritte verklungen waren, und zog einen Leinenbeutel mit Goldmünzen aus einer Tasche ihres Morgenrocks. »Hier sind fünfhundert Dollar«, sagte sie. »Das dürfte genügen, um dich zufriedenzustellen. Aber vorher unterschreibe diese Erklärung.« Sie hatte wohl mit einem Abschied wie diesem gerechnet und war gut vorbereitet. »Damit bezeugst du, dein Dienstverhältnis freiwillig gekündigt und keinerlei Ansprüche mehr an meinen Mann zu haben. Unterschreibe, nimm das Geld und verschwinde innerhalb der nächsten Stunde!«

»Mitten in der Nacht?«, fragte sie verwundert.

»So schnell wie möglich. Hast du mich verstanden?«

»Natürlich, Ma'am. Ich nehme die Kleider mit.«

»Meinetwegen.«

Nachdem Louise Green gegangen war, griff sich Sophie an den schmerzenden Kopf. Sie hatte sich schon einigermaßen wieder von dem Sturz erholt und spürte lediglich eine leichte Beule. Leise fluchend packte sie ihren Koffer und stopfte auch die Kleider aus dem Schrank hinein. Sie zog ihre Arbeitskluft an, den schwarzen Rock und die weiße Bluse, schlüpfte in die neuen Schuhe und griff nach dem neuen Mantel. So würde man sie zumindest nicht für eine Landstreicherin halten. Mit dem Koffer in der Hand ging sie zur Tür.

Hannah wartete mit verweinten Augen vor ihrem Zimmer. »Ich habe dich gehört«, sagte sie. »Ich wollte dir helfen, aber ich konnte nicht … Er hätte mich sofort gefeuert, und ich hab doch niemanden, zu dem ich gehen kann.«

»Ich bin dir nicht böse, Hannah. Ich bin selbst schuld, ich hätte ihm keine schönen Augen machen dürfen, dann wäre das vorhin gar nicht passiert.«

»Manchmal bin ich froh, dass ich nicht so hübsch bin wie du.«

Sophie umarmte die Köchin mit einem Arm und drückte sie fest. »Leb wohl, Hannah! Und lass dich nicht erwischen, wenn du einem Sklaven hilfst.«

»Mach's gut, Sophie.«

14

Der Weg nach Hause war weit und beschwerlich. Zu dieser Nachtzeit fuhr keine Pferdebahn, und sie war gezwungen, die ganze Strecke zu Fuß zu gehen. Zwischen den mehrstöckigen Häusern hallten ihre Schritte ungewöhnlich laut, und sie fühlte sich ständig beobachtet, obwohl kaum eines der vielen Fenstern erleuchtet war. Auf den Straßen waren nur wenige Menschen unterwegs.

Nach den Erfahrungen, die sie in Baltimore gemacht hatte, verhielt sie sich besonders vorsichtig, machte einen großen Bogen um Bars, in denen noch Betrieb war, und mied dunkle Seitenstraßen. Auch auf der breiten Washington Avenue kam sie sich im trüben Licht der Laternen verloren vor. Immerhin spielte das Wetter mit. Der Wind war lau, der Himmel klar und voller Sterne.

»Entschuldigen Sie, Miss?« Ein Polizist war unbemerkt aus einem Hauseingang getreten. »Darf ich fragen, warum Sie so spät noch unterwegs sind?«

Sophie hielt erschrocken inne. Obwohl sie sich nichts zuschulden hatte kommen lassen, verspürte sie ein schlechtes Gewissen. »Nach Hause, Constable. Ich gehe nach Hause. Ich wohne in der Fourteenth Street, zwei Blocks von hier.« Sie zwang sich zur Ruhe. »Habe ich irgendwas falsch gemacht, Constable?«

»Nein, natürlich nicht.« Auch den Polizisten schien ihr gutes Aussehen zu beindrucken. »Ich würde nur keiner Dame empfehlen, zu dieser späten Stunde allein durch die Stadt zu gehen. Um diese Zeit treibt sich allerlei Gesindel herum.« Er schien irgendwas entdeckt zu haben und blickte sie genauer an. »Sie bluten über dem rechten Ohr, Miss. Man hat sie doch nicht überfallen?«

Sie griff sich an die Wunde und betrachtete das Blut an ihren

Fingern. »Ach, das?« Sie suchte verzweifelt nach einer Ausrede. »Nein, ich habe mich nur gestoßen. Im dunklen Hausflur, weil ich nicht schnell genug aus dem Haus kommen konnte. Ich war bei meiner Tante zu Besuch, und wenn Sie meine Tante Agatha kennen würden … Also, ich hab ihr ständiges Gemecker einfach nicht mehr ausgehalten, sonst wäre ich bestimmt nicht mitten in der Nacht davongerannt.« Die Notlüge ging ihr relativ locker über die Lippen.

Der Constable glaubte ihr. »Dann will ich Sie nicht länger aufhalten, Miss. Säubern Sie die Wunde gründlich, sonst entzündet sie sich noch.« Er tippte an seine Mütze und verabschiedete sich von ihr. »Leben Sie wohl, Miss.«

Sophie war froh, keine unangenehmen Fragen mehr beantworten zu müssen, und beeilte sich, nach Hause zu kommen. Sie freute sich über den Deal, den Louise Green mit ihr geschlossen hatte, und dachte gar nicht daran, ihren Mann anzuzeigen. Fünfhundert Dollar waren ein Vermögen für sie, damit kam sie ihrem Traum ein beträchtliches Stück näher. Die Unternehmergattin hätte es eigentlich gar nicht nötig gehabt, sie mit einer solchen Summe abzufinden. Wahrscheinlich wäre es nicht mal zu einer Anklage gekommen. Was zählte schon das Wort einer mittellosen Einwanderin gegen das gewichtige Wort eines erfolgreichen Geschäftsmannes? Hannah hätte bestimmt nicht für sie ausgesagt, und wenn, hätte man einer Schwarzen sowieso nicht geglaubt, sie vermutlich nicht einmal in den Gerichtssaal gelassen. Dennoch hätte es kritische Artikel im *Missouri Democrat* gegeben, und Horace W. Greens Ruf wäre nachhaltig beschädigt worden. Das zu verhindern, war seiner Gattin schon mal fünfhundert Dollar wert. Oder wollte sie etwas ganz anderes? Hatte sie noch einen Trumpf im Ärmel, von dem sie nichts wusste?

Ihre Mutter und ihre Schwester blickten verwundert auf, als Sophie das Zimmer betrat. »Tut mir leid«, flüsterte sie, »ich wollte euch nicht wecken.«

»Sophie! Was ist passiert?«, erschrak ihre Mutter. Du blutest ja!«

Sophie stellte den Koffer ab und zog ihren Mantel aus. In knappen Worten berichtete sie, was im Haus der Greens geschehen war. »Es hört sich wilder an, als es war«, schwächte sie ab, als sie das entsetzte Gesicht ihrer Mutter sah. »Er hat mich gegen den Schrank gestoßen, das war alles. Bevor es gefährlich werden konnte, tauchte seine Frau auf und scheuchte ihn aus dem Zimmer. Der hat in nächster Zeit nichts zu lachen. Und das Beste an der ganzen Sache ist: Damit ich ihren noblen Gatten nicht bei der Polizei anschwärze, hab ich unterschrieben, dass ich aus freien Stücken gekündigt und keine Ansprüche an ihn habe, und – sie hat mir fünfhundert Dollar gegeben.«

»Fünfhundert Dollar?«, riefen Kathleen und Eileen im Chor.

Sophie griff nach ihrem Mantel und zog den Beutel aus der Tasche. »Fünfhundert Dollar!«, rief sie triumphierend. »Dafür hätte ich mich von dem Ekel sogar küssen lassen. Na, was sagt ihr dazu? War das ein guter Deal?«

»Und wenn sie den Spieß umdrehen und dich anzeigen?«, überlegte ihre Mutter. »Ich würde den beiden auf keinen Fall trauen. Horace W. Green besitzt einen erstklassigen Ruf. Vor Gericht hättest du keine Chance gegen ihn.«

»Ich weiß«, erwiderte Sophie, »und deshalb werde ich euch morgen früh verlassen. Je eher ich aus St. Louis wegkomme, desto besser. Wenn Frank sich meldet, sagt ihm, dass ich nach San Francisco unterwegs bin. Entweder mit der Postkutsche oder einem Wagentreck.« Sie strahlte schon wieder. »Sobald ich Karriere gemacht habe, werde ich euch in Texas besuchen. Ich finde euch. Oder ihr findet mich. Mein Name wird auf unzähligen Plakaten stehen.«

»Das glaubst du wirklich?«, fragte Eileen.

»Ich weiß es, Schwester.«

»Mach dir nicht zu große Hoffnungen.«

Sophie öffnete den Beutel und zählte zehn Gold Eagles auf den Tisch. »Ich lasse euch zweihundert Dollar hier, die dürften euch helfen, in einigen Monaten nach Texas zu kommen. Nach San Francisco ist es teurer, und wer weiß, wie lange ich dort auf meinen Durchbruch warten muss. Ich bin sicher, ich kann schauspielern, und im Singen bin ich auch nicht übel, aber ich bin kein Dummkopf. Ich weiß, dass das Ganze mit harter Arbeit verbunden ist.«

»Warum willst du denn unbedingt einen so ausgefallenen Beruf ergreifen?«, wunderte sich ihre Mutter. »Du bist keine Farmersfrau, das wissen wir alle. Das wussten wir schon in der alten Heimat. Aber was treibt dich dazu, dich vor Zuschauern auf eine Bühne zu stellen und ihnen was vorzuspielen?«

»Ich möchte im Mittelpunkt stehen, Mammy.«

»Das tust du doch sowieso schon. Du siehst gut aus, Sophie, und alle Männer drehen sich nach dir um. Brauchst du denn noch mehr Aufmerksamkeit?«

»Soll ich in einem Büro arbeiten? Akten sortieren und Zahlen addieren? Als Krankenschwester in einem Hospital arbeiten? Oder könnt ihr euch mich als Lehrerin vorstellen? Dazu tauge ich genauso wenig wie zur Farmersfrau.«

»Aber Schauspielerin? Das schaffen nur ganz wenige.«

»Und ich werde dazugehören, Mammy!«

Ihnen blieben nur noch wenige Stunden Schlaf. Sophie hatte ihre Wunde mit einem sauberen Tuch gesäubert und festgestellt, dass sie schon zu bluten aufgehört hatte, klagte aber über leichte Kopfschmerzen und war froh, ihren Kopf auf ein einigermaßen weiches Kissen legen zu können. Sie schlief unruhig, schreckte immer wieder hoch und dachte an die Worte ihrer Mutter. Sie war schon fast überzeugt, dass die Greens sie nicht mit dem vielen Geld davonkommen lassen wollten. Reiche Leute waren besonders geizig, das hatte man auch in Irland gesehen, wenn die englischen Landlords gekommen waren und in den Gasthäusern und Herbergen um jeden Penny gefeilscht hatten.

Am frühen Morgen sah sie ihre schlimmsten Befürchtungen bestätigt. Ihrer Mutter hatte sie zu verdanken, rechtzeitig über das Vorgehen der Greens informiert zu sein. Sie hatte bei der Wasserpumpe hinter dem Haus mitbekommen, dass die Constables nach Sophie O'Leary suchten, die Irin hätte das Ehepaar tätlich angegriffen und wäre mit einem Beutel Gold Eagles geflohen.

»Du musst so schnell wie möglich hier weg!«, erfuhr Sophie von ihrer Mutter. »Die Polizei sucht nach dir. Sie glauben, dass du die Greens überfallen und die fünfhundert Dollar gestohlen hast. Sie wollen dich festnehmen.«

»Ich habe es nicht gestohlen. Das schwöre ich vor Gott!«

»Ich glaube dir, Sophie, wir glauben dir beide. Aber das ändert nichts daran, dass du St. Louis verlassen musst. Jetzt gleich, Sophie! Du darfst keine Minute länger warten. Die Constables können jeden Augenblick hier sein!«

Sophie schlüpfte rasch in ihren Mantel, ließ den Beutel mit den Goldmünzen in einer Tasche verschwinden und spürte plötzlich, wie ihr Tränen in die Augen stiegen. »Lebt wohl«, sagte sie, während sie ihr Mutter und ihre Schwester umarmte. »Danke für alles. Versteckt eure Goldmünzen gut, damit sie keiner finden kann, und wartet mit der Abreise, bis Gras über die Sache gewachsen ist.« Sie küsste ihre Mutter auf die Wange. »Wir sehen uns wieder, das weiß ich. Und ich werde euch nach meiner Vorstellung zu Champagner und diesen Muscheln einladen, die bei den Reichen so beliebt sind. Wie nennt man die Dinger noch? Austern, richtig. Ich liebe euch beide, *farewell.*«

»*Farewell*, Sophie! Lass dich nicht erwischen, hörst du?

Sophie griff nach ihrem Koffer und verließ das Haus durch die Hintertür. Im Schatten dunkler Gassen lief sie zur Anlegestelle am Mississippi, wo auch an diesem Morgen wieder über hundert Dampfschiffe festgemacht hatten. Vor einem der Schiffe war besonders viel los. Vor allem Familien warteten darauf, an Bord gelassen zu werden. »Die River Queen«, hörte sie einen Mann rufen, »die fährt nach Independence. Wo die Trecks starten.«

Sie mischte sich unter die zahlreichen Passagiere, die sich vor der Gangway drängten, und stellte zufrieden fest, dass der einzige Polizist im weiten Umkreis mit einem Hundebesitzer schimpfte, der sich darüber aufregte, dass ein paar Jungen mit Steinen nach seinem Hund geworfen hatten. Er bat den Constable, die Personalien des bedauernswerten Jungen aufzunehmen, den er erwischt und am Kragen gepackt hatte. Das würde noch einige Zeit dauern.

»Sophie! Was tun Sie denn hier?«, erklang eine vertraute Stimme. Sie drehte sich um und sah Frank Kelso, der anscheinend gerade mit einem anderen Dampfschiff gekommen war und bester Laune zu sein schien. »Sie wollen doch nicht ohne mich wegfahren? Das würde ich Ihnen niemals verzeihen.«

»Frank!«, erwiderte sie erfreut. »Gut, dass ich Sie treffe!« Sie erklärte ihm flüsternd, was passiert war, und stellte sich so, dass sie der Polizist nicht sehen konnte, falls er sich von dem Hundebesitzer abwandte. »Ich muss so schnell wie möglich hier weg, aber eine allein reisende Frau erregt Aufsehen, das haben wir unterwegs gemerkt. Warum begleiten Sie mich nicht, Frank?«

»Ich wollte Sie sowieso gerade abholen«, erwiderte er. Als professioneller Spieler verstand er es, seine Überraschung vor den anderen Passagieren zu verbergen, nur Sophie erkannte das freundliche Blitzen in seinen Augen. »Ich habe einige Dollar während meiner letzten Fahrt gewonnen und wollte sie mit Ihnen zusammen ausgeben. Ein festliches Dinner in einem erstklassigen Restaurant … Nun ja, das können wir später nachholen. Eine Fahrt auf einem luxuriösen Raddampfer … Auch da gibt es bessere Möglichkeiten als eine Fahrt nach Independence. An Bord eines solchen Schiffes wird kaum gespielt, da sind fast nur Ehepaare und Familien, die mit einem der Wagentrecks nach Westen wollen. Aber wir können genauso gut in Independence umsteigen.«

»Ich will auch nach Westen«, sagte sie. »Nach San Francisco.«

Jetzt konnte er seine Überraschung nicht länger hinter einem Pokerface verbergen. »Jetzt schon? Ich dachte, Sie wollten zuerst etwas Geld sparen, bevor Sie sich auf die große Reise wagen.« Er blickte verstohlen zu dem Constable hinüber. »Andererseits haben Sie keine große Wahl, nicht wahr?«

Sie schob sich noch näher an ihn heran und flüsterte dicht an seinem Ohr. »Das Geld habe ich schon.« Sie hatte ihm nichts von der Abfindung gesagt und erwähnte auch jetzt nicht, wie viel Geld es war. »Ich komme zurecht.«

»Ich habe noch einen besseren Vorschlag«, sagte er nach kurzem Überlegen. »Wir fahren zusammen nach San Francisco und investieren beide in die Reise. Einer der allein reisenden Siedler wird uns schon auf seinen Wagen lassen, wenn wir ihn gut bezahlen. Und in San Francisco sehen wir, was das Schicksal für uns bereithält. Das soll keinesfalls heißen, dass ich beabsichtige, in wilder Ehe mit Ihnen zu leben. Ich bin ein Gentleman aus dem Süden und weiß, wie man eine Lady zu behandeln hat. Aber wir könnten uns als Verlobte ausgeben, auch hier an Bord, und damit einiges Unheil von uns fernhalten. Als alleinstehende Frau hätten Sie bald alle unverheirateten Männer des Wagentrecks auf dem Hals. Und die verheirateten vielleicht auch.«

»Sie … Du hast recht. Nur einen Ring müsstest du mir noch kaufen.«

»Und feiern werden wir auch, mein Schatz.« Er lachte.

Sie gingen an Bord und atmeten erleichtert auf, als eine mehrstimmige Tonfolge der Dampfpfeife ihre Abfahrt ankündigte, die Seeleute die Leinen lösten und sich die mächtigen Schaufelräder zu drehen begannen. Die *River Queen* bewegte sich vom Ufer weg und glitt in die Fahrrinne, um mit qualmenden Schloten nach Nordwesten zu dampfen. Sophies Mutter und Schwester, aber auch ihr Ärger und die Gefahr, von den Verleumdungen der Greens getroffen zu werden und schuldlos hinter Gitter zu wandern, blieben an Land zurück.

»Gott beschütze euch!«, rief sie flüsternd ihrer Familie zu. »Gott beschütze uns alle. Möge endlich eine bessere Zukunft für uns beginnen.« Sie harrte an der Reling aus, bis die Stadt im Nebel zurückblieb und blickte Frank an. »Wir sollten uns um eine Kabine kümmern, Schatz. Halbe-halbe?«

»Du zahlst unser Essen, ich die Kabine.«

Sie besorgten sich Tickets und brachten das Gepäck in ihre Kabine, eine gemütliche Unterkunft mit zwei Räumen. Die Reise nach Independence würde ungefähr zwei Wochen dauern, und sie konnten es sich leisten. Die meisten anderen Passagiere buchten überhaupt keine Kabinen, sie sparten ihr weniges Geld und schliefen zwischen den Baumwollballen in mitgebrachten Decken.

Nachdem sie sich häuslich eingerichtet hatten, betraten sie den großen Speisesaal. Über einen dicken Teppich, der ihre Schritte fast vollkommen schluckte, gingen sie zwischen den Tischen hindurch. Im Licht der mächtigen Kronleuchter glänzten teures Porzellan, silbernes Besteck und geschliffene Gläser. An den Wänden hingen Originalbilder, abseits der Tische standen Pflanzen und Skulpturen. Vor allem kinderlose Ehepaare, die genug Geld besaßen, setzten sich an die Tische und warteten darauf, dass sie ein Ober bediente. Sie wollten noch einmal festlich essen, bevor es auf die lange Reise nach Westen ging. Vier bis sechs Monate sollte sie bis zur Westküste dauern.

Sie ließen sich saftige Steaks mit Kartoffeln servieren und tranken aus Europa importierten Wein. »Auf unsere Verlobung, mein Schatz!«, sagte Frank, als er mit ihr anstieß. Sophie konnte sich nicht erinnern, jemals so gut gegessen und getrunken zu haben, und seufzte zufrieden, als sie beim Nachtisch angelangt waren. Apple Pie mit einer lauwarmen Erdbeer-Melange.

»Du hast nicht übertrieben, was diese Flussdampfer angeht«, sagte sie. »Bis heute wusste ich nicht mal, dass es so was wie Erdbeer-Melange gibt.«

»Etwas Geld in der Tasche zu haben, kann nichts schaden, was?« Er zog grinsend einen Zigarillo aus seiner Brusttasche und setzte ihn in Brand. »Ich hoffe, du hast nichts dagegen, wenn ich unseren Reichtum heute Nacht etwas vermehre.« Er blickte zu den Pokertischen im Hintergrund des großen Saals.

»Dein Risiko«, erwiderte sie. »Aber denk daran, dass wir noch Geld für die Reise brauchen. Umsonst nimmt uns keiner auf seinem Wagen mit. Ich hab keine Ahnung vom Pokern, würde aber niemals meine ganzen Ersparnisse einsetzen. Am Ende stehen wir mit leeren Händen da und müssen bleiben.«

Er zog an seinem Zigarillo. »Keine Angst. Ich hab eine Glückssträhne.«

Während er spielte, trat Sophie aufs Deck hinaus und lehnte sich über die Reling. Direkt unter ihr drehte sich eines der beiden Schaufelräder. Eine strahlende Sonne über blühenden Feldern zierte den bemalten Kasten, der das Rad schützte und verhinderte, dass es Wasser an Deck schleuderte. Im dunklen Fluss spiegelten sich die zahlreichen Lampen auf den Decks. Der Fluss war an dieser Stelle extrem breit, dehnte sich wie ein riesiger See zwischen den steilen Ufern aus und wirkte so geheimnisvoll wie der weite Himmel mit dem halben Mond und den glitzernden Sternen. Ein friedvolles Bild, das sich bald ändern würde, wenn sie auf einen Planwagen umgestiegen waren und über die Prärie zogen. Dort erwarteten sie Naturkatastrophen und kriegerische Indianer.

Dennoch zweifelte sie nicht daran, die richtige Entscheidung getroffen zu haben. Auch wenn man sie ihr nicht aufgezwungen hätte, wäre sie nicht viel anders ausgefallen. Sie hätten vielleicht ein paar Wochen länger gewartet, aber ihr Ziel wäre das gleiche gewesen. Und ihr Begleiter hätte auch dann Frank Kelso geheißen. Wie die meisten Spieler dachte er nicht daran, sich irgendwo auf Dauer niederzulassen, aber das hatte sie auch nicht vor. Wenn sie wirklich erfolgreich wäre, würde sie mehrere Monate im Jahr auf Tournee sein.

Er behandelte sie wie eine Lady. Sie küssten und liebkosten sich, und wenn sich die Kabinentür hinter ihnen schloss, passierte auch mehr, aber er tat nichts, was sie nicht auch wollte, und passte höllisch auf, dass sie nicht schwanger wurde. Rastlose Menschen wie sie konnten keine Kinder brauchen, zumindest nicht, solange er noch von einem Spieltisch zum anderen zog, und sie an ihrer Karriere arbeitete. Und schon gar nicht auf dem Trail.

Nach ungefähr einer Woche, sie hatten gerade die Hälfte der Strecke nach Independence zurückgelegt, kehrte Frank niedergeschlagen von einer Pokerrunde zurück. Er setzte sich auf ihr Bett und blickte sie schuldbewusst an.

»Lass mich raten«, sagte sie, »du hast alles verspielt.«

»Nicht ganz«, erwiderte er kleinlaut.

»Wie viel hast du noch?«

»Vierzig Dollar.«

»Damit kommen wir nicht weit.«

»Kein Grund zur Sorge«, tröstete er sie. »Ich bin bis jetzt noch aus jeder Pechsträhne herausgekommen. Morgen kriege ich einen Royal Flush, und alles geht wieder seinen Gang. Vertrau mir, ich bin lange genug in dem Job.«

»Wundervoll«, stöhnte sie leise.

15

Während der folgenden Tage begnügten sie sich mit einfachen Sandwiches und tranken Wasser statt Wein. Zu groß war Sophies Angst, die Pechsträhne des Spielers könnte anhalten und sie zwingen, ihr ganzes Geld in die Reise nach Westen zu investieren. Allein hundert Dollar brauchten sie für Proviant und Ausrüstung, und wer wusste schon, wie viel sie dem Besitzer eines Planwagens zahlen mussten, um bei ihm mitfahren zu dürfen.

Ihre Angst war begründet. Hatte Frank drei Abende lang noch mit wechselndem Erfolg gespielt und seine Barschaft auf beinahe hundert Dollar anwachsen lassen, beschloss er, am Vorabend ihrer Ankunft in Independence noch einmal aufs Ganze zu gehen und am Pokertisch mit hohen Einsätzen abzuräumen. »Lass es sein, Frank!«, warnte Sophie. »Wir haben nichts davon, wenn du heute Nacht mit einer leeren Geldbörse in die Kabine kommst. Wir brauchen das Geld für den Treck. Meine Ersparnisse reichen nicht für zwei.«

»Und wenn ich tausend Dollar nach Hause bringe?« Sein Optimismus war ungebrochen. »Heute ist mein Tag, Sophie. Ein Profi wie ich spürt so was.«

Sie dachte nicht daran, mit ihm darüber zu streiten. Frank würde niemals nachgeben. Er konnte genauso dickköpfig wie sie sein. Vielleicht hatte er ja recht, und Fortuna gab ihm ein Blatt, mit dem man nicht verlieren konnte.

Frank mochte es nicht, wenn sie ihm beim Spielen auf die Finger sah. Seine Mitspieler könnten denken, sie würde ihm durch vereinbarte Zeichen verraten, welche Karten sie hatten. Sie glaubte eher, er könnte Angst haben, sich von ihren zustimmenden oder missbilligenden Blicken beeinflussen lassen.

Um nicht die Wände ihrer Kabine anstarren zu müssen, ging sie aufs Deck hinaus. Sie trat an die Reling, an ihren Lieblingsplatz über dem Schaufelrad, und blickte über den Fluss, der nachts eine besondere Ruhe ausstrahlte und verlockend im Licht des Mondes und der Sterne glänzte. Vom Frachtdeck drang der rhythmische Gesang einiger Schwarzer nach oben, hinter ihr sangen Einwanderer in einer Sprache, die sie nicht verstand. Ein junger Mann tauchte neben ihr auf und wollte sie in ein Gespräch ziehen, machte sich aber gleich wieder davon, als er ihre abweisende Miene und ihr Kopfschütteln bemerkte.

Sie liebte Frank nicht, zumindest nicht so, wie ihre Schwester diesen Jonathan liebte. Sie zweifelte sogar daran, überhaupt zu bedingungsloser Liebe fähig zu sein. Eine solche Beziehung setzte voraus, dass man sich auf den Partner einließ und Kompromisse machte. Sie war viel zu sehr mit einer möglichen Karriere beschäftigt, um an etwas anderes zu denken. Aber sie fühlte sich wohl in der Gegenwart des Spielers. Er bedrängte sie nicht so unverschämt wie ihre früheren Verehrer, die ihr nicht mehr von der Seite gewichen waren, sie mit Geschenken überhäuft und ständig von baldiger Heirat gesprochen hatten. Er taugte nicht zum Familienvater. Und er würde nicht auf die Knie fallen und in Tränen ausbrechen, falls sie ihn in Kalifornien verließ.

Der kühle Nachtwind trieb sie in die Kabine zurück. Sie ließ sich einen heißen Tee vom Steward bringen und blieb eine Weile auf dem Sessel unter dem Fenster sitzen, doch nach Mitternacht übermannte sie die Müdigkeit und trieb sie ins Bett. Wenig später war sie eingeschlafen. In ihrem Traum bekam sie unzählige Spielkarten zu sehen, und sie glaubte sogar zu hören, wie Frank seine Chips über den Tisch schob, doch was wusste sie schon? Sie hatte keine Ahnung vom Pokern, hatte niemals Spielkarten in den Händen gehalten.

Durch das Fenster waren bereits die ersten hellen Streifen am Horizont zu sehen, als Frank die Kabine betrat und sich neben ihrem Bett in den Sessel fallen ließ. Er machte einen abgespannten und niedergeschlagenen Eindruck.

Sophie war sofort hellwach. Sie stützte sich auf die Ellbogen und brauchte ihn nur anzusehen, um zu wissen, wie es ihm ergangen war. »Du hast verloren«, kommentierte sie seine bedrückte Miene. »Wie viel Geld hast du noch?«

Er griff in die rechte Jackentasche und kramte einige wenige Münzen heraus. »Acht Dollar fünfzig«, sagte er, »nein, acht Dollar fünfundsiebzig. Woher sollte ich auch wissen, dass der verfluchte Plantagenbesitzer einen Royal Flush auf der Hand hatte? Einen Royal Flush! Ein Straight Flush ist schon selten, aber einen Royal Flush hat man alle Jubeljahre mal. Ich hätte schwören können, dass ich mit meinem Full House vorne lag. Zwei Könige und drei Neunen! Mit einem solchen Blatt gewinnst du sonst fast jedes Spiel.« Er wirkte jetzt eher wütend als niedergeschlagen. »Dabei hatte ich schon über dreihundert Dollar gewonnen. Über dreihundert Dollar! Und lasse mich von einem feisten Pfeffersack wie diesem Plantagenbesitzer hinters Licht führen.«

Sie erreichten Independence am späten Morgen und gingen nördlich der Stadt an Land. Der Trubel am Ufer war unbeschreiblich groß. Auf den Wiesen weideten Ochsen und Maultiere, vereinzelte Milchkühe, und nahe der Furt über den Missouri standen ungefähr vierzig Planwagen. Wie in einem Bienenschwarm bewegten sich Siedler zwischen den Wagen. Männer, Frauen und Kinder schienen es gar nicht mehr erwarten zu können, bis sich ihr Wagenzug endlich formierte und nach Westen aufbrach. Aus der nahen Schmiede drangen Hammerschläge. Ochsen und Maultiere mussten frisch beschlagen, Räder mit neuen Metallreifen bezogen, wichtige Teile ersetzt werden.

»Und du meinst, einer von diesen Leuten nimmt uns mit?«, fragte Frank.

»Wenn wir ihn bezahlen.« Sophie blickte den Spieler ernst und auch ein wenig vorwurfsvoll an. »Ich habe genug Geld dabei, Frank, aber ich erwarte, dass du mir die Hälfte von allen Auslagen ersetzt, wenn wir in San Francisco sind. Deine Pechsträhne wird hoffentlich nicht ewig dauern. Wenn doch, solltest du dir vielleicht einen anderen Job suchen. Ladenbesitzer oder so was.«

»Nur über meine Leiche«, erwiderte er.

Frank und sie passten eigentlich nicht in diese Umgebung, überlegte sie, nachdem sie einige Schritte gegangen waren. Die meisten Siedler blickten sie verwundert an, als sie an ihnen vorbeigingen. Frank in seinem vornehmen Anzug und sie in ihrer Dienstmädchenkleidung, ohne die Sonnenhaube, die wegen der heißen Präriesonne zur Grundausstattung jeder Siedlerfrau gehörte, wirkten wie Fremdkörper. Sie brauchten dringend passende Kleidung.

Die Geschäftsleute von Independence kannten die Wünsche der Siedler und führten alle Waren, die man auf dem Trail brauchte, in ihren Läden und Handelsposten. Am Town Square vor dem Gerichtsgebäude, das mit seinem schlanken Türmchen alle anderen Gebäude überragte, lag ein Laden neben dem anderen. Sie beschlossen, sich zuerst neue Kleidung zu besorgen, dann in einem der Restaurants einzukehren und nach einem Siedler zu suchen, der sie gegen ein Entgelt auf seinem Wagen mitnahm. Erst dann könnten sie sich mit Vorräten eindecken. Ein Kaufhaus pries »Oregon Trail Wear« an.

Sophie kaufte sich einen braunen Lederrock, eine Lederweste und frische Unterwäsche, dazu einen breitrandigen Hut gegen die Sonne und feste Stiefel. Frank besorgte sich widerstandsfähige Hosen, zwei Hemden und eine Lederweste, ebenfalls einen breitrandigen Hut und Stiefel, frische Unterwäsche und eine Reisetasche, in der er sein weniges Hab und Gut unterbringen konnte.

Als der Verkäufer seinen Derringer sah, eine einschüssige Pistole, die besonders bei Spielern und Frauen beliebt war, weil man sie so gut verstecken konnte, auch in einer Handtasche, war er nahe daran, die Hände über dem Kopf zusammenzuschlagen. »Und damit wollen Sie nach Westen ziehen, Sir? Die Indianer würden sich totlachen. Ich würde Ihnen dringend eine stärkere Waffe empfehlen. Einen der neuen Colts zum Beispiel.« Er nahm eine der Handfeuerwaffen aus einer Glasvitrine und zeigte sie ihm. Als er den Preis nannte, gab der Spieler sie ihm gleich wieder zurück. »Kein Problem«, fuhr der Verkäufer fort, »ich habe einen einundfünfziger Navy Colt hier. Gebraucht, aber noch einigermaßen in Schuss.« Er holte ihn aus der Vitrine und nannte einen wesentlich günstigeren Preis. »Ist noch einwandfrei, und für den Preis gebe ich Ihnen noch ein Päckchen Munition dazu. Ist beinahe geschenkt.«

Frank untersuchte die Waffe, nickte anerkennend und verständigte sich durch einen Blick mit Sophie. Auch sie fand, dass eine gute Schusswaffe hilfreich sein konnte. Wer wusste schon, was sie auf dem langen Trail über die Prärie erwartete? Selbst wenn keine Indianer angriffen, brauchte man sie vielleicht gegen wilde Tiere. Sie nickte ihm zu. »In Ordnung, die nehmen wir.

Sie wechselten die Kleidung hinter einem Vorhang, und Frank verstaute seinen neuen Revolver hinter dem Gürtel. Den Derringer reichte er ihr. »Hier, der ist für dich. Für alle Fälle. Wie er funktioniert, erkläre ich dir später.«

Sie packten ihre alten Kleider in den Koffer und die Reisetasche und überquerten die Straße zu einem Restaurant, das von einer älteren Witwe betrieben wurde und angeblich den besten Eintopf der Stadt servierte. Alle fünf Tische waren von Siedlerfamilien belegt. Die Witwe war erstaunlich schlank für eine Wirtin, trug ihre Haare unter einem Kopftuch, das sie wie eine Farmerin aussehen ließ, und kam mit einer großen Schüssel Eintopf aus der Küche.

»Am Tresen ist noch Platz«, rief sie Frank und Sophie zu.

Dort saß auch ein Bursche mit rötlichem Haar, ein wahrer Hüne von Mann, der gerade dabei war, seinen Kaffee mit Whiskey zu stärken und sich ungefragt an die Siedler wandte und tönte: »Hab ich Ihnen schon gesagt, dass ich ganz allein durchs Indianergebiet fahren werde?« Er schüttelte den Kopf wie ein Boxer, der einen Schlag zu viel eingesteckt hatte. »Natürlich hab ich's Ihnen schon gesagt, aber Ihnen noch nicht, stimmt's?« Er rutschte auf seinem Hocker herum. »Mutterseelenallein fahre ich nach Westen. Mit einem Wagen, in den alle meine Verwandten gepasst hätten. Aber die haben gekniffen und sind lieber in Tennessee geblieben. Hatten Angst vor den Indianern, diese

Schisser. Wollten lieber in ihren langweiligen Smoky Mountains die Erde aufreißen und illegalen Schnaps brennen. Nur gut, dass ich nicht verheiratet bin, sonst hätte mir meine Frau auch noch den Laufpass gegeben. Die haben alle kein irisches Blut in den Adern, sonst wären sie nicht so verflucht feige.«

Sophie und Frank blickten sich hoffnungsvoll an.

»Neu hier, was?« Der Bursche, offensichtlich auch ein Ire, trank von seinem Kaffee und wischte sich grinsend den Mund ab. »Sieht man sofort. Ihre Kleider sind neu, und mit dem Colt, den Sie hinter dem Gürtel stecken haben, wurde auch lange nicht geschossen. Wo kommen Sie her? Sagen Sie bloß nicht, aus England, sonst ramme ich Sie ungespitzt in den Boden, kapiert?«

»Keine Ahnung, woher ich komme«, sagte Frank. »Ist das wichtig?«

»Wenn man von der grünen Insel kommt, schon«, sagte sie. Sie schob ihren Hut, der an einem Lederband um ihren Hals hing, auf den Rücken, damit er ihre rötlich blonden Locken sehen konnte. »Ich bin Sophie O'Leary aus dem County Cork, und das ist Frank Kelso, der das Zeug zu einem Iren hätte.« Sie reichte ihm die Hand und unterdrückte mühsam den Schmerz, als er zudrückte. »*How ye*, Mister. Und woher kommen Sie, mein starker Freund?«

Sein Grinsen ließ ihn gleich sympathischer aussehen. »*How ye, lady*! Es tut gut, heimatliche Klänge von einer hübschen Frau wie Ihnen zu hören. Ich bin Jamie Fitzpatrick und komme aus Dublin. Zu meinen besten Zeiten habe ich dort als Preisboxer gearbeitet. Nicht immer legal, aber mit der Farm meiner Eltern hatte ich nichts im Sinn. Ich tauge nicht zum Schollenbrechen. Als sie sich in Tennessee eine neue Farm anschafften, machte ich, dass ich wegkam. In Kalifornien soll noch genug Gold in der Erde liegen, da muss ich hin.«

Sophie konnte ihr Glück kaum fassen. Vielleicht hatte der Herrgott nach der Pleite beim Pokern ein Einsehen mit ihnen und hatte ihnen deshalb diesen Naturburschen geschickt. »Dann sind Sie unser Mann! Wir wollen auch nach Kalifornien! Aber wir besitzen keinen Wagen und brauchen dringend jemanden, der uns mitnimmt. Gegen einen fairen Preis, versteht sich.«

»Ein Irenmädel auf dem Kutschbock? Ich könnte es schlechter treffen, obwohl Sie schon vergeben sind und ich auch viel zu alt für Sie wäre.« Er grinste wieder. »Darf ich fragen, was Sie unter einem fairen Preis verstehen?«

Sophie nickte dankbar, als ihnen die Wirtin ungefragt Eintopf und Kaffee hinstellte, und sagte: »Nun, auch wir haben mit der Farmarbeit wenig im Sinn und besitzen nur das Gepäck, das Sie hier sehen.« Sie blickte auf die Tasche und den Koffer. »Wir würden natürlich noch Vorräte einkaufen. Unterwegs würde Ihnen Frank mit dem Planwagen und den Ochsen helfen, und ich würde natürlich das Kochen übernehmen. Also sagen wir ... fünfzig Dollar?«

»Fünfzig Dollar?«, wiederholte er scheinbar entsetzt. »Wissen Sie, wie lange wir unterwegs sein werden? Mindestens vier Monate, vielleicht sogar fünf oder sechs. Immer vorausgesetzt, wir kommen vor dem ersten Schnee über die Rocky Mountains. Ich hab einen Reiseführer dabei, da steht alles drin.«

»Achtzig Dollar. Und drei Flaschen Whiskey für unterwegs.«

»Hundert Dollar. Und Whiskey. Und Zigarren.«

»Abgemacht.« Sie reichte ihm die Hand, und er schlug ein. »Fünfzig Dollar bei Abfahrt und den Rest, wenn wir in Kalifornien sind. Holen Sie uns in einer Stunde vor dem *Grocery Store* gegenüber ab. Wann soll es losgehen?«

»Morgen früh, sobald es hell wird.«

»Gutes Timing«, zeigte sich Sophie zufrieden. »Wir sehen uns in einer Stunde vor dem Laden. Irgendwas, was Sie besonders gern essen, Jamie?«

Seine Augen begannen zu leuchten. »Eingemachte Pfirsiche.«

»Mal sehen, ob sie noch welche haben.«

Nach dem Essen zog Fitzpatrick los, um die Ochsen vor seinen Planwagen zu spannen und sie abzuholen. Sophie und Frank kauften in dem zweistöckigen *Grocery Store* gegenüber ein. Die Einkaufsliste für jeden Siedler war ähnlich, und der Verkäufer wusste genau, was sie brauchten. Vierhundert Gramm Mehl, dreihundert Gramm Speck und gepökeltes Fleisch, Bohnen, Reis, Tee, Zucker, Salz, getrocknetes Gemüse und Obst. »Drei Gläser«, verlangte Sophie, als sie die eingemachten Pfirsiche im Regal stehen sah. »Zehn Tafeln Schokolade, fünf Flaschen Whiskey. Tabak und Seife. Streichhölzer.« Die Liste schien kein Ende zu nehmen. »Außerdem zwei Matratzen, einige Wolldecken.« Frank fügte hinzu: »Und Zigarillos. Genug für einen Monat.«

»Nun«, sagte der Verkäufer mit gefurchter Stirn, als er alle Waren vor dem Laden gestapelt und die Beträge zusammengerechnet hatte, »Sie wissen sicher, dass wir hier in Independence etwas mehr verlangen müssen als in St. Louis oder anderswo.« Er nannte einen Preis um die hundertsechzig Dollar.

Wenn sie auch noch den Preis für die neuen Kleider und den Revolver abzog, blieben ihr mit dem Geld, das sie in Baltimore verdient hatte, noch knapp über hundert Dollar, und die würden sie für ihren Anteil an den Gebühren brauchen, die man unterwegs entrichten musste, vor allem bei Fähren.

»Ich denke, das ist ein fairer Preis«, sagte sie und zählte ihm acht Doppeladler auf den Tresen. Sie blickte Frank an, dem der Kauf nach seiner Pleite beim Pokern mehr als peinlich war. »Wir hätten einen Laden aufmachen sollen, dann wären wir in ein paar Monaten so reich, dass wir mit dem Schiff um Kap Hoorn nach Kalifornien segeln könnte. Das würde zwar länger dauern, aber wir hätten es nicht mit Indianern zu tun, die unseren Skalp wollen.«

»Aber mit so starken Stürmen, dass Sie froh wären, sich mit kriegerischen Wilden eingelassen zu haben. Dagegen ist das Wetter, das Sie auf der Prärie erwartet, der reinste Kinderkram.« Er packte die Schokolade ein. »Mein Vater ist zur See gefahren und war ein paarmal am Hoorn unten. Er sagt, er wäre noch nie in seinem Leben so nass gewesen. Und hätte er sich nicht einem Lederband an den Mast gebunden, wäre er damals bei den Fischen gelandet.«

»Dann bleiben wir wohl doch lieber bei dem Treck.« Sie sah

dem Angestellten eine Weile beim Packen zu. »Wie ist denn die Lage auf der Prärie? Sie hören doch hier sicher so manches. Hat die Armee die Lage im Griff?«

Der Angestellte winkte ab. »Die Armee können Sie vergessen, die hat keine Zeit, sich um die Wagenzüge zu kümmern. Braucht sie auch nicht. Soweit ich weiß, sind Indianerangriffe äußerst selten.« Er hielt kurz in der Arbeit inne. »Es sei denn, Sie entfernen sich zu weit von den Wagen. Dann kann es schon sein, dass Sie einem Krieger in die Arme laufen. Hat mir ein Scout erzählt, der jetzt für den Pony Express reitet. Außerdem geht das Gerücht, dass sich im Osten irgendwas zusammenbraut. Der Norden und der Süden sollen sich wegen der Sklaven in die Haare geraten sein. Könnte sein, dass die Armee einige Einheiten nach Osten verlegt, sagt der Scout. Aber bis es so weit ist, sind Sie längst über die Rocky Mountains. Das Einzige, was Ihnen gefährlich werden kann, sind Naturkatastrophen. Präriebrände, Heuschreckenschwärme, Wirbelstürme, was die Natur an Schweinereien zu bieten hat.«

Sophie musste grinsen. »Sie verstehen es, einem Mut zu machen, Mister. Wollten Sie nie in den Westen? Nach Oregon oder Kalifornien? Wenn es stimmt, was die Leute sagen, kann man dort eine Menge Geld verdienen.«

»Mehr als in Independence?« Er lachte. »Das glaube ich nicht.«

»Das werden wir ja sehen«, antwortete sie beinahe trotzig.

16

Frühmorgens standen die zwanzig Planwagen zur Abfahrt bereit. Mit ihren weißen Planen, die wie die Segel einer ganzen Flotte von Segelschiffen leuchteten, zogen sie sich am Ufer des Flusses entlang. Erwartungsvolle Stille lag über dem Treck, nur gestört vom unruhigen Schnauben einiger Ochsen und dem Winseln eines Hundes, der von seinem Besitzer gemaßregelt wurde.

Alle Blicke waren auf den Wagon Master gerichtet. Man nannte ihn Captain, obwohl er niemals in der Armee gedient, sich aber einen Namen als Indianerkämpfer gemacht hatte. Über den Oregon Trail war er bereits zweimal gezogen, nachdem er in Oregon erkannt hatte, nicht für die Farmarbeit zu taugen, und seiner Frau davongelaufen war. Er saß aufrecht im Sattel seines Wallachs, ließ seinen Blick noch einmal über die lange Kette von Wagen schweifen, und gab einem Siedler das Zeichen, in sein Horn zu blasen. »Westward Ho!«, rief er. »Auf nach Oregon und Kalifornien!«

Einige der Siedler erwiderten den Ruf, und die Wagen setzten sich rumpelnd in Bewegung. Sophie saß neben Jamie Fitzpatrick auf dem Kutschbock seines Farmwagens, der lange nicht so schwer und sperrig wie die großen Conestoga-Wagen war. Frank lief neben den Ochsen her, die sich nicht mit Zügeln kontrollieren ließen und lediglich auf Zurufe oder Klapse reagierten. Der Spieler brauchte einige Zeit, um sich an seine neue Rolle zu gewöhnen, und war froh, als Fitzpatrick ihn ablöste. Wenige Meilen von der Stadt entfernt taten es Sophie und Frank jedoch den meisten anderen Siedlern gleich und gingen zu Fuß. Auf dem Kutschbock holte man sich nur blaue Flecken.

»So anstrengend hatte ich mir die Sache nicht vorgestellt«, sagte Frank nach einigen Tagen, als sie ihre Wagen in einer weiten Senke zusammengefahren hatten. Er hatte seine Stiefel ausgezogen und massierte seine Füße. »Heißt das, wir müssen die über zweitausend Meilen nach Kalifornien zu Fuß laufen? Quer über die Prärie und über die Rocky Mountains?« Er griff dankbar nach dem Becher Kaffee, den Sophie ihm reichte. »Wenn ich das gewusst hätte, wäre ich nach New Orleans gefahren, an Bord eines Dampfschiffes.«

»Und ohne einen Penny«, ergänzte Sophie grinsend.

»Es gibt nur drei Möglichkeiten, nach Kalifornien zu kommen«, sagte Fitzpatrick. »Mit dem Schiff dauert es zu lange, und bei Kap Hoorn gehst du entweder unter, oder dir wird so übel, dass du freiwillig über Bord springst. Mit der Kutsche wirst du noch mehr durchgeschüttelt als auf einem Planwagen und musst durch die Jagdgründe der Comanchen und Apachen. Schon mal von diesen Halsabschneidern gehört? Dagegen sind die Cheyenne oder Sioux, die uns hier über den Weg laufen, die reinsten Lämmer. Nein, mein Lieber, da laufe ich lieber.« Fitzpatrick goss sich etwas Whiskey in seinen Kaffee und grinste dabei. »Und Sie verdienen Ihr Geld mit Kartenspielen?«

Frank sprach ungern über seinen Beruf. Die meisten Leute mochten keine Spieler und blickten von oben auf sie herab. In zahlreichen Städten war das Glücksspiel sogar verboten. Auch ein Grund, warum einige der Flussdampfer schwimmende Casinos waren. »Vielleicht tut sich in Kalifornien was anderes auf. Ich hab mir sagen lassen, der Goldrausch habe einen Boom ausgelöst.«

»Und ob«, stimmte Fitzpatrick ihm zu. »Den ersten haben wir leider verpasst. Vor zehn Jahren war halb Amerika nach Kalifornien unterwegs. Ach, was sage ich, die halbe Welt. Aber es soll immer noch Gold in der Erde liegen und vor allem viele neue Jobs geben. In Kalifornien kann man reich werden, und ich gedenke, mir ein großes Stück von diesem Kuchen abzuschneiden.«

»Das wollen wir auch. Wir taugen beide nicht zu Farmern.«

Sophie teilte seine Meinung, was die mühevolle Arbeit auf einer Farm und das Reichwerden betraf. Mit ihrer gemeinsamen Zukunft, wenn es überhaupt eine gab, wollte sie sich erst beschäftigen, wenn sie die Rocky Mountains überquert hatten. Vier Monate waren eine lange Zeit, und unterwegs konnte viel passieren. Sie hatte das »Oregon Trail Guide Book« studiert, das Fitzpatrick bereits in St. Louis gekauft hatte, und so viel über die möglichen Gefahren auf dem Trail gelesen, dass sie ihre Entscheidung, mit einem Wagenzug nach Westen zu ziehen, schon beinahe bereute, aber was blieb ihr anderes übrig, wenn sie nach San Francisco wollte? So schlimm würde es schon nicht werden. Wenn sie zusammenhielten, würden sie mit allen Problemen fertig.

Wie sie sich unterwegs verhalten mussten, stand ebenfalls in dem Buch, doch manche der Ratschläge waren so lächerlich, dass sie es schon bald zur Seite legte. Eher traute sie den Worten des Wagon Masters, der schon vor der Abfahrt gesagt hatte: »Keine Angst vor den Wilden. Die würden niemals einen so großen Wagenzug angreifen. Wenn sie kommen, dann wollen sie meist nur Lebensmittel und Tabak schnorren. Überlassen Sie die Verhandlungen mir. Ich verstehe ein bisschen Cheyenne und Sioux und beherrsche ihre Zeichensprache. Keiner schießt auf die Wilden, ohne dass ich den Befehl dazu gebe. Ein toter Indianer würde uns nur Ärger bereiten. Also lassen Sie Ihre Gewehre und Pistolen in den Wagen, falls Indianer zum Schnorren kommen. Glauben Sie nicht den Märchen in den Büchern. Die Indianer greifen lieber einsame Farmen, Postkutschen und einsame Reisende an.« Er wartete, bis seine Worte ins Bewusstsein der Siedler gedrungen waren, und fügte hinzu: »Und noch etwas. Falls jemand mit seinem Wagen liegenbleibt, können wir nicht lange auf ihn warten. Bei einem Radwechsel oder einer ähnlichen Reparatur helfen wir uns natürlich gegenseitig, aber wenn sich jemand die Cholera oder eine andere ansteckende Krankheit einfängt, muss der Wagen mit dem Kranken leider zurückbleiben. So lautet das ungeschriebene Gesetz auf dem Trail. Alles andere wäre viel zu gefährlich. Wenn es nicht zu lange dauert, holen uns die Angehörigen, die bei ihm bleiben, sicher wieder ein.«

»Wenn ihn die Wilden nicht erwischen«, rief jemand.

»Das ist leider wahr«, sagte der Captain.

Nach zwölf Tagen erreichten sie das Ufer des Platte River. Sie setzten mit der Fähre über und zogen am nördlichen Ufer entlang nach Fort Kearny, einer Ansammlung von fünf Blockhäusern und zahlreichen Lehmhäusern auf einer Anhöhe abseits des Flusses. Am Fahnenmast auf dem großen Paradeplatz wehte die amerikanische Flagge im schwachen Wind. Westlich vom Fort erhoben sich die schäbigen Häuser einer Siedlung, die sich Dobytown nannte.

»Wenn Sie wollen, dass man Ihnen Ihr Geld aus der Tasche zieht oder Sie sonst wie belästigt, gehen Sie hin«, warnte der Captain. »Aber rechnen Sie nicht damit, dass wir warten, bis Sie sich von Ihrem Schrecken erholt haben. Oder Ihrem Kater.« Er grinste. »Frische Vorräte bekommen Sie im Handelsposten des Forts. Den nächsten Handelsposten gibt es erst in Fort Laramie. Wenn alles glattgeht, brauchen wir zwei Wochen bis dorthin. Mindestens.«

»Vielleicht kriege ich Milch und ein paar frische Eier«, sagte Sophie und folgte einigen Siedlerfrauen ins Fort. Einige Soldaten, ungepflegte Burschen in schmutzigen Uniformen, blickten ihr grinsend nach, hüteten sich aber, eine anzügliche Bemerkung zu machen. Ein Captain, der ganz in der Nähe stand, hinderte sie allein durch seine Gegenwart daran. Sie nahm an, dass die Soldaten einen anstrengenden Strafdienst aufgebrummt bekamen, wenn sie ihm nicht gehorchten. »Mit denen möchte ich nicht in einem Zimmer eingesperrt sein«, sagte sie zu der Frau, die neben ihr lief. »Für kein Geld der Welt.«

Sie bekam etwas Milch und drei Eier, aber erst nach einem verführerischen Lächeln und für einen sündhaft teuren Preis, und kehrte stolz zu ihren männlichen Begleitern zurück. Eine andere Frau, die mehr vom Kochen und Backen verstand als sie, hätte vielleicht einen Kuchen gebacken, aber Frank und Fitzpatrick waren auch mit Rührei und Speck zufrieden. »Genau das Richtige nach den vielen Bohnen, die wir die letzten Tage hatten«, sagte Fitzpatrick.

An diesem Abend feierten sie mit den anderen Siedlern. Fast

alle hatten gut gegessen und waren erleichtert, nach zwei eintönigen Wochen wieder so etwas wie Zivilisation zu erleben. Es gab zwei Fiddler und einen Oldtimer, der mit einer Maultrommel umgehen konnte, und als sie das Lied von den »Buffalo Gals« anstimmten, drehte sich sogar Sophie mit dem Spieler und anschließend sogar mit Fitzpatrick im Kreis. Der hünenhafte Ire war seltsamerweise der bessere Tänzer, was aber auch an dem Whiskey liegen konnte, den er zum Nachtisch getrunken hatte. Spätnachts rollten sie sich in ihre Decken.

Ihre Angst, Frank könnte sich nachts aus dem Lager schleichen und mit dem Rest seiner Ersparnisse an einer Pokerrunde in Dobytown teilnehmen, war glücklicherweise unbegründet. Mit Fitzpatrick würde sie es auch ohne ihn nach Kalifornien schaffen, aber sie mochte ihn und wollte nicht, dass er mittelos in der Einöde endete. Doch Fitzpatrick und er hatten abends dem Whiskey zugesprochen und waren viel zu müde, um sich noch einmal aufzuraffen. Mit einem leichten Kater schälten sie sich morgens aus den Decken.

Nur eine knappe halbe Stunde nach Sonnenaufgang tönte das Aufbruchssignal über die Wagen hinweg, und der Treck setzte sich wieder in Bewegung. Weitere zwei Wochen würden sie bis zum nächsten Handelsposten unterwegs sein, hatte der Captain gesagt, den ganzen Tag neben dem Wagen laufen, einen Fuß vor den anderen setzen, den Blick stur nach Westen gerichtet. Vor ihnen tat sich die Prärie auf, scheinbar endloses Grasland, das sich bis zum Horizont erstreckte und in weiter Ferne mit der Sonne verschmolz. Ein faszinierender Ausblick für alle, die noch nie auf der Prärie gewesen waren, aber auch so eintönig wie das Meer, das sie während der Überfahrt gesehen hatten. Nur am Ufer des Platte River, dem sie nach Westen folgten, ragten Bäume empor.

Am zweiten Tag nach ihrem Aufbruch von Fort Kearny sichteten sie die ersten Indianer. Fünf Krieger mit Federn in den langen schwarzen Haaren, die über einen weit entfernten Hügelkamm ritten und sich wie Schatten gegen den wolkigen Himmel abhoben. Am Ende des Hügelkamms zügelten sie ihre Pferde und blickten reglos auf den Wagenzug herab. »Indianer!«, flüsterte Sophie erschrocken. Der Anblick der wilden Gestalten ließ sie erschaudern.

»Lasst die Waffen, wo sie sind!«, rief der Captain so laut, dass es alle hören konnten. »Die tun nichts! Die wollen nur was unseren Vorräten haben!«

Einige Männer und Frauen, darunter auch Sophie, Frank und Fitzpatrick, trieb die Neugier nach vorn, und sie blickten den Indianern mit gemischten Gefühlen entgegen. Die Krieger boten einen abenteuerlichen Anblick, als sie auf ihren gescheckten Pferden den Hügel herabgeritten kamen, ihre langen Haare und die Federn flatterten im Wind. Einer der Krieger, älter als seine Begleiter, hielt einen Schaft mit Adlerfedern in der linken Hand.

In respektvoller Entfernung von dem ersten Wagen zügelten sie ihre Pferde, und ihr Anführer hob die rechte Hand zum Zeichen, dass sie in friedlicher Absicht gekommen waren. Er sagte etwas in seiner Sprache und fuhr in gebrochenem Englisch fort: »Ihr durchqueren Jagdgründe von *tsis-tsis-tas*.« So nannten sich die Cheyenne in ihrer Sprache, wie Sophie später erfuhr. »Ihr uns geben Mehl. Ihr uns geben Zucker. Ihr uns geben Tabak.« Er unterstrich seine Worte mit einer Geste, die Sophie nicht zu deuten wusste. »Ihr uns geben Feuerwasser, das brennt wie Feuer im Rachen. Dann ihr weiterziehen.«

Alles Waren, die sie vor der Ankunft der Siedler nicht gekannt haben konnten, dachte Sophie verwundert. Anscheinend waren sie davon abhängig geworden, sogar vom Alkohol. Sie hatte gehört, was Alkohol unter den Indianern anrichtete.

Der Captain ließ sich nicht aus der Ruhe bringen. Auch er hob die rechte Hand und erwiderte: »Wir grüßen die tapferen Krieger der *tsis-tsis-tas*. Wir wollen euer Gastrecht nicht missbrauchen. Die Familien, die mit mir gekommen sind, werden nach Fort Laramie und weiter zum Großen Wasser ziehen und sind gern bereit, sich mit ein paar Vorräten bei euch zu revanchieren. Ihr bekommt Mehl, Zucker und etwas Tabak. Kein Feuerwasser. Der Große

Weiße Vater hat uns verboten, euch Feuerwasser zu geben.« Ohne auf die Antwort des Anführers zu warten, drehte er sich zu den Siedlern um. »Gebt ihnen einen Sack Mehl, einen kleinen Beutel Zucker und etwas Tabak. Nicht mehr.« Einen jungen Mann forderte er auf: »Bring ihnen das Zeug!«

Dem Anführer blieb nichts anderes übrig, als die wenigen Waren in Empfang zu nehmen. Beide Seiten wussten, dass die Cheyenne es selbst mit einer großen Streitmacht schwerhaben würden, die Siedler zu besiegen. »Ihr fahren weiter. Zu großem Wasser. Ihr nicht siedeln in Jagdgründen der *tsis-tsis-tas*.«

»Du hast mein Wort«, sagte der Captain.

Bevor die Indianer ihre Pferde wendeten, spürte Sophie, wie der Anführer sie lange anblickte und einen Augenblick unschlüssig zu sein schien. Dann trieb er seinen Schecken an und zügelte ihn ungefähr zehn Schritte vor ihr. Er war ihr so nahe, dass sie das Funkeln in seinen dunklen Augen und die schmale Narbe über seinem linken Auge erkannte. »Ich Gelbe Hand«, sagte er und deutete auf den gelben Handabdruck auf dem Hals seines Pferdes. »Du tapfere Frau. Viele Mut in deinen Augen.« Er legte eine Hand auf seine Brust, reckte den Stab mit den Adlerfedern und folgte den Kriegern über den Hügel.

Sophie spürte den Blick des Anführers noch immer wie ein Brennen auf der Haut und blickte den Captain fragend an. »Was hatte das zu bedeuten?«

»Das war ein Kompliment«, erwiderte er grinsend.

Der Wagentreck zog weiter. Den ganzen Tag drehten sich die Gespräche der Siedler um nichts anderes als die Indianer. Einige waren erleichtert, weil sie Schlimmeres befürchtet hatten, andere zeigten sich beeindruckt von der Begegnung mit einer fremden Welt. Doch alle würden froh und erleichtert sein, wenn sie das Indianerland endlich hinter sich hatten und in die Rocky Mountains zogen. »Den Wilden traue ich nicht von hier bis zum Wagen«, sagte Fitzpatrick, »aber eines muss man ihnen lassen: Sie machen was her.«

An diesem Abend lagerten sie an einer Biegung des Platte River. Der Tag war heiß und trocken gewesen, und der Staub, den die Wagen aufgewirbelt hatten, hing noch minutenlang in der Luft, nachdem sie eine Wagenburg gebildet hatten. Fitzpatrick wollte Wasser aus dem Fass am Wagen zapfen, fand nur noch ein paar Tropfen und ging zum Fluss und schöpfte etwas von dem trüben Wasser mit der Kelle. Seine Kehle war ausgetrocknet, und es war ihm egal, wie es schmeckte. Zu groß war sein Durst. Als Sophie und Frank mit dem leeren Fass nachkamen, war er bereits bei der dritten Kelle angelangt.

»Jamie! Was machen Sie da?«, rief Sophie. »Haben Sie nicht gehört, was der Captain gesagt? Wir sollen alles Flusswasser durch ein sauberes Baumwolltuch filtern, damit es sauberer wird. Es könnte sein, dass der Schmutz einen krank macht. Haben Sie nicht die Kreuze am Wegesrand gesehen?«

Fitzpatrick winkte ab. »Und haben Sie nicht die eingebrannten Daten gesehen? Das waren meist alte Knacker oder Kinder, die zu schwach für den Trail waren. Einen ganzen Kerl wie mich haut das bisschen Dreck nicht um.«

»Hier draußen kann man gar nicht vorsichtig genug sein.«

Der Ire machte sich noch immer keine Sorgen. »Und wenn schon. Ich werde gleich mal einen kräftigen Schluck aus der Whiskeyflasche nehmen, danach kann mir nicht mal diese Drecksbrühe etwas anhaben. Zufrieden?«

»Vielleicht haben Sie recht, Jamie.«

»Und ob ich recht habe, meine Liebe!«, tönte Fitzpatrick. »Mich holen nicht mal zehn Büffel von den Beinen. Sie hätten mich bei einem meiner Boxkämpfe sehen sollen. Andere wären tot umgefallen, so hart ging es bei uns manchmal zu. Nein, meine Liebe! Das Dreckswasser kann mich mal!«

Doch einen Tag später wurde dem Iren übel, und er verbrachte den ganzen Tag auf einer Matratze im Wagen. An Schlaf war bei der Rüttelei nicht zu denken. Er versank in einen Dämmerzustand, der ihn nur gelegentlich die Augen öffnen und leise stöhnen ließ. »Verdammt!«, fluchte er. »Ich hätte vielleicht doch auf Sie hören sollen. Jetzt ist mir so übel von dem Dreckswasser, dass ich am liebsten sterben würde. Geben Sie mir einen Schluck Whiskey!«

Sie kletterte auf den fahrenden Wagen und reichte ihm die Flasche, musste sie für ihn halten, weil er trotz seiner hünenhaften Gestalt schon zu schwach war. Es kam ihr so vor, als würde alle Kraft aus ihm entweichen und einen schlaffen und verletzlichen Körper hinterlassen. Sie hätte nicht gedacht, dass ein Mann wie er innerhalb eines Tages so an Energie verlieren konnte. »He, nicht so viel!«, warnte sie ihn. »Von dem Zeug wird Ihnen doch noch übler.«

Sie nahm ihm die Flasche ab, drückte den Korken hinein und verstaute sie in einer Kiste. Mit der flachen Hand prüfte sie seine Temperatur. Obwohl er den ganzen Tag im Schatten gelegen hatte, glühte seine Stirn.

»Das wird schon wieder«, sagte er. Seine Stimme klang lange nicht mehr so fest wie noch am letzten Abend. »Ich hab mir mit dem Dreckswasser den Magen verdorben, das ist alles. Wenn es raus ist, geht's mir wieder besser.«

Auch auf dem Lagerplatz am Zusammenfluss von North und South Platte blieb Fitzpatrick im Wagen. Wie Frank und der Ire selbst hoffte auch Sophie, dass Fitzpatrick recht hatte, und als er sich am Abend mehrmals in einen Eimer übergab, war sie sogar zuversichtlich, doch auch am nächsten Tag sank das Fieber nicht, und er klagte über quälende Schmerzen. Er fühlte sich so gepeinigt, dass er nicht mal nach Whiskey verlangte. »Verdammt, es sieht ganz so aus, als hätte mich das Wasser in die Knie gezwungen. Das hat nicht mal Big Eddy geschafft, der beste Boxer von ganz Dublin.« Er versuchte ein Lächeln, das ihm aber nur ansatzweise gelang. »Mich hat's ganz schön erwischt, was? So groggy war ich nicht mal nach meinem schlimmsten K.O.«

»Tut mir leid, Jamie«, sagte Sophie. Sie gab ihm von dem Schmerzpulver, das sie in Independence gekauft hatten, aber auch das half nicht, und er war den ganzen Tag dem Tode näher als dem Leben. »Es sieht nicht gut aus.«

»Hab ich mir gedacht, Sophie. Hab ich mir gedacht.«

Als dem Wagon Master zu Ohren kam, dass Fitzpatrick erkrankt war, ließ er den Treck anhalten und rief eine Siedlerfrau, die in St. Louis als Krankenschwester gearbeitet hatte. Sie sah sich den Kranken an und sprach das aus, was alle befürchteten: »Ich sage es nur ungern. Ich fürchte, es ist die Cholera.«

17

»Wir können leider nicht länger warten«, sagte der Captain, nachdem sie einige Stunden am Flussufer gelagert hatten. Sie standen so weit vom Wagen entfernt, dass Fitzpatrick sie nicht hören konnte. »Wenn es schnell geht, holen Sie uns vielleicht noch ein. Ich sehe Ihnen an, dass Sie mich für herzlos halten, aber ohne diese strengen Regeln würden wir nie nach Westen kommen.«

»Das verstehen wir«, erwiderte sie. »Die Gefahr, dass er einen der anderen Siedler ansteckt, ist zu groß. Wir bleiben bei ihm und sorgen dafür, dass er ein anständiges Begräbnis bekommt. Uns wird der Herrgott verschonen.« Woher sie dieses Wissen nahm und ob Frank damit einverstanden war, wusste sie nicht. »Viel Glück, Captain! Wir sind Iren, wir haben keine Angst.«

»Wir werden für Sie beten, Miss«, versprach der Captain.

Sophie kaufte der Krankenschwester eine Flasche Laudanum ab, das einzige Mittel, das in diesem Stadium noch gegen die Schmerzen helfen sollte, und verabschiedete sich von den Leuten beim Wagenzug. Die meisten waren froh, endlich von dem Kranken wegzukommen. Sie hatten große Angst, sich anzustecken und in der Prärie zurückbleiben zu müssen. Über die Cholera kursierten wahre Schauergeschichten. Die Krankheit war »gefährlicher als eine Horde skalphungriger Wilder« stand in manchen Handbüchern.

Als auch der letzte Wagen in der Ferne verschwunden war, blickte Sophie den Spieler prüfend an. Er wirkte nervös und beinahe ängstlich. »Hätten wir Fitzpatrick vielleicht allein zurücklassen sollen?«, fragte sie vorwurfsvoll.

»Natürlich nicht, aber ich hatte schon wesentlich bessere Karten.«

»Dann sieh zu, dass du ein As in die Finger bekommst«, ermutigte sie ihn. »Bleib dicht am Wagen, und halte Fitzpatricks Gewehr und deine Pistole schussbereit. Ich traue den Indianern nicht. Hast du nicht gesehen, wie mich ihr Anführer angesehen hat? Der hat es auf mich abgesehen. Wenn sie herausbekommen, dass wir gestrandet sind, rücken sie uns sicher auf die Pelle.«

»Schöne Aussichten.«

Sie kletterte in den Wagen und beugte sich über den kranken Iren. Er bot einen erschreckenden Anblick. Seine Haut war eingefallen, seine Augen hatten allen Glanz verloren. Es war erschreckend zu sehen, in welcher kurzer Zeit ein Hüne wie Jamie Fitzpatrick, dem angeblich nichts und niemand etwas anhaben konnte, zu einem Häufchen Elend schrumpfen konnte. Er sah sich kaum noch ähnlich und hielt sich nur noch mühsam am Leben.

»Soll ich Ihnen was sagen, meine Liebe?«, flüsterte er. Seine Stimme klang heiser und war kaum zu verstehen. »So tief am Boden war ich noch nie. Ich mach's nicht mehr lange. Wenn Sie schlau wären, hätten Sie mich im Gras liegen lassen und wären mit Ihrem Spieler davongefahren. Die verdammten Wilden warten doch nur darauf, dass ein Wagen zurückbleibt. Warum ein Risiko eingehen, wenn ich's sowieso nicht mehr lange mache?« Er blickte sie eindringlich an. »Es ist noch nicht zu spät. Laden Sie mich ab, und fahren Sie weiter. Wenn Sie sich beeilen, haben Sie die anderen schon bald eingeholt.«

»Reden Sie keinen Unsinn!«, erwiderte Sophie, die ungeahnte Charakterzüge an sich entdeckte. »Oder haben Sie schon mal gehört, dass eine Irin einen aufrechten Landsmann im Stich lässt? Wir pflegen Sie gesund, Jamie.«

Fitzpatrick verzog das Gesicht vor Schmerzen. »Und wie wollen Sie das anstellen? Schicken Ihnen die Wilden einen Medizinmann? Einen von ihren heiligen Männern, die mit den Geistern sprechen können? Soweit ich weiß, ist noch kein Kraut gegen die Cholera gewachsen. Das war's, meine Liebe.«

»Unfug!« Sie gab ihm Laudanum gegen die Schmerzen zu trinken und stellte zufrieden fest, wie sich seine Miene entspannte. »Das Zeug ist so stark, dass Sie keine Schmerzen mehr haben werden. Hab ich von der Krankenschwester. Sie hing so an dem Zeug, dass sie's gar nicht hergeben wollte.«

Während er sich langsam entspannte, tränkte sie ein Tuch mit gefiltertem Wasser und legte es ihm auf die glühende Stirn. Seine Stirn. Sie gab ihm aus einer Kelle zu trinken und sah, dass er kaum noch die Kraft zum Schlucken aufbrachte. Er sackte zurück auf die Matratze und stöhnte leise.

Frank streckte den Kopf herein. »Wie sieht es aus?«

»Es geht ihm schon besser«, log sie.

»Alles ruhig hier draußen«, sagte er. »Ich wette, die Indianer wissen gar nicht, dass wir zurückgeblieben sind. Wir schaffen es, Jamie, hören Sie?«

»Na, klar. Und mich wählen sie zum neuen Papst.«

Sophie schlief auf dem Wagen, behielt ihre Kleidung an und das Sharps-Gewehr des Iren in Reichweite, um sofort gerüstet zu sein, falls die Indianer angriffen oder etwas Unerwartetes geschah. Sie war so um Fitzpatrick besorgt, dass sie keine Angst verspürte, weder vor den Indianern noch davor, sich bei dem Iren anzustecken. Sie tat ihre Pflicht, mehr nicht.

Nachts schreckte sie mehrmals aus dem Schlaf. Jedes Mal ging es Fitzpatrick schlechter. Sein Fieber stieg unaufhörlich, seine Schmerzen gingen selbst unter dem Laudanum kaum noch zurück, sein Herz schlug immer schwächer. Im Osten graute bereits der Tag, als sie durch lautes Stöhnen aus dem Schlaf gerissen wurde und entsetzt beobachtete, wie er sich mehrmals übergab. Bei jedem Würgen schien es ihm die Eingeweide zu zerreißen.

»Nicht aufgeben, Jamie! Halten Sie durch!«, flüsterte sie.

»Wozu, meine Liebe? Wozu?« Er musste seine ganze Kraft zusammennehmen, um weiterzusprechen. »Ich weiß, ich war selten in der Kirche, aber würden Sie mir vielleicht was aus der Bibel vorlesen? Sie liegt in der Kiste.«

Sie zündete die Öllampe an, die von einer Strebe des Wagens hing, und kramte die Bibel hervor. Sie erinnerte sich an ein Zitat des Propheten Jesaja, das der Pastor in der alten Heimat vorgelesen hatte. Nach einigem Suchen fand sie es: »Die Sonne wird nicht mehr untergehen und dein Mond nicht den Schein verlieren, denn der Herr wird dein ewiges Licht sein, und die Tage deines Leidens sollen ein Ende haben.« Sie schlug das Buch zu. »Amen.«

Von Fitzpatrick kam keine Antwort mehr. Er hatte zu atmen aufgehört. Stumm und mit glänzender Stirn lag er in seinen Decken. Seine Augen waren stumpf und leer. Die Cholera hatte ihn dahingerafft, plötzlich und unerwartet.

Sie begruben in nahe am Ufer, wo der Boden etwas weicher war, und Frank mit der Schaufel besser durchkam. In ein Brett, das sie auf der Ladefläche fanden, schnitzte er den Namen des Iren und rammte es in den Erdhügel.

»Asche zu Asche, Staub zu Staub, der Herr hat's gegeben, der Herr hat's genommen«, zitierte Sophie das bekannte Bibelwort aus dem Kopf. »Amen.«

»Amen«, wiederholte Frank.

Beinahe im selben Augenblick schwirrte ein gefiederter Pfeil aus dem Nichts heran und bohrte sich in seinen Hals. Es geschah so plötzlich, dass er nicht mal einen Schrei hervorbrachte. Er spuckte Blut, taumelte ein paar Schritte benommen nach vorn und fiel der Länge nach auf das frische Grab.

Wie erstarrt blickte Sophie auf die Indianer, die über die Hügel geritten kamen und dabei wilde Schreie ausstießen. Ihr Anblick war so bedrohlich, dass sie zu keiner Bewegung fähig war. Viel zu spät löste sie sich aus ihrer Erstarrung. Sie zog dem toten Spieler die Pistole hinter dem Gürtel hervor und spannte mit beiden Daumen den Hahn. In ihrer Panik zog sie den Abzug durch, doch die Pistole schwang nach oben und die Kugel ging vorbei.

Sie erkannte Gelbe Hand, den Krieger, der bei den Wagen zu ihr gesprochen hatte. Sein Gesicht war mit schwarzer Farbe bemalt. Zwei Federn steckten in seinen langen Haaren. Seine Augen leuchteten wie glühende Kohle. Er hielt den mit Adlerfedern geschmückten Stab in einer Hand, als brauchte er keine Waffe, um sie zu töten, und ritt schreiend auf sie zu. Vor lauter Entsetzen schaffte sie es nicht, den Hahn ihres Revolvers noch einmal zu spannen und den Krieger mit einer weiteren Kugel von seinem Schecken zu holen.

So ging es also zu Ende, schoss es durch ihren Kopf. Sie hatte den weiten Weg nach Amerika auf sich genommen, nur um auf der Prärie von einem Wilden getötet zu werden. Selbst wenn sie ihn erschossen hätte, waren noch sechs oder sieben andere Krieger bei ihm, um sie ins Jenseits zu schicken.

Sie ließ den Revolver fallen und erwartete den Angreifer mit hängenden Armen. Ihr Tod war unvermeidlich. Sie würde in wenigen Minuten sterben und über dem toten Spieler zusammenbrechen. Ihre einzige Hoffnung war, dass es schnell ging, dass sich die Indianer nicht lange mit ihr aufhielten oder eine der Grausamkeiten begingen, von denen die Siedler gesprochen hatten.

Sie schloss die Augen und begann zu beten. Das Vaterunser, sonst fiel ihr in diesem grausamen Moment nichts ein. Der Hufschlag des Schecken wurde lauter, die Schreie des Angreifers dröhnten in ihren Ohren. Sie glaubte zu hören, wie der Krieger ausholte, mit einer Keule oder einer Kriegsaxt, doch sie spürte nur eine leichte Berührung an den Schultern, als hätte er sie lediglich mit einem Stock berührt. Sie öffnete überrascht die Augen und sah, wie Gelbe Hand triumphierend den mit Adlerfedern geschmückten Stab in die Luft reckte und dabei etwas rief, das sie nicht verstand. Er zügelte seinen Schecken.

Inzwischen waren auch die anderen Krieger herangekommen, fünf meist junge Männer, von denen einer sich sofort auf den toten Spieler stürzte, sein Messer zog und ihm mit einer raschen Bewegung die Kopfhaut abtrennte. Er hielt den blutigen Skalp lachend in die Höhe. Sophie übergab sich vor seinen Augen und brach weinend zusammen. Sie war einer Ohnmacht nahe, doch eine höhere Macht schien zu wollen, dass sie ihren Tod bewusst erlebte, und ihre Augen blieben offen. Nur die Tränen verschleierten ihren Blick, als einer der anderen Krieger mit einer Kriegsaxt auf sie zustürmte und schreiend ausholte. Die aufgehende Sonne spiegelte sich auf dem scharfen Stahl.

Ein scharfer Ruf ließ ihn mitten in der Bewegung innehalten. Gelbe Hand war von seinem Schecken gesprungen und drängte den jungen Krieger zur Seite. Er fauchte ihn in seiner Sprache an, gebrauchte anscheinend mehrere Beleidigungen und Kraftausdrücke, bis der widerwillig die Kriegsaxt senken ließ und sie hinter seinen Gürtel steckte. Eingeschnappt machte er sich davon.

Sophie sank auf die Knie und hörte zu weinen auf. Die anderen Krieger waren auf den Wagen gesprungen und untersuchten lachend die Ladung. Einer hatte sich den Schlapphut des Iren auf den Kopf gesetzt, ein anderer zog eines seiner Hemden an und posierte darin. Ein Indianer, ein halber Junge noch, hatte das Sharps-Gewehr entdeckt und reckte es jubelnd in die Luft. Der Angreifer, der Sophie mit der Kriegsaxt angegriffen hatte, entriss es ihm und zielte damit in die Luft, spannte den Hahn und feuerte eine Kugel ab.

Niemand kümmerte sich in diesem Augenblick um Sophie. Sie sah plötzlich wieder klar, erkannte ihre Chance und rannte davon. Sie kam nicht einmal bis zum Flussufer. Unter dem Gelächter seiner Stammesbrüder holte Gelbe Hand sie ein und packte sie am linken Oberarm. Ein Fehler, wie er gleich darauf bemerkte, denn Sophie war jetzt hellwach und hatte ihren Kampfgeist wiedergefunden. Sie erinnerte sich an das Messer in ihrer Rocktasche und zog es heraus. Wütend stach sie zu. Die schmale Klinge bohrte sich schmerzhaft in die Hüfte des Kriegers und ließ ihn zusammenzucken.

Zu einem zweiten Stoß kam sie nicht mehr. Gelbe Hand schlug ihr das Messer aus der Hand und versetzte ihr eine schallende Ohrfeige, die sie zu Boden warf. Sie hatte sich noch nicht von dem Sturz erholt, als er sie an den Haaren packte und zu seinem Schecken zog. Ihre Kopfhaut brannte, und die Schmerzen waren unerträglich. Sie schrie verzweifelt, schlug nach seinen Handgelenken, ohne sie zu treffen, und musste sich das schadenfrohe Gelächter der anderen Krieger anhören, die wohl gern noch mehr gesehen hätten, aber mit einem barschen Zuruf von ihrem Anführer vertrieben wurden.

Die Schmerzen ließen nach, doch kaum konnte sie wieder einigermaßen klar denken, riss Gelbe Hand sie unsanft vom Boden hoch. Die blutende Hüftwunde schien ihn kaum zu stören. »Du mitkommen!«, befahl er in seinem fehlerhaften Englisch. »Noch mal mit Messer angreifen, und ich dich töten!«

Er zog eine Rohhautschnur aus seiner Satteltasche und band ihre Handgelenke zusammen. Die Lederschnüre schnitten tief in ihre Haut und brachten sie zum Bluten. Mit einem Rohhautseil, das er ebenfalls aus der Tasche holte, band er sie an seinen flachen Ledersattel. Ohne sie weiter zu beachten, holte er einige getrocknete Kräuter aus einem Lederbeutel und presste sie auf die Wunde. Dabei verzog er keine Miene. Während er seinen Schecken bestieg, rief er den anderen Kriegern ein paar Worte zu und ritt ohne Vorwarnung an.

Das Seil spannte sich und riss Sophie zu Boden. Gelbe Hand hatte das andere Ende an seinen Sattel gebunden und ließ ihr kaum Spielraum, er schleifte sie zur Freude der anderen Krieger über das trockene Gras, als wäre sie schon tot. Inzwischen rechnete sie mit dem Schlimmsten und ging davon aus, dass die Indianer planten, sie in ihrem Dorf zu töten. Doch nach einiger Zeit gelang es ihr, wieder auf die Beine zu kommen, und sie taumelte hinter dem Indianer her. Gelbe Hand drehte sich nicht einmal nach ihr um. Anscheinend wollte er sie für ihren heimtückischen Messerstich bestrafen.

Sophie blieb nichts anderes übrig, als sich in ihr Schicksal zu fügen. Erschöpft stolperte sie durch das teilweise kniehohe Gras, immer darauf bedacht, die Spannung des Rohhautseils nicht zu straff werden zu lassen. Obwohl die Indianer ihre Pferde nur im Schritt gehen ließen, fiel es ihr schwer, sich auf den Beinen zu halten. Sie umklammerte das Seil mit beiden Händen, hängte sich so fest daran, dass der Sattel ihres Peinigers verrutschte, er aufgebracht sein Pferd wendete und ein paarmal mit dem Coupstab nach ihr schlug.

Sie war den Schlägen hilflos ausgeliefert. Sie trafen ihren Kopf und ihre Schultern und ließen sie vor Schmerz und auch vor Wut aufschreien. Sie merkte gar nicht, wie Blut über ihre Wangen floss. Alle Krieger außer Gelbe Hand lachten höhnisch und schickten sich an, sie ebenfalls zu schlagen, doch der Anführer verscheuchte sie mit barschen Worten. Anscheinend hatte Gelbe Hand besonders junge und unerfahrene Männer auf diesen Kriegszug mitgenommen, vielleicht waren sie sogar zum ersten Mal auf dem Kriegspfad und darauf aus, sich besonders kriegerisch und erfahren zu benehmen. Dass sie das genaue Gegenteil taten, schien ihnen nicht bewusst zu sein. Sophie war ziemlich sicher, nur noch am Leben zu sein, weil Gelbe Hand es so wollte.

Nur für einen winzigen Moment musste sie trotz des qualvollen Marsches lächeln. Anscheinend hatten ihr die blonden Locken und ihr hübsches Gesicht auch bei Gelbe Hand geholfen. Vielleicht waren indianische und weiße Männer gar nicht so verschieden, wie manche Leute dachten. Wenn sie der Anführer am Leben ließ, musste sie versuchen, ihre verführerische Ausstrahlung auf ähnliche Weise einzusetzen wie bei den anderen Männern, denen sie mit ihrem Lächeln den Kopf verdreht hatte. Sich gewaltsam zu wehren, brachte nichts. Sie war zu schwach, um sich gegen einen erfahrenen Krieger durchzusetzen. Wenn sie ihre Lage verbessern wollte, dann nur mit List und Tücke.

Weder auf Fitzpatrick noch den Spieler konnte sie jetzt noch zählen. Sie war allein und gezwungen, sich auf die Waffen einer Frau zu verlassen. Falls sie es schaffte, die ersten Tage zu überleben und die tausend Qualen zu ertragen, die Frauen einer weißen Gefangenen angeblich antaten, würde sie nach einem Ausweg aus dieser Hölle suchen. Sie würde nicht so enden wie die arme Farmerstochter, von der die Siedler am abendlichen Feuer berichtet hatten. Die hatte sich beim Brennholzsammeln zu weit von den Wagen entfernt und war von Sioux entführt worden. Zehn Jahre hatte sie bei den Indianern zugebracht, bis ihre Brüder sie aufgespürt und befreit hatten. Sie war mit einem Krieger verheiratet gewesen, hatte ihm zwei Kinder geboren und wurde bei den Weißen wie eine Aussätzige behandelt. Wer mit einer Wilden schlief, war eine Hure, hieß es. Ganz egal, wie es dazu gekommen war.

Wie in Trance stolperte sie weiter hinter dem Anführer her. Sie schrie und weinte nicht mehr, fluchte nur noch leise und bemühte sich mit aller Kraft, am Leben zu bleiben. Das Blut auf ihren Wangen war längst getrocknet. Als sie in einem Dornengestrüpp den Boden unter den Füßen verlor, zwang sie sich, so schnell wie möglich wieder aufzustehen und einigermaßen mit dem Indianer Schritt zu halten. Sie würde ihm nicht den Gefallen tun und um ihr Leben betteln. Sie würde ihr Schicksal annehmen und auf ihre Chance warten.

Als ihre Schreie ausblieben, drehte sich Gelbe Hand erstaunt nach ihr um. Sie hatte schon Angst, er würde sie noch einmal schlagen und vielleicht sogar schneller reiten, um sie endgültig zu brechen, aber stattdessen trat so etwas wie Bewunderung in seine Augen, und er stieg plötzlich vom Pferd, befreite sie von dem Seil und hob sie vor sich in den Sattel. Sie war so überrascht, dass sie zu keiner Reaktion fähig war. Wie erstarrt saß sie vor ihm und spürte, wie er seinen linken Arm um ihre Hüfte legte und seine kräftige Hand auf ihrem Bauch ruhen ließ. Du bist auch nur ein Mann, dachte sie grinsend.

An diesem Abend lagerten sie in einer bewaldeten Senke. Sie entzündeten ein Feuer, was nur bedeuten konnte, dass sie keine Feinde in der Nähe vermuteten, und füllten ihre Wasserschläuche an der Quelle, die zwischen zwei Felsbrocken entsprang und kaum zu sehen war. Sie tranken ausgiebig, und der Krieger, der sie beinahe mit seiner Axt getötet hätte, tauchte plötzlich vor ihr auf, griff sich in den Schritt und sagte etwas, das sie glücklicherweise nicht verstand. Sie konnte sich aber denken, was seine Worte bedeuteten.

»Wilde!«, schimpfte sie. »Ihr seid Wilde, wisst ihr das?«

18

Während der Nacht blieb Sophie unbehelligt. Weder Gelbe Hand noch einer der anderen Krieger belästigte sie. Obwohl die Indianer in den Schauergeschichten der Siedler ihren weiblichen Gefangenen sofort die Kleider vom Körper rissen und sie mehrfach vergewaltigten, hielt man sich von ihr fern. Sie hatte gehört, wie der Anführer sie ausdrücklich davor gewarnt hatte, sich an ihr zu vergreifen, eine Warnung, die sie verstanden hatte, auch ohne die Sprache der Indianer zu beherrschen. Dennoch gab sie sich keinen Illusionen hin. Gelbe Hand würde sich nehmen, was ihm gehörte.

Am nächsten Morgen wuschen sich die Krieger gründlich. Gelbe Hand vermischte Asche aus dem niedergebrannten Feuer mit etwas Fett aus einem Lederbeutel, den er mit sich führte, und erneuerte die schwarze Farbe auf seinem Gesicht. Die gelben Augenringe, die seine Narbe noch deutlicher hervortreten ließen, verliehen seinem Gesicht ein unheimliches Aussehen. Die jungen Krieger taten es ihm nach, einige schmierten sogar ihre Haare mit Fett ein.

Sie aßen Pemmikan, getrocknetes, mit Fett und Beeren vermischtes Trockenfleisch, und tranken frisches Wasser aus der Quelle. Sophie bekam nichts zu essen, durfte aber einen Schluck von dem Wasser nehmen. Im Blick des Anführers erkannte sie kein Mitleid, aber so etwas wie Bewunderung. Wahrscheinlich hatten die anderen Weißen, die er bisher entführt hatte, die Nerven verloren, geschrien und geweint, nach dem Herrgott gerufen oder sich vor ihm erniedrigt und ihn angefleht, ihnen etwas zu essen und zu trinken zu geben. Sie würde nichts dergleichen tun und wunderte sich selbst über ihren Mut.

Auch diesmal zog Gelbe Hand sie wieder zu sich in den Sattel. Sein fester Griff störte sie nicht, schlimm war nur die Ungewissheit über ihr weiteres Schicksal. Die Geschichten, die sie über weiße Gefangene gehört hatte, ließen viele Möglichkeiten zu, und die meisten gefielen ihr nicht. Einige waren in den Dörfern gemartert und bei lebendigem Leib verbrannt worden, hieß es. Andere hatte man von den Frauen und Kindern erschlagen lassen. Die meisten Frauen hätte man zu Dorfhuren gemacht, die schon nach wenigen Tagen verblutet oder an Erschöpfung gestorben waren. Sie hatte keine Ahnung, ob diese Geschichten wirklich stimmten, und hoffte vielmehr, dass sie zu den Frauen gehörte, die vom Stamm aufgenommen und gleichberechtigt behandelt wurden.

Als das Dorf des kleinen Kriegstrupps in Sichtweite kam, spürte Sophie ein seltsames Gefühl in der Magengrube. Der Anblick der fremden Welt, in die man sie entführte, jagte ihr Angst ein. Ungefähr zwanzig Tipis, kegelförmige Zelte aus Büffelhaut, bildeten einen Halbkreis am Ufer eines schmalen Flusses, zum Teil mit bunten Mustern bemalt und alle mit dem Eingang nach Osten. Aus den meisten Zelten stieg Rauch auf. Sie erkannte vor allem Frauen und Kinder, auch zahlreiche Hunde, die sie bereits zu wittern schienen und nervös bellten. Auch unter den Pferden der stattlichen Herde, die außerhalb des Dorfes weidete und von zwei Jungen bewacht wurde, entstand Unruhe.

Gelbe Hand und die jungen Krieger ritten wie eine siegreiche Streitmacht ins Dorf. Sie zeigten die erbeuteten Skalps, aber noch mehr Eindruck machten der Planwagen und Sophie, die all ihren Mut zusammennahm, um bei den Schmährufen und Drohgebärden, die man ihr entgegenbrachte, nicht die Nerven zu verlieren. In der Mitte des Dorfes stieß der Anführer sie aus dem Sattel, und sie sah sich sofort von zahlreichen Frauen und Kindern umringt, die mit Weidenruten und Lederschnüren auf sie einschlugen. Einige spuckten und schlugen und traten nach ihr. Als eine junge Frau nach ihren Locken griff und so fest daran zog, dass sie beinahe gestützt wäre, hielt sie es nicht länger aus und versetzte ihr eine so schallende Ohrfeige, die sie gegen den Wagen warf.

»Lasst mich in Ruhe!«, fauchte sie die Frauen und Kinder an. Sie kümmerte sich nicht darum, dass einige Frauen nach ihren Messern griffen, und ein Krieger, der auf dem Kutschbock des Wagens stand, einen Pfeil auf seinen Bogen legte. »Wenn ihr mich töten wollt, dann bringt es hinter euch, aber hört gefälligst auf, euch wie halbwüchsige Schläger zu benehmen! Zurück mit euch!«

Gelbe Hand rief einen scharfen Befehl, bevor irgendjemand reagieren konnte, und erntete Unmut. Bei seinen nächsten Worten wurde er sogar beschimpft oder ausgelacht. Doch gerade, als die Situation außer Kontrolle zu geraten schien, näherte sich ein weißhaariger Mann und redete ebenfalls auf die Dorfbewohner ein. Er hieß Alter Mann, ein ehrenvoller Name bei den Indianern. Als Friedenshäuptling war er vor allem für die Harmonie im Dorf und die Versorgung der Schwachen und Bedürftigen verantwortlich. Das alles erfuhr sie erst später, als sie bereits im Tipi von Gelbe Hand lebte.

Nach seinem Machtwort kümmerten sich die Bewohner vor allem um die Vorräte auf dem Planwagen, die wie jede Beute fair unter ihnen verteilt wurde. Lediglich der junge Krieger, der sie beinahe erschlagen hätte, stand abseits und beobachtete eifersüchtig, wie Gelbe Hand sie am Arm packte und zu seinem Tipi führte. Sie kam sich wie Schlachtvieh vor, riss sich von ihm los und funkelte ihn wütend an. »Wenn du mich haben willst, führ mich nicht wie ein Schwein zur Schlachtbank! Ich kann allein laufen!« Er ließ sie tatsächlich los und grinste schon wieder, als sie ihm fluchend zu seinem Tipi folgte.

Beim Anblick der beiden Frauen, die vor dem Zelt warteten, blieb sie erstaunt stehen. Die ältere wirkte abgearbeitet und ausgelaugt, hatte zwei Zähne verloren und brachte einen Mann sicher nicht mehr dazu, sich nach ihm umzudrehen. Ihr strenges Gesicht mit den hervorstehenden Wangenknochen hatte sicher einmal verführerisch ausgesehen, aber das war lange her. Die zweite Frau war einige Jahre jünger und sah wie eine Weiße aus. Ihre Haare, die sie zu langen Zöpfen geflochten hatte, waren nicht so blond wie ihre, aber auch nicht schwarz und gehörten sicher nicht zu einer Indianerin.

»Meine Frauen«, stellte Gelbe Hand sie vor. »Antilopenfrau und Krähenfrau. Du dritte Frau. Wohnen in meinem Tipi. Frauen dir alles zeigen, *aiee.*«

Antilopenfrau stieß sie unsanft ins Tipi und riss ihr die Kleidung vom Körper. Jede ihrer Bewegungen wurde von wilden Flüchen begleitet, die man nicht verstehen musste, um ihre Bedeutung zu erkennen. Als Sophie sich wehrte, griff die Indianerin nach einem Stock und schlug sie mehrmals. »Du tun, was ich sage!«, rief sie. Auch sie sprach das fehlerhafte Englisch, das sie offensichtlich bei ihrem Mann gelernt hatte.

»Wehre dich nicht, sonst schlägt sie dich tot!«, warnte Krähenfrau. Die weiße Indianerin hatte ihre Muttersprache nicht vergessen und sprach mit einem britischen Akzent. »Sie will dir nur eines unserer Kleider anziehen.«

Antilopenfrau fuhr ihre Rivalin auf Indianisch an. Sie sollte sich wohl um ihre eigenen Probleme kümmern. Ihr schien überhaupt nicht zu gefallen, dass sie plötzlich zwei Nebenbuhlerinnen hatte. Mit einer rabiaten Handbewegung riss sie Sophie die Unterwäsche herunter, bis sie nackt vor ihr stand, stieß sie zu Boden und zog ihr die Stiefel aus. Dies wäre eine gute Gelegenheit gewesen, ihrer Peinigerin ins Gesicht zu treten, doch sie ließ es sein und störte sich auch nicht an dem verächtlichen Lächeln, als sie nackt vor Antilopenfrau auf dem Boden lag und ihr hilflos ausgeliefert schien. Sie schämte sich nicht.

Die Indianerin sagte wieder etwas zu Krähenfrau, die sich beeilte, ein einfaches Lederkleid, Leggins und Mokassins aus einer Vorratstasche zu kramen und ihr half, die Sachen anzuziehen. Sophie musste zugeben, dass die Kleidung sehr bequem war, doch sie ließ sich ungern zu etwas zwingen und schimpfte abfällig. Sofort bekam sie einen weiteren Stockhieb von Antilopenfrau. Diesmal trat sie wütend in die Asche, die in der Feuerstelle zwischen einigen Steinen lag und kicherte schadenfroh, als die streitlustige Ehefrau von Gelbe Hand ihren Teil abbekam. »Ich bin nicht deine Sklavin, verdammt!«

Aber genau das war sie, wie sie gleich darauf merkte, als Antilopenfrau ihr Büffelmesser zog und es ihr mit verzerrtem Gesicht an die Kehle hielt. »Du aufpassen, was sagen, sonst du sterben!«, drohte sie, und obwohl ihr bruchstückhaftes Englisch eigentlich komisch war, lachte Sophie kein bisschen.

Antilopenfrau drängte sie aus dem Tipi, das Messer noch immer an ihrer Kehle, und zwang sie in die Knie. Sie rief Krähenfrau wieder etwas zu, und die weiße Indianerin beeilte sich, zwei Büffelhäute nach draußen zu wuchten. Ohne das Fell leuchteten sie weiß in der warmen Morgensonne. Sie waren bereits gegerbt und stanken. Antilopenfrau griff nach der Ledertasche, die Krähenfrau ihr reichte, förderte eine knöcherne Nähnadel und Sehnen zutage, die bei den Indianern das Nähgarn ersetzten. Weil ihr die englischen Worte fehlten, befahl sie der Weißen im barschen Ton, Sophie die Arbeit zu erklären.

»Du sollst die Häute zusammennähen«, sagte Krähenfrau, »an den langen Seiten. Das werden Tipihäute. Zeltplanen. Du musst fest stechen, sonst geht die Nadel nicht durch. Hab keine Angst vor Antilopenfrau. Sie tut nur so.«

Sophie war anderer Meinung und traute ihrer Peinigerin durchaus zu, sie mit dem Messer zu verletzen. Unter ihrer Aufsicht begann sie zu nähen, die Knochennadel fest zwischen den Fingern und ungeschickt genug, sich damit in die Hand zu stechen. Sofort riss Antilopenfrau ihre verletzte Hand von der Büffelhaut weg und schimpfte: »Kein Blut auf Büffelhaut! Gelbe Hand dich schlagen, wenn er sieht. Warten, bis nicht mehr bluten, dann weitermachen!«

Nach einiger Zeit ließ Antilopenfrau sie mit ihrer Arbeit allein, beobachtete sie aber aus der Entfernung, um zu verhindern, dass sie einen Fluchtversuch unternahm. Aber so dumm war Sophie nicht. Sie würde es niemals schaffen, eines der Pferde zu erreichen, und Antilopenfrau oder einer der Krieger, die dagegen gewesen waren, sie zu verschonen, würde nicht zögern, sie zu erschießen. Wenn sie es überhaupt schaffen wollte, ihre Gefangenschaft zu überleben, musste sie Gelbe Hand weiterhin auf ihre Seite bringen und dafür sorgen, dass er sich rettungslos in sie verliebte. Während der vergangenen Tage hatte sie die Krieger gut genug kennengelernt, um zu erkennen, dass auch sie nur gewöhnliche Männer waren, mit allen Schwächen ihres Geschlechts.

Sie war keine so geschickte Näherin wie ihre Mutter oder ihre Schwester, gewöhnte sich aber schon bald an die Arbeit. Sie war eintönig und anstrengend, und Antilopenfrau ließ es sich nicht nehmen, immer wieder nach ihr zu sehen, sie wüst zu beschimpfen oder mit dem Stock nach ihr zu schlagen. Sie fluchte jedes Mal und sprang einmal sogar auf, packte Antilopenfrau an ihrem Kleid und fauchte sie wütend an: »Jetzt reicht es mir aber!«, schrie sie die Frau so laut an, dass sich zahlreiche Dorfbewohner nach ihnen umdrehten und ihren Spaß daran zu haben schienen, wie Sophie ihre Rivalin behandelte. »Noch ein Schlag, und ich breche dir das Genick, egal, was dann geschieht!«

Danach hielt sich Antilopenfrau zurück, wohl auch wegen der anderen Dorfbewohner, vor denen sie sich zur Närrin gemacht hatte. Auch Gelbe Hand ließ sich nicht blicken. Er war sicher bei den Kriegern, die mit dem Häuptling in seinem Zelt palaverten. Sie hatte beobachtet, wie zahlreiche Krieger zum Tipi von Alter Mann gegangen waren. Aus einem anderen Teil des Dorfes drang dumpfer Trommelschlag herüber. Eine Heilerin, die versuchte, eine kranke Frau von ihren Schmerzen zu befreien. Ein paar Kinder kamen zögernd näher, betrachteten sie neugierig, und ein besonders tapferes Mädchen wagte sich bis zu ihr und berührte ihre blonden Locken. Als sie lästig zu werden begann, vertrieb Sophie sie mit einem bedrohlichen Zischen.

Nach einigen Stunden harter Arbeit brachte ihr Krähenfrau etwas zu essen und zu trinken. Eine Schale mit Büffelfleisch und Brühe und klares Wasser. »Du bist sehr mutig«, sagte die weiße Indianerin. »Und du hast Glück, Gelbe Hand begegnet zu sein. Er mag weiße Frauen, sonst wäre ich längst tot. Antilopenfrau hat mich tagelang wie einen Hund gehalten. Ich hätte mich wehren sollen, so wie du, aber ich hatte nicht den Mut dazu. Warum sollte ich mich auch wehren? Ich habe es gut bei den tsis-tsis-tas. Alle meine weißen Verwandten sind tot. Warum sollte ich zu den Weißen zurückkehren? Sie würden mich wie eine Aussätzige behandeln und als Hure beschimpfen. Selbst wenn die Soldaten kämen, ich würde hierbleiben und wie eine Indianerin leben.«

»Wir sind bei den Cheyenne?«

»Tsis-tsis-tas«, wiederholte Krähenfrau den Namen, den ihr Stamm sich selbst gegeben hatte. »Tapfere Männer und stolze Frauen. Keine Wilden, wie die Weißen sagen. Sie sind gut zu ihren Frauen und Kindern. Aber im Kampf sind sie gnadenlos und tun vieles, was wir nicht verstehen. Meist hat es mit ihrer Religion zu tun. Sie glauben an Geister, die ständig beschenkt werden müssen, weil sonst großes Unheil über ihren Stamm kommt. Siehst du den alten Mann vor dem schwarz-roten Zelt? Das ist der Pfeilbewahrer. Er beschützt die vier heiligen Pfeile. Zwei schwarze Pfeile, die unseren Feinden den Tod bringen sollen. Zwei rote Pfeile für eine erfolgreiche Büffeljagd.«

»Ich weiß wenig über die Indianer«, sagte Sophie. »Warum heißt du Krähenfrau? Warum darf ein Mann mehrere Frauen haben? Warum töten sie unschuldige Frauen und Kinder? Ich habe viel Schlechtes über sie gehört.«

Krähenfrau lächelte schwach. »Das sind viele Fragen. Ich heiße so, weil einige Krähen in den Bäumen krächzten, als ich entführt wurde. Ein Krieger muss mehrere Frauen haben, weil so viele Männer sterben und alle Frauen versorgt sein müssen. Und sie töten Frauen und Kinder, weil die Weißen auch ihre Frauen und Kinder töten. Vieles, was die Weißen sagen, stimmt nicht.«

»Und warum bin ich hier?«, fragte Sophie.

»Weil Gelbe Hand weiße Frauen mag«, antwortete Krähenfrau, »und weil ich ihm keine Kinder gebären konnte. Jetzt wirst du die Mutter seiner Kinder sein. Finde dich damit ab, meine Freundin, denn du wirst es nicht ändern können. Er würde niemals zulassen, dass du ihn im Stich lässt. Ich habe gesehen, wie er dich anblickt. Sieh mich an. Noch spreche ich die Sprache, die ich als Kind gelernt habe, aber eines Tages wird auch die Erinnerung daran verschwunden sein, und ich werde nur noch eine tsis-tsis-tas sein … So wie du.«

»Ich bleibe nicht für immer«, widersprach Sophie. »Ich habe noch einiges vor im Leben, und das kann ich nur in der Welt der Weißen erreichen. Eines Tages werde ich die tsis-tsis-tas verlassen, und daran wird mich keiner hindern, weder Gelbe Hand noch Antilopenfrau und auch du nicht, Krähenfrau.«

»Willst du unbedingt sterben?«

»Ich werde nicht sterben. Für dich mag es richtig sein, bei den tsis-tsis-tas zu bleiben.« Der Stammesname ging ihr nur schwer über die Lippen. »Du hast keine Verwandten und keine Zukunft in der Welt der Weißen. Bei mir ist es was anderes. Ich will Karriere machen. Ich will nach San Francisco.«

»San Francisco? Die große Stadt am Meer?«

»Ganz recht«, erwiderte Sophie so stolz, als hätte sie ihr Ziel schon erreicht. »Ich werde als Schauspielerin und Sängerin auf der Bühne stehen und das Publikum begeistern. In San Francisco, Denver, Baltimore und New York. Für diesen Traum lebe ich, und keiner wird ihn zerstören, Krähenfrau.«

»Du wirst Kinder haben. Gelbe Hands Kinder.«

»Und du wirst sie großziehen. Du wirst mich doch nicht verraten?«

Sie schüttelte den Kopf. »Man würde mich nur auslachen.«

Antilopenfrau kehrte mit einem Korb voller Beeren vom Flussufer zurück und sah gerade noch, wie Sophie die Schüssel mit der Fleischbrühe leerte. Sie beschimpfte Krähenfrau auf übelste Weise, setzte ihren Korb ab und baute sich vor Sophie auf. Anscheinend hatte sie schon verdrängt, dass die Gefangene ihr Kontra gegeben und sie vor den Dorfbewohnern lächerlich gemacht hatte. Erst als Sophie ebenfalls aufstand und sich anschickte, sie erneut anzugehen, gab sie leise fluchend nach und verschwand mit dem Korb im Tipi.

»Ich muss arbeiten«, sagte Krähenfrau und verließ sie ohne ein weiteres Wort. Anscheinend hatte sie noch riesigen Respekt vor Antilopenfrau, die wohl auf jeden eifersüchtig war, der ihre Vormachtstellung in Gefahr brachte. Natürlich erkannte auch sie, dass sie mit den jungen Frauen nicht mehr mithalten konnte, was Schönheit und einen biegsamen Körper anging, aber sie hatte sich gegenüber Krähenfrau behauptet, weil die Rivalin keine Kinder bekommen konnte, und richtete ihre Wut jetzt auf Sophie, eine verführerische weiße Frau mit blonden Locken, wie Gelbe Hand sie am liebsten mochte.

Sophie konnte die Gedanken der älteren Frau lesen und beschloss, ihr niemals den Rücken zuzukehren. Doch am frühen Abend rächte sich Antilopenfrau. Sie erschien mit gezücktem Büffelmesser und einigen Lederstricken, und Sophie befürchtete schon, sie hätte vor, sie mit der Klinge zu martern, aber sie bedrohte sie lediglich damit und zwang sie, in die Knie zu gehen. Sophie spürte, wie sie einen Lederstrick um ihren Hals legte und so fest zuzog, bis sie kaum noch Luft bekam. Mit dem anderen Ende band sie sie an einen der Zeltpflöcke. Sophie wollte die Schlinge lockern, bekam einen heftigen Tritt, fiel stöhnend auf den Bauch und musste zulassen, dass sie ihr die Handgelenke hinter ihrem Rücken fesselte. »Du Hündin«, sagte sie, »du mich beleidigen! Du schlafen mit anderen Hunden vor Tipi. Du bellen, ich dich schlagen. Du weglaufen, ich dich einholen und Herz aus Körper schneiden.«

Bevor sie reagieren konnten, waren sowohl Antilopenfrau als auch Krähenfrau verschwunden. Ihre einzige Hoffnung, die Nacht im Tipi zu verbringen, war Gelbe Hand, doch sie wusste auch, was dann geschehen würde. Aber nichts dergleichen geschah. Als der Anführer vom Ratsfeuer zurückkehrte, blickte er nur kurz auf sie herab und verschwand lächelnd im Zelt.

19

Sophie wusste nicht, was schlimmer war: die anstrengende Arbeit und die Züchtigungen von Antilopenfrau oder die Ungewissheit, was Gelbe Hand mit ihr vorhatte. Während der ersten vier Tage ignorierte er sie und ließ sich nur selten blicken. Krähenfrau glaubte, dass er in die nahen Hügel gezogen war, um dort zu fasten und zu beten. Aber die Nacht, in der er sie losbinden und unter sein Büffelfell holen würde, war sicher nicht mehr fern, und sie fragte sich, was er wohl mit ihr anstellen und wie Antilopenfrau reagieren würde.

Den Zeitungsberichten und Artikeln in dem Reiseführer, die sie gelesen hatte, glaubte sie schon lange nicht mehr. Keiner der Autoren war jemals bei den Indianern gewesen, und die einzigen Quellen, die sie hatten, waren Augenzeugenberichte von Frauen, die unversehrt zurückkamen und von den Grausamkeiten berichteten, die man ihren Verwandten angetan hatte. Gefangene wie Krähenfrau, die nach einiger Zeit freiwillig bei den Indianern blieben, fragte niemand. Sie nahm an, dass es überhaupt keine Regel gab. Die Indianer waren unberechenbar. Wäre Gelbe Hand nicht gewesen, hätte sie der junge Krieger erschlagen und skalpiert. Hätte der Anführer sie nicht in sein Tipi geholt, wäre sie vielleicht von mehreren Kriegern vergewaltigt worden und langsam verblutet. Jeder Indianer war anders, das hatte ihr auch Krähenfrau verraten. Sie waren so verschieden wie die Weißen. Es hing allein vom Schicksal ab, ob man auf grausame Weise vergewaltigt wurde und starb oder leben durfte, wenn auch nur unter Aufsicht einer eifersüchtigen Indianerin.

Vor ihr hatte sie fast mehr Angst als vor Gelbe Hand. Sie war unberechenbar und verlor sicher die Nerven, wenn ihr etwas nicht in den Kram passte. Vielleicht lag es auch daran, dass Sophie besser mit Männern als mit Frauen umgehen konnte. Gelbe Hand war ein indianischer Krieger, der keine Widerrede duldete, aber er war auch ein Mann, der nicht viel anders als ein irischer Kutscher reagierte, wenn man ihn mit verführerischen Blicken und Bewegungen verzauberte. Sie brauchte keine Angst vor ihm zu haben. Er wollte nichts anderes als die jungen Iren, die ihr nachgestiegen waren, und seine Berührungen würden sie nicht aus der Fassung bringen. Sie kannte sich mit Männern aus. Sie war kein behütetes Siedlermädchen, das sich vor Schreck und Scham in die Hose machte, wenn es einen nackten Mann sah. Sie war einiges gewöhnt, von dem weder ihre Mutter noch ihre Schwester eine Ahnung hatten.

Aber etwas mulmig war ihr doch zumute, als er sie am Abend des fünften Tages losband und in sein Tipi führte. Es war groß genug für eine ganze Familie. Nachdem sich ihre Augen an das Halbdunkel gewöhnt hatten, sah sie Büffelfelle auf dem Boden liegen, an der Zeltwand lagen große Ledertaschen mit Vorräten und Kleidung. Im Schein des Feuers, das unter dem offenen Rauchabzug auf kleiner Flamme brannte, leuchteten die Gesichter von Antilopenfrau und Krähenfrau. Beide Frauen gaben vor zu schlafen, doch sie war sicher, dass sie nur so taten und nur darauf warteten, was passieren würde.

Sophie hatte keine Angst mehr. So wie Gelbe Hand sie anblickte, war er voller Begierde, aber auch Zärtlichkeit, und unter den Iren, denen sie aus irgendwelchen Gründen nähergekommen war, hatte es Männer gegeben, die sich wesentlich unangenehmer verhalten hatten. Gelbe Hand war ein stattlicher Mann, und sie war sicher, dass sich viele weiße Frauen nach ihm gesehnt hätten, wenn sie ihm auf diese Weise begegnet wären, nur mit einem Lendenschurz bekleidet, den muskulösen Körper mit Fett eingerieben, die langen schwarzen Haare im Nacken zusammengebunden. Seine Augen leuchteten im Glanz des Feuers und ließen sie in seine Seele blicken und sein großes Verlangen spüren.

Als sie auf dem Büffelfell lagen und er seinen Lendenschurz

abgelegt hatte, glaubte sie ein leises Kichern zu hören. Sie kümmerte sich nicht darum. Sollten Antilopenfrau und Krähenfrau ihnen doch zusehen, ihr machte es nichts aus. Wenn sie ehrlich war, genoss sie das Liebesspiel mit Gelbe Hand sogar. In diesem Moment hatte er nichts mit dem wilden Krieger gemein, der sie an einem Rohhautseil über die Prärie geschleift hatte. Er war sanft und behutsam und ließ seine Hände über ihren ganzen Körper gleiten, bevor er sich auf sie schob und mit einer Leidenschaft liebte, wie sie es bisher nur aus Geschichten und Liedern kannte. Er war ein ganzer Mann, daran gab es keinen Zweifel, und als er seinen Höhepunkt erreichte, stöhnte auch sie vor Begierde und lächelte sogar, als er ihr in die Augen ansah und zufrieden grinste.

Während er bereits schlief und sich auch die anderen beiden Frauen nicht mehr rührten, blickte sie noch lange durch die Rauchklappe zum Himmel empor und fragte sich, ob der Herrgott wohl guthieß, was in dem Tipi geschehen war. Wahrscheinlich nicht, musste sie zugeben, nicht einmal mit einem weißen Mann, dem man versprochen war, sollte man vor der Hochzeitsnacht das Bett teilen. Aber was wäre passiert, wenn sie sich geweigert oder ihn nur unter verzweifelten Schreien ertragen hätte? Gelbe Hand hätte sie auf das Büffelfell gezwungen und mit Gewalt genommen. Ein Krieger wie er ließ sich nichts von einer Gefangenen vorschreiben. Es wäre gegen seine Ehre gewesen. Indianer waren stolz, das hatte sie bereits erkannt, stolzer noch als Iren.

Sie drehte sich zur Seite und vergrub ihr Gesicht im dichten Fell. In einem stillen Gebet bat sie den Herrgott um Verzeihung für ihr lustvolles Stöhnen, nicht aber dafür, sich ihm hingegeben zu haben. Und auch das tat sie nur ihrer Mutter zuliebe, die selbst nach dem Tod ihres Mannes noch fest an Gott glaubte und in St. Louis sicher längst zur Kirche ging. Sie liebte Gelbe Hand nicht, sie hatte noch nie einen Mann geliebt, zu dem sie unter die Decken gekrochen war, sondern war immer nur auf ihren Vorteil aus gewesen. Als irische Farmerstochter, die nur über ihre

Schönheit und ihr verführerisches Wesen verfügte, war ihr gar nichts anderes übrig geblieben. Nur ihrem Lächeln und ihren anmutigen Bewegungen war es manchmal zu verdanken gewesen, dass ihre Familie keinen Hunger gelitten hatte. Niemand hatte das jemals zugegeben.

Von Gelbe Hand erhoffte sie sich eine bessere Behandlung. Keine Schläge mehr von Antilopenfrau, keine Sklavenarbeit, keine Nächte unter freiem Himmel. Noch dachte sie nicht an Flucht. Auch wenn sie nicht gefesselt war, behielt man sie genau im Auge, und sie würde nicht einmal bis zum Rand des Lagers kommen. Sie durfte nicht ungeduldig sein. Auf ein paar Wochen oder Monate kam es jetzt nicht an, wenn sie ihren Traum, eine Karriere in San Francisco zu beginnen, jemals wahrmachen wollte. Erst wenn sie ein anerkanntes Mitglied des Stammes wie Krähenfrau war, wenn die Dorfbewohner nachlässig wurden, würde sich eine Chance zur Flucht ergeben.

Die Kunst bestand darin, es die Indianer nicht merken zu lassen. Sollten sie ruhig glauben, dass es ihr bei Gelbe Hand gefiel und sie froh war, seine Frau zu werden. Jede heiratsfähige Frau in dem Cheyenne-Dorf hätte sonst etwas dafür gegeben, von Gelbe Hand umworben zu werden. Sie würde ihre Gedanken hinter einem Lächeln verstecken und sich so verhalten, als würde sie gar nicht daran denken, die Indianer zu verlassen. Doch ihre Hoffnung auf eine bessere Zukunft war zu groß. Selbst wenn sie zehn Jahre bei den Indianern zubringen musste, würde sie nicht aufgeben.

Die Tage vergingen, es wurde Sommer, und es achtete kaum jemand noch auf sie, wenn sie durchs Lager ging. Selbst Antilopenfrau hatte ihre feindselige Haltung aufgegeben, wenn sie auch nicht gerade freundlich zu ihr war. Gelbe Hand hatte ihr versichert, immer für sie zu sorgen, und das schien ihr noch wichtiger als die gemeinsame Zeit auf dem Büffelfell zu sein. Krähenfrau hatte keinen Grund zur Klage. Sie lebte schon so lange im Tipi von Gelbe Hand, dass sie wie eine Indianerin dachte. Sie war es gewohnt, die Zuneigung ihres Mannes zu teilen und beschwerte sich nicht. Sie war froh, dass Sophie bei ihnen lebte und ihr einen Teil der beschwerlichen Arbeit abnahm.

Auch ihr gegenüber war Sophie jetzt zurückhaltender. Krähenfrau sollte ruhig denken, dass sie beschlossen hatte, bei den tsis-tsis-tas zu bleiben. Es durfte nicht der geringste Verdacht mehr auf sie fallen, wenn sie das Indianerdorf jemals verlassen wollte. Noch hatte sie nicht die geringste Ahnung, wie sie das bewerkstelligen sollte. Es reichte nicht, ein Pferd zu stehlen und damit davonzureiten. Sophie war eine passable Reiterin, aber niemals geschickt genug, um einem indianischen Krieger zu entkommen. Doch es würde sich eine Gelegenheit ergeben, da war sie ganz sicher. Sie würde nach San Francisco reisen, sehr bald schon, und ihre Zeit bei den Indianern vergessen.

Doch eines Tages, es war ein heißer Sommertag, war selbst sie so fasziniert und aufgeregt, dass sie ihre Fluchtgedanken vergaß und sich für einige Tage sogar glücklich schätzte, bei den Indianern zu leben. Es begann damit, dass zwei Hundekrieger über die Hügel ins Dorf geritten kamen. So nannten sich die Mitglieder einer Kriegergesellschaft, wie sie inzwischen wusste, die für ihre tollkühnen Taten bekannt waren. Sie waren die Polizei eines Dorfes, beschützten die Alten und Schwachen während einer Wanderung und trugen die vier heiligen Pfeile in den Krieg. Sie scheuten keine Gefahr und nahmen es mit jedem Feind auf, selbst wenn er ihnen weit überlegen war.

»*Hotowa! Hotowa!*«, riefen sie schon von Weitem. »Die Büffel sind zurück! »Hotowa« war das Wort, das alle Kinder der Cheyenne als Erstes lernten. Weil der Büffel ihre ganze Kultur bestimmte und ihnen alles gab, was sie zum Leben brauchten. Sie brieten, kochten und trockneten das Fleisch, um es für die kalten Monate zu Pemmikan zu verarbeiten, sie fertigten Kleidungsstücke aus den Fellen und dem gegerbten Leder, aus den Knochen wurden Werkzeuge und Waffen, die gewaschenen Mägen benutzte man als Wasserbehälter, die Sehnen als Nähgarn, die Hörner als Trinkgefäß. Es gab kaum etwas, das sich nicht verarbeiten ließ. So hatte es Krähenfrau ihr berichtet.

Entsprechend aufgeregt reagierten die Dorfbewohner. Sie strömten aus ihren Tipis, begierig darauf, mehr über die Herde zu erfahren, und enttäuscht, weil die Hundekrieger nur eine kleine Herde gesichtet hatten. Doch im vergangenen Jahr waren sie gar nicht gekommen, und in den Tipis der tsis-tsis-tas hatten Hunger und Not geherrscht. »Maheo hat ein Einsehen mit uns«, rief ein Krieger erleichtert, »er hat unsere Not gesehen und schickt uns die Büffel zurück. *Aiee*, dies ist ein guter Tag! Wir werden eine gute Jagd haben.«

Sophie, die man wegen ihrer blonden Haare und ihrer hellen Haut jetzt Sonnenfrau nannte, war mit einigen Frauen beim Beerenpflücken am Flussufer, als die Hundekrieger kamen. Der Ruf »*Hotowa! Hotowa!*« trieb sie ins Dorf zurück, wo sich die Kunde von den nahenden Büffeln in Windeseile verbreitete. Der Anführer der Hundekrieger, ein kräftiger Mann mit aufrecht stehenden Rabenfedern auf dem Kopf, schlug vor, den Abend mit Gebeten, Liedern und beim Büffeltanz zu verbringen und am frühen Morgen zur Herde hinauszureiten. »Die Büffel sind zurück! Die Büffel sind zurück!«, rief er.

Sophie hatte selten eine aufregendere Nacht erlebt. Am großen Feuer vor dem Tipi des Häuptlings dröhnten die Trommeln, und die halbnackten Körper der Krieger leuchteten im Flammenschein. In rhythmischen Bewegungen imitierten sie eine Büffeljagd, Pfeil und Bogen in den Händen, und schrien jedes Mal, wenn sie eines der unsichtbaren Tiere erlegt hatten. Die Trommelschläge wurden immer hektischer, der eintönige Gesang immer lauter, bis die Krieger erschöpft aufgaben und sich mit kühlem Wasser erfrischten. Außer ein wenig Pemmikan oder Brühe nahmen sie nichts zu sich. Sie wollten kräftig und beweglich sein, wenn sie die Büffel über das weite Grasland jagten.

Am frühen Morgen folgten die Frauen und Kinder den Jägern in gebührendem Abstand. Sie hatten Pferde mit Schleppbahren dabei, um das Fleisch der erlegten Tiere transportieren zu können. Sophie führte eines der Pferde an den Zügeln. Aus Sicherheitsgründen blieb sie bei Krähenfrau. Eine Büffeljagd war gefährlich, hatte sie erfahren, selbst für die Frauen und Kinder, die sich weit genug von der Herde entfernt hielten. Einem angreifenden Büffel war nur ein bewaffneter Krieger gewachsen, wenn er gelernt hatte, im Augenblick einer großen Gefahr die Beherrschung zu bewahren. Ihr Herz klopfte vor Aufregung. Als sie einen Blick mit Krähenfrau tauschte, sah sie grenzenlose Begeisterung in ihren Augen. Dies war der Tag, auf den alle gewartet hatten.

Und als sie mit den anderen Frauen und Kindern auf dem Hügelkamm stand und die Büffelherde in der weiten Senke sah, wurde ihr auch klar, warum die *tsis-tsis-tas* so aufgeregt waren. Ein wogendes Meer von braunen Leibern wälzte sich in einer riesigen Staubwolke durch das kniehohe Gras. Ihre Hufe trommelten auf den Boden und ließen ihn wie Donner dröhnen. Auch aus der Ferne hörte sie das heftige Schnauben mancher Tiere, sah, wie ihnen der Speichel aus den Mäulern tropfte, stieg ihr der beißende Gestank der Herde in die Nase. So nahe war sie der Natur noch nie gewesen.

Über den Hügelkamm wanderte Jubel, als die Krieger in die Senke ritten und sich an die Verfolgung der Büffel machten. Nur mit Lendenschurzen bekleidet und ohne störende Federn und anderen Schmuck galoppierten sie auf ihren wendigen Büffelponys durch den Staub. »*Houp! Houp! Houp!*«, hörten sie einen der Männer rufen, als er dicht neben einer Büffelkuh ritt, den gespannten Bogen auf sie richtete und ihr einen Pfeil zwischen die Rippen jagte. Sein Kriegsruf erscholl noch, bevor die getroffene Büffelkuh in den Knien einbrach, sich einmal überschlug und im Gras liegen blieb. Ohne sie zu beachten, ritt der Krieger weiter, darauf bedacht, so viele Tiere wie möglich zu töten, um seinen Leuten einen möglichst großen Fleischvorrat für den Winter zu sichern. »*Houp! Houp! Houp!*«, feuerte er sich immer wieder selbst an.

In diesem Augenblick dachte Sophie weder an eine Möglichkeit zur Flucht noch an ihre Zukunft in San Francisco. Sie war sich bewusst, etwas Elementares zu erleben, ein Abenteuer, das es schon bald nicht mehr geben würde. Eine fremde Welt, in der es weder um Reichtum noch um das Anhäufen von Besitz, sondern nur um das tägliche Überleben ging. Ohne eine erfolgreiche Büffeljagd würden die Indianer hungern, blieb ihnen nichts anderes übrig, als sich von Wurzeln, wilden Zwiebeln und Beeren zu ernähren, wie sie es im letzten Winter getan hatten. Bei der Büffeljagd entschied sich ihre Zukunft.

Nachdem die Herde hinter den nächsten Hügeln verschwunden und der Boden mit Kadavern übersät war, kehrten die Krieger mit gereckten Waffen zurück und entschuldigten sich bei den Tieren, die sie getötet hatten. So war es Brauch bei den *tsis-tsis-tas*, ein Vorgehen, von dem die meisten Weißen noch nie etwas gehört hatten, glaubte Sophie. Erst dann strömten die Frauen mit gezückten Büffelmessern zu den getöteten Tieren und machten sich daran, ihnen die schweren Felle von den Leibern zu ziehen. Auch Sophie besaß inzwischen ein Messer und half Antilopenfrau und Krähenfrau, einen Büffel zu häuten, den Gelbe Hand getötet hatte, ein erwachsenes Tier, das besonders viel Fleisch liefern würde. Eine schweißtreibende Arbeit, die ihr alles abverlangte. Sie hätte nicht gedacht, dass es so anstrengend war, einen Büffel zu häuten, und dass die Kadaver einen so bestialischen Gestank verbreiteten.

Aus dem geöffneten Tier schnitt Gelbe Hand die Leber heraus und hielt sie stolz in einer Hand. Er träufelte etwas Galle auf das Organ und biss herzhaft hinein, genoss die Delikatesse mit allen Sinnen. Nachdem er genug gegessen hatte, reichte er die Leber an Sophie weiter, die überrascht danach griff und sich bemühte, keinen Ekel zu zeigen. »Dass er dich von der rohen Leber kosten lässt, bedeutet eine große Ehre für dich«, flüsterte ihr Krähenfrau zu. »Beiß hinein, wenn dir dein Leben lieb ist. Die Leber schmeckt wirklich gut.«

Sophie hatte schon rohe Muscheln gegessen und sagte sich,

dass rohe Leber auch nicht viel anders schmecken würde. Sie biss hinein und war überrascht, wie warm und wohlschmeckend sie war. »*Ha-ho*«, sagte sie. Das Wort für »Danke«, das ihr Krähenfrau beigebracht hatte. »Das schmeckt sehr gut.«

»Das will ich meinen«, sagte er. Sie verstand schon ein paar Worte.

An diesem Abend feierten die *tsis-tsis-tas*. Sie brieten die besten Stücke der Büffel, vor allem die schmackhaften Zungen, und tanzten am großen Feuer, das zu Ehren der erfolgreichen Jäger entzündet worden war. Gelbe Hand führte vor, wie er eine besonders große Büffelkuh erlegt hatte, deutete seinen gezielten Schuss mit übertriebenen Handbewegungen an und jubelte laut, als er die Büffelkuh in seinen Gedanken noch mal stürzen sah. Nach jeder Geste jubelten die Zuschauer, bevor sie sich wieder an dem Tanz beteiligten und sich zum rhythmischen Klang der Trommeln um das Feuer bewegten.

Sophie wurde von der Begeisterung mitgerissen und war so fröhlich wie alle anderen Frauen. Sie spürte, wie mit dem nahrhaften Fleisch neue Kraft in ihren Körper strömte und ihr ein seltenes Gefühl der Zufriedenheit gab. War dies nicht ein idealer Ort, um die Zukunft zu verbringen? Gab es etwas Schöneres, als mit den anderen zu singen und zu tanzen und den herzhaften Geschmack des Büffelfleisches zu spüren? Etwas Besseres als Büffelzunge hatte sie nie gegessen, und sie vermisste nur die Kartoffeln, ohne die kaum ein Ire auskam. Was für ein Festschmaus, was für eine Feier. Alles war gut an diesem Abend. Nicht einmal der Krieger, der sie beinahe erschlagen hätte, warf ihr noch böse Blicke zu. Sie gehörte Gelbe Hand. Sie war *tsis-tsis-tas*.

Doch einige Wochen später sah die Welt schon wieder nüchterner aus, und der Wunsch, ihren Traum von der großen Karriere wahr werden zu lassen, verdrängte die Harmonie, die am Großen Feuer geherrscht hatte. Über den Tipis wölbte sich ein grauer Himmel, und die Frauen machten sich gerade bereit, die Zelte abzubauen und mit ihrem Stamm den Büffeln zu folgen, wie es schon ihre Vorfahren getan hatten, als sie zum ersten Mal die Veränderung an sich spürte. Sie blieb stehen und griff sich erschrocken an den Bauch. In ihr hatte sich etwas bewegt, oder bildete sie sich das nur ein? Sie hielt sich mit beiden Händen am Sattel eines Pferdes fest und starrte entgeistert ins Leere.

»*Aiee*«, erkannte Krähenfrau den Grund dafür. »Du bekommst ein Baby!«

20

Seit mehr als einem halben Jahr hatten Eileen und ihre Mutter nichts mehr von Sophie gehört. Sie machten sich große Sorgen, ahnten aber, dass sie ganz andere Dinge im Kopf hatte, und hatten gehört, dass die Post manchmal auch Monate von der Westküste unterwegs war. Oder sie ging unterwegs verloren.

Sie hatten sich gut eingelebt in St. Louis. Eileen hatte den Umsatz des Eisenwarenladens durch ihre zuvorkommende Art um die Hälfte gesteigert und durfte sich jeden Monat über einen großzügigen Bonus der Besitzer freuen. Ihre Mutter war zur Vorarbeiterin in der Brauerei aufgestiegen und verdiente ebenfalls gut. Manchmal waren sie sogar versucht, für immer in St. Louis zu bleiben und sich ein bürgerliches Leben aufzubauen. Bei Eileen war es vor allem die Sehnsucht nach Jonathan, die sie in der Stadt hielt. Ein Kunde, der aus Baltimore nach St. Louis gezogen war, erzählte ihr, dass die Irish Patriots von einer einheimischen Bürgerwehr zerschlagen worden waren, und man einige Mitglieder verhaftet hatte. Jonathan Delaney war nicht dabei gewesen.

»Versuche ihn zu vergessen«, sagte Kathleen. »Ich will dir nicht die Hoffnung nehmen, aber seit wir Baltimore verlassen haben, ist fast ein Jahr vergangen, und er wurde damals schon von der Polizei gesucht. Wer weiß, was inzwischen noch alles passiert ist. Vielleicht denkt er gar nicht mehr an dich.«

»Jonathan vergisst mich nicht«, widersprach Eileen, »und ich vergesse ihn nicht. Wir lieben uns, Mammy. Er hat versprochen, mich auf einem weißen Pferd abzuholen, so wie der Ritter in ‚Ivanhoe'. Wir werden heiraten, *right ye be.*« Sie wiederholte die Worte, die er so gern gebraucht hatte. »Selbst wenn ich zehn Jahre auf ihn warten müsste, würde ich die Hoffnung nicht aufgeben.«

Ihre Mutter hatte Angst um sie. »Wirf dein Leben nicht weg,

Eileen. Ich will, dass du glücklich wirst, und nicht einem Traum hinterherjagst, der vielleicht nicht in Erfüllung gehen kann. Du lebst nur einmal, vergiss das nicht.«

»Das weiß ich doch. Und ich werde dir auf jeden Fall helfen, deinen Traum zu verwirklichen. Wir gehen nach Westen und bauen eine Farm oder Ranch auf. Jonathan weiß, dass ich an jedem Bahnhof eine Nachricht für ihn hinterlasse. Er wird uns finden, und wir werden Hochzeit feiern.«

»Ich vertraue dem Herrgott. Er weiß am besten, was gut für uns ist.«

»Das will ich doch hoffen. Aber im Augenblick sieht es nicht so aus.«

»Eileen!«, wies ihre Mutter sie zurecht. »So darfst du nicht reden. Wir haben viel einstecken müssen, in Irland, während der Überfahrt und auch in Baltimore. Wir haben keine Ahnung, wo Sophie und Robert sind, und ein Jahr nach unserer Ankunft sind wir immer noch nicht am Ziel. Aber hier in St. Louis geht es uns besser, als wir befürchtet hatten. Wir haben beide Arbeit und genug Geld für die Fahrt nach Westen gespart. Bald soll es ein Gesetz geben, das jedem Farmer einen Flecken Land verspricht, wenn er es ein paar Jahre erfolgreich bewirtschaftet. Der Herrgott meint es gut mit uns.«

Aber die Wege des Herrn waren auch unergründlich, und als es in der Innenstadt zu ersten Auseinandersetzungen zwischen Anhängern der Union und des Südens kam, schloss selbst der *Missouri Democrat* einen Bürgerkrieg zwischen den nördlichen und südlichen Staaten nicht mehr aus. Der Norden wollte die Sklaverei abschaffen, begründete seine Wirtschaft aber hauptsächlich auf Industrie und war nicht auf sie angewiesen, der Süden brauchte die billigen Arbeitskräfte auf den Plantagen, um überleben zu können, und wehrte sich mit aller Macht dagegen. St. Louis und der Staat Missouri erlaubten die Sklaverei, doch lebten hier inzwischen so viele deutsche Einwanderer, die alle die Sklaverei ablehnten, dass man eher die Unionstruppen unterstützte.

Wie heftig die Straßenkämpfe waren, erlebte Eileen auf dem Heimweg. Während ihre Mutter in der Brauerei fast ausschließlich von deutschstämmigen Arbeitern umgeben war, arbeitete sie in einem Viertel, in dem man den Süden hochleben ließ und offen dafür plädierte, sich von der Union zu lösen. »Wir machen unseren eigenen Laden auf und werfen diese Yankees ins Meer, wo sie hingehören!«, rief der Anführer einiger Männer, die mit Knüppeln und sogar Schusswaffen durch die Straßen zogen und nach Sklavengegnern suchten. »Lasst uns die Nigger, oder wir brennen eure Städte nieder!« Und dann sangen sie ein Lied, in dem sie ihre Sklaven auf übelste Weise beschimpften.

Als sie Eileen an der Haltestelle der Pferdebahn stehen sahen, bildeten sie einen Halbkreis um sie und grinsten unverschämt. »Hey, du siehst nicht wie eine dieser deutschen Schlampen aus«, sagte der Anführer, ein großspuriger Mann, der ständig grinste. »Mach den Mund auf, damit wir's genau wissen!«

Eileen verzog verächtlich die Lippen. »Ist das eure Art, mit einer anständigen Frau zu sprechen? Wenn ihr mit euren Sklaven genauso umgeht, wundert mich nicht, dass die Deutschen euch aus der Stadt haben wollen. Geht auf die Marktplätze und haltet Reden, falls euch die Politik der Regierung nicht gefällt. Ich komme aus Irland und weiß am besten, dass Gewalt zu nichts führt.« Sie erkannte, dass die Männer viel zu überrascht waren, um etwas zu unternehmen. »Man hat mir gesagt, dass die Männer aus dem Süden besonders höflich zu Frauen sind. Hat man mich etwa belogen?« Sie hatte keine Angst mehr vor den Unruhestiftern. »Und jetzt tretet zur Seite, die Bahn kommt.«

Die Männer waren sprachlos und reagierten erst, als die Bahn losgefahren war, doch die spöttischen Rufe erreichten sie nicht mehr. Sie war froh, ihnen entkommen zu sein, erkannte aber spätestens jetzt, welche Ausmaße die Streitigkeiten zwischen dem Norden und dem Süden bereits angenommen hatten.

»Respektloses Pack!«, schimpfte ein Fahrgast mit dem harten Akzent eines deutschen Einwanderers. Wie alle Leute in der Bahn hatte er teilweise mitbekommen, was an der Haltestelle passiert war. »Allerhöchste Zeit, dass wir mobil machen und diese Sklavenhalter in die Sümpfe jagen. Wehret den Anfängen, sage ich immer. Gebt uns vier Wochen, und der Krieg ist zu Ende.«

Er hatte Glück, dass ausschließlich Sympathisanten der Union im Wagen waren und sich kein Widerspruch regte. »Fünf Staaten haben sich bereits von der Union losgesagt. Wir sollten ihnen den Krieg erklären, bevor sie ihren eigenen Präsidenten wählen und die Sache amtlich machen. Wozu haben wir Abe Lincoln gewählt, wenn er tatenlos herumsitzt, bis er offiziell eingeführt wird? Schickt unsere Armee nach Süden, und zeigt ihnen, wer das Sagen hat.«

Als Eileen nach Hause kam und ihrer Mutter von den Begegnungen erzählte, deutete Kathleen auf die Zeitung, die vor ihr auf dem Küchentisch lag, und sagte: »Wir fahren übermorgen. Ich habe bereits die Tickets für die Kutsche besorgt, erst mal bis Texas. Ich weiß, ich hätte mit dir darüber sprechen sollen, aber vor dem Ticketbüro standen sie Schlange, und ich konnte von Glück sagen, dass ich noch welche für uns erwischt habe. In der Zeitung steht, dass ein Krieg kaum zu vermeiden ist. Sie haben bereits Truppen aus dem Indianergebiet nach Osten verlegt, um ausreichend gewappnet zu sein.« Sie setzte sich zu Eileen an den Tisch und schenkte Kaffee ein. »Es gibt sogar Gerüchte, dass sie die Kutschlinie stilllegen wollen. Angeblich nächste Woche schon. Du bist mir doch nicht böse, dass ich die Tickets gekauft habe?«

»Natürlich nicht. Es kommt alles nur so plötzlich.«

Der Besitzer des Eisenwarenladens hatte Verständnis für ihre Entscheidung und zahlte ihr sogar noch einen ansehnlichen Bonus. Eileen verabschiedete sich und fand ihre Mutter mit feuchten Augen vor. Ihr Chef war todtraurig über ihre Kündigung, er hatte ihr eine weitere Beförderung und großzügigen Lohn angeboten, aber sie war hart geblieben. Wenn sie sich mal etwas in den Kopf gesetzt hatte, ließ sie sich nur schwer davon abbringen. »Alles in Ordnung«, sagte sie, als Eileen sie fragend anblickte.

»Unserem Vermieter hab ich bereits Bescheid gesagt, wir sollen den Schlüssel auf den Türrahmen legen.« Sie riss sich zusammen. »So, und jetzt sollten wir langsam packen.«

Die Kutschen der Overland Mail starteten in Tipton, einer kleinen Stadt, knapp hundert Meilen westlich von St. Louis. Bis dorthin fuhren die Passagiere mit einem Zug der Pacific Railroad, deren Bahnhof in der Seventh Street lag, nur wenige Blocks von ihrer gemeinsamen Wohnung entfernt. Der Angestellte der Overland Mail hatte Kathleen beschworen, nicht zu viel Gepäck mitzunehmen, aber ihr Besitz hatte sich während der letzten Monate kaum vergrößert, und sie reisten immer noch mit jeweils einem Koffer und einem Rucksack. »Eigentlich darf ich's ja nicht sagen«, hatte der Angestellte ihr unter dem Siegel der Verschwiegenheit verraten, »aber besonders im Westen ist die Fahrt sehr anstrengend, und Sie sollten sich auf einiges gefasst machen. Ohne blaue Flecken kommen Sie aus den Bergen nicht raus. Nehmen Sie sich lieber eine Wolldecke mit.« Als er ihren fragenden Blick bemerkte, fügte er rasch hinzu: »Aber unsere neuen Concord-Kutschen sind sehr bequem. Kein Vergleich mit den Wagen, mit den wir früher fahren mussten.«

Eileen gab ihm einen Brief an Jonathan zur Aufbewahrung, in dem sie ihm ihre Liebe gestand und mitteilte, dass sie mit einer Kutsche der Butterfield Overland nach Texas fuhren. Sie hoffte, dass ihr Lächeln und die zwei Dollar Trinkgeld ausreichten, um den Brief nicht in den Abfall wandern zu lassen. Der schwarze Schaffner half ihnen, ihr Gepäck in den Wagen zu schaffen und brachte ihnen sogar eine Karaffe frisches Wasser.

Die Fahrt nach Tipton dauerte zehn Stunden, und dort blieben ihnen gerade mal zwanzig Minuten, in die Kutsche umzusteigen. Auf dem Bock saßen der Kutscher, ein untersetzter Mann mit einem Schnauzbart und einem Schlapphut, den er mit einem Lederriemen gesichert hatte, und der Beifahrer, ein fröhlicher Bursche mit einer Schrotflinte, der das Gepäck der Passagiere auf dem Dach verstaute, ihre Tickets kontrollierte und ihnen die Plätze zuwies. »Bitte einsteigen, die Herrschaften! Wir starten in wenigen Minuten.«

»Und wann gibt's was zu essen?«, fragte ein beleibter Fahrgast.

»In einer Stunde, Sir. Bitte haben Sie Geduld.«

Eileen und ihre Mutter saßen in Fahrtrichtung, ihre Rucksäcke auf dem Schoß. Neben sie hatte sich der hungrige Fahrgast gesetzt und bedrängte sie mit seiner Körperfülle. Gegenüber saßen ein Geschäftsmann, der wohl vergeblich versucht hatte, in St. Louis einen Vertrag abzuschließen und ständig schlechter Laune war, und ein älteres Ehepaar, das seine Tochter in El Paso besuchen wollte und sich in der engen Kutsche sehr unwohl fühlte. Von draußen leuchteten die beiden Laternen zu beiden Seiten der Kutsche rein.

»Eine Frechheit, um diese Zeit loszufahren«, schimpfte der Mann neben Eileen und ihrer Mutter, ohne irgendjemanden direkt anzusprechen. Es war halb sieben Uhr abends. »Man hätte mir doch sagen können, dass wir unterwegs kaum was zu essen haben werden und während der Fahrt schlafen müssen.«

Der Geschäftsmann ihm gegenüber blickte ihn vorwurfsvoll an. »Dann bräuchten wir doch doppelt so lange. Ich muss dringend nach San Francisco weiter und habe keine Lust, anderthalb Monate in der Wildnis zu verbringen.«

»Es geht los!«, hörten sie den Beifahrer rufen. »Halten Sie sich gut fest und ziehen Sie die Vorhänge zu, der Nachtwind ist ziemlich kühl. Sagen Sie Bescheid, wenn Sie Decken brauchen. Ich hab noch zwei oder drei hier oben.«

Der Kutscher trieb das vierköpfige Pferdegespann mit einem Schwall heiserer Flüche an und folgte der Straße nach Süden. Auf den ersten Meilen war sie einigermaßen befestigt, und sie kamen gut voran. Schon nach sieben Meilen hielten sie auf der Farm der Shacklefords, die neue Zugpferde bereithielten und ein deftiges Abendessen für die Passagiere zubereitet hatten. Leider blieb ihnen kaum Zeit zum Essen. Schon eine halbe Stunde später drängte der Beifahrer wieder zum Aufbruch. »Tut mir leid, meine Herrschaften«, entschuldigte er sich, »wir müssen Tag und

Nacht fahren, sonst halten wir nicht den vorgeschriebenen Fahrplan ein. Hat die verfluchte Regierung so angeordnet.«

Die Nacht war anstrengend. Eileen und ihre Mutter hatten sich in eine Wolldecke gehüllt und lehnten mit dem Kopf gegen die Rückenlehnen, taten aber kaum ein Auge zu und waren am nächsten Morgen wie gerädert. Immerhin gestattete ihnen der Beifahrer an einer Station, sich notdürftig zu waschen. Zum Frühstück gab es Kaffee und Zwieback. Keine zwanzig Minuten nach ihrer Ankunft waren sie schon wieder unterwegs. Etwas länger blieben sie in Warsaw. Die Nicholas Tavern, ein bekanntes Gasthaus, diente als Kutschenstation, und die Besitzer servierten ein kräftiges Mittagessen. Zum Abendessen gab es Eintopf mit Schweinefleisch auf einer einsam gelegenen Farm. Dort blieb dem Geschäftsmann nicht mal Zeit für eine Zigarre.

Am nächsten Morgen erreichten sie Springfield. In Smith's Tavern, wieder einem angesehenen Gasthaus, ließen sich der Posthalter und seine Frau nicht lumpen und servierten ein reichhaltiges Frühstück mit Rührei und Speck. Als Eileen mit ihrer Mutter an einem der Gästezimmer vorbeikam und einen Blick auf das bequeme Bett erhaschte, seufzten beide. »Dafür würde ich jetzt sonst was geben«, sagte Eileen. »Ich weiß nicht, ob ich noch eine Nacht in der schaukelnden Kutsche aushalte. Das ist ja schlimmer als auf dem Schiff!«

Woher sollten sie auch wissen, dass die eigentlichen Strapazen erst jetzt begannen. Wegen der Berge, die vor ihnen lagen, und der steilen Straße spannte der Gehilfe des Posthalters vier Maultiere vor die Kutsche, störrische Biester, die dem Kutscher lange nicht so gut gehorchten wie die Pferde und mehrmals ausbrachen und die Kutsche von der Straße zogen. Sie mussten jedes Mal aussteigen, und die Männer waren gezwungen, dem Kutscher und seinem Beifahrer zu helfen, die Kutsche wieder auf die Straße zu schieben.

Bis Fayetteville, ein verschlafenes Nest in den Ozark Mountains, mussten sie die störrischen Maultiere ertragen, und als sie die Station am späten Morgen des nächsten Tages erreichten und sich gerade freuten, sie endlich los zu sein, spannte der Posthalter neue Maultiere vor die Kutsche und konnte von Glück sagen, dass er dabei dem wütenden Hufschlag eines Tieres entging. Immerhin hatten sie diesmal etwas mehr Zeit für ihr spätes Frühstück, zu dem es sogar saftige Pfannkuchen mit Ahornsirup und heißen Kakao gab.

Mary-Louise, die Gattin des Posthalters, war eine gute Köchin und verstand es, ihre Gäste mit Neuigkeiten und lustigen Anekdoten zu versorgen. Doch auch dann, wenn sie vollkommen in einer Geschichte aufzugehen schien, vergaß sie niemals, Kakao oder Kaffee nachzuschenken oder anderweitig für Nachschub zu sorgen. Ihre sechs Kinder, deren Werdegang die Passagiere schon bald erfuhren, waren aus dem Haus, und es bereitete ihr scheinbar riesigen Spaß, sie zu umsorgen. Eileen aß so viele Pfannkuchen, dass sie bald Bauchschmerzen bekam, aber sie bereute keinen einzigen Bissen.

Weniger lustig war, was sie über einen Banditen erzählte, einen sogenannten Highwayman, der Kutschen und Reisenden auflauerte und ihnen das Geld abnahm. Er nannte sich »Honest John«, »Ehrenwerter John«, weil er nur »reiche Pfeffersäcke« überfiel und den größten Teil des Geldes unter den Armen und Bedürftigen verteilte. Ein »Robin Hood des Westens«, wie ihn eine Zeitung in Arkansas genannt hatte. Niemand wusste, wie er aussah. Er trug bei jedem Überfall eine Maske, und keinem Gesetzesbeamten war es bisher gelungen, ihn festzunehmen. »Jemand will ihn in Fort Smith gesehen haben, und andere behaupten, der Boden in den Ozarks würde ihm zu heiß, und es zöge ihn nach Texas, aber das sind nur Gerüchte. Doch den Burschen gibt es. Vor einem Monat hat er eine Bank in Fayetteville beraubt, und der Banker, ein guter Freund von uns, schwört Stein und Bein, dass es Honest John war.«

»Und Sie meinen, er hat es auf unsere Kutsche abgesehen?«, fragte der Geschäftsmann vorwurfsvoll. »Ich habe wichtige Aktien meiner Firma bei mir und kann es mir nicht erlauben, sie zu verlieren. Warum tut die Gesellschaft nichts gegen den maskierten Burschen? Es kann doch nicht so schwer sein, einen solchen Clown festzunehmen. Wo ist die Kavallerie-Eskorte, die man uns versprochen hat? Hat die Regierung nicht eine Einheit dazu abgestellt?«

Die Frau des Posthalters ließ sich nicht aus der Ruhe bringen. »Das stimmt schon, Mister, aber es soll angeblich zu einem Krieg kommen, und man hat die Soldaten nach Osten abgezogen. Aber wie gesagt, Honest John hat noch keinem seiner Opfer etwas zuleide getan, obwohl ihm die Leute alle möglichen Verbrechen anhängen wollen, die eigentlich andere begangen haben.«

Für die knapp siebzig Meilen nach Fort Smith brauchten sie fast achtzehn Stunden. Der unwegsame Trail durch die Ozarks verlangte den Maultieren alles ab und entlockte dem Kutscher so derbe Flüche, dass der älteren Dame ständig das Blut ins Gesicht schoss. Eileen und ihre Mutter waren mit Männern aufgewachsen, die ebenfalls kein Blatt vor den Mund nahmen, und grinsten nur. Der Mann, der eine Irin in Verlegenheit bringen konnte, musste erst geboren werden. Lieber ein fluchender Kutscher als ein maskierter Bandit, der ihrer Kutsche auflauerte und ihnen die wertvollen Ersparnisse raubte.

In Van Buren, einer kleinen Siedlung am Arkansas River, setzten sie auf einem Flachboot über den Fluss. Da es schon nach Mitternacht und stockdunkel war, half dem Kutscher ein Mann mit einer Laterne auf die Fähre und die Uferböschung hinauf. Der Kutscher rief ihm etwas zu und fuhr weiter durch die Nacht. Dunkle Wolken hatten sich vor den Mond und einen Teil der Sterne geschoben und verbreiteten eine düstere Stimmung. Böiger Wind frischte auf und machte sich auch in der Kutsche bemerkbar. Regen lag in der Luft.

Als sie um vier Uhr früh Fort Smith erreichten, eine aufstrebende Stadt rund um einen Stützpunkt, in der vor allem Nachschub und Munition für die Armee gelagert wurden, regnete es in Strömen. Die Maultiere quälten sich durch knöcheltiefen Morast und kamen kaum vorwärts. Alle waren froh, als sie das zweistöckige Haus des Posthalters erreichten und in den Hof fuhren.

»Zwei Stunden Aufenthalt«, rief der Beifahrer zur Überraschung der Fahrgäste, als er vom Kutschbock stieg und ungeachtet des strömenden Regens die Kutschentür öffnete. Über Bretter, die der Posthalter zu diesem Zweck bereitgestellt hatte, betraten sie das Steinhaus und genossen die angenehme Wärme. »Willkommen in Fort Smith!«, begrüßte sie die Frau des Posthalters. »Ich hoffe, Sie haben ordentlich Hunger mitgebracht. Aber ich nehme an, Sie wollen sich erst mal waschen und die Kleider wechseln. Ich habe zwei unserer Gästezimmer vorbereitet, eins für die Damen und eines für Männer. Ich hoffe, Sie kommen zurecht. Wir essen in einer halben Stunde.«

21

»Wo kann ich hier ein Gewehr kaufen?« Die Frage ihrer Mutter kam so plötzlich, dass Eileen regelrecht zusammenzuckte. Die anderen Passagiere waren ebenso überrascht und hielten erschrocken inne. Nur der Kutscher, der von seinen Fahrten wohl einiges gewöhnt war und gerade herzhaft in ein Stück Zwieback biss, kicherte verstohlen. Er ahnte wohl, aus welchem Holz seine Passagierin geschnitzt war.

»Um diese Zeit? Bei diesem Regen?«, fragte die Frau des Posthalters.

Kathleen blickte auf die Wanduhr neben der Tür. »Es ist gerade mal fünf Uhr. Soweit ich weiß, ist dies eine Garnisonsstadt. Die Soldaten sind doch sicher auch schon auf den Beinen. Oder ist heute Sonntag, und sie sind alle in der Kirche?«

»Nein, natürlich nicht.« Die Frau des Posthalters rang sich ein Lächeln ab. »Es kommt nur selten vor, dass mich eine Passagierin nach einem Büchsenmacher fragt. Der Schwede müsste schon auf den Beinen sein. Ingmar Johannson. Er ist erst seit ein paar Monaten hier und spricht nur gebrochen Englisch, aber von Waffen versteht er was, sagt mein Mann. Einige Häuser weiter in Richtung Fort.«

Eileen und ihre Mutter konnten von Glück sagen, dass ihnen die Frau des Posthalters einen großen Schirm lieh. In dem Regen, der unvermindert stark vom Himmel fiel und auf die Holzdächer trommelte, wären sie selbst in ihren Mänteln innerhalb von Sekunden bis auf die Haut durchnässt gewesen. Vor dem Schlamm schützte sie ein provisorischer Gehsteig aus Brettern, der zu den wichtigsten Läden und Kneipen des Ortes führte. Gebückt liefen sie zum Haus des Schweden, der tatsächlich schon auf war und seine Hände an einem Kaffeebecher wärmte.

»Immer rein in die gute Stube«, bat er sie in einem kaum verständlichen Gemisch aus Englisch und seiner Muttersprache. »Ich habe frischen Kaffee auf dem Ofen, und meine Helga backt hervorragende Kekse. Bedienen Sie sich, Ladys!«

»Vielen Dank, aber wir kommen gerade vom Frühstück«, erwiderte Kathleen. Sie faltete den triefenden Schirm zusammen und lehnte ihn gegen die Wand. »Wir sind mit der Kutsche nach Texas unterwegs und würden gerne ein Gewehr kaufen. Haben Sie etwas Passendes da? Es kann ruhig ein gebrauchtes sein.«

»Hm … Können Sie denn mit einem Gewehr umgehen?«

»In Irland hab ich ein paarmal mit einer Jagdflinte geschossen.«

Der Schwede nahm einen Schluck von seinem Kaffee und überlegte angestrengt »Dann brauchen Sie ein Gewehr, mit dem man mehr als nur eine Patrone verschießen kann. Wenn ich's mir recht überlege, hätte ich schon was da. Eine brandneue Waffe, die noch gar nicht in Serie gegangen ist. Ich habe nur drei Exemplare auf Lager, die ich wahrscheinlich für teures Geld an Offiziere im Fort verkaufen könnte, aber die Blauröcke sollen nicht alles haben. Wenn Sie wollen, können Sie eine der Waffen haben. Natürlich ist das Gewehr nicht gerade billig.«

»Zeigen Sie mir die Waffe«, bat Kathleen.

Der Schwede verschwand in einem Nebenraum und kehrte mit einem unscheinbar aussehenden Gewehr zurück. »Die neue Henry Rifle«, stellte er vor, »ein Unterhebelrepetierer, feuert Randfeuerpatronen vom Kaliber 44, das Magazin fasst sechzehn Schuss.« Als Eileen und ihre Mutter ihn verständnislos anblickten, lächelte er. »Sie laden das Gewehr mit dem Hebel unter dem Abzug durch. Kein umständliches Laden mehr wie bei einem Vorderlader. Randfeuerpatronen bestehen aus Metall, auch die sind eine neue Erfindung. Beim Feuern trifft der Hammer zwei Stellen auf dem Patronenrand und stellt sicher, dass das Pulver gezündet wird. Und das Magazin fasst mehr Patronen als alle anderen Waffen, die neue Gatling Gun natürlich ausgenommen.« Er reichte ihr die Waffe.

Kathleen nickte anerkennend, als sie die Henry Rifle in den Händen wog. Sie reichte die Waffe an Eileen weiter. »Könnten wir das Gewehr mal abfeuern?«

»Hinterm Haus hab ich einen Schießstand.«

Eileen folgte dem Schmied und ihrer Mutter hinters Haus. Das Gewehr wog schwer in ihren Händen. Es war sicher von Vorteil, eine so moderne Waffe zu haben, wenn man Indianern oder einem Banditen wie Honest John begegnete.

Der Schwede zeigte ihnen, wie man die Patronen ins Magazin schob und die Waffe durchlud. Er reichte sie Eileens Mutter und deutete auf die Zielscheibe, die in einiger Entfernung an einer Schuppenwand hing. »Versuchen Sie es mal.«

Kathleen stellte sich unter das Vorbaudach, das einen Teil des Schießstands gegen den Regen schützte, und hob das Gewehr. Mit dem Kolben an der Wange legte sie auf die Zielscheibe an. Entschlossen drückte sie ab. Das Krachen des Schusses brach sich als mehrfaches Echo zwischen den Hauswänden, der Rückstoß schleuderte sie zwei Schritte zurück. »Heftig!«, staunte sie beeindruckt.

»Gar nicht mal so übel«, lobte der Schwede. »Und jetzt Sie, Miss!«

Auch Eileen hatte in ihrem Leben nur wenige Male geschossen, vor allem aus kleinen Waffen, wie sie auch irische Farmer in ihren Häusern hatten. Wie genau sie zielen konnte, wusste sie nicht. »Wenn Sie meinen, Mister.« Sie lud das Gewehr durch, wie sie es beim Schweden gesehen hatte, stemmte den Kolben gegen die Schultern und erinnerte sich an das, was ihr Vater gesagt hatte: »Warte nicht zu lange mit dem ersten Schuss, sonst wird die Waffe schwer wie Blei, und du schießt meilenweit an deinem Ziel vorbei. Aber was sage ich. Ich glaube nicht, dass du jemals eine Waffe abfeuern musst. Nicht mal in Amerika. Solange ein Mann in deiner Nähe ist, wird er dich bis zum letzten Blutstropfen verteidigen.«

Hast du eine Ahnung, Daddy, antwortete sie ihm in Gedanken. Sie zielte kurz und drückte ab, wurde vom Rückschlag zurückgeworfen und hielt sich gerade noch rechtzeitig an einem Vorbaubalken fest. Als sich der beißende Pulverrauch verzog, hörte sie den Schweden sagen: »Respekt, Miss! Mitten ins Schwarze!«

»Und was soll die Wunderwaffe kosten?«, fragte Kathleen.

»Zweiundvierzig Dollar.«

»Waaas?«, riefen Eileen und ihre Mutter gleichzeitig.

»Fünfunddreißig, weil Sie beide so hübsch sind.«

»Dreißig und zweihundert Schuss Munition.«

Der Schwede hatte anscheinend mit so einem Vorschlag gerechnet. »Sind alle irischen Frauen so geschäftstüchtig?« Er lächelte schwach. »Einverstanden, aber nur, weil ich heute meinen guten Tag habe und meine Frau sowieso meint, ich würde die meisten Kunden übers Ohr hauen.« Sie gingen ins Haus zurück, und er reichte ihnen das Gewehr und die Schachteln mit der Munition. »Sie wollen sich in Texas niederlassen? Zwei Frauen? Doch nicht Sie beide allein?«

»Mein Verlobter kommt nach«, antwortete Eileen schnell.

Der Schwede nickte. »Ist auch besser so. Texas ist ein gefährliches Pflaster, und man muss schon aus besonders hartem Holz geschnitzt sein, um hier durchzuhalten. Bleiben Sie in der Nähe eines Forts so wie ich, dann haben Sie wenigstens die Comanchen vom Hals. Wenn ich Ihnen allerdings einen Rat geben dürfte: Fahren Sie nach Kalifornien weiter, dort geht es wesentlich gesitteter zu.«

Eileen und ihre Mutter bezahlten und kehrten zur Station zurück. Dort wartete der Kutscher bereits auf sie. Alle anderen Passagiere saßen schon auf ihren Bänken. »Ich dachte schon, ich müsste ohne Sie weiterfahren«, sagte der Kutscher.

Kathleen reichte ihr neues Gewehr dem Beifahrer. »Würden Sie darauf aufpassen, Mister? Falls die Indianer angreifen, dürfen Sie gerne damit schießen.«

Der Beifahrer betrachtete die Waffe und schnalzte mit der Zunge. »Hey, das ist die neue Henry Rifle. Die muss ein halbes Vermögen gekostet haben, Lady.«

»Nicht, wenn Sie verhandeln können.« Kathleen lachte.

Mit dem ersten Tageslicht verließen sie Fort Smith. Es hatte aufgehört zu regnen, aber die Straße war voller Schlamm und Morast, und sie kamen nur langsam voran. Über ihnen spannte sich ein grauer Himmel. Nach ungefähr zwanzig Meilen wurde es trockener, dafür wallte jetzt Staub auf, und sie mussten die Vorhänge schließen, um wenigstens einigermaßen geschützt zu sein. Statt der störrischen Maultiere zogen wieder Pferde die Kutsche, der reinste Segen nach der unruhigen Fahrt durch die Ozark Mountains. Der Kutsche feuerte das Gespann an.

Wie schon so oft während der langen Fahrt versuchte Eileen zu schlafen, doch jedes Mal, wenn sie in einem Traum versank, riss sie ein heftiges Holpern der Räder wieder heraus. Sie musste sich damit begnügen, ihren Kopf gegen ihre Mutter zu lehnen und in die Gegend zu blicken, so wie es auch das ältere Ehepaar schräg gegenüber tat. Sie sehnten sicher schon den Tag ihrer Ankunft in El Paso herbei. Inzwischen wusste Eileen, dass der Geschäftsmann ihr gegenüber E.V. Cunningham hieß und mit Immobilien in Kalifornien handelte. So stand es auf der Visitenkarte, die er ihr gegeben hatte. Der stets hungrige Gentleman neben ihr hieß Thomas Brady und naschte von den Keksen, die er mitgenommen hatte.

Am achten Tag ihrer Reise erreichten sie Texas. Bei Calvert's Ferry setzten sie mit der Fähre über den Red River und hielten in Sherman zu einem raschen Pferdewechsel. Ihnen blieb kaum Zeit, frische Luft zu schnappen und die Beine zu vertreten. Sowohl der Mann auf der Fähre als auch der Posthalter in Sherman warnten vor Honest John, dem »Gentleman-Banditen«, wie er auch genannt wurde, der angeblich nach Texas gekommen war und sicher nicht davor zurückschrecken würde, eine Kutsche zu berauben. »Der soll ruhig kommen«, tönte der Beifahrer. »Mal sehen, ob er immer noch eine große Klappe hat, wenn ich ihm eine Ladung Schrot in den Hintern geblasen habe. Sorry, die Damen.«

Eileen hatte keine Angst vor Honest John. Irgendwie war er

ihr sogar sympathisch. Einem »Gentleman-Banditen«, der von den Reichen nahm und den Armen gab, hätten sie in Irland wahrscheinlich ein Denkmal errichtet. Dennoch kamen Zweifel in ihr auf, ob sie das Richtige getan hatten. Wenn sie den Vorhang zur Seite schob und aus dem Fenster blickte, sah sie trockenes Land, das nichts von dem Regen der vergangenen Tage abbekommen zu haben schien und so unwirtlich aussah, als könnte dort nicht mal ein Grashalm wachsen. Die grünen Hügel ihrer irischen Heimat schienen so weit entfernt zu sein, als würden sie auf einem anderen Planeten liegen. Wenn sie daran dachte, trübte Heimweh ihren Blick, ließ sie die Augen schließen und eines der irischen Lieder aus ihrer Kindheit summen. Sie waren bettelarm und abhängig von den englischen Landlords gewesen, aber das Land war ihre Heimat gewesen, ihr Zuhause, dessen Anblick ihr bei allem Kummer und allen Sorgen immer gutgetan und ihre Seele gewärmt hatte.

Ihrer Mutter mochte es ähnlich ergehen. Auch ihre Augen trübten sich, als sie aus dem Fenster blickte, doch gleich darauf straffte sich ihre Gestalt, ihr Blick wurde fest und entschlossen, und sie machte den unerschütterlichen Eindruck einer Pionierfrau, die alles hinter sich gelassen hatte und sich entschieden hatte, im fernen Westen eine neue Heimat zu finden. So hatte sich Eileen die tapferen Frauen, die nach Amerika auswanderten, immer vorgestellt. Aber warum Texas? Waren Kalifornien und Oregon nicht viel verlockender und fruchtbarer? Die Kunde von den vielen Möglichkeiten in Texas hatte den Ausschlag gegeben. Texas war kein Land, in dem Milch und Honig flossen, aber das ideale Ziel für Auswanderer, die vor allem ihre neue Freiheit schätzten und in der Fremde etwas aufbauen wollten, ohne von neuen Gesetzen behindert zu werden.

Noch hatte sie nicht die geringste Ahnung, wie zwei Frauen es schaffen sollten, in diesem wilden Land eine erfolgreiche Ranch oder Farm zu betreiben. Sie würden Hilfe brauchen. Ihre Mutter sprach es nicht aus, hatte die Hoffnung, dass Jonathan ihnen folgen könnte, aber wohl längst aufgegeben. Auch ihr selbst fiel es inzwischen schwer, daran zu glauben. Nur das liebevolle Funkeln in seinen Augen, als er ihr versprochen hatte, auf einem weißen Pferd zu folgen, machte ihr noch Hoffnung. Wenn er sie wirklich liebte, würde er sein Versprechen wahrmachen. Selbst wenn ihre Nachrichten längst in einem Papierkorb lagen, würde er sie finden und mit ihr in den Sonnenuntergang reiten wie einst Ivanhoe.

Bei dem Gedanken musste sie lächeln. War es nicht kindisch von ihr, an ein solches Märchen zu glauben? Das Leben war wesentlich nüchterner als ein romantisches Buch und lange nicht so fair. Wahrscheinlicher war, dass Jonathan in einem Gefängnis in Baltimore saß und es vielleicht nie mehr verlassen würde. Oder er war auf der Flucht und irrte ziellos durch mehrere Staaten, schloss sich vielleicht der Armee an und zog in den kaum noch zu vermeidenden Krieg zwischen dem Norden und dem Süden, um einer Verfolgung auf diese Weise zu entkommen. War sie nicht eine dieser standfesten Irinnen, denen man nachsagte, dass sie noch belastbarer als ihre Männer waren und jeden Schicksalsschlag verdauten? Die der Welt nüchtern in die Augen sahen und sich nur auf sich selbst verließen? Sie blickte ihre Mutter an und versuchte etwas von ihrer Stärke aufzunehmen. Ihr konnte niemand etwas anhaben. Irischer als sie war wohl niemand.

Mitten in ihre Gedanken fiel ein Schuss, und durch die Kutsche lief ein heftiger Ruck, der Eileen beinahe auf den Schoß der älteren Dame gegenüber warf. »Honest John!«, hörten sie den Beifahrer rufen, und gleich darauf erklang die heisere Stimme eines jungen Mannes: »Ganz recht, mein Freund! Und wenn Sie noch ein wenig leben wollen, würde ich jetzt beide Hände hochnehmen! Das gilt auch für Sie, Kutscher! Aber vorher werfen Sie Ihre Waffen auf den Boden!«

Die beiden gehorchten widerwillig. Die Schrotflinte und die Revolver polterten auf den Boden. »Keine Bange«, erwiderte der Beifahrer. »So viel zahlt uns die Firma nicht, dass wir dafür Selbstmord begehen. Aber viel ist bei uns nicht zu holen. Wir sind kein Goldtransport und haben keine Wertsachen an Bord.«

»Das werden wir ja gleich sehen.« Honest John riss die Tür auf, ohne die Männer auf dem Kutschbock aus den Augen zu verlieren. »Alles aussteigen!«

Eileen stieg mit ihrer Mutter und den anderen Passagieren aus und blieb neben der Kutsche stehen. Seltsamerweise hatte sie keine Angst vor dem Banditen. Er trug eine Maske und einen zerbeulten Hut, dessen breite Krempe sein halbes Gesicht beschattete, und schien noch jung zu sein, so genau ließ sich das bei seinem seltsamen Aufzug nicht erkennen. Er saß auf einem braunen Wallach und hielt einen Revolver in der rechten Hand. Seine Mundwinkel deuteten ein Lächeln an.

Mit einer angedeuteten Verbeugung wandte er sich an das ältere Ehepaar und Eileen und ihre Mutter. »Tut mir furchtbar leid für die Unannehmlichkeiten, die ich Ihnen bereiten muss. Sie haben nichts von mir zu befürchten.« Eileen spürte, wie die Augen von Honest John länger als notwendig auf sie gerichtet blieben, und glaubte, ein spöttisches Lächeln zu erkennen. »Wenn Sie bitte zur Seite treten wollen? Ich brauche nur ein paar Minuten, dann sind Sie mich wieder los.«

Er warf einen schnellen Blick auf den Kutscher und den Beifahrer, die nicht daran dachten, ihren Passagieren beizustehen, und wandte sich an den Geschäftsmann: »Ihre Brieftasche, wenn ich bitten darf. Ich bin nur an Bargeld interessiert. Die teure Uhr und die goldene Krawattennadel dürfen Sie behalten.«

Auch E. V. Cunningham war kein Held, und die zweihundert Dollar, die er aus seiner Brieftasche nahm, konnte er sicher leicht verschmerzen. Bei einem Banditen, der weniger auf Umgangsformen gab, wäre er vielleicht schon tot.

»Tausend Dank«, sagte Honest John und steckte die Scheine ein. »Wie alles Geld, das ich erbeute, fließt es einem guten Zweck zu. Ich behalte lediglich so viel, dass mein Pferd und ich einigermaßen über die Runden kommen.« Er lächelte wieder. »Und nun zu Ihnen, Mister. Wenn meine Informationen stimmen, sind Sie Thomas Brady. Der Thomas Brady, der mehrere Dutzend Anleger um ihr schwer verdientes Geld gebracht hat und sich damit an der Westküste eine leicht verdiente Zukunft aufbauen will. Dürfte ich um Ihr Bargeld bitten, Sir?«

Brady war rot angelaufen und zog rasch seine Brieftasche aus der Innentasche. »Hier ist alles, was ich habe, Mister. Fünfhundert Dollar, mehr besitze ich nicht.«

»Wie alle Banker können Sie hervorragend lügen, Mister Brady. Wenn ich mich recht erinnere, haben Sie in Fort Smith einen Bekannten besucht, der Ihnen eine Ledertasche voller Bargeld überreicht hat. Ist es nicht so? Derselbe Bekannte, an dessen Firma Sie das Geld überwiesen haben, das Sie unterschlagen wollten. Ein netter Trick, um die Behörden in die Irre zu führen, aber Sie vergaßen dabei, dass auch ich meine Informanten habe. Geben Sie mir die Ledertasche!«

»Ich habe keine Ledertasche.« Brady weinte fast.

»Sie liegt auf Ihrem Sitz. Miss, würden Sie die Tasche holen?«

Eileen hatte nicht damit gerechnet, noch einmal von Honest John angesprochen zu werden. Sie erschrak. »Wie bitte? Ja … natürlich.« Sie stieg in die Kutsche und holte die Ledertasche heraus. Mit einem flüchtigen Blick entschuldigte sie sich bei dem Banker, der während der letzten Minuten sichtbar geschrumpft zu sein schien. »Diese hier?« Sie warf dem Banditen die pralle Ledertasche zu.

Honest John fing sie mit einer Hand auf, blickte flüchtig hinein und stopfte sie in eine seiner Satteltaschen. »Wundervoll«, sagte er grinsend, »das war's schon. Ich nehme an, die Versicherung ersetzt Ihren Kunden das gestohlene Geld, und Sie sind sicherlich damit einverstanden, dass ich es einem guten Zweck zuführe.«

»Irgendwann wird man Sie erwischen und hängen«, presste Brady hervor, »und bei Ihrer Hinrichtung werde ich ganz vorn stehen und in die Hände klatschen, wenn sich der Strick um ihren Hals strafft und Ihnen das Genick bricht.«

»Aber nur, wenn man Sie aus Ihrer Zelle lässt, Mister.« Noch während Honest John es sagte, wendete er seinen Wallach und verschwand über die nahen Hügel.

22

Eileen fiel es schwer, ihre Schadenfreude hinter einem scheinbar bekümmerten Lächeln zu verbergen. Sie gönnte dem Banker seine Niederlage. Wenn es tatsächlich stimmte, dass er mit dem Geld seiner Kunden durchgebrannt war, hatte er nichts anderes verdient. Sein Gegenüber, der Immobilienmakler, vielleicht weniger, aber er sah manchen englischen Landbesitzern in Irland sehr ähnlich, und als leidgeprüfte Irin durfte man sich das ein oder andere Vorurteil erlauben.

Brady ließ seine Wut beim Kutscher und seinem Beifahrer aus. »Warum haben Sie nichts unternommen? Kapitulieren Sie immer so schnell vor Wegelagerern? In St. Louis hat man mir gesagt, die Reise mit einer Butterfield-Kutsche wäre sicherer als eine Zugfahrt an der zivilisierten Ostküste. Der Gentleman kannte Sie wohl noch nicht. So schnell hab ich noch keinen seine Waffe wegwerfen sehen.«

Der Beifahrer spuckte verächtlich ins Gras. »Wenn wir es nicht getan hätten, lägen wir jetzt tot auf dem Boden, und Sie wären auch nicht besser dran, Sir.«

»Alles Lüge! Alles Lüge, was der Mistkerl über mich erzählt hat. Ich unterschlage keine Gelder. Das hat er doch nur gesagt, um sich zu rechtfertigen. Wir sollen glauben, er wäre ein neuer Robin Hood, dabei ist er ein gewöhnlicher Dieb. Ein Wegelagerer, der harmlosen Reisenden das Geld aus der Tasche zieht.«

Der Beifahrer empfand wohl eine ähnliche Schadenfreude wie Eileen. »Dann haben Sie ja nichts zu befürchten, Sir. Ihre Bank bekommt die fehlende Summe von der Versicherung zurück, und Sie haben einigen armen Schluckern aus der größten Not geholfen. Honest John macht keine leeren Versprechungen, der verteilt sein Geld tatsächlich unter den Armen, auch wenn die es niemals zugeben würden. Dann wären Sie auch schön dumm.«

Er grinste vieldeutig. »Warum schleppen Sie eigentlich so viel Bargeld herum? Ich dachte, diese Überweisungen erledigt man inzwischen über den Telegrafen. Oder irre ich mich da, Sir?«

»Es handelte sich um eine außergewöhnliche Transaktion«, erwiderte der Banker. »Außerdem wüsste ich nicht, was Sie das angeht. Das ist Sache der Bank.«

»Und der Texas Rangers«, ergänzte der Beifahrer. »Die wollen sicher ganz genau wissen, was es mit dieser Trans… dieser Überweisung auf sich hat.« Er erklärte den Wortwechsel für beendet und wandte sich an alle Passagiere. »Alles einsteigen, meine Herrschaften. Tut mir leid, dass wir von diesem Gentleman-Banditen aufgehalten wurden, aber wenn es ein wirklicher Räuber oder eine Bande von Comanchen gewesen wären, hätte es wesentlich schlimmer enden können.« Machen Sie sich's bequem, dann geht es weiter.« Er hob seine Schrotflinte auf und warf dem Kutscher seinen Revolver zu. Nächster Halt: Fort Belknap!«

»Fort Belknap?«, erschrak Brady. »Sind da noch Soldaten?«

»Über hundert, soweit ich mich erinnern kann. Vielleicht kümmert sich inzwischen die Armee um Honest John, dann können Sie dort gleich Ihre Anzeige einreichen. Oder Sie nehmen die Gegenkutsche, die müsste übermorgen dort sein.«

»Überlassen Sie das bitte mir.«

Nachdem alle Passagiere in die Kutsche gestiegen waren, ging es weiter. Brady, der wieder neben Eileen am Fenster saß, machte sich noch breiter als bisher und war so in Gedanken versunken, dass er die misstrauischen Blicke der anderen gar nicht zu spüren schien. Auch das ältere Ehepaar traute ihm die Unterschlagung zu und wäre wohl am liebsten an der nächsten Station ausgestiegen, wenn sie dadurch nicht wertvolle Zeit verloren hätten. Cunningham hatte genug mit seinen eigenen Sorgen zu tun, um sich länger mit ihm zu befassen. Ihm würde keine Versicherung das gestohlene Geld ersetzen, wie er nach einiger Zeit bemerkte, und genauso wenig würde eine Anzeige gegen Butterfield etwas bringen.

Je näher sie Fort Belknap kamen, desto nervöser wurde der

Banker. Ein deutliches Zeichen dafür, dass an dem Vorwurf, er hätte das Geld seiner Kunden unterschlagen, etwas dran sein musste. Eileen spürte, wie er während der langen Nacht im Schlaf sprach und ständig sein Gewicht verlagerte, einmal so fest gegen sie stieß, dass sie hochschreckte und für einen Augenblick nicht wusste, wo sie sich befand. Vor lauter Nervosität verzichtete er diesmal sogar darauf, sich über das üppige Frühstück auszulassen, das ihn hoffentlich nach ihrer Ankunft in Fort Belknap erwartete. Es schien ihn nicht zu interessieren, ob es dem Posthalter gelungen war, frische Milch und frische Eier vom Koch des Forts zu bekommen.

Der Posthalter war nicht überrascht, als ihm der Beifahrer von dem Überfall berichtete, dabei aber stark übertrieb, was seine eigene Rolle betraf. »Wenn wir uns gewehrt hätten, wären unsere Ladys in Gefahr gewesen, das wollten wir auf keinen Fall riskieren. Sollen sich die Texas Rangers um ihn kümmern. Die Sache fällt in ihr Revier, oder haben die immer noch mit den Comanchen zu tun?«

»Mehr als genug«, antwortete der Posthalter. »Wenn sie diese Halunken nicht bald in ein Reservat sperren, pack ich meine Koffer, das ist mal sicher. Die werden immer dreister. In der Nähe von El Paso sollen sie eine große Ranch überfallen haben, stell dir das vor. Wir können von Glück sagen, dass wir neben einem Fort wohnen. Nein, für weiße Halunken haben die Rangers sicher keine Zeit.«

Eileen beobachtete, wie Brady erleichtert aufatmete, sich aber dennoch beeilte, in das Lehmhaus der Station zu kommen. Zum Frühstück gab es weder Milch noch Eier, nur die zerkochten Bohnen und trockenen Zwieback, wie man sie fast überall im Westen bekam, aber Brady legte keinen Protest wie sonst ein. Beinahe gleichgültig fügte er sich in sein Schicksal und tröstete sich mit dem starken Kaffee, der in einer großen Kanne auf dem Ofen stand. Beim Anblick eines jungen Lieutenants, der während des Frühstücks den Speiseraum betrat, wurde er noch einmal nervös.

Nicht nur er war froh, als die Kutsche weiterfuhr. Von dem langen Sitzen taten Eileen bereits alle Knochen weh, und ihrer Mutter und vor allem dem älteren Ehepaar ging es anscheinend noch schlimmer. Die Hitze war inzwischen unerträglich geworden. Die Sonne brannte von einem nur leicht bewölkten Himmel herab und verwandelte das Innere der Kutsche in einen Backofen. Als sie es mit aufgezogenen Vorhängen versuchten, sammelte sich so viel Staub darin, dass die Passagiere beinahe erstickten. Zum Glück hatten alle genug Wasser dabei.

»Willst du immer noch in Texas bleiben?«, fragte Eileen leise.

Auf dem Gesicht ihrer Mutter wurde der Staub sichtbar, als sie lächelte. »Du vermisst die grünen Hügel unserer alten Heimat, nicht wahr? Ich auch, und mich überkommt Heimweh, wenn ich nur daran danke. Aber es soll nicht überall so staubig sein wie hier. Irgendwo gibt es einen fruchtbaren Flecken für uns.«

»Eine irische Oase?«

»So ungefähr. Ich habe so ein Gefühl, als würde uns der Herrgott ein Zeichen geben, sobald wir dieser Oase nahe sind. Sie liegt in Texas, so viel weiß ich, und auch, wenn der Kutscher ständig von den Staked Plains redet, einer trockenen Wüste im Westen des Landes, vertraue ich der Weitsicht unseres Herrn. Der Weg ins Paradies ist steil und voller Dornen, steht in der Bibel, und auch uns stehen noch einige Prüfungen bevor, aber sie werden nicht umsonst sein. Eines Tages bekommen wir die Belohnung für unseren Mut und unsere Ausdauer.«

In Smith's Station verließ Brady endgültig der Mut. Als er hörte, dass es bis in die nächste Siedlung nur ein paar Meilen waren, kaufte er dem Posthalter ein betagtes Maultier ab und ritt ohne große Erklärungen nach Südwesten davon. Nachdem er ausgiebig gefrühstückt hatte, das verstand sich von selbst. Eileen nahm an, dass er in dem Dorf untertauchen wollte, bis sich die Aufregung gelegt hatte, und anschließend nach Westen weiterziehen würde, um an der Westküste von vorn zu beginnen. Er rechnete wohl damit, dass die Behörden vor dem zu erwartenden Krieg Wichtigeres zu tun hatten, als nach ihm zu suchen.

Seinen Platz nahm ein Handelsreisender ein, der in Fort Chadbourne zustieg und beängstigende Nachrichten mitbrachte. Sieben Bundesstaaten hatten sich inzwischen von der Union gelöst und die Confederate States of America gegründet, darunter auch Texas, und es sah ganz so aus, als würden noch vier weitere dazukommen. »Es kann jeden Augenblick losgehen«, sagte der Handelsreisende, »ein kleiner Funke genügt, um die Katastrophe ins Rollen zu bringen. Stellen Sie sich das vor, Nordstaaten gegen Südstaaten, Bruder gegen Bruder. Aber was noch viel schlimmer ist: Sie beginnen damit, die Truppen aus den Forts in die wahrscheinlichen Kampfgebiete an die Ostküste zu verlegen. Dann haben die Comanchen freie Bahn! Höchste Zeit, dass ich mich aus dem Staub mache, Leute. Mich halten keine zehn Pferde mehr hier. Ich gehe nach Kalifornien, da bin ich sicher.«

Als sie mit dem ersten Sonnenlicht die Grape Creek Station erreichten, brauchten Eileen und ihre Mutter sich nur anzublicken, um zu wissen, dass sie am Ziel waren. Das flache Stationsgebäude stand inmitten einer grünen Oase, die geschützt zwischen riesigen Eichen lag und von einer Quelle in den nahen Felsen gespeist wurde. Das kristallklare Wasser des Grape Creek sammelte sich in mehreren Becken unterhalb des zerklüfteten Massivs. Die Station war wesentlich besser ausgerüstet als die meisten anderen, es gab mehr Zugpferde, eine Werkstatt, eine Schmiede, und in der Küche regierte eine dicke Mexikanerin, die es verstand, einen schmackhaften Bohneneintopf mit scharfer Wurst zu kochen.

Während des Essens drang aufgeregtes Stimmengewirr aus dem Nachbarzimmer, und der Handelsreisende fragte: »Hältst du eine Horde Cowboys versteckt?«

»So ungefähr«, antwortete der Posthalter grinsend. »Randy Hollister und zwei Soldaten aus Fort Chadbourne. Drei der schlechtesten Pokerspieler, die ich kenne, deshalb hab ich auch keine Ahnung, wer gewinnt. Ich weiß nur, dass Randy jeden Penny nötig hat, wenn er es bis an die Westküste schaffen will. Er hat die Nase voll vom Rinderhüten und will was Neues versuchen. In einem Zirkus als Kunstreiter und Lassowerfer auftreten, hab ich mir sagen lassen. Verrückte Idee, was? Aber was will er noch auf seiner kleinen Ranch? Lange kann er Baxter sowieso nicht mehr standhalten. Nelson W. Baxter, ihm gehört die Lazy B Ranch im Norden. Wenn ihm die Hollister Ranch auch noch gehören würde, käme er leichter ans Wasser, aber Randy wollte nie verkaufen. Erstens, weil ihm die Nase von Baxter nicht gefiel, und zweitens, weil er auch seinen Stolz hat. Und jetzt …«

Die Tür ging auf, und Hollister kam herein, ein abgewrackter Bursche in grauen Wollhosen, die an Hosenträgern über seinen schmalen Schultern und dem zerfledderten Hemd hingen. Er hatte bereits einige Whiskeys getrunken. »Und jetzt …«, führte er den Satz zu Ende, »… hat der gute Randy seine Ranch im Stich gelassen, weil er keine Lust hat, sich den Arsch von Comanchen aufreißen zu lassen. Bitte die Damen vielmals um Entschuldigung, aber so ist es nun mal. Ich gebe ihm die Ranch nicht. Ich geb sie irgendeinem Satteltramp, dann soll sich Baxter mit dem rumärgern.« Er blickte den Posthalter an. »Bring uns noch ´ne Flasche, Sam. Wir wollen ausgiebig feiern, bevor ich endgültig das Weite suche.«

Der Posthalter brachte ihm die Flasche, und Hollister wollte bereits zu seinen Freunden zurückkehren, als Eileens Mutter ihn zurückhielt. »Auf ein Wort, Sir.«

»Ma'am.« Hollister nahm den Hut vom Kopf und grinste breit. »Das letzte Mal, dass mich eine Lady mit ›Sir‹ angeredet hat, muss in einem anderen Leben gewesen sein. Was kann ich für Sie tun, Lady? Und nennen Sie mich Randy.«

»Sie sagten da was von einer Ranch, die Sie einem Landstreicher andrehen wollen. Was ist das für eine Ranch? Wo liegt sie? Wie groß ist das Anwesen?«

Randy blickte sie ungläubig an. »Sagen Sie bloß, Sie wollen meine Ranch kaufen? Das geht leider nicht, Ma'am. Ich würde doch niemals eine so hübsche und vornehme Lady wie Sie übers Ohr hauen. Die Ranch ist keinen halben Dollar wert. Nun ja, vielleicht ein bisschen mehr, aber viel ist es nicht. Ich hab sie herunterkommen lassen. Die winzige Herde hat sich in alle vier Winde zerstreut, und am Haus gibt es so viel zu tun, dass eine Lady niemals damit klarkäme.«

»Das klingt verlockend, Randy.«

»Sie sind wirklich daran interessiert?«

»Mal sehen.«

Randy überlegte wohl, ob er ihr die Ranch schmackhaft machen und sie doch übers Ohr hauen sollte, entschied sich aber dagegen. »Ich habe so manchen Cowboy beim Pokern reingelegt und beim Hufeisenwerfen betrogen, aber zu Frauen war ich immer ehrlich. Die Ranch ist nichts wert, Ma'am. Der einzige Grund, warum Baxter daran interessiert ist, sind die beiden Quellen im Norden. Sobald die Comanchen im Reservat sind und dort nicht mehr lagern, würden sie ihm erlauben, noch eine zusätzliche Herde auf die Nordweide zu schicken. Baxter hat zwei Söhne. Er denkt weiter. Er will diese beiden Quellen unbedingt haben.«

»Und warum haben Sie ihm die Wasserstellen nicht verkauft?«

»Weil er ein Ekel ist. Und weil er sie sich mit Gewalt nehmen wollte.«

»Das kann er immer noch.«

»Aber nur, bis die Ranger kommen. Die wissen Bescheid.«

»Der Besitz ist eingetragen?«

Randy schlug sich auf die Brusttasche. »Ich hab sie im Grundbuch bestätigen lassen, mit Brief und Siegel und allem Drum und Dran. Die Papiere sind hier.«

»Und was wollen Sie für die Ranch haben?«

»Ich würde sie Ihnen schenken, Ma'am, aber wenn das rauskäme, würde man mich lynchen. Wissen Sie denn nicht, was gerade los ist? Der Krieg kann jeden Augenblick beginnen, und die Armee zieht alle Soldaten im Osten zusammen. Hier im Westen bleiben nur noch ein paar Kompanien. Die Comanchen werden wieder auf den Kriegspfad gehen und Ihre Ranch bis auf die Grundmauern niederbrennen. Baxter hat eine große Mannschaft. Alles Leute, die mit Schusswaffen umgehen können. Er kann sich gegen die Comanchen wehren. Sie nicht.«

»Wir kommen aus Irland«, sagte sie.

»Soll heißen?«

»Dass wir keine Angst haben. Wie viel?«

Randy überlegte eine Weile und grinste plötzlich. »Ich sage Ihnen was, Ma'am. Sie geben mir hundert Dollar, die ich auf jeden Fall behalten darf. So viel habe ich nämlich gerade beim Pokern verloren. Um die Ranch spielen wir.«

»Ich kann nicht pokern.«

»Aber abheben können Sie«, sagte er. »Jeder zieht eine Karte. Mit einer höheren können Sie die Ranch haben, sonst gehört sie weiter mir. Einverstanden?«

»Das ist ziemlich riskant«, flüsterte Eileen.

»Und sehr verlockend«, erwiderte ihre Mutter ebenso leise.

Alle Passagiere und der Posthalter folgten ihnen in den Raum, aus dem das Stimmengewirr gekommen war. Die beiden Soldaten warteten schon ungeduldig. »Misch die Karten, Soldier Boy«, forderte Randy einen der beiden auf. »Aber gründlich. Und dann leg den Stapel auf den Tisch. Ich bin gerade dabei, mit dieser schönen Lady um meine Ranch zu spielen, also misch ordentlich, kapiert?«

Der Soldat gab sein Bestes, mischte länger als notwendig und legte den Stapel auf den Tisch. Wie sein Kumpan starrte er ungläubig auf Eileen und ihre Mutter.

»Sie zuerst«, sagte Kathleen zu dem Rancher.

Randy zog die erste Karte und zeigte strahlend den Kreuz-König. »Sieht ganz so aus, als hätten Sie ein schlechtes Geschäft gemacht, Ma'am. Und jetzt Sie.«

»Ich lasse meine Tochter ziehen, die hat mehr Glück«, sagte sie.

»Meinetwegen«, erwiderte Randy. »Dann eben Sie, Miss.«

Eileen wusste nicht, woher ihre Mutter ihr großes Vertrauen nahm, kniff aber nicht. Mit zitternden Fingern zog sie die nächste Karte. »Herz-As!«, rief sie.

Randy verzog das Gesicht, lachte aber über das ganze Gesicht, als Kathleen ihm die fünf Zwanzig-Dollar-Stücke reichte. Im

Austausch bekam sie eine schriftliche Bestätigung und die Besitzurkunde von ihm. »Ungefähr fünf Meilen den Colorado hinauf und dann ungefähr zwei Meilen über den Hügelkamm nach Westen. Wie gesagt, erwarten Sie keinen Palast, Ma'am. Ich weiß nicht, welcher Teufel Sie geritten hat, um meine lausige Ranch zu spielen, aber eines ist gewiss: Über Abwechslung werden Sie sich nicht beklagen müssen. Und wer weiß, vielleicht kommen Sie ja besser mit dem alten Baxter aus als ich. Es heißt, dass er privat gar nicht so übel sein soll. Nur hab ich leider nie was davon gemerkt. Ach ja …« Er steckte die Goldstücke ein. »Kann sein, dass der alte Monty noch auf der Ranch rumhängt. Ein Oldtimer, hat mir während der letzten Monate geholfen.«

»Einer Ihrer Cowboys?«

»Mein einziger Cowboy, Ma'am, und einer, der seinen Zenith schon längst überschritten hat. Er hat schon bei San Jacinto gegen die Mexikaner gekämpft.«

Kathleen bedankte sich und wandte sich an den Posthalter. Innerhalb weniger Minuten hatten sie zwei Zugpferde und einen Pritschenwagen von ihm gekauft, dazu die wichtigsten Vorräte, um während der ersten Wochen nicht zu verhungern. Für Eileen erstanden sie eine gebrauchte Schrotflinte. »Alles, was Sie auf der Ranch finden, dürfen Sie behalten«, sagte Randy, »nur den Abschiedsbrief von meiner Ex-Frau, den ich die ganze Zeit aufgehoben habe, den werfen Sie besser auf den Müll. Und sagen Sie später nicht, Sie hätten den Kauf bereut.«

»Ganz bestimmt nicht, Mister«, sagte Kathleen.

23

Auch diesmal hinterließ Eileen eine Nachricht für Jonathan. »Ich weiß, dass du kommen wirst«, schrieb sie auf einen Briefbogen, den sie vom Posthalter bekam. »Auf einem weißen Pferd wirst du auf unserer Ranch erscheinen und um meine Hand anhalten, so hast du es mir versprochen. Und ein echter Ire hält sein Versprechen. Wenn du es bis hierher geschafft hast, sind es nur noch wenige Meilen.« Sie gab ihm die Wegbeschreibung, die sie vom Posthalter bekommen hatten. »Du wirst es nicht glauben, aber meine Mutter hat die Ranch beim Kartenspiel gewonnen. Ich warte auf dich, Jonathan, aber warte nicht zu lange, sonst muss ich mir noch einen Texaner suchen, und das wäre doch jammerschade.«

Nachdem sie dem Posthalter eingeschärft hatte, die Nachricht unbedingt für Jonathan aufzuheben und mit einem üppigen Trinkgeld nachgeholfen hatte, zogen sie los. Beide konnten mit einem Pferdegespann umgehen. Auf der heimatlichen Farm hatten sie ein ähnliches Fuhrwerk benutzt, allerdings nur mit einem Zugpferd, für zwei hatte das Geld nicht gereicht. Kathleen hielt die Zügel straff und folgte den Wagenspuren am Ufer des Colorado River, ließ den Blick immer wieder in die Ferne schweifen. Mit den Comanchen war nicht zu spaßen, hatte Randy Hollister gesagt. Ihr Gewehr steckte neben ihr in einer Halterung.

Eileen hatte ihre Schrotflinte auf dem Schoß liegen. Auch sie suchte aufmerksam die Hügelkämme ab, wie es ihnen der Posthalter empfohlen hatte, und fragte sich, ob ihnen die Waffen wirklich etwas nützen würden, falls ein Trupp kriegerischer Comanchen angreifen würde. Sie hatte keinen Zweifel daran, dass sie ihre Schrotflinte benutzen würde. Sie würde alles tun, um ihr Leben zu verteidigen. Aber in der Schrotflinte steckten nur zwei

Patronen, und es war mehr als zweifelhaft, ob ihre Mutter es schaffen würde, ihr ganzes Magazin leerzuschießen.

»Ich weiß, was du denkst«, sagte Kathleen, ohne sie anzublicken. »Wie konnte deine Mutter nur auf die verrückte Idee kommen, um eine Ranch zu spielen, die sie vorher nie gesehen hat? In einem Land, von dem wir beide keine Ahnung haben. Mit Indianern, die es auf alle weißen Siedler abgesehen haben. Ohne einen Mann, der uns dabei helfen könnte, das heruntergekommene Anwesen wieder auf Vordermann zu bringen. Ich will es dir sagen, mein Kind. Ich weiß es selbst nicht. Anscheinend habe ich Freude daran, solche Herausforderungen anzunehmen. Und dir geht es nicht anders, sonst wären wir doch niemals nach Amerika ausgewandert oder nach dem Tod deines Vaters wieder umgekehrt. Und du hättest dich nicht in diesen Jonathan verliebt und würdest kleine Briefchen in ganz Amerika verteilen, die er wahrscheinlich niemals lesen wird. Ist es nicht so?«

Eileen schüttelte den Kopf. »Jonathan wird sie alle lesen, und er wird vielleicht nicht morgen oder übermorgen, aber spätestens in ein paar Monaten bei uns auftauchen. Er lässt mich nicht im Stich. Mag sein, dass sein Pferd schwarz oder braun sein wird, aber er wird kommen, und nicht einmal der wildeste Comanche könnte ihn davon abhalten. Ich lasse mich nicht unterkriegen, Mammy.«

»So gefällst du mir schon besser.« Ihre Mutter lächelte stolz. »'Wenn eine irische Frau erst mal in Fahrt kommt, hält sie nichts mehr auf', sagte mein Großvater immer. Nun ja, er meinte es etwas anders, aber er hatte recht. Uns kann nicht mal der Teufel von unserem Weg abbringen, wenn wir uns für eine Richtung entschieden haben. Und diese wilden Comanchen erst recht nicht. Wie immer diese Ranch aussieht, wir werden sie in ein blühendes Anwesen verwandeln, *right ye*!«

»*Right ye*!«, bestätigte Eileen.

Ihr Wagen ächzte in allen Fugen, als sie einen holprigen Hügelkamm überquerten, und Kathleen war so damit beschäftigt, die Pferde zu lenken, dass sie beinahe die beiden Reiter übersehen hätten, die plötzlich aus einer Senke auftauchten. Keine Comanchen. Aus der Ferne sahen sie mit ihren breitkrempigen Hüten eher wie Cowboys aus. Kathleen hielt den Wagen an, als sie näher kamen, und griff nach ihrem Gewehr. Die Sonne schien ihr ins Gesicht und blendete sie.

»Hey«, staunte der jüngere der beiden Reiter, »träume ich noch, oder begegnen wir gerade mitten im Comanchengebiet den schönsten Ladys, die ich seit Menschengedenken gesehen habe?« Er war ein ansehnlicher Bursche, der sich aufrecht wie ein Spanier im Sattel hielt und ebenso stolz zu sein schien. Als er merkte, dass er im Begriff war, sich danebenzubenehmen, nahm er rasch seinen Hut vom Kopf und entblößte strohblondes Haar, das sorgfältig gescheitelt war. »Verzeihen Sie mir, Ladys. Ich wollte nicht mit der Tür ins Haus fallen. Der etwas angegraute Bursche mit den großen Ohren neben mir ist Brett Marlow, einer der besten Wildpferdreiter unter dem Sternenhimmel, und mich können Sie Sandy nennen. Wir reiten für die Lazy B Ranch von Nelson W. Baxter, dem einzigen Rancher, der es bisher gewagt hat, sich im Comanchengebiet niederzulassen.«

»Und wir sind Kathleen und Eileen O'Leary«, erwiderte Kathleen in einem ähnlichen Tonfall. »Mutter und Tochter. Wir kommen aus Irland, wo sich die Frauen nicht unterkriegen lassen und keinesfalls auf den Mund gefallen sind.« Ihr Lächeln verschwand. »Gehörte Randy Hollister nicht auch zu den Ranchern, die keine Angst vor den Comanchen hatten? Ich glaube, ihn haben Sie vergessen.«

Auf der Stirn des älteren Mannes erschienen Falten. Er sprach langsam und gedehnt wie die meisten Texaner. »Sie haben von ihm gehört? Also, wenn Sie mich fragen, hatte er eine Heidenangst vor den Comanchen, sonst hätte er wohl kaum das Weite gesucht. Unser Boss wollte ihm die Ranch abkaufen, aber er hatte es viel zu eilig, um mit ihm zu sprechen. Von heute auf morgen war er weg.«

»Wir haben ihn in Grape Creek Station getroffen. Er sagt, dass die Regierung alle verfügbaren Soldaten aus dieser Gegend abziehen wird und in den Krieg schickt. Und er hat uns auch verraten, dass Ihr Boss sein Land unbedingt wegen der beiden Quellen haben wollte. Er gönnte ihm den Flecken Land wohl nicht.«

Marlow entspannte sich ein wenig. »Randy Hollister ist ein größenwahnsinniger Cowboy, der unbedingt mal Rancher spielen wollte. Der hätte auf jeden Fall das Weite gesucht, auch ohne die Comanchen. Und unseren Boss konnte er schon nicht leiden, als er noch für uns geritten ist. Keine Ahnung, was er gegen ihn hatte. Ich nehme an, er war eifersüchtig auf ihn, weil er das Zeug hatte, seinen Traum in die Tat umzusetzen. Sie sind doch nicht mit Hollister verwandt?«

Kathleen lachte. »Wie gesagt, wir kommen aus Irland und haben Randy Hollister erst vor ein paar Stunden kennengelernt. Ich habe seine Ranch gewonnen.«

»Gewonnen?« Marlow glaubte sich verhört zu haben.

»Beim Kartenabheben«, erklärte sie. »Seine Ranch gehört ab sofort uns, und wir sind fest entschlossen, sie wieder in Schwung zu bringen. Wir haben sogar eine amtliche Besitzurkunde. »Und Sie können Ihrem Boss gleich ausrichten, dass wir nicht daran denken, sie zu verkaufen. Über freien Zugang zu den Quellen lässt sich reden, aber das Land behalten wir. Wenn sich zwei irische Ladys was in den Kopf gesetzt haben, bleibt es auch dabei, das sollten Sie wissen.«

»Das wird dem Boss aber gar nicht gefallen.«

»Das Land ist groß genug, und die Comanchen bleiben nicht ewig. Sobald die Armee sie besiegt hat, wird das Land für die Besiedlung freigegeben, und Ihr Mister Baxter hat sich jetzt schon den größten Batzen gegriffen oder etwa nicht?«

»Sie kennen den Boss nicht.«

»Ich bin sicher, wir werden ihn bald kennenlernen.«

»Darauf können Sie wetten, Lady.« Er wechselte einen Blick mit seinem Begleiter, der ebenso verdutzt war wie er. »Und Sie wollen die Ranch wirklich allein bewirtschaften? Zwei Frauen? Im Comanchengebiet? Wissen Sie überhaupt, auf was Sie sich einlassen? Wenn ich Ihnen einen guten Rat geben darf, Lady …«

»… würden Sie die Ranch an Ihren Boss verkaufen und schleunigst in die Zivilisation zurückkehren, ich weiß. Aber wir sind aus dem guten alten Irland, und wir sind furchtbar stur, und wir wollen es auf jeden Fall versuchen. Wir haben keine Angst vor Comanchen. Männer sind Männer, ob mit oder ohne Federn.«

Die beiden Cowboys grinsten.

»Bei diesen Ladys beißen wir auf Granit«, sagte Sandy grinsend. »Ich kenn mich mit Iren aus. Die Männer schuften wie die Ochsen und vertragen mehr Whiskey, als ein Junge wie ich in einer Woche trinken kann, und das ist eine ganze Menge, wie du weißt. Und die Frauen … Nun ja, ich kannte mal eine Rose O'Connell, das war in Kalifornien drüben während des Goldrausches, die war ein sanfter und wunderhübscher Engel, bis ich anfing, ihr Vorschriften zu machen. Da rannte sie plötzlich mit einem Nudelholz hinter mir her, und wenn ich damals nicht so flink auf den Beinen gewesen wäre, gäb's mich vielleicht nicht mehr.«

Kathleen konnte sich ein Lachen nicht verkneifen. »Dann erzählen Sie Ihrem Boss die Geschichte, bevor er sich auf sein Pferd schwingt, um uns die Hölle heißzumachen. Wir haben zwar kein Nudelholz zur Hand, aber ein Knüppel tut's zur Not auch. War uns große eine Freude, Sie beide kennengelernt zu haben.«

Eileen schwieg beharrlich, bis sie weiterfuhren und die Cowboys außer Reichweite waren. »Du hast es ihnen ganz schön gegeben, Mammy«, sagte sie dann. »Ich wusste gar nicht, dass du so garstig zu Männern sein kannst. Dabei haben sie eigentlich recht, wenn man die Sache neutral betrachtet. Wenn wir die Ranch an Baxter verkaufen würden, wären wir am besten dran. Wir würden einen guten Reibach machen und könnten in einer zivilisierten Gegend neu anfangen.«

»Wenn man die Sache neutral betrachtet, stimmt das«, erwiderte ihre Mutter. »Aber wir sind nicht nach Amerika gekommen, um uns hier auf die faule Haut zu legen. Wir wollen etwas Neues und Eigenes schaffen, und da kommt diese Ranch gerade recht. Keine Ahnung, ob wir es schaffen, aber wir müssen es wenigstens versucht haben, sonst habe ich bis zu meinem Tod keine ruhige Minute mehr. Fernab der Zivilisation in einem wilden Land zu leben, nach so einem Abenteuer habe ich mich immer gesehnt. Keine Grenzen und Beschränkungen wie im alten Irland, wo einem nicht mal die Kartoffeln auf dem Acker gehört haben.«

»Ich bin dabei, Mammy. Obwohl mir doch ein bisschen mulmig wird, wenn ich an diese Comanchen denke. Das sollen furchtbar wilde Burschen sein, denen man nicht mal am helllichten Tag begegnen möchte. Wusstest du, dass sie Frauen verschleppen und an reiche Männer in Mexiko verkaufen? Stell dir das vor!«

»Solche Grausamkeiten passieren überall. Auf dem Marktplatz in Bandon habe ich Männer gesehen, die waren sicher noch schlimmer als Comanchen.«

Sie hatten die Abzweigung zu ihrer Ranch erreicht, und Eileen nahm ihrer Mutter die Zügel aus den Händen. »Die restlichen Meilen übernehme ich.« Sie folgte den Wagenspuren durch das knöcheltiefe Gras und fuhr am Ufer eines schmalen Baches nach Westen. Vor ihnen ragten einige Felsen aus dem Boden.

»Ob Sophie jemals ein Star wird?«, fragte Eileen unvermittelt.

»Sie kann schauspielern, das ist mal sicher«, antwortete ihre Mutter, ohne den Blick vom Horizont zu nehmen. »Das konnte sie schon als Kind, wenn sie sich vor einer Arbeit drücken wollte. Und singen kann sie auch. Aber das können viele. Wenn sie es wirklich auf die Bühne schafft, dann weil sie mit allen Wassern gewaschen ist und mit Männern umgehen kann. Sie braucht einen Mann nur anzublicken, um ihn rumzukriegen und alles von ihm zu bekommen, was sie sich erhofft hat.«

»Ich weiß«, stimmte ihr Eileen zu, »deshalb mache ich mir auch ständig Sorgen um sie. In Baltimore hast du gesehen, wozu es führen kann, wenn sie an den Falschen gerät. Sie kann von Glück sagen, dass sie davongekommen ist.«

»Sie wird sich durchsetzen, Eileen. Auch sie hat ihre Wurzeln in Irland. Sie ist anders als wir, aber sie wird sich durchsetzen und ihren Weg gehen. Das hoffe ich jedenfalls. Viel größere Sorgen mache ich mir um Robert. Neulich habe ich geträumt, er hätte sich der Armee angeschlossen und würde in den Krieg ziehen.«

»Das habe ich von Jonathan auch geträumt. Seltsam, nicht wahr?«

»Der Krieg macht uns allen zu schaffen. Wir Iren wissen am besten, wie furchtbar ein Bürgerkrieg sein kann. Angeblich soll er sich hauptsächlich an der Ostküste abspielen, aber wer weiß das schon? In einem Krieg ist alles möglich.«

Als sie die Ranch erreichten, hielt Eileen den Wagen auf einem Hügelkamm an. Was sie in der Senke vor ihnen sahen, stimmte sie nicht gerade fröhlich. Das Ranchhaus, wenn man die Bruchbude als Solches bezeichnen konnte, erhob sich im Schutz einiger Cottonwood-Bäume wenige Schritte vor den Felsen. Das Holz des flachen Blockhauses sah verwittert aus. Unweit der Tür stand ein Brunnen, gegenüber befanden sich ein Stall, ein Schuppen und eine Koppel. Das Dach des Stalls wies mehrere Lücken auf. In einem Pferch suhlten sich Schweine. Ein struppiger Hund döste im Schatten, vor der Tür ließ ein Pferd den Kopf hängen.

Eileen und ihre Mutter blickten einander an und brauchten nichts zu sagen. Ihre entsetzten Mienen verrieten genug. So schlimm hatten sie es sich beide nicht vorgestellt. Selbst die schäbigste irische Farm sah besser aus als diese Ranch.

Zögernd trieb Eileen die Pferde an. Das Mahlen der Räder und das Schnauben der Pferde weckten den Hund, der sofort die Ohren aufstellte und neugierig in ihre Richtung blickte. Mit einem Satz war er auf den Beinen und rannte ihnen entgegen. Er sprang bellend am Kutschbock hoch und schnappte nach ihren Beinen.

»Brandy!«, wies ihn eine männliche Stimme aus dem Haus zurecht. »Was soll der Blödsinn? Rennst du schon wieder hinter den armen Hühnern her?« Schlurfende Schritte erklangen, und ein Mann trat humpelnd aus dem Haus. Er musste um die Sechzig sein, trug die Kleidung eines Cowboys und hatte den vorderen Teil seiner Krempe mit einer Nadel am Hut befestigt. Beim Anblick der beiden Frauen stolperte er beinahe. »Oh, Verzeihung! Ich wu-wusste ja nicht …«, stammelte er und riss rasch seinen Hut vom Kopf. Schlohweißes Haar kam zum Vorschein. »Ich konnte ja nicht ahnen, dass zwei wunderschöne Ladys in dieser Einöde …« Sein Gesicht hellte sich auf. »Ah, Sie haben sich bestimmt verfahren. Nicht gerade eine gute Idee für zwei Ladys, allein durchs Comanchengebiet zu reisen. Ich nehme an, Sie wollen zur Poststation. Wenn Sie wollen, bringe ich Sie hin.«

»Wir sind schon richtig, Mister. Monty?«

»Monty Walker, das stimmt. Woher kennen Sie meinen Namen?«

»Den hat Randy uns verraten. Dies ist doch seine Ranch?«

»Oder das, was von ihr übriggeblieben ist.«

»Wir werden sie wieder aufbauen«, sagte Kathleen entschlossen. »Ich bin Kathleen O'Leary. Das ist meine Tochter Eileen. Wir sind die neuen Besitzer der Ranch und werden sie weder an Nelson W. Baxter verkaufen noch sie verkommen lassen. Randy sagte uns schon, dass wir Sie hier finden würden. Wollen Sie bleiben und uns dabei helfen, sie wieder in Gang zu bringen?«

»Ich?« Er schien ehrlich erstaunt zu sein. »Ich wollte die Ranch gerade verlassen. Das hätte ich schon viel früher tun sollen. Meinen Sie, ich hätte einen Lohn bekommen? Ich konnte froh sein, wenn wir genug zu essen hatten. Und dann der Streit mit Baxter. Der wird sich diese Ranch sowieso eines Tages unter den Nagel reißen. Und wenn nicht er, dann die Comanchen. Sobald die Soldaten weg sind, werden sie wie Heuschrecken über dieses Land herfallen. Baxter und seine Cowboys können die Rothäute in Schach halten, und sie werden stattdessen auf dieser Ranch wüten. Tut mir leid, Ma'am, aber ich bin schon so gut wie weg.«

»Haben Sie nicht an der Schlacht von San Jacinto teilgenommen?«, mischte sich Eileen an. »Wir kommen aus Irland und haben wenig Ahnung von der texanischen Geschichte, aber wenn ich richtig gelesen habe, war es eine ziemlich blutige Schlacht, in der sie sich für die toten Landsleute bei Alamo gerächt haben.«

In die Augen des Oldtimers trat ein Anflug von Stolz. »In Alamo sind tapfere Texaner von einer Übermacht von mexikanischen Soldaten überrollt worden. Das durfte nicht ungesühnt bleiben. Bei San Jacinto haben wir es den Mexikanern gezeigt. Ich bin stolz darauf, dabei gewesen zu sein. *Remember the Alamo!* Erinnert euch an Alamo. So hieß unser Schlachtruf. Nur weil wir diese Schlacht gewonnen haben, ist Texas ein freies Land, ein Paradies für Menschen, die anderswo geknechtet wurden und sich in den Vereinigten Staaten eine neue Zukunft aufbauen.«

»Genau deshalb sind wir hier, Monty. Und ich kann mir nicht vorstellen, dass ein tapferer Mann, der bei San Jacinto gekämpft hat, vor einem gierigen Rancher oder einer Horde Comanchen davonläuft. Nicht ein tapferer Kämpfer wie Sie.«

Monty schluckte ein paarmal und leckte sich die Lippen. »Kommen Sie erst mal ins Haus. Ich hab frischen Kaffee auf dem Herd. Oder mögen Sie keinen?«

Eileen und ihre Mutter tranken lieber Tee, aber das verrieten sie ihm nicht.

»Gern«, sagte Kathleen.

24

In den beiden Räumen des Ranchhauses herrschte eine solche Unordnung, dass Eileen und ihre Mutter am liebsten gleich wieder gegangen wären. Alles lag wild durcheinander, auf dem Herd stand ein Topf mit verkrusteten Bohnen, und der Tisch und die Stühle waren so verklebt, dass Eileen sich erst mal einen Lappen schnappte, ihn in den halbvollen Wassereimer tauchte, um die Möbel wenigstens vom gröbsten Schmutz zu befreien. Noch schlimmer sah es im Schlafzimmer aus. Die Fenster waren so schmutzig, dass Monty die Öllampe anzünden musste.

Monty schenkte ihnen Kaffee ein. Er war schwarz und stark und schmeckte wohl so, wie ein Cowboy-Kaffee schmecken musste. »Ich hab Randy immer gesagt, er soll sich eine Frau suchen«, entschuldigte sich der Oldtimer. »Wir beide können mit Pferden und Rindern umgehen und ein Lasso werfen, aber zum Saubermachen sind wir einfach nicht geschaffen.« Er kramte Kautabak aus seiner Westentasche und biss ein Stück davon ab. »Sie meinen es wirklich ernst, was?«

»Wir sind den langen Weg bestimmt nicht gekommen, um Witze zu machen«, sagte Kathleen. »Mag sein, dass wir so stur wie die meisten Iren sind, aber wir haben uns nun mal in den Kopf gesetzt, diese Ranch zu unserer neuen Heimat zu machen. Und wir brauchen gute Cowboys, die uns dabei helfen. Mag sein, dass es einige Jahre dauert, aber wir warten schon so lange auf eine bessere Zukunft, da kommt es auf ein paar Jahre auch nicht an. Sie verstehen was von Rindern?«

»Das will ich doch meinen, Ma'am. Ich hab auf mehreren Ranches gearbeitet, oben im Norden und in Kalifornien. Bevor ich Randy über den Weg lief, hab ich wilde Longhorns für einen schottischen Investor eingefangen. Der will eine große Ranch in Süd-Texas gründen. Diese Longhorns sind eine ganz spezielle

Rasse, müssen Sie wissen, störrisch und bockig, und viel Fleisch ist auch nicht an ihnen dran. Aber zäh und ausdauernd sind sie. Die kriegt nicht mal das texanische Wetter klein, und vor dem sollen schon ganz andere Biester in die Knie gegangen sein.«

»Und wir haben Longhorns auf der Weide stehen?«

»Gestern waren es noch sechs.«

»Sechs? Mehr Rinder gibt es nicht auf dieser Ranch?«

Monty schob den Priem von einer Backe in die andere. »Und die sind auch nur da, weil ich sie gestern in den Canyon getrieben habe. Die restlichen Longhorns, ungefähr dreißig, hat Randy an einen mexikanischen Händler verhökert. Er wollte mit dem Geld nach Kalifornien, aber ich gehe jede Wette ein, dass er die Hälfte schon beim Pokern verloren hat. Vielleicht kommt er in ein paar Tagen zurück und fragt nach einem Job bei Ihnen.« Er grinste. »Pferde haben wir überhaupt keine mehr. Die beiden Zugpferde, die wir hatten, sind letztes Jahr an Altersschwäche gestorben. Viel haben wir Ihnen auf der RH Ranch nicht zu bieten.«

»RH?«, hakte Kathleen nach. »Wie Randy Hollister?«

»Wollen Sie ein neues Brandzeichen?«

»Alles zu seiner Zeit, Monty. Zuerst sollten wir die Ranch wieder auf Vordermann bringen. Sie könnten das Haus und den Stall reparieren. Wir räumen im Haus auf. Kann man irgendwo in der Nähe Lebensmittel und Saatgut einkaufen?«

»Im Handelsposten von Zeus Weinbauer, ungefähr zehn Meilen nördlich von hier. Einer der vielen Deutschen, die in letzter Zeit nach Texas gekommen sind. Manchmal glaube ich, es gibt gar keine Texaner. Nur Deutsche und Tschechen.«

»Und Iren«, fügte Kathleen schnell hinzu.

Monty lachte. »An mir waren, glaube ich, mehrere Nationen beteiligt. Nur Mexikaner und Indianer, die waren sicher nicht darunter. Die bekämpfe ich schon seit Jahren. Ich hab nichts gegen sie, aber sie sind mir ständig im Weg, und wenn mich jemand zu den Waffen gerufen hat, dann ging es meistens gegen sie.«

»Und die Verletzung?« Sie blickte auf sein Bein. »Stammt die auch aus dem Krieg? Die Mexikaner sollen nicht gerade zimperlich zu ihren Feinden sein.«

»Die Comanchen schon gar nicht.« Er spuckte grinsend seinen Priem in eine leere Konservendose, ohne darauf zu achten, wie Eileen und ihre Mutter dabei ihr Gesicht verzogen. »Aber an der Humpelei ist meine alte Mähre schuld. Vor ungefähr drei Jahren scheute das Miststück vor einer Klapperschlange und warf mich aus dem Sattel. Ich habe mir das Bein gebrochen, und es ist nie wieder richtig zusammengewachsen; seitdem kann ich nur noch humpeln. Ein Doktor in St. Louis oder New Orleans hätte mir vielleicht helfen können, aber erstens war ich weitab vom Schuss hier in Texas und zweitens hätte ich die Operation sowieso nicht bezahlen können.«

»Behindert Sie die Verletzung beim Reiten?«

»Nicht die Bohne, Ma'am.«

»Und eine Leiter können Sie auch noch hochsteigen?«

»Ich bin kein Pflegefall, Ma'am.«

»In Ordnung«, zeigte sich Kathleen zufrieden, »dann lassen Sie uns Nägel mit Köpfen machen. Zuerst einmal lassen Sie das alberne ‚Ma'am'. Ich bin Kathleen, und das ist Eileen. Und was die Arbeit betrifft, zahlen wir Ihnen zwanzig Dollar im Monat, und Übernachtung und Essen sind natürlich frei. Die Abmachung gilt für ein Jahr. Wenn die Ranch dann floriert, verhandeln wir neu. Einverstanden?«

»Klingt fair.«

»Und was wollen Sie wegen Baxter und den Comanchen unternehmen?«

»Da fällt mir schon was ein. Was brauchen wir von Weinbauer?«

Mit einer Liste der Waren, die sie dringend für den Neuaufbau der Ranch brauchten, zogen die beiden Frauen los. Eileen war beeindruckt vom Verhandlungsgeschick und der Entschlossenheit ihrer Mutter und spürte deutlich, wie ihre Begeisterung auf sie übergriff, ihr sogar die Angst vor den Comanchen nahm, die überall sein konnten. Am gefährlichsten wird es, wenn man sie gar nicht sieht, hatte Monty gesagt, also sehen Sie sich vor. »Wollen Sie wirklich allein fahren?«

»Wir sind gut bewaffnet, Monty.«

Am Bach entlang fuhren sie nach Norden. Sie folgten den eingefahrenen Wagenspuren durch den Canyon, in dem ihre Rinder grasten, mächtige Longhorns mit weit ausladenden Hörnern, die im Schatten einiger Wacholderbäume blieben und neugierig den Kopf hoben, als sie an ihnen vorbeifuhren. Ein kräftiger Bulle senkte angriffslustig die Hörner und täuschte einen Angriff vor, aber wohl auch nur, um die Kühe zu beeindrucken und die Eindringlinge zu warnen, zu weit in sein Gebiet vorzudringen. Seine Augen waren blutunterlaufen, sein Blick streng. Um seinen Körper schwirrten Insekten. Er schlug mit dem Schwanz nach ihnen.

»Solche Tiere gibt es in ganz Europa nicht«, staunte Eileen. »Und mit solchen Biestern sollen wir arbeiten? Vielleicht muten wir uns doch zu viel zu, Mammy.«

»Die sehen bestimmt wilder aus, als sie sind.«

»Und du meinst, die gehorchen uns?«

»Die Cowboyarbeit überlassen wir Monty. Wenn das Geld reicht, stellen wir noch ein oder zwei Reiter ein, bis wir selbst mithalten können. Monty wird uns alles beibringen. Das Reiten, das Lassowerfen, das Bränden. Du wirst sehen, in zwei oder drei Jahren reiten wir so gut wie die Männer. Oder fast so gut. Und mit der anderen Arbeit kommen wir auch zurecht. Wir haben ganze Äcker in Irland gepflügt und uns mit störrischen Kühen und Schweinen herumgeschlagen, wir haben gekocht und gebacken, und wenn es nötig war, haben wir den Männern beim Holzschlagen oder Reparieren geholfen. Uns wirft so leicht nichts aus der Bahn.«

Jenseits des Canyons fuhren sie durch ein langgestrecktes weites Tal. Zu beiden Seiten ragten steile Hügel empor. Die Wiesen waren mit strahlend blauen Bluebonnets übersät, ein Anblick wie in Irland, wenn dort die Wildblumen blühten, nur noch farbenprächtiger und intensiver. Die Sonne stand inzwischen hoch am Himmel und ließ die Wiesen leuchten. In der Luft summten Insekten. Ein friedliches Bild, das Eileen und ihre Mutter genossen, doch in ihre Freude mischte sich Vorsicht. Was hatte Monty über die Comanchen gesagt? Am gefährlichsten wird es, wenn man sie nicht sieht. Sie hatten noch keinen Einzigen gesehen.

Von Monty hatten sie einiges über die Comanchen erfahren. Dass sie am gefährlichsten und grausamsten von allen Indianern waren und mit unvorstellbarer Brutalität gegen ihre Feinde vorgingen. Dass sie nicht davor zurückschreckten, kleine Kinder zu erschrecken oder schreiende Babys ins Feuer zu werfen. Dass sie am liebsten bei Vollmond auf den Kriegspfad gingen, dem sogenannten »Comanche Moon«, und ihre Raubzüge bis nach Mexiko ausdehnten. Mexikanische Händler, »Comancheros« genannt, tauschten Waffen, Gefangene und andere wertvolle Waren und feierten rauschende Feste mit ihren indianischen Freunden.

Weder die Comanchen noch irgendjemand sonst ließ sich auf den Hügelkämmen blicken, doch Eileens Sinne waren inzwischen so geschärft, dass sie zu spüren glaubte, wie die Indianer sie heimlich beobachteten und sich bestimmt ihre Gedanken darüber machten, was zwei Frauen allein in dieser Einöde zu suchen hatten. Eine Falle der Soldaten, die sie losgeschickt hatten, um feindliche Indianer anzulocken und aus dem Hinterhalt abzuschießen? Wenn es nach den Comanchen ging, war den Weißen alles zuzutrauen, selbst eine so heimtückische List. Eileen umklammerte ihre Schrotflinte etwas fester, wild entschlossen, sich bei einem Angriff bis zum letzten Blutstropfen zu verteidigen. Sie war nicht nach Amerika gereist und hatte die Mühsal der letzten Monate auf sich genommen, um sich umbringen zu lassen.

Der Handelsposten des Deutschen lag im Schutz einer Felswand zwischen ein paar Bäumen und bestand aus einem langgestreckten Haus aus Adobe-Lehm, einigen Schuppen und einer Koppel. Ein Hund rannte ihnen bellend entgegen und verschwand wieder, als ihm die Frauen kaum Aufmerksamkeit schenkten. Vor dem Eingang waren etliche gesattelte Pferde angebunden. Die beiden Cowboys, denen Eileen und Kathleen auf dem Weg zu ihrer Ranch begegnet waren, beluden einen Pritschenwagen mit Waren und blickten ihnen neugierig entgegen.

»Wie ich sehe, haben Sie sich nicht umstimmen lassen, Ma'am«, sagte Marlow in seinem schleppenden Tonfall. »Meine Hochachtung, Sie haben mehr Mut als die meisten Männer, denen ich hier draußen begegne. Ich habe dem Boss von Ihnen erzählt. Er sagt, er will in den nächsten Tagen bei Ihnen vorbeischauen.«

»Wir freuen uns auf seinen Besuch«, sagte Kathleen.

Der Handelsposten bestand aus einem Laden, beinahe so geräumig wie der Eisenwarenladen, in dem Eileen in St. Louis gearbeitet hatte, dahinter lagen offenbar Lagerräume und die Privatquartiere des Deutschen. In dem Laden gab es so ziemlich alles, was man auf einer einsamen Ranch brauchen konnte, sogar Brautkleider, Dosenpfirsiche und Kinderspielzeug. Ein Teil des Ladens war wie ein Saloon eingerichtet, in dem Whiskey, Bier und kleine Speisen verkauft wurden.

Der Besitzer des Handelspostens stellte eine Flasche Whiskey vor die beiden Männer am Tresen und begrüßte Eileen und ihre Mutter mit strahlender Miene. »Sie müssen Kathleen und Eileen O'Leary sein«, rief er schon von Weitem. »Ich habe schon einiges von Ihnen gehört. Ich bin Zeus Weinbauer.« Er sprach mit dem harten Akzent der meisten Deutschen. »Womit kann ich dienen, meine Damen?«

Kathleen überreichte ihm die Einkaufsliste. »Könnten Sie bitte alle Waren auf unseren Wagen packen lassen? Und haben Sie vielleicht Schokolade vorrätig?«

»Ganz bestimmt sogar. Meine Frau isst Schokolade für ihr Leben gern.« Er reichte den Zettel an einen seiner Angestellten weiter, einem seiner beiden halbwüchsigen Söhne, wie sich schon bald herausstellte. »Wenn Sie inzwischen dort drüben Platz nehmen wollen?« Er deutete auf einen Tisch mit einer Bank und zwei Stühlen, der Sitzecke für Damen. »Darf ich Ihnen eine Limonade bringen?«

»Sehr gern«, erwiderte Kathleen.

Die Limonade schmeckte hervorragend, und der Sohn des Besitzers beeilte sich, ihren Wagen zu beladen. Darunter waren Saatgut für ihren geplanten Gemüsegarten, Reitkleidung, Lebensmittel und so ziemlich alles, was man für einen neuen Haushalt brauchte, auch Kautabak für Monty und Schreibzeug für Eileen, die ihre Erlebnisse in einem Tagebuch festhalten wollte. Sie hatten die Einkaufsliste mehrfach durchgelesen, um nichts zu vergessen, dazu war der Weg zu weit.

Während Eileen ihre Limonade genoss, spürte sie, wie die beiden Männer am Tresen sie anstarrten und dabei anzüglich grinsten, als wären sie zwei leichte Mädchen in einem Saloon. Zwei harmlose Cowboys, die lange keine Frau mehr gesehen hatten, dachte sie zuerst, doch mit zunehmender Dauer wurden die Blicke der Männer immer dreister und unverschämter, und sie wurde langsam wütend. »Lass sie«, sagte ihre Mutter, die natürlich mitbekommen hatte, was sich zwischen ihr und den Männern anbahnte. »Das sind zwei harmlose Satteltramps, die tun nichts.«

Doch Eileen ertrug den Blick der Männer nicht länger und sprang auf, bevor ihre Mutter sie zurückhalten konnte. Mit raschen Schritten durchquerte sie den Raum und blieb vor den Männern stehen. Deren Grinsen war noch breiter geworden. »Gentlemen«, sprach sie die beiden an, »bevor meine Mutter und ich nach Westen kamen, erklärte man uns, dass die Männer in Texas besonders höflich und hilfsbereit seien. Bis jetzt hatten wir auch keinen Grund zur Klage. Aber wenn ich sehe, wie unverblümt Sie mich anstarren und versuchen, mich mit Ihren Blicken auszuziehen, kann ich mir nicht vorstellen, dass Sie aus Texas sind.«

»Das war eine ziemlich lange Rede für eine Lady«, sagte einer der Männer, ein bärtiger Bursche mit einer Narbe über der linken Wange. Hinter seinem Gürtel steckte griffbereit ein Revolver. »Was meinst du, Heck?« Sein Kumpan nickte, und er blickte wieder Eileen an. »Dabei habe ich Sie gar nicht angestarrt, Ma'am.« Aus seinem Mund erklang das »Ma'am« wie eine Beleidigung. »Sehen Sie das Gewehr, das hinter Ihrem Tisch an der Wand hängt? Das ist eine neue Spence, auf die hab ich es abgesehen. Für Frauen hab ich keine Zeit, Ma'am.«

Eileen drehte sich gar nicht um. »Sie glauben doch nicht, dass ich diesen Blödsinn glaube? Also behalten Sie Ihre albernen Erklärungen lieber für sich, und unterhalten Sie sich mit Ihrem Kumpanen. Meinetwegen auch über Frauen. Solange ich mir die Beleidigungen nicht anhören muss, können Sie tun, was Sie wollen.«

Sie wollte sich schon abwenden, aber er hielt sie am Unterarm zurück und sagte leise: »Wissen sie was, Ma'am? Sie riskieren eine ziemlich große Klappe. Höchste Zeit, dass Ihnen ein ganzer Mann mal wieder zeigt, wo es langgeht.«

»Ein ganzer Mann? Dann kommen Sie ja nicht infrage.« Sie riss sich von ihm los und stapfte wütend an ihren Platz zurück. Sie trank einen Schluck von ihrer Limonade. »Der Kerl kann froh sein, dass ich meine Schrotflinte nicht zur Hand hatte«, flüsterte sie, »sonst hätte ich ihm eine Ladung in den Hintern verpasst.«

Eine halbe Stunde später war ihr Wagen beladen, sie zahlten bar und machten sich auf den Rückweg. Die Sonne stand weit im Westen. Goldenes Licht ergoss sich über das zerklüftete Land und ließ die Felsen in einem tiefen Rotbraun erstrahlen. Leichter Wind verfing sich in den Kronen der Wacholderbäume. Der würzige Duft von Salbei begleitete sie durch das Tal nach Osten.

»Unsere Barschaft geht langsam zur Neige«, sagte Kathleen nach einem Blick in ihre Geldbörse. Eileen hatte die Zügel übernommen. »Höchste Zeit, endlich ein paar Einnahmen zu verbuchen. Ich weiß auch schon, wie wir's anstellen.«

»Eine Bank ausrauben?«

»Wir schlagen Nelson W. Baxter ein Geschäft vor.«

»Da bin ich aber gespannt.«

Weiter kamen sie nicht. In den wenigen Augenblicken, die sie unaufmerksam gewesen waren, hatten zwei Reiter ihre Pferde den Hang herabgetrieben und waren ihnen dicht auf den Fersen. Die beiden Männer aus dem Handelsposten.

Eileen erkannte, dass sie ihnen nicht entkommen konnte, und hielt den Wagen an. Beinahe gleichzeitig griffen sie und ihre Mutter nach den Waffen. Doch die Männer waren schon heran und schlugen ihnen das Gewehr und die Schrotflinte aus den Händen. Die Flinte entlud sich krachend durch den Aufprall, richtete jedoch keinen Schaden an, das Gewehr fiel unter den Wagen. Die Zugpferde stiegen wiehernd hoch und liefen ein paar Schritte, beruhigten sich aber gleich wieder.

Der Bärtige zog Eileen vom Wagen und riss an ihrer Bluse. »Hab ich dir nicht gesagt, dass sich wieder mal ein ganzer Mann um dich kümmern müsste? In ein paar Minuten wirst du mir dankbar sein, Schätzchen, das verspreche ich dir.«

Mit der Kugel, die krachend in seinen Oberschenkel schlug und zu Boden warf, verschwand das hässliche Grinsen aus seinem Gesicht. Er griff nach seinem Revolver, doch eine weitere Kugel riss ihm die Waffe aus der Hand. Ähnlich erging es seinem Kumpan, der ebenfalls in eine Kugel lief und gar nicht erst den Versuch machte, nach seinem Revolver zu greifen. Er sank laut fluchend zu Boden und presste beide Hände auf die blutende Wunde an seinem Oberschenkel.

Eileen blickte in die Richtung, aus der die Schüsse gekommen waren, und entdeckte einen Reiter auf dem Hügelkamm. Erst bei genauerem Hinsehen erkannte sie, dass er eine dunkle Maske vor dem Gesicht trug. »Honest John!«, flüsterte sie. »Der Bandit, der unsere Kutsche überfallen hat!« Sie hob zögernd eine Hand und wusste nicht, wie sie ihre Dankbarkeit am besten ausdrücken sollte.

»Fahren Sie weiter!«, rief er. »Ich kümmere mich um die beiden.«

25

Im Westen versank die Sonne in einem roten Meer, als Eileen und ihre Mutter die Ranch erreichten. Monty hatte das Dach repariert und war gerade dabei, von der Leiter zu steigen. Brandy wusste nicht, ob er ihn oder die Frauen zuerst anbellen sollte, und drehte sich jaulend im Kreis. »Ah, da sind Sie ja«, rief der Oldtimer erleichtert. »Ich hatte schon Angst, die Comanchen hätten Sie erwischt.«

»Die warten wohl auf den Vollmond«, erwiderte Kathleen, während sie vom Kutschbock stieg. Eigentlich war ihr nicht nach Scherzen zumute. Während der Kartoffelfäule in Irland hatten die O'Learys viele Tote und viel Leid gesehen, aber dem eigenen Tod vielleicht nur knapp entkommen zu sein, war auch ihr und Eileen nahegegangen. »Aber zwei Satteltramps haben meine Tochter belästigt.« Sie berichtete von dem Überfall und den rettenden Schüssen des Maskenmannes.

»Honest John?«, erschrak Monty. »Von dem hab ich schon gehört. Ich bin arm wie eine Kirchenmaus und hab eigentlich nichts von ihm zu befürchten, aber auf einen Kaffee würde ich ihn nicht einladen.« Er half ihnen, die Waren in die Vorratskammer zu tragen. »Ich dachte, der Bursche treibt sich weiter östlich rum.«

»Das dachten wir auch«, sagte Kathleen und wuchtete einen Mehlsack von der Ladefläche. Weder sie noch Eileen hatten sich jemals vor schwerer Arbeit gedrückt. »Es kommt mir beinahe so vor, als wäre er uns nach dem Überfall auf die Postkutsche gefolgt. Vielleicht hat er einen Narren an dir gefressen, Eileen.«

»Oder an Ihnen«, erwiderte Monty. »Sie sind auch nicht ohne.« Er drehte sich grinsend nach ihr um. »Leider bin ich schon zu alt, um Ihnen den Hof zu machen. Und selbst wenn … Ich hatte noch nie Glück bei den Frauen. Die Einzige, die jemals das Lager mit mir geteilt hat, war eine Shoshone-Indianerin. Ist schon eine ganze Weile her. Ich war damals als Fallensteller in den Rockies unterwegs.«

»Sie waren mit einer Indianerin verheiratet?«

»Das war damals nichts Ungewöhnliches, Ma'am … Kathleen. Die meisten Mountain Men waren mit Squaws zusammen und verbrachten die Sommer in den Indianerdörfern. Doch dann wurde meine Liebste von den Sioux geraubt. Angeblich, ich bekam sie nie wieder zu sehen. Wenn Sie mich fragen, ist sie freiwillig zu ihnen gegangen und hat diesen Mistkerl mit den vielen Skalpen geheiratet.«

Eileen war mit ihren Gedanken noch immer bei Honest John. »Ich bin ihm dankbar, dem Mann mit der Maske. Wenn er nicht gewesen wäre, hätte es da draußen vielleicht Tote gegeben. Ich hätte bestimmt nicht so genau gezielt wie er.« Ihr nächtlicher Ausflug in die Hafengegend von Baltimore kam ihr in den Sinn. »Und ich dachte, die Männer in Amerika wären besonders freundlich. Ich kann es nicht leiden, wenn man mir ständig hinterherpfeift oder blöde Bemerkungen macht, nur weil man ein hübsches Gesicht hat oder zu viel Bein zeigt.«

»Das würde ich mir niemals erlauben«, versicherte ihr Monty mit einer tiefen Verbeugung. Er bemühte sich, wie ein Gentleman zu sprechen. »Und ich kann Ihnen versichern, Ma'am, dass nicht alle Männer so sind wie diese Schurken.«

»Das will ich doch hoffen, Monty.«

»Dennoch würde ich aufpassen. Die meisten Männer hier draußen leben seit vielen Monaten ohne Frau, die Indianer mal ausgenommen, und schießen schon mal übers Zielt hinaus. Nehmen Sie die Pfiffe und die flotten Sprüche nicht so ernst. Was anderes ist es, wenn ihnen jemand zu nahekommt oder Sie anfasst.«

»Dafür habe ich mir die Schrotflinte besorgt. Unter anderem.«

Nachdem alle Vorräte verstaut waren, bereitete Kathleen das Abendessen vor. Sie hatten frische Wurst von Zeus Weinbauer bekommen, selbst gemacht von seinem Bruder, wie er mehrmals betont hatte, und eine Spezialität der deutschen Siedler, die besonders zahlreich in diesem Teil von Texas waren. Monty spannte die Zugpferde aus und führte sie auf die Koppel. Eileen bezog notdürftig ihre Betten und half dem Oldtimer, sein Nachtlager im Schuppen herzurichten. Er hatte selbst vorgeschlagen, dort zu schlafen. Sobald Zeit dafür war, würde er drei neue Betten zimmern und einen Teil des Schuppens in ein Schlafhaus umbauen.

Kathleen hatte bereits die Hühner gefüttert und sich auch um Brandy gekümmert. Er verschlang das Fressen, das sie ihm zubereitet hatte, und rannte mit dem Knochen davon, den Kathleen von Weinbauer bekommen hatte. Ein gelungenes Einstandsgeschenk für den Hund, der ihr fortan nicht mehr von der Seite wich.

Die heiße Wurst schmeckte so gut, dass selbst Eileen die doppelte Portion aß und bereits bedauerte, nicht mehr eingekauft zu haben. Die Zwiebäcke waren schon zwei Tage alt und etwas trocken, doch Kathleen versprach, gleich am nächsten Morgen frisches Brot zu backen, wie sie es auch in der alten Heimat getan hatte.

»Wir brauchen eine größere Herde, wenn wir überleben wollen«, sagte Monty, als er den letzten Bissen verschlungen hatte. »Mit sechs Rindern kommen wir nicht weit. Eine Ranch lebt von den Kälbern, die ihr Besitzer im Frühjahr verkauft. Zwanzig Tiere sollten Sie sich schon zulegen, wenn Sie nicht wollen, dass man sich lustig über Sie macht. Mindestens. Besser noch vierzig oder fünfzig.«

»Und woher sollen wir die so schnell bekommen?«, fragte Eileen. Sie war bereits dabei, das Geschirr abzuräumen und in die Waschschüssel auf der Kommode zu stellen. »Nelson Baxter ist wahrscheinlich der Einzige, der uns Rinder verkaufen könnte, und der wird den Teufel tun. Außerdem haben wir kein Geld.«

»Und um einen Kredit zu bekommen, müssten Sie bis nach Austin oder San Antonio runter, und dort würde man Ihnen wahrscheinlich sagen, dass nur ein Verrückter in eine winzige Ranch im

Comanchengebiet investieren würde, und man keine Lust hätte, sich zum Spott der Zentrale an der Ostküste zu machen.«

Kathleen lächelte vieldeutig. »Ich brauche keinen Kredit. Wie schon gesagt, ich schließe einen Handel mit Baxter ab, der bringt uns mehr als so ein Kredit.«

»Sie wollen Baxter überreden, Ihnen zu Geld zu geben?« Monty verstand die Welt nicht mehr. »Er wäre schön dumm, wenn er das tun würde. Warum auch? Wenn wir uns nichts einfallen lassen, braucht er doch nur zu warten, bis Ihnen die Puste ausgeht. Dann bleibt Ihnen gar nichts anderes übrig, als an ihn zu verkaufen. Sie können froh sein, wenn er Ihnen dann überhaupt noch was bezahlt.«

»Es gibt immer Mittel und Wege, sich gegen ein drohendes Unheil aufzulehnen«, erwiderte Kathleen. Das haben besonders wir Iren gelernt. Die Engländer unterdrücken uns seit Jahren, doch ich habe noch keinen Iren getroffen, der sein Schicksal widerstandslos hingenommen hätte. Wir haben immer gekämpft, selbst dann, wenn wir wussten, dass wir in einen aussichtslosen Kampf ziehen.«

»Unser Kampf ist nicht aussichtslos«, sagte Eileen. »Wir haben es bis Texas geschafft und werden auch die Comanchen und Nelson W. Baxter überleben.«

Monty grinste. »Das klingt wie ein Versprechen.«

»Ist es auch, Monty«, bestätigte Kathleen. »Hab ich nicht recht, Eileen?«

»Und ob«, antwortete sie.

Sie hatten einen anstrengenden Tag hinter sich und gingen früh zu Bett. Kathleen schlief sofort ein. Sie hatte so viel in ihrem Leben durchgemacht, dass sie der Gedanke an einen gierigen Rancher und skalphungrige Comanchen nicht aus der Ruhe zu bringen schien. Ihr Atem ging gleichmäßig, nur manchmal rang sie nach Luft oder flüsterte etwas im Schlaf, das Eileen nicht verstand. Eine seltsame Angewohnheit, über die sich ihr Mann oft lustig gemacht hatte. Dass sein lautes Schnarchen noch lästiger gewesen war, hatte er niemals zugegeben.

Eileen konnte noch nicht schlafen. Obwohl sie von der langen Fahrt erschöpft war, gelang es ihr nicht, den Tag zu vergessen. Noch immer klangen ihr die Schüsse in den Ohren, die vielleicht ihr Leben gerettet hatten. Mit den Satteltramps war nicht zu spaßen gewesen. Sie waren von Natur aus schlecht, das sah man ihnen schon an den Augen an, und sie hatten genug Alkohol getrunken, um alle Hemmungen über Bord fallen zu lassen. Whiskey machte Männer gefährlich.

Eine andere Frau, die in einer harmonischen Umgebung aufgewachsen war, hätte vielleicht einen dauerhaften Schaden davongetragen, doch Eileen war nur wütend. So wütend, dass sie den Männern am liebsten noch mal gegenübergetreten wäre und sie mit derben Worten zusammengestaucht hätte. Immerhin hatten sie ihre verdiente Strafe bekommen und wurden im Handelsposten des Deutschen von jemandem verarztet, der sich einigermaßen mit Schusswunden auskannte. Honest John hatte sie nicht getötet. Niemand hätte ihm einen Vorwurf gemacht, wenn er es doch getan hätte, aber er war kein Mörder. Er war ein ehrenwerter Mann, der sich lediglich der falschen Mittel bediente, um den Armen zu helfen.

Die geheimnisvolle Aura, die den Gentleman-Banditen umgab, faszinierte Eileen. Sie hätte gern gewusst, wer sich hinter der dunklen Maske verbarg. Ein Mann, den ein persönliches Schicksal zu seiner Mission getrieben hatte? Ein Abenteurer, der einfach nur Gutes tun wollte? Der übermütige Sohn eines reichen Mannes, der die Geschäfte seines Vaters verurteilte und ihm in die Quere kam?

Sie blickte durch das Fenster zum Himmel empor. Die Scheibe war so schmutzig, dass sie kaum etwas sehen konnte. Ein dunkles Meer, in dem helle Punkte leuchteten, der blasse Mond, beinahe voll und teilweise von Wolken verdeckt, die schmutzigen Flecken auf dem Glas. Unsichtbar blieben die Ebenen, Hügel und Felsen, doch selbst wenn sie die Augen schloss, konnte sie das Land sehen. Ein geheimnisvolles Land, das verlockend und gefährlich zugleich erschien. Attribute, die man auch ihrer alten

Heimat in Irland zuschrieb, und doch war hier alles anders, auf gewisse Weise faszinierender und tödlicher.

Am nächsten Morgen war Eileen schon früh auf und sammelte die wenigen frischen Eier von den Hühnern ein. Als ihre Mutter und gleich darauf auch Monty den Wohnraum betraten, hatte sie das Frühstück schon auf dem Tisch stehen: Rührei mit Speck, dazu Zwieback, immer noch trocken, starken Kaffee für den Cowboy und Tee mit Milch und etwas Zucker für ihre Mutter und sie. »Guten Morgen allerseits«, begrüßte Eileen beide, »allerhöchste Zeit, aus den Federn zu kriechen.«

»Howdy«, grüßte Monty wie ein Cowboy. »Das duftet aber gut.«

Während des Frühstücks besprachen sie die Arbeit, die sie an diesem Tag erledigen wollten. Monty plante, nach den Rindern zu sehen, eventuell einen wilden Truthahn zu schießen und wollte sich anschließend um den Schuppen kümmern. »In ein paar Tagen sieht es hier wie auf einer anständigen Ranch aus«, versprach er. Eileen und ihre Mutter wollten gründlich putzen und aufräumen und sich um das Essen kümmern. »Ein paar Tage werden nicht reichen«, sagte Kathleen. »Man merkt, dass in diesem Haus noch nie eine Frau für Ordnung gesorgt hat.«

»Passen Sie gut auf sich auf!«, ermahnte sie der Oldtimer. »Wie Sie inzwischen gemerkt haben, kann man in dieser Gegend nicht vorsichtig genug sein.«

»Unsere Waffen sind immer in Reichweite«, versprach Kathleen.

Das waren sie auch eine halbe Stunde später, als Brandy so laut knurrte, dass sie es im Haus hörten und gleich darauf Hufschlag erklang. Eileen und ihre Mutter griffen beinahe gleichzeitig nach ihren Schusswaffen und beobachteten durchs Fenster, wie sich drei Reiter dem Haus näherten. Keine Indianer, das erkannten sie schon von weitem. Drei Weiße, die wie Cowboys gekleidet waren.

»Das ging aber schnell«, sagte Kathleen leise.

Sie traten vor die Tür und warteten geduldig, bis die Männer herangeritten waren. Die beiden jüngeren kannten sie schon. Brett Marlow und Sandy, die Cowboys der Lazy B Ranch. Der Mann, der sie anführte, konnte nur Baxter sein. Er war um die Fünfzig, um etliche Jahre jünger und viel besser aussehend, als sie vermutet hatten. Er war ein stolzer Mann, das sah man schon an der Art, wie er im Sattel seines Rappen saß, die Brust durchgedrückt, die Hände locker auf dem Sattelhorn. Sein Gesicht war sehr männlich, seine Augen waren blaugrün, der Schnurrbart etwas angegraut wie seine Haare. Er trug ein weißes Hemd und eine ärmellose Lederweste, mit feinen Nadelstreifen verzierte Hosen und kunstvoll bestickte Stiefel aus einem besonders feinen Leder. In seinem Patronengurt steckte ein Revolver.

»Kathleen und Eileen O'Leary?«, fragte er direkt. Auf diese Weise mit der Tür ins Haus zu fallen, war mehr als unhöflich, aber seine Stimme klang dunkel und angenehm. »Mein Name ist Nelson W. Baxter. Mir gehört die Lazy B Ranch.«

Brandy hatte sich rasch verzogen, als ihm die Reiter zu nahegekommen waren. Er war aber auch der Einzige, der Angst vor dem Ranger zu haben schien.

»Das hatten wir uns schon gedacht«, erwiderte Kathleen. »Und anscheinend halten Sie nicht viel von gesitteten Umgangsformen, sonst hätten Sie uns wohl zuerst einen guten Morgen gewünscht. Warum kommen Sie nicht rein? Ich habe frischen Kaffee auf dem Herd stehen, und ein paar Kekse finden sich auch noch.«

Baxter hatte wohl eine andere Antwort erwartet und blickte sie verdutzt an. Erst nach einigem Zögern wandte er sich an seine beiden Cowboys. »Seht euch mal ein wenig in der Gegend um. Aus Fort Chadbourne sind wieder Soldaten abgezogen worden, und man vermutet, dass die Comanchen bereits ihre Messer wetzen.«

»Aye, Sir«, gehorchte der ältere Cowboy.

Eileen ließ ihre Mutter und den Rancher vorgehen und lächelte, als sie beobachtete, wie Brandy vorsichtig den Kopf aus seinem Versteck streckte. Im Wohnraum half sie ihrer Mutter, den Kaffee und die Kekse zu servieren.

»Da, wo wir herkommen, begrüßt man seine neuen Nachbarn«, sagte ihre Mutter zu dem Rancher, der aus dem Staunen nicht mehr herauskam. »*Cheers!*«

»*Cheers!*«, erwiderte Baxter. »Und willkommen in Texas.« Besonders ehrlich klang es nicht, aber er machte gute Miene zum bösen Spiel und zwang sich sogar zu einem Lächeln. »Ich nehme an, meine Männer haben sich geirrt, und Sie wollen nur vorübergehend hier wohnen. Die Gegend ist viel zu gefährlich für Frauen, und wie anstrengend die Arbeit hier draußen ist, kann ich Ihnen aus eigener Erfahrung sagen. Außer mir gibt es kaum noch Männer, die in diesem Teil von Texas durchgehalten haben.«

Kathleen nippte an ihrem Kaffee. »Wir haben diese Ranch rechtmäßig erworben, Mister Baxter, und wir sind gekommen, um zu bleiben. Wir haben die Engländer und die Kartoffelfäule überlebt und werden auch die Comanchen ertragen. Machen Sie sich um uns keine Sorgen. Wir sind ganz anderes gewöhnt.«

»Das mag alles sein, Ma'am«, räumte der Rancher ein, »aber zwischen einer irischen Farm und einer Ranch im westlichen Texas besteht ein riesiger Unterschied. Hier sind alle gegen uns. Die Comanchen, weil wir ihnen die Jagdgründe wegnehmen. Die deutschen Siedler, die sich am liebsten auf unserem Land niederlassen würden. Sogar das Wetter. Im Sommer fällt oft wochenlang kein Regen, es kommt zu Staubstürmen, und die Insekten werden zur reinsten Plage, im Winter wird es so kalt, dass man mit dem Hintern am Sattel festfriert. Entschuldigen Sie meine Ausdrucksweise, Ma'am. Der Kaffee schmeckt wirklich gut.«

Eileen glaubte sich verhört zu haben. Begann der Rancher mit ihrer Mutter zu flirten? Was sollte plötzlich dieses ständige »Ma'am« und das Kompliment über ihren Kaffee? Und war da nicht ein Glitzern in den Augen ihrer Mutter, das nur auftauchte, wenn sie sich wirklich über etwas freute? Sie stand auf und schenkte beiden Kaffee nach, nur um ihre verdutzte Miene verbergen zu können.

»Ich wollte Sie vorhin nicht beleidigen«, machte Baxter einen weiteren Rückzieher. Wenn er lächelte, sah er tatsächlich sehr manierlich aus. »Woher sollte ich auch wissen, dass ich eine so hübsche Frau zur Nachbarin bekomme?« Er schien sich innerlich zur Ordnung zu rufen. »Aber es gibt da etwas, das ich unbedingt mit Ihnen besprechen möchte. Sie haben vielleicht schon gehört, dass ich an den beiden Quellen im Norden interessiert bin und dem früheren Besitzer mehrfach ein Kaufangebot für diese Ranch gemacht habe, das er eigentlich nicht zurückweisen konnte. Ich würde Ihnen das Doppelte bieten, Ma'am. Oder noch besser, ein gleichwertiges Stück Land, auf dem Sie eine Farm errichten könnten. Was halten Sie davon? Das ist doch ein ehrliches Angebot, meinen Sie nicht auch?«

»Durchaus«, reagierte Ihre Mutter so freundlich auf das Angebot, dass Eileen schon Angst hatte, sie würde es annehmen. »Es gibt da nur ein kleines Problem. Meine Tochter und ich stammen aus Irland. Und wenn wir irischen Frauen was wirklich wollen, passiert das auch.« Sie unterstrich ihre strengen Worte mit einem sanften Lächeln. »Aber ich mache Ihnen einen anderen Vorschlag. »Sie dürfen Ihre Rinder an meinen Quellen tränken und bezahlen mir eine Gebühr.«

»Und wie hoch sollte diese Gebühr sein?«

Sie nannte ihm einen fairen Preis, der ihr zumindest helfen würde, die Ranch wieder auf Vordermann zu bringen. »Das Geld und zwanzig Rinder«, fügte sie schnell hinzu. Sie lächelte dabei. »Ich denke, das ist nicht zu viel verlangt, Sir.«

»Lassen Sie das alberne Sir. Ich heiße Nelson.«

»Kathleen«, erwiderte sie.

»Das klingt durchaus verlockend«, sagte der Rancher. »Lassen Sie mich ein wenig darüber nachdenken. Wie wäre es, wenn ich morgen um die gleiche Zeit bei Ihnen vorbeikomme, und wir sprechen noch einmal ausführlich darüber?«

»Jederzeit«, antwortete sie.

O Mann, dachte Eileen nur.

26

Am nächsten Morgen kündigte sich der Sommer mit strahlendem Sonnenschein an. Der Wind trieb Staubfahnen über den Hof und rüttelte an der Tür des Schuppens, die Monty gleich nach dem Frühstück reparieren wollte. Eileen servierte Spiegeleier und selbstgebackenes Brot, dazu Kaffee und Tee. »Wissen Sie, was guten Cowboy-Kaffee ausmacht?«, hatte Monty gefragt und sich die Antwort gleich selbst gegeben: »Er muss einen toten Indianer von den Haaren bis zu den Zehen erzittern lassen.«

Wie immer beim Frühstück drehte sich die Unterhaltung um die Arbeit, die sie an diesem Tag erledigen wollten. Nur Kathleen war an diesem Morgen mit ihren Gedanken woanders, blickte immer wieder aus dem Fenster und suchte nach einer Bewegung auf den nahen Hügeln. Schon als sie den Hund gefüttert hatte, war sie ungewöhnlich lange draußen geblieben, hatte aber nur den Kopf geschüttelt, als Monty nach Indianern gefragt hatte. »Es wird heiß heute«, hatte sie gesagt.

Eileen wusste natürlich, nach wem ihre Mutter suchte und warum sie so nervös war. Und sie hütete sich, auch nur ein Wort darüber zu verlieren. Sie hatte keine Ahnung, was Kathleen an dem Rancher fand und ob es die beiden ehrlich meinten oder sich gegenseitig nur übervorteilen wollten. Ihre Mutter würde schon wissen, was sie tat. Selbst in der Liebe war sie immer vernünftig geblieben. Ihr Mann war ein rechtschaffener Farmer gewesen, der während der Kartoffelfäule beinahe gescheitert wäre und es nur ihrer Entschlossenheit zu verdanken hatte, dass sie die Katastrophe einigermaßen unversehrt überstanden hatten. Die Einsicht, mit einer besonders starken Frau verheiratet gewesen zu sein, hatte ihn reizbar und manchmal auch ungerecht gemacht, und ihre Liebe war abgekühlt, aber sie hatte nicht im Traum daran gedacht, sich von ihm zu trennen, sondern die

Fahrt nach Amerika sogar als Chance für einen gemeinsamen Neuanfang begriffen.

So wie Nelson W. Baxter sich gestern präsentiert hatte, war er ein Mann, der wesentlich besser zu ihr passte, ähnlich stark und selbstbewusst, aber wer wusste schon, wie das wahre Gesicht dieses Ranchers aussah? Nach dem, was Randy Hollister ihnen erzählt hatte, sollte er ein geldgieriger Dreckskerl sein. Aber der frühere Besitzer ihrer Ranch war auch kein Mann, dem sie vorbehaltlos vertraute. Nicht immer waren die Starken auch die Bösen, das hoffte sie jedenfalls, denn wenn sie einem Menschen alles Glück dieser Erde wünschte, dann ihrer Mutter.

Monty arbeitete bereits im Schuppen, und Eileen und ihre Mutter waren gerade mit dem Abwasch fertig, als ein Reiter über die Hügel kam. Nelson W. Baxter. Er war noch besser gekleidet als bei seinem ersten Besuch, trug eine bestickte Lederweste über seinem frisch gebügelten Hemd und ein neues Halstuch. Er zog zwei Pferde an ihren Zügeln hinter sich her, einen Falben und einen Schecken.

»Kathleen!«, begrüßte er sie. Und erst nach einer Weile: »Miss!«

»Nelson«, erwiderte Kathleen. »Sie sind pünktlich.«

Er lächelte. »Es wäre sehr unklug, eine Frau, der ich den Hof mache, warten zu lassen. Und eine Irin dazu. Sie würde mir wahrscheinlich die Leviten lesen.«

»Das stimmt, Nelson. Wollen Sie reinkommen?«

Er beugte sich aus dem Sattel und reichte ihr die Zügel der Pferde, die er mitgebracht hatte. »Eigentlich wollte ich Sie beide zu einem Ausritt einladen. Die Pferde sind ein Geschenk, der Falbe für Sie, der Schecke für Ihre Tochter. Zwei meiner besten Pferde. Die Sättel und das Zaumzeug gehören ebenfalls Ihnen.«

»Wunderschöne Tiere«, sagte Kathleen.

»Sie wollen uns die Pferde schenken?«, wunderte sich Eileen.

»Für zwei wunderschöne und starke Frauen.« Sein Kompliment war nicht besonders originell, aber ehrlich gemeint, das erkannte Eileen an seinen Augen.

»Soll das heißen …«

»Ich nehme Ihr Angebot an, Kathleen. Ganz recht. Und ich habe bereits alles schriftlich fixiert.« Er zog den Vertrag aus seiner Satteltasche und reichte ihn ihr.

Kathleen las staunend die Abmachung. »Tatsächlich, Nelson. Sie überraschen mich. Und ich dachte, Sie wären einer dieser störrischen Großrancher, die nie genug bekommen können und arme unschuldige Farmer von ihrem Land vertreiben.«

»Da ist schon was dran, Kathleen.«

»Aber?«

»Aber ich nehme Ihr unverschämtes Angebot an, weil Sie mir damit bewiesen haben, dass sie nicht nur wunderschön, sondern auch mit allen Wassern gewaschen sind.« Seine Augen strahlten. »Nur wer mehr will, als er erreichen kann, wird es in diesem Land zu etwas bringen. Man muss nach den Sternen greifen, um den Himmel auf Erden zu haben. Nicht von mir, dieser Satz, irgendein Entdecker soll ihn mal gesagt haben. Aber auf uns Texaner trifft der Satz genauso zu. Wir sind die ersten Siedler hier, wir sind auch Entdecker. Und Sie sind tausendmal stärker als dieser Randy Hollister, dem die Ranch vorher gehört hat.«

»Das will ich doch hoffen. Und ich trinke nicht so viel wie er.«

»Und uns gegenüber sind Sie ehrlich?«, fragte Eileen, nachdem sie die Vereinbarung ebenfalls gelesen hatte. »Was wir bisher über Sie gehört haben, waren nicht gerade Lobeshymnen. Ich reagiere ziemlich allergisch, wenn jemand meine Mutter reinlegen will, müssen Sie wissen? Und ich würde nichts dabei finden, Ihnen eine Ladung Schrot in den Hintern zu blasen, falls Sie ein falsches Spiel treiben.«

»Eileen!«, wies ihre Mutter sie zurecht.

Baxter lachte. »Ganz die Mutter, nicht wahr? Aber Sie haben recht, ich wäre auch misstrauisch, wenn ein Großrancher wie ich das Angebot einer mittellosen Kleinrancherin ohne Widerrede akzeptiert. Es muss wohl daran liegen, dass ich Ihre Mutter sehr gut leiden kann. Jetzt weiß ich auch, warum ich so lange unverheiratet geblieben bin. Ich habe auf Sie gewartet, Kathleen. Wollen wir reiten?«

»Fünf Minuten«, sagte sie, »wir ziehen nur unsere Reitkleidung an.«

In ihren neuen Reitröcken und den breitkrempigen Hüten, an die sie sich erst gewöhnen mussten, stiegen sie auf die Pferde. Baxter half ihnen, die Steigbügel zu justieren, und erklärte ihnen in gebotener Kürze, worauf es beim Reiten mit einem Cowboypferd ankam: »Diese Tiere sind wesentlich schlauer als die Ackergäule, auf denen Sie in Irland gesessen haben. Oder die Reitpferde im Osten. Sie stammen von den spanischen Mustangs ab und sind so intelligent, dass man sie kaum mit den Zügeln bearbeiten muss. Sitzen Sie möglichst locker im Sattel, nicht so verkrampft, und lenken Sie die Pferde vor allem mit den Schenkeln.«

Eileen fühlte sich sofort wohl auf ihrem Schecken. Er war ein großartiges Tier und ging so gleichmäßig, dass sie kaum durchgeschüttelt wurde. Kein Vergleich mit den Ackergäulen der irischen Farmer und auch den edlen Pferden der englischen Landlords überlegen. Die hatten immer wie überzüchtete Zirkuspferde auf sie gewirkt, ähnlich wie ihre Reiter, die sich für etwas Besonderes hielten und diese Arroganz jeden Untergebenen spüren ließen. Dieser Schecke war ein Arbeitspferd, ein intelligentes Tier, dessen Vorfahren mit den spanischen Eroberern gekommen waren oder Comanchen gehört hatten, und das seine edle Abstammung nicht zur Schau stellen musste. Es machte Freude, ein solches Pferd zu reiten, auch wenn sie noch lange nicht so sicher im Sattel saß wie der Rancher.

Um nicht das fünfte Rad am Wagen zu sein, hielt sich Eileen im Hintergrund. Während sie die Hügelkämme nach möglichen Indianern absuchte, bemerkte sie, dass auch der Rancher sie im Blick behielt. Er hatte nicht umsonst so lange in diesem wilden Land überlebt. Erst als sie den Canyon erreichten und sie Brett Marlow und Sandy ungefähr zwanzig Rinder auf die Weide treiben sah, schloss sie zu Baxter und ihrer Mutter auf und griff ihrem Pferd erstaunt in die Zügel.

»Sie haben Wort gehalten, Nelson«, sagte Kathleen.

»Hab ich nicht«, erwiderte der Rancher grinsend. »Es sind einundzwanzig Rinder. Ich dachte, ich gebe Ihnen noch ein Tier für den Eigenverbrauch dazu.«

»Das ist sehr großzügig von Ihnen, Nelson.«

Er wirkte fast ein bisschen schüchtern. »Ich habe lange keiner Frau mehr den Hof gemacht, Kathleen. Wenn ich ehrlich bin, schon seit sehr langer Zeit nicht. Ich habe keine Ahnung mehr, wie das geht, und schieße sicher manchmal über das Ziel hinaus. Ich hoffe, Sie verzeihen mir. Ich möchte Ihnen nur eine Freude machen.«

Sie ritten dicht an der Herde vorbei und grüßten die beiden Cowboys. »Brett und Sandy werden einige Tage bei der Herde bleiben und Ihrem Oldtimer helfen, sich an die neuen Tiere zu gewöhnen. Auch ein Bonus, an den ich gedacht habe.«

»Sie überraschen mich, Nelson.«

Eileen gingen die ständigen Andeutungen des Ranchers ein wenig auf die Nerven, aber für ihre Ohren waren sie auch nicht bestimmt. Wenn man verliebt war, klang das in den Ohren anderer immer ein wenig seltsam, das war bei Jonathan und ihr sicher nicht anders gewesen. Und ihre Mutter und der Rancher hatten sich anscheinend wirklich ineinander verliebt. Auf den ersten Blick ein verrückter Zufall, aber beim zweiten Hinsehen ein absoluter Glücksfall. Nicht nur wegen der Vorteile, die sich dadurch für ihre Ranch ergaben, sondern vor allem für ihre Mutter, die es verdient hatte, noch einmal die große Liebe zu erleben. Vielleicht war sie die einzige Frau der Familie, der es noch vergönnt war. Sophie würde sich niemals an einen Mann binden, dazu war sie viel zu unstet und flatterhaft. Und ob Jonathan tatsächlich zurückkam, stand in den Sternen.

»Im Sattel sind Sie sicher vor den Longhorns«, erklärte Baxter, als Kathleen einen großen Bogen um einen Bullen schlug. »Sie werden nur gefährlich, wenn Sie versuchen, sich ihnen zu Fuß zu nähern oder ihnen in die Quere kommen.«

»Und die Longhorns wissen das?«

»Das will ich doch hoffen«, amüsierte er sich. »Bleiben Sie in meiner Nähe, dann wissen Sie bald mehr über Longhorns als die meisten Cowboys. Es kann nicht schaden, wenn die Frauen wissen, wie man ein Lasso wirft oder einem Kalb das Brandzeichen aufdrückt. Und Sie sehen nicht wie eine brave Hausfrau aus, die ihr ganzes Leben in der Küche oder bei der Handarbeit verbringen will.«

»Da haben Sie vollkommen recht, Nelson. In Irland mussten auch die Frauen den ganzen Tag auf dem Acker schuften, sonst wäre es uns schon viel früher an den Kragen gegangen. Wir sind an harte Arbeit gewöhnt. Und die Arbeit mit diesen Biestern ist sicher unterhaltsamer, als hinter einem Pflug herzurennen.«

»Das will ich meinen.« Er zögerte ein wenig, suchte offensichtlich nach den passenden Worten. »Wie wär's, wenn Sie mich in den nächsten Tag mal auf meiner Ranch besuchen kommen? Ramon, unser mexikanischer Koch, ist berühmt für seine *tamales*. So was Gutes haben Sie sicher noch nicht gegessen. Ich würde mich sehr freuen.« Er blickte Eileen an. »Sie sind natürlich auch eingeladen.«

»Vielen Dank«, reagierte Eileen schnell, »aber einer muss zu Hause bleiben und sich um Monty kümmern. Er hat sich inzwischen daran gewöhnt, dass ihm eine Frau ein anständiges Essen auftischt, und die Freude möchte ich ihm ungern verderben. Ein anderes Mal vielleicht. Sie sind mir doch nicht böse, oder?«

Er verbarg nur mühsam seine Freude, mit ihrer Mutter allein sein zu dürfen. »Dann schicke ich Ihnen morgen einen Reiter vorbei«, sagte er zu Kathleen. »Gegen Mittag? Keine Angst, Brett und Sandy helfen Ihrer Tochter bei der Arbeit. Sie hat doch sicher nichts dagegen, einen Nachmittag allein zu bleiben.«

»Du hast es dir verdient, Mammy«, sagte Eileen.

Ihre Mutter stimmte zu, und sie ritten zur Ranch zurück. Wie schon neulich glaubte Eileen eine Bewegung auf einem der Hügelkämme zu entdecken, aber das konnte auch ihrer Einbildung geschuldet sein. Honest John war sicher schon weitergezogen, und die Comanchen hätten sich bestimmt nicht sehen lassen. Wenn man einen der Krieger zu Gesicht bekam, war man schon so gut wie tot, diese Worte geisterten schon seit Tagen in ihrem Kopf herum. Die Vorstellung, von Comanchen entführt und versklavt zu werden, jagte ihr große Angst ein.

Nachdem sie sich von Baxter verabschiedet hatten, beeilte sich Kathleen, an die Arbeit zu kommen. Eileen ahnte, dass sie nicht vorhatte, laut über ihre Beziehung mit dem Rancher nachzudenken und ihr wahrscheinlich eine patzige Antwort gegeben hätte, wenn sie es gewagt hätte, sie darauf anzusprechen. Sie zog sich sofort um und schnappte sich den Eimer neben dem Herd. »Höchste Zeit, dass ich das Fenster im Schlafzimmer putze, das hatte ich ganz vergessen.«

Eileen verbrachte den Nachmittag beim Corral und half Monty, den Zaun zu reparieren. Sie war handwerklich sehr geschickt. »Die erste Frau, die es schafft, einen Nagel mit dem Hammer zu treffen, ohne sich vorher auf den Daumen zu hauen«, bemerkte der Oldtimer kichernd. »Ich hätte eine Irin heiraten sollen.«

»Ihre Indianerin konnte das nicht?«

»Wir lebten in einem Tipi. Um das aufzustellen oder zu reparieren, braucht man keine Nägel. Von Hausarbeit verstand sie auch nicht viel. Sie hatte andere Qualitäten, wenn Sie verstehen, was ich meine, und die hätten mir beinahe das Genick gebrochen, als ihr Liebhaber sie entdeckte. Warum er mir damals nicht seine Kriegsaxt ins Hirn rammte, weiß ich bis heute nicht.« Er hielt in der Arbeit inne und richtete sich auf. »Die Verhandlungen mit Baxter sind gut gelaufen, was?«

Sie berichtete ihn von dem Vertrag. »Am besten reiten Sie morgen früh gleich auf die Weide hinaus. Brett Marlow und der Cowboy, der sich Sandy nennt, warten dort auf Sie. Baxter hat sie freigestellt. Sie sollen Ihnen helfen, sich um die Longhorns zu kümmern. Anscheinend sind die neuen Longhorns nicht ganz pflegeleicht. Packen Sie Ihre Satteltaschen mit Vorräten voll, die Cowboys haben sicher Hunger.« Sie schlug einen weiteren Nagel in den Balken. »Bis jetzt läuft alles bestens, Monty. Als hätte der Herrgott plötzlich seine Liebe zu uns entdeckt.«

»So wird's wohl sein«, sagte der Oldtimer mit einem Augenzwinkern.

In dieser Nacht war ihr Fenster klar, und sie konnte den Sternenhimmel deutlich erkennen. So einen Himmel hatte sie in Irland niemals gesehen. Die Sterne glitzerten wie Diamanten auf schwarzem Samt, und lediglich der volle Mond störte den romantischen Anblick mit seinen bleichen Schatten. Seit Eileen wusste, welche Bedeutung der Vollmond für die Comanchen hatte, wirkte er bedrohlich auf sie, wie das Auge eines bösen Geistes, der blutgierigen Kriegern den Weg wies.

Selbst am frühen Morgen war er noch zu sehen, eine große bleiche Scheibe inmitten der funkelnden Sterne, deren Glanz viel zu schnell erlosch. In seinem Licht wirkten die Reiter, die auf ihren wendigen Pferden ins Tal hinabgeritten kamen, wie Boten aus einer anderen Welt, in der Hass und Verderben herrschten.

»Comanchen!«, flüsterte Eileen entsetzt.

Sie sprang aus dem Bett und griff nach ihrem Gewehr, nahm sich nicht einmal die Zeit, etwas anzuziehen. In ihrem Nachthemd rannte sie in den Wohnraum, gefolgt von ihrer Mutter, die ebenfalls ihr Gewehr in den Händen hielt und erschrocken zusammenzuckte, als in schneller Abfolge mehrere Schüsse abgefeuert wurden.

Gellendes Kriegsgeheul erfüllte die Luft. Hufe trommelten auf den trockenen Boden. Dunkle Reiter preschten am Haus vorbei. Durch das Fenster wirkten sie wie bedrohliche Schatten, die Geister von längst verstorbenen Kriegern, die aus dem Jenseits zurückgekommen waren, um sich an ihren Feinden zu rächen.

Eine Scheibe zerbrach. Die Kugel fuhr zwischen Eileen und ihrer Mutter hindurch und bohrte sich in den Küchenschrank. Ein brennender Pfeil folgte der Kugel, prallte gegen den Herd und blieb auf dem Boden liegen. Eileen griff rasch nach einem Lumpen und löschte das Feuer, bevor es sich ausbreiten konnte.

»Runter!«, rief sie ihrer Mutter zu. »Auf den Boden!«

Doch es kamen keine Kugeln und Pfeile mehr. Stattdessen erklang ein wahres Stakkato von Schüssen aus modernen Hinterladern, die auf keinen Fall den Comanchen gehören konnten. Die meisten Indianer waren noch mit Pfeil und Bogen unterwegs oder besaßen altmodische Vorderlader, die nur einmal feuerten und umständlich nachgeladen werden mussten. Das Kriegsgeheul verstummte.

Eileen lief geduckt zum Fenster und blickte in den Hof hinaus. Über ein Dutzend Cowboys vertrieben die Angreifer mit einem wahren Feuerwerk an Schüssen und zeigten ihnen auf eindrucksvolle Weise, wer das Sagen im Tal hatte.

»Nelson!«, flüsterte Kathleen erleichtert.

In ihren Morgenröcken traten die Frauen vors Haus. Eileen bemerkte den Oldtimer, der in seiner orangefarbenen Unterwäsche im Freien stand, sein Gewehr in beiden Händen, und Brandy, der winselnd aus seinem Versteck zurückkehrte.

Und sie sah Baxter, der hastig herbeigeritten kam und vor Kathleen aus dem Sattel stieg. »Wir hatten erfahren, dass Comanchen in der Nähe waren«, sagte er. »Jetzt wissen sie, dass diese Ranch genauso tabu für sie ist wie meine Lazy B.«

»Nelson!«, sagte Kathleen nur.

Sie fielen sich in die Arme und fanden nichts dabei, sich vor Eileen zu küssen, er in seiner schmutzigen Arbeitskleidung und sie im wehenden Morgenrock und mit offenen rotblonden Haaren, so wie die Heldin in einem irischen Märchen.

»Ich glaube, die meinen es wirklich ernst«, sagte Eileen zu dem Oldtimer.

27

Vier Jahre waren vergangen, und Sophie lebte noch immer bei den Indianern. Sie hatte den Jungen, den sie geboren hatte, liebgewonnen und brachte es nicht übers Herz, ihn zu verlassen, obwohl er sich stark zu Krähenfrau hingezogen fühlte, die mehr Geschick mit Kindern zeigte. Er war ein aufgeweckter Junge und der ganze Stolz von Gelbe Hand, der ihm eine große Zukunft als Krieger voraussagte und ihm wegen seiner rötlichen Haare den Namen Feuerkopf gegeben hatte. Seinen Kriegernamen würde er als junger Mann während einer Visionssuche erfahren.

Auch Sophie hatte einen neuen Namen bekommen. »Weiße Frau« klang nicht besonders originell, beschrieb ihre Lage aber besser als jeder andere. Anders als Krähenfrau, die längst kapituliert hatte und zur Indianerin geworden war, hatte sie den Glauben an eine andere Zukunft noch nicht aufgegeben. Zu stark war ihr Wunsch, als Schauspielerin oder Sängerin erfolgreich zu sein. Sobald der Junge groß genug war, würde sie eine Möglichkeit finden, die *tsis-tsis-tas* zu verlassen. Auch dann würde die Trennung schmerzhaft sein, doch sie gehörte nicht hierher und würde sich bei den Indianern immer wie eine Fremde fühlen. Ihre irischen Wurzeln waren zu stark. Sie dachte gar nicht daran, ihre Vergangenheit und ihre Zukunft über Bord zu werfen und hatte es sich sogar zur Gewohnheit gemacht, jeden Morgen beim Wasserholen einige Worte in ihrer Sprache zu sprechen.

Meistens sprach sie dabei mit ihrer Familie, mit Eileen, Robert und ihrer Mutter. Sie vermisste sie sehr und hatte erst nach ihrer Trennung gemerkt, wie viel sie ihr wirklich bedeuteten. Sie war anders als Eileen, die mehr nach ihrer Mutter geraten war und die Arbeit auf den Feldern und der Weide schätzte. Sie hatte vom Herrgott ihr verführerisches Aussehen bekommen und machte es sich zunutze, um auf der Leiter des Erfolgs möglichst weit nach oben zu klettern. Sie brauchte die Großstadt, die Lichter, den Glamour und das Leben mit der leichten Muse.

»Ich weiß, was ihr denkt«, sagte sie am Flussufer und hielt den Behälter mit dem geschöpften Wasser in den Händen, »und ihr habt recht, mit der Moral nehme ich es nicht so genau. Solange es mir Spaß macht und ich mich nicht ekle, ist doch nichts dabei. Ich gebe ihnen, was sie wollen, und sie erfüllen mir meine Wünsche. Die Männer sind doch selbst schuld, wenn sie so dumm sind, auf meine Reize hereinzufallen. Aber keine Angst, zur Hure lasse ich mich nicht machen. Auf die Straße zu gehen und mich jedem dahergelaufenen Landstreicher für ein paar Pennys anzubieten, käme mir nie in den Sinn.« Sie blickte in die aufgehende Sonne und lächelte. »Ihr werdet es nicht glauben, ich bin nämlich jetzt verheiratet. Mit einem der tapfersten Krieger der *tsis-tsis-tas*. Er hat noch zwei andere Frauen, aber ich bin die Einzige, die ihm bisher ein Kind geschenkt hat. Ganz recht, ich habe einen kleinen Sohn. Er heißt Feuerkopf. Ein süßer Kerl, den ich sehr vermissen werde, wenn ich die Indianer verlassen habe. Krähenfrau wird sich um ihn kümmern. Nicht heute oder morgen, erst wenn er etwas älter ist.«

Krähenfrau hatte ihre letzten Worte gehört und trat erstaunt neben sie. »Was redest du, Sonnenfrau?« Sie sprach inzwischen in einem Mix aus Cheyenne und Englisch, wenn sie sich mit ihr unterhielt. »Willst du uns wirklich verlassen?«

»Noch bin ich hier, Krähenfrau.«

»Gelbe Hand würde dich niemals gehen lassen. Er liebt dich und würde eher Antilopenfrau oder mich verstoßen, als dich aufzugeben. Du bist die Frau, von der er schon als junger Krieger geträumt hat. Du bist der Grund dafür, dass seine Augen vor Stolz und Lust blitzen, wenn er von dir spricht. Er würde dich eher töten, als dich zu den Weißen zurückkehren lassen. Das lässt sein Stolz nicht zu.«

»Er hat dich, Krähenfrau. Auch du kannst ihm geben, was er will.«

»Nicht so wie du. Alle Frauen beneiden dich. Und viele Krieger würden alle ihre Pferde dafür geben, wenigstens einmal das Lager mit dir teilen zu dürfen. Ich habe sie reden hören, Sonnenfrau. Du bist begehrenswerter als alle anderen.«

Sophie fühlte so etwas wie Stolz. Selbst diese wilden Krieger hatte sie mit ihrem Aussehen und ihrer Ausstrahlung verzaubert. Wenn es so weit war, würde sie einen dafür belohnen, sie in die Freiheit zu führen. »Ich kann nicht bleiben«, sagte sie. »Ich bin nicht wie du. Ich habe nichts gegen die *tsis-tsis-tas*. Sie sind stattlicher und mutiger als die Wikinger, die einst meine alte Heimat überfallen haben. Und Gelbe Hand ist ein großartiger Krieger. Aber ich kann nicht bei ihnen leben. Ich werde nach San Francisco gehen, wie ich es immer vorhatte, und dort als Schauspielerin oder Sängerin arbeiten. Ich habe während der letzten Jahre viel geprobt, habe irische Geschichten erzählt und irische Lieder gesungen. Du gehörst hierher, Krähenfrau. Du bist eine *tsis-tsis-tas*. Ich bin eine weiße Frau.«

»Und Feuerkopf? Dein Sohn? Du willst ihn zurücklassen?«

»Es wird mir das Herz brechen«, antwortete sie ehrlich, »aber es geht nicht anders. Feuerkopf wird es gut haben bei dir. Du wirst ihm eine gute Mutter sein.«

»Warum, Sonnenfrau? Du hast es doch gut bei uns.«

»Ich weiß, Krähenfrau. Du wirst mich nicht verraten?«

»Du bist meine Freundin. Ich werde nichts sagen.«

Von der Außenwelt war Sophie so gut wie abgeschnitten. Nur gelegentlich berichteten Krieger anderer Stämme, was in der Welt der Weißen vor sich ging. Der Bruderkrieg zwischen dem Norden und dem Süden ging in seine entscheidende Phase. Die Soldaten trafen in mörderischen Schlachten aufeinander, während der tausende von Männern ums Leben kamen. Ein sinnloses Schlachten, glaubten die *tsis-tsis-tas*, vor allem, wenn es tatsächlich um ein so überflüssiges Problem wie die Sklavenhaltung ging. Die Cheyenne fanden nichts dabei, einige ihrer Gefangenen für niedere Arbeiten einzusetzen. Immer noch besser als ein grausamer Tod. Das Glück, von einer Familie adoptiert zu werden, hatten nur ganz wenige.

Die Hundekrieger und die Fuchskrieger, für die Gelbe Hand zu den Waffen griff, nützten den Bruderkrieg der Weißen, um möglichste viele Siedler zu überfallen, und griffen sogar die wenigen Soldaten an, die noch im Westen geblieben waren. Die Feuer loderten hoch, wenn sich die Krieger mit ihren Taten brüsteten und stolz die erbeuteten Skalpe präsentierten. Niemand ahnte, dass die Weißen auch auf diese Angriffe eine Antwort hatten, und die Späher waren mehr als überrascht, als eine Abordnung der Soldaten unter der weißen Flagge des Friedens in ihrem Dorf erschien. Selbst von den kampflustigen Hundekriegern griff sie niemand an, unter weißer Flagge genossen sie das Gastrecht des Stammes.

Nur einen Augenblick dachte Sophie daran, sich den Soldaten zu erkennen zu geben. Niemand schien sie zu beachten, nicht einmal Gelbe Hand, und es bedurfte nur einiger Schritte, sich in Sicherheit zu bringen. Eine trügerische Sicherheit, wie sie sofort erkannte. Entweder die Soldaten hielten sie in ihrer Kleidung und mit dem sonnengebräunten Gesicht für eine Indianerin, oder einer der Krieger hielt sie mit einem Gewehrschuss auf. Sie wechselte einen Blick mit Krähenfrau, die nervös in unmittelbarer Nähe stand, und gab ihr mit einem Lächeln zu verstehen, dass sie nicht daran dachte, sich selbst und das Dorf in Gefahr zu bringen.

Wie die meisten anderen Frauen blieb Sophie in respektvoller Entfernung stehen, als die Soldaten ihre Pferde zügelten. Ihr Anführer, ein kräftiger Bursche mit drei Streifen am Ärmel, verkündete herrisch und mit unverkennbar irischem Akzent: »Sergeant O'Connor von der Fünften Kavallerie in Fort Lyon. Wir sind gekommen, um euch eine Verlautbarung vorzulesen. Wo ist euer Häuptling?«

Alter Mann trat aus seinem Tipi. Er verbarg mühsam seinen Ärger über das dreiste Vorgehen des Sergeants, der nicht einmal die Höflichkeit besaß, von seinem Pferd zu steigen und nur widerwillig ertrug, dass sein Dolmetscher zuerst übersetzen musste, bevor er eine Antwort bekam. »Ich bin Alter Mann. Was hast du mir zu sagen, Soldat? Wir wollten Frieden, doch ihr habt den Vertrag gebrochen. Sollen unsere Krieger zusehen, wie ihr Häuser baut und die Erde aufreißt?«

O'Connor ging nicht auf den Vorwurf des Häuptlings ein. »Ich bringe euch eine Nachricht von John Evans, dem Gouverneur dieses Territoriums. Er befiehlt allen friedlichen Indianern, innerhalb der nächsten vier Wochen nach Fort Lyon zu ziehen und sich dem dortigen Befehlshaber zu ergeben. Als Zeichen eurer Bereitschaft, diesem Befehl zu folgen, schlägt er vor, an jedem Lagerplatz eine weiße Fahne zu hissen, die vorbeiziehenden Soldaten zeigen soll, dass ihr in Frieden kommt.« Seine Worte klangen wie auswendig gelernt und wurden ohne Mitgefühl vorgetragen. »Wenn ihr seinen Befehl missachtet, macht ihr euch strafbar, und er wird eine Strafexpedition gegen deinen Stamm aussenden.« Er verzog grimmig den Mund. »Und glaube bloß nicht, dass alle Soldaten im Osten sind. Wir haben Freiwillige eingestellt, die ganz versessen darauf sind, Indianer zu bestrafen.«

Einige der Krieger reckten ihre Waffen und stießen wütende Rufe aus. Ein junger Cheyenne rannte mit erhobenem Gewehr auf die Soldaten zu und wurde von Alter Mann mit einem scharfen Zuruf zurückgehalten. »Kein Krieger der *tsis-tsis-tas* missachtet die weiße Flagge! Oder willst du, dass die Blauröcke sich an unschuldigen Frauen und Kindern rächen?« Er wandte sich an den Sergeant. »Ich werde über deine Worte nachdenken und mich mit den Kriegern beraten.«

»Du verstehst mich falsch, Häuptling«, erwiderte O'Connor, nachdem sein Dolmetscher übersetzt hatte. »Dies ist kein Vorschlag, über den ihr beraten könnt. Dies ist ein Befehl vom höchsten Würdenträger unseres Territoriums. Befolgt ihr ihn, könnt ihr in Frieden leben. Widersetzt ihr euch, werdet ihr sterben.«

Die Soldaten verschwanden, ohne sich zu verabschieden, und Alter Mann hatte große Mühe, einige Hitzköpfe zurückzuhalten, die ihnen nachreiten wollten. Auch unter den anderen Kriegern entstand großer Unmut. Einige Männer hoben die Waffen und stießen den Kriegsruf der *tsis-tsis-tas* aus, einer der Hundekrieger stampfte wütend mit dem Fuß auf und brummte ein paar Worte, die niemand verstand. Sophie und Krähenfrau blickten sich an, ohne etwas zu sagen, sie kannten die Verlogenheit der Soldaten ebenso gut wie die Indianer. Die Engländer hatten bei ihren Versprechungen in Irland das gleiche falsche Lächeln im Gesicht gehabt.

An diesem Abend prallten die Meinungen am großen Feuer aufeinander. Bullenkopf, der hitzige Krieger, der Sophie bei ihrer Gefangennahme beinahe erschlagen hätte, konnte sich kaum bezähmen und sprang als Erster auf. Mit blitzenden Augen rief er: »Wollt ihr euch alles von den *vehos* gefallen lassen? Wollt ihr wie räudige Hunde vor ihnen kriechen und Gras fressen, weil ihr keine Waffen mehr habt, um Büffel zu jagen? Habt ihr nicht gesehen, mit welcher Verachtung uns dieser Blaurock gestraft hat? Nicht mal vom Pferd gestiegen ist er, und bei jedem Wort seines lächerlichen Befehls hat er uns mit seinen Blicken getötet. Er will keinen Frieden. Keiner der Soldaten will Frieden, und schon gar nicht dieser Gouverneur, der sich zum Herrn eines Landes aufgeschwungen hat, das ihm überhaupt nicht gehört.« Er zog die Kriegsaxt, seine bevorzugte Waffe, und stieß einen wilden Schrei aus. »Lasst uns die Soldaten bekämpfen! Schlagt ihnen die Köpfe ein und reißt ihnen die Herzen aus dem Leib, bevor sie uns zwingen, die Waffen abzugeben, und über unsere wehrlosen Dörfer herfallen. Wir sind tsis-tsis-tas! Wir sind die tapfersten Krieger unter der Sonne! Wir lassen uns nichts von diesen blassen Eindringlingen sagen! Wir werden niemals aufgeben!«

Ein anderer Krieger sprang auf, bevor Alter Mann die Gemüter beruhigen konnte. »Bullenkopf hat recht. Wir sind keine Weiber, die sich wie ängstliche Hunde unter den Peitschenschlägen der *vehos* ducken. Lasst uns auf den Kriegspfad gehen und den Weißen zeigen, was es heißt, einen unserer Krieger zu beleidigen. Wenn Bullenkopf reitet, werde ich an seiner Seite sein und meine Waffe erst herunternehmen, wenn der letzte Soldat der Weißen in seinem Blut liegt.«

Zustimmendes Raunen ging durch die anwesenden Krieger, und wieder wurden vereinzelte Kriegsrufe laut. Sophie zog sich ängstlich zurück, fürchtete plötzlich, einer der Männer könnte seine Wut auf die *vehos* an ihr auslassen. »Veho« hieß »Spinne«, weil die Weißen wie Spinnen ihr Netz über das Land spannten und nur darauf warteten, dass sich ihre Feinde darin verfingen und starben.

Gelbe Hand erhob sich und wartete geduldig, bis sich die Aufregung einigermaßen gelegt hatte. Das Feuer zauberte unruhige Schatten auf sein Gesicht und ließ ihn noch geheimnisvoller aussehen. »Ich verstehe eure Wut. Ich war dabei, als die Abgesandten des Großen Weißen Vaters in Washington zu uns kamen und uns ewigen Frieden zwischen unseren Völkern garantierten. Weiße Siedler haben diesen Vertrag gebrochen, und erst als sie den heiligen Boden unserer Jagdgründe aufrissen, um nach dem wertvollen Metall zu suchen, und als sie auf unsere Frauen und Kinder schossen, haben auch wir zu den Waffen gegriffen. Wir haben diesen Krieg nicht begonnen, doch sie sind wie Heuschrecken in unser Land eingefallen.« Er erhielt zustimmende Rufe, wartete aber nur ein paar Atemzüge, bevor er fortfuhr: »Doch ich muss euch warnen, meine Brüder. Ich weiß auch, wie mächtig die Weißen sind. Sie sind zahlreicher als die Sterne am Himmel und das Laub an den Bäumen, und es wird uns niemals gelingen, sie zurückzuschlagen. Selbst dann nicht, wenn wir alle Hundekrieger wären. Ich gehöre zu den mutigsten Kriegern unseres Volkes, das wisst ihr, und wenn ihr mich zu den Waffen ruft, werde ich an vorderster Stelle reiten und bis zum letzten Blutstropfen kämpfen. Aber ich denke auch an unsere Frauen und Kinder. Lasst uns die weiße Flagge hissen, wenigstens so lange, bis sie in Sicherheit sind. Im Fort werden wir sehen, wie sie unsere Brüder behandelt haben, und dann können immer noch auf den Kriegspfad ziehen. Gebt dem Frieden eine Chance! Um der Frauen und Kinder willen.«

Alter Mann gebot Ruhe. Mit beiden Händen brachte er die versammelten Krieger zum Schweigen. Erwartungsvolle Stille machte sich breit, als er in den Feuerschein trat und zu den Kriegern sprach: »Hört mich an, meine Brüder! Wir leben in schwierigen Zeiten. Die Flut der weißen Siedler scheint kein Ende zu nehmen, und der Lebensraum für unser Volk wird immer kleiner. Weiße Jäger werden von der Regierung bezahlt, um die Büffel abzuschießen und uns alles zu nehmen, was wir zum Leben brauchen. Die Wagenzüge auf dem Oregon Trail haben keinen Anfang und kein Ende. Die Schienen des Feuerrosses fressen sich durch unsere Jagdgründe. Und die Blauröcke verpflichten weiße Jäger, die auch uns wie Büffel töten sollen. Womit wir dieses Schicksal verdient haben, weiß nur *Maheo*. Denn Gelbe Hand hat recht. Selbst wenn wir alle Hundekrieger wären, würde es uns nicht gelingen, sie zurückschlagen. Nicht weil wir zu feige, sondern weil sie zu zahlreich sind. Wenn wir unser Volk retten wollen, müssen wir den Befehl der Soldaten befolgen. Lasst uns die weiße Flagge an eine Tipistange binden und sehen, was uns im Fort erwartet. Das ist alles, was ich zu sagen habe.«

Nur widerwillig fügten sich die Krieger. Alter Mann band die weiße Flagge an eine Tipistange über seinem Zelt und forderte seinen Stamm auf, sich am frühen Morgen auf den Weg nach Fort Lyon zu machen. Sophie und Krähenfrau gehörten zu den Frauen, die beim Abbau der Tipis halfen und die Stangen in Bündeln an die Pferde banden. Innerhalb einer knappen halben Stunde waren die Bewohner des Dorfes marschbereit, ein Phänomen, das Sophie während der letzten Jahre immer bewundert hatte. Inzwischen war sie selbst in der Lage, ein Tipi abzubauen und zu verladen, eine Fähigkeit, auf die sie in gewisser Weise stolz war.

Sie lagerten ungefähr zwanzig Meilen weiter flussabwärts und beschlossen dort, ein paar Tage zu verbringen. Die einzige Frau von Alter Mann war erkrankt, und man wollte ihr Gelegenheit geben, sich zu erholen, bevor man die anstrengende Wanderung fortsetzte. Am Nachmittag war böiger Wind aufgekommen, und sie hatte sich so schwer erkältet, dass sie unterwegs zusammengebrochen war. »Ihr Körper ist heiß«, sagte der Schamane und verabreichte ihr ein Pulver aus zerstampften Kräutern und heißen Tee. Die ganze Nacht waren das rhythmische Geräusch seiner Rassel und sein monotoner Singsang zu hören. Ein böses Omen, wie Sophie befürchtete, als sie den letzten Pflock ihres Tipis in den Boden schlug. »Ich weiß nicht«, sagte sie zu Krähenfrau. Auch sie benutzte inzwischen ein Gemisch aus Indianisch und Englisch. »Irgendwas liegt in der Luft.« Sie blickte zum düsteren Himmel empor. »Wie damals, als die Engländer kamen.«

Krähenfrau blickte sie fragend an. »Ich verstehe nicht …«

»Ach, nicht so wichtig«, erwiderte Sophie. Doch als sie sich von ihr abwandte, war sie blass geworden und ihre Augen waren voller Furcht. »Nicht so wichtig.«

28

Die Soldaten kamen am frühen Morgen. Sophie war gerade beim Wasserholen am Fluss, als sie das Trompetensignal, die Schreie und die ersten Schüsse hörte. Sie blieb einen Augenblick wie versteinert stehen, rannte dann in panischer Angst ins Dorf zurück und sah die weißen Männer wie einen Sturmwind durch das Lager fegen. Nicht nur Soldaten, auch Freiwillige in zivilen Kleidern, die Augen vom Alkohol gerötet, die Gewehre, Pistolen und Säbel zum Töten bereit.

Ihr wurde übel, und eine innere Stimme riet ihr, wegzulaufen und sich in Sicherheit zu bringen, doch sie rannte weiter, in die aufwirbelnden Erdbrocken hinein zum Tipi ihrer Familie. »Feuerkopf!«, schrie sie den Namen ihres Kindes. »Aufhören! Sofort aufhören!«, rief sie den angreifenden Soldaten entgegen. »Seht ihr nicht die weiße Flagge? Das hier sind friedliche Indianer! Sie stehen unter dem Schutz der Regierung! Zurück! Ihr habt euch das falsche Dorf ausgesucht!«

Doch niemand achtete auf sie, und wenn sie jemand verstanden hätte, wäre er lachend an ihr vorbeigeritten und hätte weiter gemordet. Die Angreifer handelten wie im Rausch, das erkannte Sophie sogar in ihrer Panik, sie hatten sich anscheinend mit Alkohol vollgepumpt, um auch die letzten Hemmungen abzuwerfen. Sie töteten alle, die ihnen in die Quere kamen, Männer, Frauen und Kinder, schlugen erbarmungslos mit ihren Säbeln zu und lachten noch dabei. Nicht einmal während der Kartoffelfäule in Irland hatte Sophie so viel Schmerz und Leid gesehen.

Sie stolperte und fiel neben ihrem Tipi zu Boden. Nur schemenhaft erkannte sie, wie Gelbe Hand mit seinem Gewehr auf einen der Soldaten anlegte und ihn mit einer Kugel aus dem Sattel fegte. Im nächsten Augenblick traf ihn selbst eine Kugel, und er stürzte ins Gras, hielt sich die blutende Hüfte und kam mühsam wieder auf die Beine, nur um in den heftigen Säbelhieb eines Soldaten zu laufen. Diesmal stand er nicht wieder auf. Sein Mörder ritt über ihn hinweg und legte auf Sophie an, starb mit einem Pfeil im Hals, bevor er den Abzug betätigen konnte.

Auf allen Vieren kroch sie zum Tipi, zu spät, um zwei aufgebrachte Männer daran zu hindern, die Stangen und Planen niederzureißen und auf Krähenfrau und Antilopenfrau loszugehen. Krähenfrau hielt den kleinen Feuerkopf fest an ihre Brust gedrückt, als die Kugeln sie und den Jungen trafen. Antilopenfrau war beim Sterben zu keiner Regung fähig. Sie schrie nicht mal. Ihre Mörder lachten fröhlich, beschimpften die toten Frauen mit üblen Worten und ritten weiter, ohne sich um Sophie zu kümmern. »Ihr verdammten Mörder!«, rief sie ihnen nach.

Sie stemmte sich vom Boden hoch und stolperte auf ihren toten Sohn zu, ohne sich um das Chaos um sie herum zu kümmern. In diesem Moment war es ihr vollkommen egal, was mit ihr geschah. »Feuerkopf!«, flüsterte sie, als sie ihn erreicht hatte und mit der flachen Hand über seine Wange strich. »Feuerkopf! Warum haben sie das getan?« Sie griff nach dem Revolver, der neben Krähenfrau auf dem Boden lag, legte wütend auf die Soldaten an und spürte einen harten Schlag an der linken Schulter, noch bevor sie die Waffe abfeuern konnte.

Vor ihren Augen verschwamm alles, und sie erlebte die restlichen Minuten des Massakers wie aus weiter Ferne. Verschwommen sah sie wie die Soldaten mit blutigen Säbeln auf Frauen und Kinder losgingen, während ihre Siegesschreie dumpf und unheilvoll durch den morgendlichen Dunst klangen. Dies ist das Ende der Welt, befürchtete sie, es gibt überhaupt keine Zukunft mehr für mich, weder bei den Indianern noch in San Francisco und auf den Bühnen der Welt. Und niemand wird jemals erfahren, wie Sophie O'Leary sterben musste.

Ihr Körper schien gelähmt, als einer der Soldaten aus dem Dunst trat und lachend mit seinem Säbel ausholte. »Die Schlampe lebt noch!«, rief er, und sein Säbel senkte sich bereits, als ein anderer Soldat ihm die Waffe aus der Hand schlug.

»He, was soll das?«, protestierte der mit dem Säbel, »die gehört mir!«

»Das ist eine Weiße, du Idiot!«

»Eine Weiße? Also, mir kommt sie eher wie ′ne Squaw vor.«

»Ihre Haare sind hell, verdammt!«

Sophie war viel zu schwach, um etwas zu sagen. Ihre Augen waren bereits halb geschlossen, und sie sah noch durch einen dichten Schleier, wie sich der andere Soldat über sie beugte und ihr die Haare aus dem Gesicht strich. »Das ist eine Weiße, ganz sicher, und ich kenne sie auch irgendwoher.« Sein Gesicht kam noch näher und verschwamm vor ihren Augen. »Beim heiligen Sankt Patrick! Das ist meine Schwester! Das ist Sophie! Die Rothäute hatten meine Schwester!«

»Robert!«, flüsterte sie kaum hörbar. »Du?«

»Sophie! Verdammt, Sophie!«

Seine nächsten Worte verstand sie nicht mehr. Sie war viel zu geschwächt und benommen, um noch reagieren zu können. Irgendetwas musste sie an der Schulter getroffen haben, eine Kugel oder ein Säbelhieb. Feuerkopf, mein Kind, wollte sie rufen. Krähenfrau! Warum habt ihr sie getötet? Aber sie war nicht mehr fähig, ihre Lippen zu bewegen, und konnte von Glück sagen, dass ein Doktor bei den Soldaten war. »Glück gehabt, meine Liebe«, hörte sie ihn sagen, »ein glatter Durchschuss. Ein fester Verband, etwas Laudanum, und Sie sind bald wieder gesund. Wir legen Sie auf den Lazarettwagen, das schüttelt Sie ein bisschen, ist aber immer noch besser, als auf einer Schlappbahre oder tot am Flussufer zu liegen.«

Das Laudanum machte sie müde und ließ sie schon nach wenigen Minuten einschlafen. Sie sah nicht mehr, wie die Soldaten und Freiwilligen die Tipis in Brand steckten und Körperteile der toten Indianer wie Trophäen schwenkten. In dem Feuer fand auch ihr Sohn seine letzte Ruhe. Ein Kind, das sie trotz aller Distanz, die sie zu ihm gehalten hatte, über alle Maßen geliebt hatte. Gelbe Hand, Antilopenfrau und Krähenfrau, drei Menschen, die sie durch vier entscheidende Jahre ihres Lebens begleitet hatten, verbrannten in dem Feuer, das auch die weiße Flagge vernichtete und am Anfang eines jahrelangen Krieges zwischen den Weißen und den Indianern stand. Sophie würde die *tsis-tsis-tas* niemals vergessen. Auch wenn jeder Krieg grausam war und viele unschuldige Opfer forderte, hatten sie ein so grausames Schicksal nicht verdient.

Auf der Krankenstation in Fort Lyon wachte sie am nächsten Morgen auf. Sie hatte über zwölf Stunden geschlafen und fühlte sich schon wesentlich besser. Durch das Fenster blickte sie auf den Paradeplatz, der durch vier Häuserreihen mit steilen Giebeldächern gebildet wurde. Die Stars and Stripes hingen schlaff am Fahnenmast. Sie hörte ein Trompetensignal und sah gleich darauf mehrere Soldaten mit ihren Pferden auf den Hof reiten und in Reih und Glied antreten. Ein Sergeant erklärte ihnen in markigen Worten, das an diesem Morgen vor allem Drill auf dem Programm stand, weil sich die »verdammten Halsabschneider« nur mit eiserner Disziplin besiegen ließen. Wenig später hörte man seine scharfen Kommandos, als er seine Soldaten in Zweierreihen über den Hof scheuchte.

Die Krankenschwester brachte ihr Frühstück. Zwieback mit fetter Soße und etwas Speck. Sie hatte schon besser gegessen, aber selbst die Offiziere bekamen in Fort Lyon nichts Besseres. Der Kaffee schmeckte einigermaßen. »Sie haben bei den Indianern gelebt?«, fragte die Schwester neugierig. »Bei den Cheyenne?«

»Vier Jahre«, antwortete Sophie.

»Und sie haben ihnen nichts getan?«

»Sie haben einen guten Freund umgebracht. Mich haben sie entführt und in den Stamm aufgenommen. Das tun sie manchmal. Sie haben mich nicht gemartert, wenn Sie das meinen, oder sonst wie Gewalt angetan. Abgesehen von der ältesten Frau des Kriegers, der mich zu seiner dritten Frau nahm. Sie halste mir die schlimmsten Arbeiten auf und ließ mich bei den Hunden schlafen, bis mich der Krieger in sein Tipi holte und ich die gleichen Rechte wie die anderen Frauen bekam. Die Indianer sind nicht so grausam, wie wir immer denken, Schwester.«

Die Krankenschwester beugte sich zu ihr herab. In verschwörerischem Tonfall und mit einem anzüglichen Lächeln fragte sie: »Sie waren die Frau eines Kriegers? Haben Sie mit ihm … Na, Sie wissen schon? Wie sind sie denn so, diese Wilden? Sind Sie wirklich so … so derb und animalisch, wie manche sagen?«

»Nein«, platzte es aus Sophie heraus. »Sie sind wie wilde Tiere. Springen dich an und reißen dich nieder und besorgen es dir vor allen anderen. Und wenn du gut warst und laut genug gestöhnt hast, reichen sie dich an den nächsten Krieger weiter, und der Spaß geht von vorne los. Wenn du Glück hast, schläfst du mit einem halben Dutzend Krieger in einer Nacht. Wollten Sie das hören, Ma'am?«

Der Schwester schoss das Blut ins Gesicht. »Ich wollte Sie nicht beleidigen, Miss. Entschuldigen Sie, aber …« Sie wusste nicht, was sie sonst noch sagen sollte, und beeilte sich, aus dem Raum zu kommen. Ihre schnellen Schritte hallten durch den Flur. Während der folgenden Tage erwähnte sie das Thema nie wieder.

Sophie hätte ihr am liebsten die Bettpfanne hinterhergeworfen, beruhigte sich aber relativ schnell. Die Krankenschwester hatte nur ausgesprochen, was wahrscheinlich alle im Fort dachten. Bereits auf dem Wagentreck hatte sie gehört, welche seltsamen Vorstellungen die meisten Menschen vom Sexualleben der Indianer hatten, und mit welcher Verachtung sie auf Gefangene herabblickten, die nach langer Zeit in die Zivilisation zurückkehrten. Als wären sie für den Rest ihres Lebens beschmutzt und nicht würdig, sich in der feinen Gesellschaft zu bewegen. Es sollte sogar Männer geben, die sich weigerten, ihre befreiten Ehefrauen bei sich aufzunehmen. Sie konnte von Glück sagen, dass niemand von ihrem Sohn wusste. Wer ein Kind mit einem »Wilden« zeugte, war für die meisten Menschen gestorben. Kein angesehener Mann würde eine solche Frau berühren.

Robert erschien am späten Vormittag. Er trug die Uniform

eines Sergeants und lächelte zufrieden, als er sie gesund und munter in seinem Bett sitzen sah. »Ich hatte schon Angst, die Verletzung wäre schlimmer. Was für ein Glück, dass ich dich noch rechtzeitig erkannt habe. Lass dich umarmen, Schwester!« Er beugte sich zu ihr herab und schloss sie fest in die Arme. Er war stärker und erwachsener geworden und wirkte selbstsicherer als vor einigen Jahren in Baltimore.

»Robert!«, sagte sie. »Robert! Mein Gott, Robert!«

»Es ist eine ganze Weile her, dass wir uns gesehen haben, nicht wahr?«

»Und es ist viel passiert. Wie geht es dir, Bruder?«

»Ich lebe noch«, erwiderte er. »Nachdem ich euch verlassen hatte, bin ich zur Eisenbahn gegangen, aber die Armee hat besser gezahlt, und ich konnte es diesen idiotischen Südstaatlern heimzahlen, die sich schlimmer als die Engländer aufführen und immer noch glauben, man könnte andere Menschen versklaven. Drei Jahre hab ich den Krieg mitgemacht. Er war schlimmer als alles andere, was ich bisher erlebt habe, aber ich war ein guter Schütze und wurde zum Sergeant befördert.«

»Und was treibst du hier draußen? Ist der Krieg schon vorbei?«

»Noch nicht, aber es kann sich nur noch um Wochen handeln. Der Norden ist dem Süden weit überlegen, auch was Material und Nachschub betrifft. Mich und ein paar andere haben sie vorausgeschickt. Wir sollen helfen, die Indianer zu besiegen. Ihnen zeigen, dass mit der Armee der Vereinigten Staaten nicht zu spaßen ist. Sobald der Krieg vorbei ist, beginnt die große Offensive gegen die Sioux und Cheyenne.« Er lächelte. »Und du? Wie kommst du zu den Cheyenne?« Er setzte sich auf ihren Bettrand und griff nach ihrer Hand. »Was machen Mammy und Eileen?« Er seufzte. »Mein Gott, wie oft habe ich während des Krieges an euch gedacht. Ich hatte ja keine Ahnung, wo ihr abgeblieben wart. Wie geht es euch?«

Sophie berichtete von ihren Erlebnissen. »So wie ich Mammy und Eileen kenne, sind sie längst in Texas. Sie wollten dort eine Ranch oder Farm kaufen. Keine Ahnung, wie sie das anstellen wollten.« Sie ließ einige Zeit verstreichen, bevor sie ihn prüfend anblickte. »Warum habt ihr das Indianerdorf angegriffen, Robert? Warum habt ihr Frauen und Kinder getötet? Alter Mann, der Häuptling, hatte eine weiße Flagge an sein Tipi gebunden, so wie es ihm der Offizier aufgetragen hatte. Warum habt ihr ihn betrogen? Er wollte seine Leute ins Fort bringen.«

»Ich weiß, dass einige unserer Leute zu weit gegangen sind«, räumte er ein. »Hauptsächlich Freiwillige, die sich für hundert Tage verpflichtet haben und so viele Indianer wie möglich abschießen wollten. So etwas lässt sich in der Hitze des Gefechts nicht verhindern. Aber inzwischen müsstest du wissen, dass auch die Indianer nicht gerade zimperlich sind. Sie haben unschuldige Siedler getötet. Männer und auch Frauen und Kinder. Was ich bei meinen Einsätzen gesehen habe, war mindestens genauso schlimm wie das, was unsere Männer angerichtet haben.«

Auch ihrem Bruder verriet sie nicht, dass ihr kleiner Sohn unter den Toten gewesen war. Was er nicht wusste, bereitete ihm keine Probleme. Und nach dem, was sie mit der Krankenschwester erlebt hatte, hielt sie es auch für besser, dass die Soldaten und die wenigen Frauen im Fort nichts davon erfuhren. Ihr Sohn würde in ihrem Herzen weiterleben, aber niemand würde je von ihm erfahren.

»Weißt du schon, was du jetzt machen wirst?«, fragte Robert.

»Ich werde nach San Francisco gehen, was sonst?«

»Ohne einen Penny?«

Sophie deutete auf ihr Indianerkleid, das die Schwester achtlos über einen Stuhl geworfen hatte. »Ich habe ein paar Münzen in eine versteckte Tasche meines Kleides genäht. Für alle Fälle. Und ich wäre dir sehr verbunden, wenn du dir eine Münze nähmst und mir was Anständiges zum Anziehen kaufen würdest.«

»Aye, Schwester.«

»Und was man so braucht, um sich ein wenig hübsch zu machen.«

»Wenn ich du wäre, Schwester, würde ich bei erstbester Gelegenheit von hier verschwinden. Hier im Fort und drüben in der

Agentur tuscheln sie schon, besonders die Frauen der Offiziere. Du weißt doch sicher, was für Geschichten über Frauen, die bei den Indianern waren, im Umlauf sind.«

»Ich war bestimmt nicht freiwillig bei den Cheyenne.«

»Das weiß ich, Sophie, und ich mache dir auch keinen Vorwurf. Mir ist vollkommen egal, was bei den Indianern passiert ist. Meinetwegen könntest du zehn Kinder mit dem Häuptling gezeugt haben. Du wirst immer meine Schwester bleiben, und wenn sich einer sein Maul über dich zerreißt, werde ich ihn oder sie zurechtweisen, und wenn es ein Untergebener ist, ihn sogar in Arrest nehmen.«

»Dafür bin ich dir sehr dankbar.«

Ihr Bruder erhob sich. »Ich habe drüben in der Agentur ein Bett für dich gefunden.« Die Agentur war in einem ehemaligen Handelsfort untergebracht und diente als Hauptquartier des Indianerreservats. »Die Frau des Agenten ist nicht ganz so empfindlich, was Frauen wie dich betrifft. Hier im Fort war leider niemand bereit, dich aufzunehmen. Aber erst einmal bleibst du hier, bis du wieder ganz gesund bist. Leider kann ich dich ab morgen nicht mehr besuchen. Wir haben einen Marschbefehl bekommen und bleiben mindestens zwei Wochen im Feld.«

»Werden wir uns wiedersehen, Robert?«

»Natürlich«, versprach er. »Es dürfte ja nicht schwer sein, dich aufzuspüren. Sobald du irgendwo in unserer Nähe auftrittst, werde ich in der ersten Reihe sitzen. Und wenn ich endlich mal Urlaub bekomme, werde ich nach Texas reiten und Mammy und Eileen aufspüren. Wir Iren müssen zusammenhalten, oder?«

»*Yo*«, erwiderte sie, »das müssen wir.«

Er lächelte ihr zum Abschied zu und verließ das Zimmer. Nachdenklich blieb sie zurück.

Sie betastete vorsichtig ihre verletzte Schulter. Der Doktor hatte einen festen Verband angebracht und ihr ein Pulver dagelassen, das den Schmerz linderte. Die Wunde würde schnell verheilen, hatte der Arzt versprochen. Ihr Bruder kam noch einmal vorbei und brachte ihr die versprochenen Kleider und einige

Kleinigkeiten. Sie glaubte nicht, dass sie ihn jemals wiedersehen würde, dazu war er viel zu rastlos und mit der Armee wahrscheinlich noch lange im Einsatz. Eine Stunde später verließ er mit seiner Einheit das Fort. Sie stand am Fenster und sah die Soldaten davonreiten, zu einer neuen Expedition gegen die Indianer und einer weiteren Schlacht, wie man diese Massaker offiziell nannte.

Was sie im Fort und seiner Umgebung erwartete, bekam sie aber erst nach einigen Tagen zu spüren, als sie die Krankenstation verlassen durfte und von einem Soldaten zur Agentur gefahren wurde. Einige Offiziersfrauen warteten vor dem Eingang und empfingen sie mit verächtlichen Blicken und gemurmelten Beleidigungen, von denen ihr leider kaum eine entging. »Ob sich die Wilden wohl an ihr vergangen haben? Ein Skandal, diese Frau in der Agentur zu beherbergen! Sie glaubt doch hoffentlich nicht, an unseren Veranstaltungen teilnehmen zu können? Ob sie mit einem dieser Wilden verheiratet war und ihm Kinder geboren hat?«

»Fahren Sie endlich!«, forderte sie den Soldaten auf dem Kutschbock auf.

29

Die folgenden Wochen wurden zu einem lästigeren Spießrutenlaufen für Sophie, als sie befürchtet hatte. Nicht nur die angesehenen Offiziersfrauen, auch die Frau des Indianeragenten behandelten sie wie eine Aussätzige und wandten sich entrüstet ab, wenn sie ihnen zu nahe kam. Zu jeder Hure aus dem Bordellwagen, der in vorgeschriebener Entfernung von Fort Lyon parkte, waren sie freundlicher.

Nach einer knappen Woche musste Sophie aus der Agentur ausziehen und kroch im Zelt einer Wäscherin unter, die zu den leichten Mädchen im Bordellwagen übergelaufen war, weil man dort besser verdiente, zumindest an den Zahltagen. Sie teilte sich ihren Job mit einer Chinesin, die kein Wort Englisch verstand und ständig grinste, auch wenn sie jemand wegen ihres exotischen Aussehens veralberte oder beschimpfte. »Please« und »Thank you, Sir« waren die einzigen englischen Worte, die sie kannte. Sie wiederholte sie alle paar Minuten, sehr zur Freude ihrer Kunden, die sich über ihren seltsamen Akzent amüsierten.

Sophie machte gute Miene zum bösen Spiel. Sie arbeitete sich die Finger wund und tat jede anzügliche Bemerkung mit einem Lächeln ab. Selbst in ihrem einfachen Kleid und den zerzausten Haaren sah sie verführerisch aus. Wenn sie die schmutzigen Hemden auf das Waschbrett legte und mit Seife abrubbelte, spürte sie, wie manche Soldaten auf andere Gedanken kamen und sich am liebsten auf sie gestürzt hätten. Sie fachte die Gier in allen Männern an, selbst wenn sie nur Verachtung für sie übrig hatten wie die Soldaten. Oder durch die Vorschriften gebremst wurden, die ihnen verboten, sich mit Wäscherinnen treffen.

Nicht an diese Vorschriften gebunden waren Zivilisten wie der Regierungsbeamte, der von Denver angereist kam und einige

Tage in der Indianeragentur verbrachte, um die Situation im Reservat aus eigener Anschauung kennenzulernen. Er schien über sie Bescheid zu wissen, als er von seinem Besuch beim Kommandanten zurückkehrte, und kam mit einem verschwörerischen Lächeln auf sie zu.

»Sie müssen die blonde Sophie sein«, begrüßte er sie grinsend.

»Sophie O'Leary«, verbesserte sie ihn. Die sorgfältig gekämmten Haare, sein gepflegter Schnurrbart und sein teurer Anzug täuschten nicht darüber hinweg, dass er von ähnlich niederen Instinkten wie die meisten Soldaten getrieben wurde. »Und mit wem habe ich die Ehre? Sie sind kein Soldat, das ist mal sicher.«

Er ignorierte ihre Frage und zeigt ihr stattdessen ein lüsternes Lächeln, das mehr sagte als alle Worte. »Nennen Sie mich »Honey« oder »Darling«, das würde mir am besten gefallen. Wie wär's, Blonde Sophie? Wollen wir uns ein wenig vergnügen? Sie haben doch sicher ein wenig Zeit für mich. Ich hab mir sagen lassen, Sie hätten mit einem Indianerhäuptling in den Decken gelegen, da haben Sie doch sicher einige Tricks gelernt, die ich noch nicht kenne. Wollen wir?«

»Sie sind reichlich unverschämt, Mister, wissen Sie das? Ich bin zum Wäsche waschen hier, also geben Sie mir Ihr schmutziges Hemd, falls Sie eines haben, oder lassen Sie mich in Ruhe. Ich hab was Besseres zu tun, als mich mit Männern zu unterhalten, die keinerlei Anstand haben und so unhöflich sind wie Sie.«

Sein Grinsen blieb. »Ah, den Akzent kenne ich. Sie kommen aus Irland, nicht wahr? Angeblich sind die Frauen dort besonders heißblütig. Nun kommen Sie schon. Um mich heißzumachen, brauchen Sie sich nicht zu zieren. Ich kann es jetzt schon kaum erwarten.« Er leckte sich über die Lippen. »Ich lasse mich auch bestimmt nicht lumpen. Für eine Vollblut-Irin räume ich meine Brieftasche leer.«

»So viel Geld, um mich zu bezahlen, haben Sie nicht, Mister.«

Sein Grinsen verschwand, und er wurde wütend. »Für eine Schlampe, die mit einem ganzen Indianerstamm geschlafen hat?

Eine billige Hure, über die das ganze Fort lacht? Ausgerechnet Sie wollen sich einem anständigen Weißen verweigern? Das ist doch nicht Ihr Ernst, meine Liebe, oder glauben Sie wirklich, sie könnten mir die anständige Lady vorspielen? Wer weiß, was Sie mit diesen Wilden alles angestellt haben! Da waren Sie bestimmt nicht zimperlich, nicht wahr?« Seine Augen blitzten. »Haben Sie mal mit zwei Wilden auf einmal geschlafen? Oder drei oder vier? Gehen sie ordentlich ran, diese Halsabschneider?«

»Jetzt reicht's mir aber«, stieß sie hervor und gab ihm eine schallende Ohrfeige. Er taumelte mehrere Schritte zur Seite und verlor beinahe das Gleichgewicht.

Mit einer Hand auf der geröteten Wange kehrte er zu ihr zurück, das Gesicht in einer Mischung aus Unglauben und plötzlicher Wut verzerrt. »Das haben Sie nicht umsonst gemacht, verdammte Schlampe! Ihnen werde ich zeigen, was es heißt, einen anständigen Gentleman zu beleidigen!« Er holte aus und wollte sie ebenfalls ohrfeigen, doch sie sprang rasch zur Seite, er schlug ins Leere und wurde durch seinen eigenen Schwung zu Boden gerissen. »Sie glauben wohl, Sie könnten sich alles erlauben! Aber noch mal legen Sie mich nicht rein!«

»Mister Fox! Was geht hier vor?«, meldete sich eine Stimme. Der Kommandant, ein Captain mit angegrauten Schläfen, erschien und blickte ihn fragend an.

»Diese … diese Wäscherin hat mich beleidigt! Sie hat Ausdrücke gebraucht, die ich noch nie gehört habe, und dann hat sie mich ins Gesicht geschlagen! Ich lasse mir eine solche Behandlung nicht gefallen. Ich werde mich beschweren!«

»Stimmt das, Miss?«

»Er hat mich eine Hure genannt, und das war noch der harmloseste Ausdruck, den er auf Lager hatte. Ganz zu schweigen von den Beleidigungen, die ich mir wegen meiner Zeit bei den Indianern anhören musste. Ja, ich habe ihm eine Ohrfeige verpasst. Er wollte mich zwingen, mit ihm zu schlafen, und wollte nicht akzeptieren, dass ich keine Hure bin und nicht die geringste Lust zu so was habe.«

Der Kommandant wandte sich an Fox. »Gehen Sie in die Agentur zurück, Mister Fox. Dort sind Sie in guter Gesellschaft und können nicht gestört werden. Bleiben Sie vor allem nachts in Ihrem Zimmer. Die Gefahr, so nahe beim Fort von feindlichen Indianern überfallen zu werden, ist zwar gering, aber ich gehe mal davon aus, dass die Indianer im Reservat auch nicht besonders gut auf einen Vertreter des Indianerbüros zu sprechen sind. Ich kläre die Angelegenheit hier.«

»Diese Frau soll der Teufel holen!«, schimpfte Fox zum Abschied.

Sophie setzte bereits zu einer hitzigen Erklärung an, aber der Kommandant bremste sie mit einer Handbewegung. »Ich kann mir denken, was hier vorgefallen ist, Miss, und ich weiß natürlich auch, dass man Sie nach allem, was Sie durchgemacht haben, nicht so behandeln sollte. Aber es ist nun mal so, wie es ist, und weder Sie noch irgendein anderer können etwas dagegen unternehmen. Vielleicht wäre es doch besser, wenn Sie uns sobald wie möglich verlassen.«

»Ich werde darüber nachdenken, Sir.«

Der Kommandant kehrte ins Fort zurück und hatte gerade den Paradeplatz erreicht, als Sophie eine Zeitung auf dem Boden liegen sah. Sie musste Fox während des Sturzes aus der Tasche gefallen sein. Die *Rocky Mountain News* aus Denver. Sie hob die in kleiner Schrift bedruckten Blätter auf und zog sich in ihr Zelt zurück, las einen Artikel über die Armee der Südstaaten, die nach anstrengenden Verhandlungen endlich zur Kapitulation bereit war und damit das Ende des Krieges besiegeln würde. In einem anderen Artikel hetzte der Reporter gegen die Cheyenne, die sich angeblich immer noch weigerten, ins Reservat zu ziehen.

So richtig interessant fand sie aber nur die kleine Anzeige einer Agentur in San Francisco, die »begabte Sängerinnen, Schauspielerinnen und Tänzerinnen für ansprechende Etablissements an der Westküste« suchte. Sie starrte lange auf diese Zeilen, als hätte sie Angst, sie würden gleich wieder verschwinden. Dass ihr diese Anzeige ausgerechnet jetzt in die Hände fiel, erschien ihr beinahe wie ein Wink des Schicksals. Als hätte der Herrgott beschlossen, ihrem Leben endlich eine Wende zu geben und sie in bessere Gefilde zu führen. »Bewerben Sie sich bitte in unserem Büro«, stand darunter. Und eine Adresse in der Pacific Street.

Sie zögerte nicht lange. Sehr zur Freude des Kommandanten stieg sie in die nächste Kutsche nach Westen und verabschiedete sich auf Nimmerwiedersehen von dem einsamen Außenposten in der Wildnis. Und obwohl die Fahrt alles andere als ein Vergnügen war und die Kutsche über extrem holprige Trails holperte und die meiste Zeit in eine große Staubwolke gehüllt war, fühlte sie sich mit jeder Meile, die sich von Fort Lyon entfernten, zufriedener und wohler. Sollten sich diese hochnäsigen Ladys im Fort doch lustig machen, über wen sie wollten. Und die Soldaten, die sich nach ihr den Hals verdreht hatten, sollte der Teufel holen. Und dieser Mister Fox, der zu Hause in Denver wahrscheinlich eine Ehefrau und mehrere Kinder sitzen hatte, sollte an seiner verdammten Gier ersticken.

Sophie musste mehrfach umsteigen, bis sie endlich San Francisco erreichte, und wurde in jeder Kutsche wie eine Lady behandelt. Sie hatte einen weiteren Double Eagle für ein attraktives Reisekleid, Schuhe und einen Mantel investiert und sich beim ersten längeren Aufenthalt in einer einigermaßen großen Stadt die Haare richten lassen. Danach sah sie wieder so begehrenswert wie vor ihrer Zeit bei den Indianern aus. Das anstrengende Leben in der Wildnis hatte ihr kaum etwas anhaben können, lediglich etwas älter und reifer war sie geworden. Ihr kindlicher Charme war jedoch geblieben, und die Männer lagen ihr wie gewohnt zu Füßen.

Mit der äußerlichen Verwandlung wuchs auch ihr Selbstbewusstsein, und als sie eines Morgens über einen Hügel fuhren und weit unter ihr die Bucht von San Francisco auftauchte, war sie sich bereits sicher, das Engagement in einem »anspruchsvollen Etablissement« zu bekommen. Sie würde ihr ganzes Können und ihren ganzen Charme einsetzen, um die große Herausforderung zu meistern. Gleich ihre erste Chance zur glanzvollen Karriere wollte sie ergreifen. Sie hatte bei den Indianern schon genug Zeit verloren. Wenn sie zu einer »amerikanischen Sensation« wie in ihren Träumen werden wollte, wurde es höchste Zeit.

San Francisco bot einen glanzvollen Anblick. Über mehrere Hügel breitete sich die Stadt aus, ein riesiges Häusermeer mit gigantischen Fabriken und Werften an der Küste und vereinzelten Kirchen, die mit ihren spitzen Türmen beinahe mutig nach oben ragten. Im Westen erstreckte sich die weite Bucht, die auf den Landkarten als »Goldenes Tor« markiert war und die Einfahrt für einen der größten Häfen in Amerika bildete. In dem Nebel, der in dichten Schwaden über dem Wasser hing, waren die zahlreichen Segelschiffe, die vor San Francisco vor Anker lagen, nur schemenhaft zu erkennen, und die Stadt bekam einen gespenstischen Anstrich, wie in den Abenteuergeschichten, die über sie in Umlauf waren. Mit über sechzigtausend Einwohnern war sie dreimal so groß wie Baltimore.

Die Kutsche hielt mitten in der Stadt, und mindestens sechs Männerhände streckten sich ihr entgegen, um ihr aus der Kutsche zu helfen. Auf die Frage nach ihrem Gepäck bekamen sie allerdings eine abschlägige Antwort: »Tut mir leid, meine Herren, ich reise ohne Gepäck. Ich weiß, das ist ungewöhnlich für eine Dame, aber ich gedenke, mich in dieser Stadt vollkommen neu einzukleiden.« Sie zeigte ihr strahlendstes Lächeln. »Aber weiß zufällig jemand von ihnen, wie ich in die Pacific Street komme? Ich habe dort nämlich eine wichtige Verabredung.«

»In die Pacific Street wollen Sie? Sind Sie sicher?«

»So steht es in der Anzeige, die ich gelesen habe.«

Der Gentleman, der ihr aus der Kutsche geholfen hatte, blickte sie entsetzt an. »Sie müssen sich irren, meine Dame. Die Pacific Street ist keine Adresse für eine Lady. Dort wagt sich nicht einmal die Polizei hin. Eine düstere Gegend mit vielen Bars und Spelunken. Sind Sie ganz sicher, dass Sie in diese Straße wollen?«

»Pacific Street, ja.« Um nicht wie ein dummes Ding vom Lande auszusehen, suchte sie verzweifelt nach einem Ausweg, die anscheinend schlimme Adresse zu rechtfertigen. »Ich arbeite für eine Gesellschaft zur Rettung gefallener Mädchen und treffe mich ganz in der Nähe mit einem Pfarrer.« Sie fand ihr Lächeln wieder. »In einer Kirche, meine Herren. Sie können also ganz beruhigt sein.«

Nachdem man ihr den Weg beschrieben hatte, rief sie eine Droschke herbei. Der Gentleman, der sie schon beim Aussteigen gestützt hatte, half ihr in die Kutsche und verabschiedete sich mit einem artigen Diener. Sie bedankte sich mit einem strahlenden Lächeln und bat den Kutscher, sie zur Pacific Street zu bringen.

Er war genauso überrascht wie die anderen Männer. »Zur Barbary Coast? Sind Sie sicher, Ma'am?« Und als sie ihm dieselbe Lügengeschichte wie dem Gentleman aufgetischt hatte: »In Ordnung, aber in die Pacific Street fahre ich nicht. Ich setze Sie an der Columbus Avenue ab, von dort sind es nur ein paar Schritte.«

Sie war froh, als sich der Kutscher umdrehte und endlich losfuhr. Sofort verschwand das Lächeln aus ihrem Gesicht und wich einem betrübten Ausdruck, der ihre wahren Gefühle ausdrückte. Warum lag die Künstleragentur, die nach begabten jungen Damen suchte, ausgerechnet in einem Stadtteil, in den sich nicht mal die Droschkenkutscher wagten? Handelte es sich um einen Druckfehler, oder ging es dort gar nicht so rau zu, wie die Männer behauptet hatten? Die Hafengegend in Baltimore war auch kein Erholungsort gewesen, und doch hatte sie sich dort kaum gefürchtet. Künstleragenturen lagen sicher öfter in Stadtteilen, die von den anderen Bürgern als »gefährlich« oder »sonderbar« beschrieben wurden. Es würde schon nicht so schlimm sein, redete sie sich ein. Sie war einiges gewohnt.

Zur Barbary Coast mussten sie fast durch die ganze Innenstadt, vorbei an den mehrstöckigen Bankpalästen in der Montgomery Street und den Geschäftshäusern in der Columbus Avenue. Der Verkehr war dichter als in Baltimore und St. Louis. Auffällig viele Fuhrwerke parkten am Straßenrand, und auf den hölzernen Gehsteigen drängten sich die Passanten. Das Bimmeln einer Pferdebahn übertönte das Mahlen der Wagenräder.

Die meisten Straßen waren von einer festen Erdschicht bedeckt, auch in der Innenstadt. Nur wenige waren asphaltiert.

Einen halben Häuserblock von der Pacific Street entfernt ließ sie der Kutscher aussteigen. Sie zahlte und ging die wenigen Schritte zu Fuß. In der Pacific Street blieb sie erschrocken stehen. Nur weil es gerade erst Mittag war, und die meisten Bewohner und Kunden der Barbary Coast noch schliefen, reagierte sie einigermaßen gefasst. Am frühen Abend, wenn die Gaslampen brannten, sah es hier sicher ganz anders aus. Buchstäblich ein zweifelhaftes Etablissement neben dem anderen säumte die Straße, fast ausschließlich Bars, Saloons, Tanzhallen und Bordelle, die sich wahrscheinlich hinter Fantasienamen wie »The Whale« und »Cobweb Palace« verbargen. Es handelte sich um meist aus Brettern errichtete Absteigen, die sich gegenseitig stützten und bei einem großen Feuer wie Zunder brennen würden.

Sie ignorierte die Bedrohung, die von der Pacific Street ausging, und suchte nach der Adresse der Künstleragentur. Nach langem Suchen fand sie ein windschiefes Gebäude, das zwischen einem Saloon und einer Bar nur mühsam Platz fand, und klopfte zögernd an die Tür. Nachdem sie einige Zeit gewartet hatte, öffnete ein hünenhafter Schwarzer, und sie wollte schon wieder umdrehen, als er sagte: »Kommen Sie auf die Anzeige, Ma'am? Sie wollen sicher zu Sugar. Treten Sie bitte ein.«

Sie folgte seiner Aufforderung und betrat die armselige Hütte. Der Schwarze führte sie durch einen schmalen Gang in den rückwärtigen Teil des Gebäudes. Er klopfte an eine Tür, öffnete sie und gab den Blick auf einen stämmigen Mann in einem etwas zu großen Anzug frei, der mit den Beinen auf dem Tisch in seinem Sessel lehnte und gerade dabei war, ein Stück Sahnetorte zu verschlingen. Er ließ sich nicht dabei stören und blickte erst auf, als er den letzten Bissen mit der Kirsche gegessen hatte. »Eine Neue«, kündigte der Schwarze an. »Haben Sie Zeit?«

»Für hübsche Frauen immer«, antwortete er. »Schick die Kleine rein.«

Sophie betrat das geräumige Büro des Mannes und hörte, wie der Schwarze die Tür hinter sich schloss. Sie war nicht dumm. Dies war keine seriöse Künstleragentur. Der Mann hinter dem Schreibtisch war anscheinend nur darauf aus, hübsche Frauen für seine Bar oder seinen Saloon zu ködern, und fand seinen Spaß daran, sie sich von allen Seiten anzusehen. »Tut mir leid«, sagte sie und wollte sich schon umdrehen. »Ich bin eine seriöse Schauspielerin und Sängerin.«

»Und genau danach suchen wir«, hielt er sie zurück. Er stand auf und reichte ihr die Hand. »Ich bin Sugar. So nennen mich alle hier, weil ich so gerne süße Sachen esse. Vor allem Torten, die bringt mir ein deutscher Bäcker vorbei.« Er tupfte sich mit einem Taschentuch den Mund ab. »Keine Angst, Miss. Mir gehört der Sailor's Saloon nebenan. Zugegeben, kein Palace Theater und kein Opera House, aber ein respektables Lokal für Gäste, die neben derbem Frohsinn und irischen Saufliedern auch die schönen Künste zu schätzen wissen. Für manch eine Künstlerin war unser Lokal schon das Sprungbrett für weitaus höhere Aufgaben.«

»Was soll ich Ihnen vorspielen, Sir?«

»Sugar genügt vollkommen. Singen Sie mir was vor. Irgendwas.«

Sie stimmte »Greensleeves« an, das legendäre englische Volkslied. »*Alas, my love, you do me wrong to cast me off discourteously* … oh, meine Liebe, du tust mir unrecht, mich auf diese unhöfliche Weise zu verstoßen. *Greensleeves was all my joy, Greensleeves was my delight* … Greensleeves war all meine Freude …«

»Genug!«, rief er. »Das reicht mir schon. Sie können wirklich singen. Aber unsere Künstlerinnen sollen beim Singen oder Rezitieren auch ein wenig Körper zeigen. Anders können wir manchen Raubeinen die Kunst nicht verkaufen.«

»Soll das etwa heißen …«

Sugar ließ sie nicht ausreden. »Ziehen Sie sich aus!«

»Wie bitte?«

»Sie sollen sich ausziehen. Ich will Sie nackt sehen.«

»Ich soll nackt auftreten?«, rief sie entsetzt.

»Da ist doch nichts dabei«, versuchte Sugar sie zu beschwichtigen. »Ich werde mich nicht auf Sie stürzen, falls Sie davor Angst haben. Also machen Sie schon.«

»Ich weiß nicht recht …«

»Ziehen Sie sich aus, verdammt!«

Sugar hatte so laut geschrien, dass Sophie gar nicht erst den Versuch machte, sich ihm zu widersetzen. Sie zog ihre Kleider aus, dachte sich ständig, da ist doch nichts dabei und ertrug auch die genaue Inspektion des Mannes, der sich Sugar nannte. Immerhin hielt er Wort und berührte sie nicht mal. »Sehr gut«, sagte er.

Sophie zog sich wortlos wieder an.

30

Reich werden konnte man im Sailor's Saloon nicht. Der Vertrag, den sie von Sugar bekam, sicherte ihr ein schmales Grundgehalt zu, den größten Teil ihres Verdienstes musste sie sich mit Trinkgeldern verdienen. Für das Essen und ihr Zimmer wurde ihr ein stattlicher Betrag schon vor der Auszahlung abgezogen. Sie teilte sich ihre bescheidene Kammer mit einer Chinesin, die genauso wenig Englisch verstand wie ihre Landsmännin in Fort Lyon und genauso ausdauernd lächelte. Ihr Name war Yini, aber die meisten Amerikaner nannten sie Jeannie.

Ihre erste Nacht verbrachte Sophie im Bett. Sie war todmüde von der langen Fahrt über die Berge und brauchte dringend frische Energie. Irgendwann kam Yini mit einem Mann ins Zimmer, und sie hörte ein paar Minuten lang die Matratze quietschen, dann verschwand er, und schon kurze Zeit darauf hörte sie das leise Schnarchen der Chinesin. Sie arbeitete schon seit ein paar Monaten im Sailor's Saloon, und es schien nichts zu geben, was sie noch aufregen konnte.

Für ihren ersten Auftritt brachte ihr Sugar ein kurzes weißes Kleidchen, dessen Saum ihr nicht mal über die Knie reichte. »Stell dich auf die grüne Matte und sing dein Liedchen, und danach legst du langsam deine Kleider ab. Langsam, verstehst du? Bring die Leute zum Schwitzen, und setz dich auch mal einem auf den Schoß, das bringt am meisten Trinkgeld. Haben wir uns verstanden, Baby?«

»Sicher, Boss.«

Sophie war um ein Uhr nachts dran, gleich nach einer exotischen Schönheit, die in ihrem bunten Federkleid wie ein Papagei ausgesehen und während ihres erotischen Tanzes alle Federn verloren hatte. »Ladys and Gentlemen«, kündigte ein Conferencier den nächsten Auftritt an, »und jetzt darf ich Ihnen eine hochbegabte Sängerin aus Irland vorstellen. Tosender Applaus für Sophie O'Leary!«

Ihren ersten Auftritt vor einem Publikum hatte sich Sophie anders vorgestellt, auf einer Bühne in einem angesehenen Theater und nicht vor einer Meute angetrunkener Männer, die teilweise auf den Tischen standen, Flaschen, Krüge und Gläser schwenkten und anzügliche Bemerkungen durch den Raum brüllten. Das Vier-Mann-Orchester hatte große Mühe, sich gegen sie durchzusetzen, doch als Sophie mit ihren gelockten rotblonden Haaren in ihrem kurzen weißen Kleidchen auf die Bühne trat, ging ein Raunen durchs Publikum, und es kehrte für einen Augenblick sogar Stille ein. »Einen wunderschönen guten Abend«, wünschte sie.

Ihr Gesang verzauberte die Männer. Ihre Stimme hatte das geheimnisvolle Etwas, das sogar auf die wenigen Frauen im Publikum wirkte. »Greensleeves« klang unschuldig, beinahe wie ein Kinderlied, und ihr elfenhaftes Aussehen verstärkte diesen Eindruck noch. Ihre Stimme und ihr verführerischer Augenaufschlag heizten die Männer mehr auf als der erotische Tanz ihrer Vorgängerin, und als der letzte Ton verklungen war und sie sich wie ein Schulmädchen verbeugte, brach ein Sturm der Begeisterung los. Aber statt »Zugabe! Zugabe!«, erklangen Rufe wie »Ausziehen! Ausziehen!«, und »Wir wollen dich nackt sehen!«, und ihr wurde rasch klar, dass jetzt der anstrengende Part ihres Auftritts begann.

Das Orchester stimmte rhythmische Klänge an und ließ ihr auch keine große Wahl. Wenn sie von der Bühne geflohen wäre, hätten die Zuschauer den Saloon wahrscheinlich in seine Einzelteile zerlegt. Mit ihren verführerischen Bewegungen hatte sie die Männer schnell auf ihrer Seite, und als sie endlich nackt im Lampenlicht stand, mussten der hünenhafte Schwarze und ein anderer Rausschmeißer Schwerstarbeit leisten, um einige Zuschauer davon abzuhalten, die Bühne zu stürmen. Zahlreiche Männer warfen Münzen auf die Bühne, taten auf diese Weise kund, wie zufrieden sie mit ihrem Auftritt waren, und sie hatte alle Hände voll zu tun, sich wieder anzuziehen und das Geld in möglichst kurzer Zeit aufzuheben und in ihrer Tasche verschwinden zu lassen. Mit einem artigen Knicks, der nochmal Begeisterungsstürme auslöste, lief sie hinter die Bühne.

Die nächsten Auftritte liefen ähnlich ab, nur dass sich ihr Talent inzwischen herumgesprochen hatte und sich immer mehr Menschen im Zuschauerraum drängten. Zumindest an der Barbary Coast war sie jetzt ein Star, wenn auch auf ganz andere Weise, als sie es geplant hatte. Aber als Nacktstar eines Rotlichtviertels, mit Szenen, die jedem anständigen Amerikaner die Entsetzensröte ins Gesicht treiben würden, kam man nicht auf die Bretter der großen Bühnen, und diesen Traum hatte sie noch immer. Sie wollte nicht wie die Chinesin enden, die sich längst in ihr Schicksal ergeben hatte und das Beste daraus machte, indem sie mit Zuschauern schlief und dafür ein paar Dollar mehr bekam.

Nach einer Woche hatte Sophie genug. Nach ihrem Auftritt begann sie bereits damit, ihre Sachen zu packen, als einer der angeheiterten Zuschauer ihr Zimmer betrat und ein paar Münzen auf ihr Bett warf. »So, mein Schätzchen«, sagte er, »jetzt wollen wir doch mal sehen, ob du noch mehr kannst als singen und wie ein Häschen über die Bühne zu hoppeln.« Er zog seine Schuhe aus und nestelte an seiner Hose herum, ließ sie fallen und hatte seine Hände bereits an der Unterhose.

Sophie war viel zu sehr erschrocken, um gleich reagieren zu können. Doch jetzt packte sie den Mann am Kragen und schob ihn in den Flur, wo er über seine heruntergelassene Hose stürzte und rückwärts zu Boden fiel. Seine Schuhe und das Geld warf sie ihm nach. »Wenn Sie unbedingt auf einer Frau rumklettern wollen, suchen Sie sich eine andere! Hier sind genug Frauen, die sich für so was hergeben. Aber wagen Sie nicht noch einmal, mein Zimmer zu betreten! Hab ich mich deutlich ausgedrückt?« Sie schlug die Tür so fest hinter ihm zu, dass das Holz splitterte.

Noch bevor die Sonne über den fernen Bergen aufging, war Sophie draußen. Sie besaß noch immer kein Gepäck, hatte aber wesentlich mehr Geld in den Taschen und hielt abseits der Pacific Street eine Droschke an. Sie ließ sich von dem Kutscher zu einer preiswerten Pension nahe dem Palace Theater bringen und war froh, endlich wieder normale Leute um sich zu haben. Die Pension gehörte einem älteren Ehepaar, das sich rührend um sie kümmerte und ihr sogar einen Preisnachlass gewährte, als sie ihnen eröffnete, Schauspielerin zu sein und nach einer Anstellung zu suchen. »Ach, wissen Sie«, sagte der Mann, »meine Lucy wollte auch immer Schauspielerin werden, aber ihre Eltern waren strikt dagegen. Damals war Schauspielerin kein besonders angesehener Beruf. Man kam schnell in Verruf.«

Sophie ließ sich gerne zum Essen einladen und hörte der Frau interessiert zu, als sie von ihren Lieblingsrollen berichtete. »Die Julia«, schwärmte sie über ihrem Eintopf, »die Julia von Shakespeare, die hätte ich gerne mal gespielt. Für eine hübsche Frau wie Sie wäre es die ideale Rolle. Sie sollten die berühmte Balkonszene einstudieren, damit gewinnen Sie das Herz jedes Theaterdirektors.«

Sophie nahm sich den Rat ihrer Wirtin zu Herzen. Zwei Tage lang beschäftigte sie sich nur mit dieser einen Szene, stand stundenlang vor dem Spiegel und rezitierte aus dem Textbuch, das die Wirtin ihr geliehen hatte. Erst ab dem dritten Tag wagte sie sich bis nahe ans Palace Theater heran und bekam heraus, dass die Proben für das nächste Stück um neun Uhr morgens begannen und meist bis zwölf Uhr mittags dauerten. Vor dem Bühneneingang stand ein junger Mann und achtete darauf, dass kein Unbefugter die heiligen Hallen betrat. Er wirkte sehr gelangweilt und blickte ziellos in die Gegend. Seine Miene hellte sich erst auf, als er Sophie bemerkte, die ihr bezauberndstes Lächeln aufgesetzt hatte und ihm so nahe kam, dass er das Duftwasser auf ihrer Haut riechen konnte. »Bin ich hier richtig beim Palace Theater?«, fragte sie, obwohl der Schriftzug über dem Eingang keinerlei Zweifel zuließ. »Ich würde zu gern mal bei den Proben zusehen. Ich weiß, das ist eigentlich verboten, aber Sie haben doch sicher nichts dagegen, wenn ich mal einen Blick auf die Bühne werfe. Ich bin in fünf Minuten zurück.«

»Das geht leider nicht, Miss. Ich habe strengste Anweisung …«

»Und wenn ich Sie nochmal ganz lieb bitte?« Sie hauchte ihm einen Kuss auf die Wange und ließ ihre Hand über seinen Oberarm gleiten. »Nur fünf Minuten.«

Der junge Mann ließ sich erweichen. »Na, schön«, antwortete er mit gerötetem Gesicht, »aber dann sind Sie wieder zurück! Ich bekomme sonst großen Ärger.«

»Versprochen«, erwiderte sie.

Er schloss ihr die Tür auf und führte sie in einen düsteren Gang. »Bis zum Ende des Flurs und dann rechts. Dort landen Sie direkt neben der Bühne und haben die Schauspieler und den Regisseur direkt im Blick. Halten Sie sich versteckt.«

»Mach ich«, flüsterte sie.

Sie ließ den jungen Mann stehen und beeilte sich, zur Bühne zu kommen. Schon von Ferne hörte sie die Stimmen der Schauspieler, und dann begannen plötzlich eine Violinistin und ein Gitarrist zu spielen. Gleich darauf setzte die Stimme einer Sängerin ein, die offensichtlich zu viel geraucht oder getrunken hatte. Die hohen Töne des Liedes wollten ihr einfach nicht gelingen. Entweder überschlug sich ihre Stimme, oder es kam nur ein heiseres Krächzen über ihre Lippen. Sie brach fluchend ab und rief: »Wozu brauchen wir die Lieder?«

Aus dem Zuschauerraum kam eine männliche Stimme. »Wir üben für ein Singspiel, und zu dem gehören nun mal Lieder«, wies der Regisseur sie zurecht. »Und wenn du das nicht einsiehst, kann ich die Rolle auch gern mit einer anderen besetzen. Also noch mal! Streng dich an, Ella! Zeig mir, was du kannst! Musik!«

Ella versuchte es noch einige Male, ohne jemals einen der höheren Töne zu treffen. Sophie konnte das Lied bereits auswendig, so oft hatte sie es schon gehört. Inzwischen stand sie seitlich von der Bühne und hatte einen guten Blick auf die Schauspielerin und den Regisseur im Zuschauerraum. Neben ihm stand ein unscheinbarer Mann mit Nickelbrille. Er hielt ein Notenblatt in den Händen.

»Was ist mit dir los, Ella?«, rief der Regisseur. Seine Stimme klang ärgerlich, beinahe schon genervt. »Willst du uns blamieren? Willst du mir das schöne Stück kaputtmachen? Streng dich gefälligst an, verdammt! Und jetzt mach es richtig!«

Wieder setzte die Musik ein, doch Ella hatte wohl genug vom Proben und verließ wutentbrannt die Bühne. Sophie folgte einem Impuls und begann zu singen. Sie sang so rein und klar wie noch nie zuvor in ihrem Leben, und an den kritischen Stellen schraubte sich ihre Stimme beinahe spielerisch in ungeahnte Höhen, bis das Lied zu Ende war, und die beiden Musiker zu spielen aufhörten.

»Wer war das?«, rief der Regisseur.

»Das war ich, Sir.« Sophie betrat die Bühne und blickte auf den Regisseur im Zuschauerraum hinab. »Ich möchte mich als Schauspielerin und Sängerin an Ihrem Theater bewerben. Verzeihen Sie, dass ich mich auf so ungewöhnliche Weise darum bemühe, aber ich finde das Lied sehr schön und dachte mir, das musst du auf jeden Fall versuchen. Ich wollte auf keinen Fall Ihre Proben stören, Sir.«

Der Regisseur stand auf und kam lächelnd näher. Er trug eine einfache Baumwollhose und einen Pullover und hatte ein ungewöhnliches blasses Gesicht mit dunklen Augen. Über seiner Oberlippe war ein schmaler Bart zu erkennen. »Natürlich wollten Sie meine Proben stören, und wenn ich Sie mir genauer ansehe, wird mir auch klar, wie Sie den jungen Mann am Bühneneingang bestochen haben. Allein dafür müsste ich Ihnen schon meinen Respekt zollen, aber Ihr Gesang ist wirklich einzigartig. Ich habe lange keine so reine und klare Stimme mehr gehört. Könnte sein, dass ich Ihnen tatsächlich eine Rolle gebe.«

Sophie spürte, wie ihr Herz schneller schlug. »Das wäre ganz in meinem Sinne, Sir. Ich habe keine professionelle Ausbildung genossen, aber ich habe schon in der alten Heimat in Irland viel gesungen und vom Herrgott die Fähigkeit mitbekommen, damit auch sehr hohe Töne zu treffen. Ich würde mich freuen.«

»Der junge Herr dort hinten«, er deutete auf den stillen Mann mit der Nickelbrille, »ist ebenfalls begeistert. Michael Ashley ist der Komponist des Liedes.«

Sie ehrte den Komponisten mit einem Knicks.

»Und wie steht es mit Ihren schauspielerischen Fähigkeiten, Miss?«

»Sophie«, verbesserte sie ihn. »Sophie O'Leary.«

»Ernie. Ernest Benteen.« Er reichte ihr die Hand und hielt sie etwas länger, als es schicklich war. »Wie ich Sie einschätze, haben Sie doch sicher was vorbereitet.«

Sie lächelte. »Die Balkonszene aus ›Romeo und Julia‹, natürlich.«

»In Ordnung, ich spreche den Romeo.«

Sophie brauchte nur kurze Zeit, um sich auf die Szene zu konzentrieren. Sie hatte sie so oft durchgespielt, dass sie jede noch so kleine Regung der Julia nachempfinden konnte. »*O Romeo, Romeo*«, begann sie. »*Warum bist du Romeo? Verleugne deinen Vater und entsage deinem Namen, oder wenn du das nicht willst, so schwöre mir nur ewige Liebe und ich will keine Capulet mehr sein.*«

Er antwortete, und sie spielten die Szene durch, bis zu ihrer gefühlvollen Verabschiedung: »*Das wollt ich auch, mein Herz, wenn ich nicht fürchtete, dass ich dich zu Tode liebkosen möchte. Gute Nacht, gute Nacht. Das Scheiden kommt mich so sauer an, dass ich so lange gute Nacht sagen werde, bis es morgen ist.*«

Sophie hatte Tränen in den Augen, so sehr hatte sie sich in die Szene hineingesteigert. Es dauerte eine Weile, bis sie in die Wirklichkeit zurückfand und erst dann das Klatschen des Komponisten hörte. Sie blickte den Regisseur fragend an.

»Sehr gut«, war Benteen zufrieden, »ganz ausgezeichnet. Ein bisschen zu gefühlvoll und mit sehr viel Inbrunst vorgetragen, aber besser als vieles, was ich in den vergangenen Tagen zu hören bekommen habe. Sie haben Glück. Ich bin nicht nur Regisseur, sondern auch Theaterdirektor. Als solcher kann ich Ihnen auch eine dauerhafte Stellung anbieten. Allerdings nur unter einer Bedingung …«

»Und die wäre?«

»Ich darf Sie heute Abend zum Abendessen einladen.«

»Und das schickt sich? Der Regisseur mit einer Schauspielerin?«

»Noch haben wir den Vertrag nicht aufgesetzt.«

Sie lächelten beide und verabredeten sich für achtzehn Uhr. »Ich habe einen festen Tisch im Old Clam House an der Bayshore und hole Sie mit meinem Einspänner ab, einverstanden? Dort gibt es die besten Muscheln der Westküste.«

»Natürlich. Ich freue mich.«

Es fiel Sophie schwer, vor dem Theater keine Luftsprünge zu machen. Nach der Enttäuschung und den Erniedrigungen, die sie im Sailor's Saloon erleben musste, hatte sie diesmal alles richtig gemacht. Das Palace Theater hatte einen erstklassigen Ruf. Wenn sie dort in einer größeren Rolle brillierte, schaffte sie vielleicht sogar eine Weltkarriere wie Jenny Lind, die »Schwedische Nachtigall«, eine bekannte Opernsängerin, die in den besten Häusern der ganzen Welt aufgetreten war. Was musste das für ein berauschendes Gefühl sein, mit einem großen Dampfschiff über den Atlantik zu fahren und in London, Paris und Berlin vor einem ausgesuchten Publikum aufzutreten? Wenn sie die Augen schloss, hörte sie schon jetzt den Applaus und die begeisterten Bravo-Rufe bei ihren Auftritten.

»Ernest Benteen?«, rief ihre Wirtin begeistert, als sie von ihrem Vorsingen und Vorsprechen berichtete. »Ernest Benteen, der bekannte Regisseur, hat Sie gelobt und anschließend zum Essen eingeladen? Wissen Sie, was das heißt, meine Liebe? So ein Angebot bekommt man nur einmal. Das ist ja wie im Märchen.«

Natürlich stand die ältere Dame am Fenster und blickte ihr neugierig nach, als sie das Haus verließ und freudestrahlend von Ernie Benteen begrüßt wurde. Er half ihr galant in den Wagen und stieg selbst ein. »Es ist mir ein außerordentliches Vergnügen, eine so begabte und hübsche Künstlerin zum Essen ausführen zu dürfen«, sagte er und legte für einen Moment eine Hand auf ihr linkes Knie. »Ich danke Ihnen. Ich denke, wir werden einen wundervollen Abend haben.«

»Das denke ich auch, Ernie«, erwiderte sie und ahnte schon jetzt, dass es nicht bei einem Essen und einer netten Unterhaltung bleiben würde. Sie würde mit ihm schlafen. Nicht nur, weil sie sich dadurch Vorteile erhoffte, sondern vor allem, weil sie Ernie mochte. Und als sie spätabends tatsächlich zusammen waren und sie erschöpft, aber zufrieden in die Kissen sank, wusste sie auch, dass es der Herrgott endlich gut mit ihr meinte. Sie war auf dem richtigen Weg, *right ye be.*

31

Ausgerechnet in der Nacht vor der Generalprobe hatte sie diesen Traum. Noch einmal stürmten Soldaten und Freiwillige das Dorf der *tsis-tsis-tas*, schossen auf alles, was sich bewegte, und schlugen mit ihren blutigen Säbeln um sich. Sie sah die Gesichter der beiden Soldaten, die auf ihren Sohn und Krähenfrau losgingen, wollte sie mit bloßen Händen daran hindern, ihnen etwas anzutun, und kam doch nur ein paar Schritte weit. Die Schüsse waren lauter im Traum und zogen ein langes Echo nach sich, und ihr Sohn wurde von den Geschossen förmlich auseinandergerissen. »Feuerkopf!«, schrie sie verzweifelt. »Bleib bei mir, Feuerkopf!«

Sie fuhr erschrocken aus ihren Decken und starrte in die Dunkelheit. Sie hatte ihren Sohn geliebt und war nicht einmal sicher, ob sie es fertiggebracht hätte, ihn im Stich zu lassen. Auch Krähenfrau und selbst Antilopenfrau und Gelbe Hand hatte sie gemocht. Im Kampf waren die Cheyenne grausam und unbarmherzig, aber das waren die Weißen auch, und in ihren Dörfern unterschieden sie sich kaum von den Weißen. Zu ihren Kindern waren sie sogar liebevoller, während ihrer Zeit bei ihnen hatte sie niemals einen Indianer ein Kind schlagen sehen.

Sie stand auf, schöpfte etwas Wasser aus der halb gefüllten Schüssel und wusch sich das Gesicht. Die quälenden Gedanken ließen sich dadurch nicht vertreiben, aber sie wurde etwas von der Benommenheit los, die seit dem Traum wie eine schwere Last auf ihr lag. Der Tod ihres Sohnes war nicht ihre Schuld. Sie hatte den Soldaten geglaubt, als sie den Indianern versprochen hatten, dass ihnen nichts geschah, wenn sie eine weiße Flagge hissten und ins Reservat zogen, und verdammte ihr Vorgehen genauso wie die Cheyenne, die das schreckliche Massaker überlebt hatten. Sie würde mit ihrer Meinung nicht hinter dem Berg halten, selbst als gefeierte Diva in Interviews nicht. Nur ihren Sohn musste sie verschweigen. Eine solche Sünde, wie nicht nur die meisten Pfarrer ihn bezeichneten, hätte ihr Ansehen nachhaltig geschädigt.

Wenn ihr Traum von einer Weltkarriere auch nur teilweise aufgehen sollte, musste sie sich voll darauf konzentrieren. So wie während der letzten Woche, als sie Tag und Nacht für die Aufführung des Singspiels gebüffelt hatte. Ihre Wirtin hörte sie täglich ab, genoss es sichtlich, eine junge Schauspielerin bei ihren ersten Schritten zu begleiten, und belohnte sie nach getaner Arbeit mit Keksen und Tee.

»Und heute Abend ist es endlich so weit«, sagte sie so stolz, als würde sie selbst in dem Stück mitspielen. Sie saßen beim Frühstück im Esszimmer und gönnten sich einige Schokoladenkekse. »Die Generalprobe. Ich glaube, die ist noch aufregender als die Premiere. Sie werden riesigen Erfolg haben, Liebes.«

»Ich werde mir alle Mühe geben, Lucy. Ich bin sehr aufgeregt.«

»Das ist doch normal«, erwiderte die Wirtin. »Selbst die Größten ihres Fachs sollen vor der Generalprobe noch Lampenfieber haben. Stellen Sie sich vor, die berühmte Jenny Lind soll sich vor manchen Aufführungen übergeben haben.«

»So schlimm ist es bei mir nicht. Ich freue mich auf die Generalprobe.«

»Was ist eigentlich aus dieser Elli geworden?«

»Die Schauspielerin, der ich die Rolle weggenommen habe?« Sophie nippte an ihrem heißen Tee. »Sie war natürlich wütend und beschimpfte mich während der ersten Tage ständig. Dabei mochte sie die Rolle gar nicht. Erst als Ernie … der Regisseur ihr eine Hauptrolle in einem anderen Stück anbot, hat sie sich zufriedengegeben. Inzwischen kommen wir gut miteinander aus. Ich hätte nichts dagegen, in einem Stück mit ihr aufzutreten. Solange sie nicht singen muss, ist sie sehr nett.«

Die Wirtin zwinkerte verstohlen. »So nett wie der Regisseur?«

»Unsere Beziehung ist rein platonisch«, versicherte ihr Sophie. »Wir sprechen viel übers Theater und die Rollen, die ich spielen könnte. Er weiß unheimlich viel und kennt jedes Stück auswendig. ›Romeo und Julia‹ kann er Wort für Wort aufsagen, auch ›Hamlet‹ und ›King Lear‹. Shakespeare ist sein Lieblingsautor. Ich muss zugeben, ich weiß nur wenig über ihn und finde mich gerade erst ein.«

»Sie werden eine wunderbare Julia sein«, sagte die Wirtin.

Nur war Ernie Benteen nicht ihr Romeo. Sie traf sich immer noch mit ihm zum Essen, und was danach in seiner kleinen Stadtwohnung passierte, war alles andere als platonisch, aber Liebe war es nie gewesen und würde es auch niemals sein. Sie hatten beide ihren Spaß, das war alles. Im Bett und außerhalb, denn sie sprachen tatsächlich viel übers Theater. Eine gemeinsame Zukunft, zumindest privat, war nicht vorgesehen. Was in der kleinen Wohnung geschah, blieb ihr Geheimnis, und wenn sie genug voneinander hatten, würden sie auseinandergehen.

Seltsam, dachte sie, dass sie noch niemals tiefer für einen Mann empfunden hatte. Sie hatte die Männer lediglich benutzt oder war mit ihnen gegangen, weil sie ihren Spaß haben wollte. Vielleicht war sie tatsächlich eine Schlampe. Eine Frau, die so verführerisch war, dass die Männer reihenweise vor ihr in die Knie gingen, aber kein Mann es wagte, ihr tatsächlich den Hof zu machen. Wahrscheinlich hätte sie ihn auch ausgelacht. Eine Sophie McLeary heiratete nicht. Sie flog wie eine Biene von einer Blüte zur nächsten, saugte den Honig aus ihrem »Opfer« und wiederholte ihr Spiel am nächsten und übernächsten Tag. Blieben nicht gerade die besonders hübschen Künstlerinnen ihr Leben lang allein?

Umso erstaunter war sie über ihr Interesse an Michael Ashley. Der Komponist der sechs Lieder, die sie in dem Singspiel sang, blieb stets im Hintergrund, und seine Stimme klang selbst dann leise, wenn er eine Bemerkung zu seinen Kompositionen machte. Mit seiner Nickelbrille und in seiner einfachen Kleidung sah er manchmal wie ein Junge aus, obwohl er mindestens so alt wie sie sein musste. Warum sie sich öfter nach ihm umdrehte, wusste sie nicht. Seit ihrer Verpflichtung hatte sie noch niemals allein mit ihm gesprochen. Lediglich bei den Besprechungen vor den Proben hatten sie manchmal ein paar Worte gewechselt. Wenn er sie kritisierte, dann nur zurückhaltend und mit leiser Stimme, als wäre sie bereits ein bekannter Weltstar, den man auf keinen Fall mit Kritik verstören durfte.

In der Generalprobe saß Michael in der dritten Reihe. Außer ihm hatte man noch die Presse, die Verwandten und Bekannten der Schauspieler, die Angestellten des Theaters und die Mitglieder des Theaterclubs eingeladen, die dafür bezahlt hatten, bei jeder Generalprobe dabei zu sein und sehr gespannt auf die »Neue« waren. Statt der beiden Musiker, die während der Proben gespielt hatte, war diesmal das ganze Orchester mit seinem Dirigenten anwesend. Sophie hörte, wie sie lautstark ihre Instrumente stimmten, als sie sich in ihrer Garderobe vorbereitete.

»Mrs O'Leary … drei Minuten!«, rief der Stage Manager.

Sophie trank einen letzten Schluck Wasser und verließ ihre Garderobe. Zusammen mit den Schauspielern, die mit ihr den ersten Akt eröffneten, nahm sie ihren Platz auf der Bühne ein. Obwohl sie vor Nervosität beinahe zu zittern begann, genoss sie das unbeschreibliche Gefühl, auf einer Bühne zu stehen, das dumpfe Gemurmel und gelegentliche Husten der Zuschauer zu hören und darauf zu warten, dass sich der Vorhang hob und sie die ersten Worte sprechen durfte.

Nach einer Ouvertüre, die das Orchester mit viel Schwung servierte, war es endlich so weit. Der Vorhang hob sich, und das Spiel konnte beginnen. »Willkommen, ihr Leute, kommt mit«, rief sie dem Publikum zu, »wir entführen euch ins bunte Zauberreich des Music Man!« Vergessen waren alle Nervosität und Aufregung, wie abgefallen die leichten Zweifel an ihrem Können. Sie hatte es geschafft, sie stand auf der Bühne eines großen Theaters in San Francisco. Ein Traum war in Erfüllung gegangen. »Hört das Liedchen von der Music Maid!«

Die Generalprobe war ein voller Erfolg, und nicht nur den Regisseur und Sophie ließ man nach der Vorstellung hochleben. Auch die anderen Schauspieler hatten ihr Bestes gegeben, und als

Sophie bat, nicht den Komponisten der wunderbaren Lieder zu vergessen, brandete noch einmal Beifall auf. Es gab Sekt und Schnittchen, und man stieß gemeinsam auf die Premiere am nächsten Abend an.

Das gemeinsame Abendessen sparten sich Sophie und Ernie diesmal. Sie fuhren gleich in seine Wohnung und liebten sich mit einer solchen Leidenschaft, dass ein Fremder sicher an wahre Liebe geglaubt hätte. Tatsächlich waren es nur die Begeisterung und die Freude über die erfolgreiche Generalprobe, die sie zur Erfüllung trieb. Nichts war für Sophie erotischer, als auf einer Bühne zu stehen.

Auch diesmal wollte sie wieder vor Mitternacht gehen, um Sophies Wirtin keinen Grund für irgendwelche Mutmaßungen zu liefern, doch sie hatten sich noch nicht einmal angezogen, als es an der Tür klopfte. »Ernie!«, rief eine weibliche Stimme. »Ich weiß, dass du mit Sophie O'Leary in der Wohnung bist. Ich habe einen Privatdetektiv auf dich angesetzt. Mach sofort auf! Hörst du mich?«

Nicht Benteen, der wie versteinert und mit nacktem Oberkörper vor der Waschschüssel stand, sondern Sophie öffnete die Tür. So war das also, dachte sie bekümmert, der Gute ist verheiratet, und ich bekomme jetzt alles ab. Noch bevor sie die dunkelhaarige Frau vor der Tür stehen sah, sank ihre Stimmung.

Die Frau war schwanger. Im achten Monat, schätzte Sophie. Ihr Gesicht war puppenhaft schön, und die dunklen Haare fielen ihr bis auf die Schultern. Vor der Schwangerschaft musste sie eine Schönheit gewesen sein, und sobald ihr Kind auf der Welt war, und sie Gewicht verlor, würde sie es wieder sein. »Äh, Mrs …«

»Miss«, verbesserte sie die ungebetene Besucherin. »Miss Caroline Fielding. Ernest und ich sind verlobt. Wir wollen noch vor der Geburt unseres Kindes heiraten.« Ihre Miene war grimmig. »Besitzen Sie keinen Morgenmantel, Miss …«

»O'Leary. Sophie O'Leary«, klärte Sophie sie auf. Sie stand mit nichts als ihrer Unterwäsche im Flur. »Natürlich … sofort. Aber kommen Sie doch erst mal rein.«

Caroline betrat die Wohnung und sah sich flüchtig um. »Ich weiß es schon seit ein paar Tagen«, sagte sie, während Sophie ihren Morgenmantel anzog. Ihre Stimme klang so nüchtern, als würde sie nur eine Tatsache feststellen. »Ich habe mich bewusst zurückgehalten, weil ich die Generalprobe nicht gefährden wollte.«

»Das ist sehr nett von Ihnen, Miss«, sagte Sophie.

»Halten Sie den Mund!«, fuhr Caroline sie an.

»Ich wusste nicht, dass Ernie … dass Sie beide …«

»Das ist mir schon klar«, erwiderte sie. »Wenn Sie es gewusst hätten, lägen Sie jetzt schon bewusstlos auf dem Teppich.« Sie zog eine kleine Pistole aus ihrer Rocktasche. »Und Sie könnten froh sein, wenn ich Sie damit nur niedergeschlagen und Ihnen keine Kugel in den Kopf gejagt hätte. Aber bezahlen werden Sie für Ihr sündhaftes Vorgehen!« Sie steckte die Pistole zurück und wandte sich an ihren Mann, der sich nicht von der Stelle rührte. »Ihr beide werdet bezahlen!«

Benteen löste sich nur langsam aus seiner Erstarrung. »Es tut mir leid, Caroline«, sagte er. »Ich wollte dir nicht wehtun. Es ist einfach so passiert, verstehst du? Die ständigen Proben, die Diskussion um die Rolle, die Sophie spielt, die gemeinsamen Interessen. Es ist einfach so passiert. Mit Liebe hatte das nichts zu tun, Caroline. Wir lieben uns nicht. Wir hatten nur ein wenig … Nun ja, wir haben uns danebenbenommen, aber jetzt ist es vorbei und es wird niemand jemals davon erfahren. Ich liebe nur dich, Caroline, dich allein. Du bist mein Leben.«

»Ach ja?« Sie zeigte sich etwas angriffslustiger. »Du hattest bloß keine Lust, mit einer unansehnlichen Schwangeren ins Bett zu steigen, das war es. Du hast dir eine hübsche Elfe geholt, die dir über die schwere Zeit hinweghelfen sollte.«

»So war es nicht, Caroline.«

»Natürlich war es so. Bist du zu feige, das zuzugeben?«

»Ich hab doch schon gesagt, es tut mir leid.«

»Und damit ist die Sache für dich erledigt? Eine Entschuldigung, und das war's? Du kannst froh sein und hast es nur unserem gemeinsamen Kind zu verdanken, dass ich dich nicht zum Teufel jage.« Sie bedachte Sophie mit einem bitterbösen Blick. »Aber ich erwarte von dir, dass du deiner Freundin kündigst. Ich will diese Schlampe nie mehr in deiner Nähe sehen. Hast du mich verstanden?«

»Das kannst du nicht tun, Caroline! Die Premiere!«

Sie hielt sich den Bauch und setzte sich rasch auf einen Stuhl. Ihr Gesicht war bleich, und es dauerte einige Zeit, bis sie wieder reden konnte. »Ich weiß selbst, dass man die Premiere nicht absagen kann. Ich habe schließlich auch in das Stück investiert und kann es mir nicht leisten, eine große Summe zu verlieren. Aber ich bin bereit, auf einen Teil zu verzichten. Deine Kleine wird die Premiere und die ersten fünf Vorstellungen spielen, dann wird sie von einer geheimnisvollen Lungenkrankheit heimgesucht, die einen längeren Aufenthalt in einem Sanatorium in Denver notwendig macht, und eine andere Schauspielerin übernimmt ihren Part.«

Sophie wusste nicht, ob sie weinen oder dieser Caroline Fielding eine Ohrfeige verpassen sollte. Sie tat weder das eine noch das andere, blickte sie nur an und sagte: »Sie wollen Ihren Ärger an mir auslassen? Ich hatte keine Ahnung, dass Ernie verlobt ist, verdammt! Vielleicht hätten Sie sich mehr um ihn kümmern sollen, dann wäre er Ihnen nicht weggelaufen. Sie machen es sich zu einfach!«

»Das weiß ich, aber es geht nicht anders. Wenn Sie bleiben, werde ich ständig an dieses unselige Zusammentreffen erinnert. Wenn Sie so gut sind, wie alle sagen, finden Sie bestimmt ein anderes Theater, an dem Sie arbeiten können. Ich werde Ihnen eintausend Dollar zahlen. Betrachten Sie es als Schmerzensgeld.«

Sophie lachte plötzlich. »Ich will kein Schmerzensgeld, Miss. Ich werde so erfolgreich sein, dass Ihr Verlobter gar nicht auf mich verzichten kann. Und wenn er mich dennoch rauswirft, werde ich die Presse gegen Sie aufbringen. Ich sehe schon die Schlagzeile im *Chronicle* vor mir: »Eifersüchtige Verlobte macht Theaterstar für ihre Verfehlungen verantwortlich! Große Protestaktion vor dem Palace Theater! Hunderte votieren für den Verbleib von Sophie O'Leary! Ohne ihren Star wäre das Singspiel nur die Hälfte wert, sagt Regisseur Benteen.«

»Können wir die Angelegenheit denn nicht friedlich lösen?«, mischte sich Benteen ein. »Müssen wir denn gleich wieder schwere Geschütze auffahren?«

»Ich habe nur gesagt, was ich von dir verlange«, sagte Caroline zu ihrem Verlobten. »Und von Ihnen, Sophie O'Leary. Dem gibt es nichts hinzufügen. Ach ja, vielleicht das eine noch: Mein Verlobter hat sicher versäumt, Ihnen zu sagen, dass fast alles Geld, das in dem Theater steckt, von mir und meiner Familie stammt. Meinem Vater gehört eine der größten Fabriken der Stadt, und er wäre sicher nicht erfreut zu hören, dass sie von ihrem Verlobten und einer zweifelhaften Schauspielerin hintergangen wurde. Ernie wird mir gehorchen, Sophie.«

Sophie richtete den Blick auf Benteen. »Stimmt das?«

»Natürlich stimmt das«, erwiderte Caroline kühl. Obwohl ihr die Schwangerschaft zu schaffen machte, behielt sie die Kontrolle. Und jetzt verschwinden Sie, Sophie! Die eintausend Dollar bekommen Sie nach Ihrer letzten Vorstellung.«

Sophie zog sich an und verließ wortlos die Wohnung. Sie hatte große Schwierigkeiten, eine Droschke zu finden, schaffte es schließlich doch noch und fuhr in die Pension zurück. Ihre Wirtsleute hatten ein Glückwunsch-Banner aufgehängt und erwarteten sie mit importiertem Champagner, und obwohl ihr alles andere als nach Feiern zumute war, zeigte sie sich erfreut und dankbar und stieß mit ihnen an. Trotz der späten Stunde musste sie ihnen haarklein erzählen, wie die Probe verlaufen war. »Sie haben recht, Lucy, ein Traum ist für mich wahr geworden.«

Nicht nur Lucy und ihr Mann erschienen zur Premiere. Das Palace Theater war bis auf den letzten Platz besetzt, auch dank der überschwänglichen Berichte, die in einigen Zeitungen in San Francisco und Umgebung erschienen waren. Sogar der Bürgermeister und einige andere Würdenträger waren erschienen. Sie saßen in der ersten Reihe neben wohlhabenden Ehepaaren, vornehmlich Fabrikbesitzern, die sich gern in der Gesellschaft zeigten. Caroline saß neben ihrem Vater, einem stattlichen Mann im gestreiften Maßanzug, und bemühte sich um ein Lächeln, obwohl sie wahrscheinlich vor Wut kochte und die Premiere am liebsten abgesagt hätte. Ihre Mutter war eine elegante Frau spanischer Herkunft.

Die Premiere war noch erfolgreicher als die Generalprobe und zeigte Sophies ganzes Können. Die feierliche Atmosphäre, die festliche Beleuchtung und sogar die Anwesenheit von Caroline Fielding und ihrer Familie trieben sie zu einer grandiosen Leistung an, die das Publikum mit stehenden Ovationen feierte. Zehnmal holte sie der Applaus noch mal vor den Vorhang, und selbst dann wollte man sie noch nicht gehen lassen, und laute »Sophie! Sophie!«-Rufe hallten durch den Zuschauerraum. »Danke!«, sagte sie immer wieder, bis sie zu müde wurde, um sich erneut zur verbeugen, und erschöpft in ihrer Garderobe verschwand.

Dort lagen bereits zahlreiche Blumensträuße und Verehrerbriefe, die sie alle in einen Korb packen ließ und zu dem Zweispänner bringen ließ, mit dem sie der Kutscher des Theaters nach Hause bringen würde. Doch bevor man sie gehen ließ, musste sie unzählige Hände schütteln, sich die Lobeshymnen des Bürgermeisters und anderer wichtiger Leute anhören und durfte sogar die Verbeugung von Carolines Vater genießen. Ernie blickte sie entschuldigend an und sagte: »Bravo! So eine erfolgreiche Aufführung habe ich schon lange nicht mehr erlebt. Meinen herzlichen Glückwunsch, Sophie!« Und leiser fügte er hinzu: »Tut mir leid, dass ich Ihnen so viel Schmerz und Kummer zufüge. Ich werde Ihnen eine Empfehlung mitgeben, die Ihnen helfen wird, leichter eine neue Anstellung zu finden.«

In dieser Nacht vergaß sie die Drohungen von Caroline. Sie feierte mit Kollegen und Zuschauern, umarmte ihre Wirtsleute und ließ nicht erkennen, unter welcher Anspannung sie stand. Alles würde gut werden, sie hatte keine Angst.

32

Der Erfolg des Singspiels überstieg alle Erwartungen. Nach den Leiden des Krieges war leichte Kost mit Happy End gefragt, und das Stück war romantisch und rührend genug, um ein fröhliches Lächeln auf die Gesichter der Menschen zu zaubern. Die beschwingten Lieder erfreuten sie inzwischen mehr als die rhythmischen Kriegslieder, zu denen man marschieren, aber nicht tanzen und lachen konnte. Der eigentliche Grund für den andauernden Erfolg aber war Sophie O'Leary, der neue Star am Theaterhimmel, der Inbegriff einer elfenhaften Schönheit, die »Königin von San Francisco«, wie der Chronicle mutig schrieb.

Auch die zweite, dritte und vierte Vorstellung waren ausverkauft und die Kritiken so positiv, dass Sophie schon fast vergaß, dass ihre Karriere in San Francisco nur von kurzer Dauer sein würde. Wenn Caroline tatsächlich in das Stück investiert hatte, würde sie doch kaum so dumm sein und diesen Wahnsinnserfolg gewaltsam abwürgen. Doch nach der fünften Aufführung erschien sie in ihrer Garderobe, drehte den Schlüssel herum, damit niemand anders hereinkam, und baute sich lächelnd vor ihr auf. »Eines muss man Ihnen lassen, Sophie. Sie verstehen es, den Männern den Kopf zu verdrehen. Ich habe ihre Blicke gesehen, als Sie in Ihrem weißen Kleidchen über die Bühne tanzten und diesen schmalzigen Song von der aufrichtigen Liebe sangen. In Gedanken haben Sie alle ausgezogen. Eigentlich sollte ich mich darüber freuen. Jeder ausverkaufte Saal bringt auch mir Geld und der Erfolg meines Verlobten kommt auch mir zugute.«

»Und warum tun Sie's dann nicht, Miss?«, erwiderte Sophie. Sie saß vor dem Spiegel und blickte kurz hinein, um einen Schminkfleck von ihrer Wange zu reiben. »Wenn Sie auf jemanden wütend sein sollten, dann auf Ihren Verlobten. Er wusste, was er Ihnen antat, als er mich in seine Wohnung einlud. Ich hatte keine Ahnung, dass er verlobt war und seine Braut ein Kind erwartet. Warum haben Sie sich denn nie im Theater sehen lassen? Dann hätte ich gewusst, was los ist.«

Caroline öffnete ihre Handtasche und warf tausend Dollar auf den Schminktisch. »Vor ein paar Tagen hätte ich vielleicht noch auf Sie gehört. Und ich hätte Sie die Rolle noch so lange spielen lassen, bis Sie jeder in San Francisco gesehen hat. Auch wenn Sie mich mit Ihrem lasziven Getue ständig an die Demütigung erinnern, die mein Verlobter mir angetan hat. Ich werde ihn heiraten, das bin ich meinem Ruf und meinem ungeborenen Kind schuldig. Aber Sie werden gehen!«

»Ach ja?« Sophie hatte ihre alte Selbstsicherheit wiedergewonnen. »Die Presse wird herausbekommen, dass meine Krankheit nur vorgetäuscht ist und ich in keinem Sanatorium in Denver aufgetaucht bin. Man wird Ihnen unangenehme Fragen stellen und Sie für meine Absetzung verantwortlich machen. Und Ihren Verlobten, wenn sie herausfinden, dass er sie während der Schwangerschaft betrogen hat. Es ist nicht damit getan, dass ich das Weite suche. Wenn Sie erst mal die Presse gegen sich haben, werden sich auch die Zuschauer gegen Sie wenden.«

»Ganz im Gegenteil, meine liebe Sophie«, erwiderte Caroline. Ihr Lächeln verriet, dass sie noch einen Trumpf im Ärmel hatte. »Hatte ich Ihnen nicht gesagt, dass ich einen Privatdetektiv auf meinen Verlobten angesetzt hatte? Nun, ich habe ihn auch ein wenig in Ihrer Vergangenheit herumgraben lassen, und Sie können sich bestimmt denken, was er herausgefunden hat.« Sophie erschrak und dachte sofort an ihre Zeit bei den Indianern. Sie war beinahe erleichtert, als Caroline fortfuhr: »Ich glaube kaum, dass Sie erfreut wären, in der Zeitung zu lesen, dass Sie als Nackttänzerin in einer billigen Absteige an der Barbary Coast gearbeitet haben. Man munkelt sogar, dass Sie sich als Hure angeboten haben sollen.«

»Das ist eine Lüge!«, konterte Sophie sofort. »Ich habe mit keinem einzigen Mann geschlafen. Ich habe getanzt, das stimmt, und der Anblick war bestimmt nicht für Kinderaugen bestimmt.

Aber das liegt hinter mir. Ich bin jetzt eine seriöse Schauspielerin und Sängerin. Sie werden mir diesen Ruf nicht zerstören.«

Caroline triumphierte. »Die Sache bleibt unser kleines Geheimnis, aber nur, wenn Sie sofort Ihre Sachen packen und verschwinden. Nehmen Sie die tausend Dollar, und machen Sie, dass Sie wegkommen. Ich will Sie nie wieder sehen!«

Sophie blieb nichts anderes übrig, als ihr zu gehorchen. Nachdem Caroline gegangen war, schminkte sie sich ab und zog sich um, verstaute das Geld in ihrer Handtasche und verließ das Theater. »Mir ist ein wenig übel«, entschuldigte sie sich bei ihrer Wirtin, die mit Tee und Keksen auf sie gewartet hatte, und ging gleich ins Bett. Als Lucy ihr eine Tasse Kräutertee ans Bett stellte, gab sie vor zu schlafen und unterdrückte ihre Tränen, die nachher umso reichlicher flossen.

Am nächsten Tag blieb Sophie im Bett. Sie brauchte einen Tag, um über ihre Zukunft nachzudenken, und täuschte weiterhin Unwohlsein vor, um Ruhe vor ihren Wirtsleuten zu haben. Was Lucy nicht daran hinderte, ihr heißen Kräutertee und zum Mittagessen leichte Hühnerbrühe zu servieren. Beides half tatsächlich und schenkte ihr neue Kraft und Selbstbewusstsein. Es passte so gar nicht zu ihr, vor einer Frau wie Caroline zu kuschen, vor allem, wenn sie gar nicht gewusst hatte, dass Ernie verlobt war, und auch ihm hätte sie gerne die Meinung gesagt, wusste jedoch, dass sie damit nur Feuer ins Öl gießen würde. Caroline war wohlhabend und einflussreich und saß am längeren Hebel, und Ernie tanzte nach ihrer Pfeife.

Am besten war es, sein Empfehlungsschreiben abzuholen und zu verschwinden. Sie würde eine Anstellung in Denver oder New Orleans finden, vielleicht sogar in Chicago oder New York. Auch dort kannte man Ernest Benteen, hatte sie inzwischen erfahren, denn er hatte trotz seiner Jugend schon in mehreren Städten gearbeitet und war überall angesehen gewesen. Mit seinem Empfehlungsschreiben konnte ihr nichts passieren, und wenn sie erst ein Superstar war, würde sie mit Pauken und Trompeten nach San Francisco zurückkehren und eine Vorstellung liefern, von der man noch in zehn Jahren sprechen würde. Sie freute sich jetzt schon das Gesicht von Caroline, wenn sie mit ihrem Baby ins Theater kam.

Den nächsten Tag nützte sie für einen ausgiebigen Spaziergang. An der frischen Luft konnte man seinen Ärger am besten vergessen. Doch ihr Weg führte sie wie selbstverständlich am Palace Theater vorbei, schon aus Neugier, um zu sehen, wer ihre Rolle in dem Singspiel übernommen hatte. Ihre Überraschung war groß, als sie einen Aufkleber mit der Aufschrift »Wegen Krankheit der Hauptdarstellerin verschoben« auf den Plakaten entdeckte. Anscheinend versuchten sie erst einmal Zeit zu gewinnen. Sie wollten vermeiden, das Publikum mit einem anderen Namen zu verärgern, und taten so, als würde sie zurückkehren.

Diesmal benutzte sie den Haupteingang. Sie fragte an der Kasse nach Ernest Benteen und erntete einen neugierigen Blick der Angestellten, die aber wohl mit ihrem Erscheinen gerechnet hatte. »Man hat mir schon gesagt, dass Sie vorbeikommen würden, Miss O'Leary. Mister Benteen ist im Augenblick leider nicht zu sprechen.« Man sah ihr deutlich an, dass sie log. »Aber er hat mir diesen Brief für Sie dagelassen.« Sie öffnete eine Schublade und zog einen Umschlag heraus.

»Vielen Dank, Miss.«

Sie öffnete den Brief noch vor dem Theater. Ein Empfehlungsschreiben auf dem offiziellen Briefbogen des Palace Theaters, in dem Benteen ihr großartiges Können als Schauspielerin und Sängerin lobte und sie wärmstens weiterempfahl. Dazu eine kurze Notiz von Ernie auf einem Zettel: »Tut mir leid, Schätzchen.«

»Schätzchen!«, las sie laut. »Was anderes ist dir wohl nicht eingefallen?«

»Sophie? Sind Sie das, Sophie?«

Sie drehte sich nach der Stimme um und sah Michael Ashley auf sich zukommen. Der Komponist trug einen Anzug, der so unmodern war, dass er nur aus zweiter Hand stammen konnte, eine Schiebermütze, die besser zu einem Werftarbeiter gepasst hätte, und einen kostbaren Seidenschal. Seine Nickelbrille saß tief auf der Nase. »Mike! Gut, dass ich Sie treffe.«

»Ich habe gerade erfahren, dass man Sie freigestellt hat. Einige Ihrer Kollegen haben das schon kommen sehen. Sie wussten, dass Sie mit ihm ausgehen, und haben befürchtet, dass seine Verlobte Ihnen auf die Schliche kommen würde.«

»Und warum hat mich niemand gewarnt? Ich hatte nicht die geringste Ahnung, dass Ernie … Benteen verlobt ist. Und noch viel weniger wusste ich, dass seine Verlobte schwanger ist. Schöne Kollegen, die einen so auflaufen lassen.«

»Hier hat doch jeder Angst um seinen Job. Miss Caroline ist nicht gerade zimperlich, wenn es darum geht, jemanden zu erlassen. Wenn es um sie geht, hält man sich lieber im Hintergrund. Aber Sie haben recht, zumindest ich hätte Sie warnen sollen. Ich halte Sie für eine großartige Sängerin und verehre Sie sehr.«

»Danke, Mike. Das tröstet mich.« Er wagte es nicht, ihr direkt in die Augen zu blicken. »Sagen Sie, würden Sie vielleicht mit mir zu Mittag essen? Ich würde Sie in ein interessantes Lokal im chinesischen Viertel einladen, da esse ich oft.«

»Im chinesischen Viertel? Das klingt abenteuerlich.«

»Ist es auch. Sind Sie wirklich sicher?«

Sie hängte sich bei ihm ein und begleitete ihn zum Portsmouth Square, dem Zentrum von Chinatown, wie man das Viertel neuerdings auch nannte. Seitdem immer mehr Chinesen aus der fernen Heimat kamen, um die gefährlichen Sprengarbeiten beim Bau der transkontinentalen Eisenbahn zu übernehmen, wuchs es ständig und war bereits größer als zahlreiche chinesische Großstädte.

In dem Lokal, dessen Name lediglich in chinesischen Schriftzeichen über dem Eingang stand, kannte man Mike. »*Ni hao! Ni hao!*«, schallte es ihm von allen Seiten entgegen. Die Leute saßen dicht gedrängt an einfachen Holztischen, die Köche hantierten in der offenen Küche mit Enten, Hühnern und Schweineteilen.

Sophie blieb erst mal stehen, um sich an den seltsamen Geruch der Speisen zu gewöhnen, folgte Mike dann zögernd zu einem freien Ecktisch und vertraute ihm, als er einige *dim sum* bestellte: mit Shrimps gefüllte Teigtaschen, die er *Xiajiao* nannte, gedämpfte Rindfleischbällchen mit Tofublättern, die *Shanzhu Niurouqiu* hießen und zum Nachtisch wohlschmeckenden Mango-Pudding. Alles sehr exotisch, aber lecker und würziger als der farblose Tee, den es dazu gab.

»Und? Hat es Ihnen geschmeckt?«, fragte er.

»Wunderbar«, antwortete sie.

»Ich esse fast jeden Mittag hier. Die Leute gefallen mir, und das Essen schmeckt und ist extrem preiswert. Wenn Sie sich ein wenig an den exotischen Geschmack gewöhnt haben, sollten Sie die Entenhälse probieren. Ein Gedicht.«

Sophie war überrascht, wie wohl sie sich in Mikes Gegenwart fühlte. Er war kein imposanter Mann, zu dem man aufsehen konnte, eher etwas schüchtern, ein Künstler eben, der wahrscheinlich am liebsten zu Hause saß und Lieder komponierte. Aber er sprach sie auf eine Weise an wie noch kein anderer Mann zuvor. Sie wunderte sich über sich selbst. War sie etwa dabei, sich in ihn zu verlieben?

»Sind Sie von hier, Mike?«, wollte sie wissen.

»New York«, antwortete er. »Brooklyn, um genau zu sein. Meine Eltern sind aus Russland eingewandert. Meine Mutter arbeitete bei einem Schuster, mein Vater in einer Brauerei. Als der kalifornische Goldrausch ausbrach, verkauften sie alles, was ihnen lieb und teuer war, und zogen mit mir an die Westküste. Sie hatten wahnsinnige Angst vor den Indianern und haben den langen Weg genommen, mit dem Schiff um Kap Horn. Ich war damals noch keine fünfzehn, kann mich aber noch genau daran erinnern, wie schlecht mir damals war, als wir vor dem Kap in einen der gefürchteten Stürme gerieten und beinahe untergegangen wären. Ich bin sicher, ein Indianerüberfall wäre nur halb so schlimm gewesen. Drei Monate dauerte die Fahrt, und wir waren vollkommen fertig, als wir endlich hier ankamen.«

Sie dachte daran, wie Frank von den Indianern behandelt worden war, sagte aber nichts. Die Begegnung mit den Cheyenne hatte sie aus ihrer Biografie gestrichen. »Ich bin sicher, bei den Indianern wäre es Ihnen noch schlechter ergangen. Ich habe Berichte gelesen, die lassen einem die Haare zu Berge stehen.«

»Die Seefahrt hatte den Vorteil, dass es ein paar Musiker an Bord gab. Ich komponierte meine ersten Songs, natürlich über die wilde Fahrt durch das stürmische Meer, und die Musiker spielten sie, als das Meer wieder ruhiger wurde. Damals beschloss ich, Komponist zu werden. Ich wollte Lieder schreiben, an die man sich noch in hundert Jahren erinnert, und mit etwas Glück schaffe ich das auch.«

»Haben Ihre Eltern Gold gefunden?«

»Kein bisschen«, antwortete er betrübt. »Sie wurden von Banditen erschossen. Ich sollte in ein Waisenhaus, brannte durch und schlug mich jahrelang allein durch. Mit der Gitarre, die ich bei der Ankunft von einem der Musiker geschenkt bekam, zog ich als Straßenmusiker durch die Stadt. Ich konnte froh sein, wenn mir einer eine Münze zuwarf oder mir was zu essen brachte, aber viele Leute hielten mich für einen Bettler und beschimpften mich. Ich musste mir fast jeden Tag eine neue Ecke suchen, sonst wäre ich wohl noch im Gefängnis gelandet.«

»Und wie haben Sie es ans Theater geschafft?«

»Zuerst mal landete ich an der Barbary Coast. Ich spielte in mehreren Kaschemmen, aber das weiß niemand. Es dauerte eine ganze Zeit, bis ich genügend gute Lieder beisammen hatte und es wagte, mich in anspruchsvollen Etablissements vorzuspielen. In einem dieser Lokale entdeckte mich Ernest Benteen.«

»Sie wissen, warum man mich loswerden will?«, fragte Sophie.

»Weil Sie mit dem Regisseur ausgegangen sind?«

»Das auch.« Sie erzählte ihm in wenigen und sehr nüchternen Worten, was sie im Sailor's Saloon getan hatte, und dass Caroline es herausbekommen und ihr damit gedroht hatte, es an die große Glocke zu hängen, falls sie San Francisco nicht verließ. »Bereuen Sie jetzt, mich zum Essen eingeladen zu haben, Mike?«

Ihr Geständnis schien ihn nicht erschüttert zu haben. »O nein«, reagierte er sofort, »ich hätte auch beinahe meine Seele an der Barbary Coast verkauft. Kaum einer versteht, dass auch wir Künstler ohne Geld nicht durchs Leben kommen.«

Sie schwiegen eine Weile und blickten einander in die Augen. Das Stimmengewirr der anderen Gäste wurde zu einem dumpfen Gemurmel, und Sophie spürte, wie irgendetwas mit ihr geschah. Was sie in Mikes Augen sah, war ehrliche Zuneigung, ein Gefühl, das sie nicht einmal bei allen Verwandten gespürt hatte.

»Ich mag Sie, Mike«, sagte sie. »Ich mag Sie sogar sehr.«

»Ich mag sie auch, Sophie.« Er errötete stark und druckste ein wenig herum. »Ich habe sogar einen Song über Sie geschrieben. Er heißt ›To Sophie, With Love‹. Er liest sich wie ein Brief … ein Liebesbrief. Wollen Sie ihn mal hören?«

»Sehr gern sogar, Mike.«

Mike ging zu dem ramponierten Klavier an der rückwärtigen Wand, setzte sich auf den Hocker und klappte den Deckel auf. »Das Klavier ist ein wenig verstimmt, also erwarten Sie keine Wunderdinge. Ein neuer Song«, rief er den anderen Gästen zu. »Eine Liebeserklärung an eine Frau, die ich über alles schätze.«

Mit dem ersten Akkord wurde es schlagartig still in dem Lokal. Obwohl die Chinesen ganz andere Töne gewohnt waren, zeigten sie sich begeistert von den Liedern des weißen Mannes mit der Nickelbrille. »*Every time I think of you the skies are blue, and the love I feel for you has never been so true, the words from a poet they wouldn't sound real, only in my song I can say how I feel, dear Sophie, please listen to my song.* Jedes Mal, wenn ich an dich denke, ist der Himmel blau, und die Liebe, die ich für dich fühle, war niemals so aufrichtig, die Worte eines Dichters würden nicht wahr klingen, nur in einem Song kann ich sagen, wie ich fühle. Liebe Sophie, bitte höre dir meinen Song an.« Wie eine einzige Liebeserklärung erhoben sich die Worte über die Melodie, die noch eingängiger als alle Songs in dem Singspiel war und das Zeug zum Evergreen hatte.

Sophie empfing Mike mit einem sanften Kuss auf die Lippen,

den die Chinesen mit begeistertem Beifall quittierten. »Das war wunderschön, Mike«, sagte sie leise, »selbst wenn mein Name nicht darin vorkommen würde, könnte dieser Song zu einem riesigen Erfolg werden. Eine so schöne Liebeserklärung habe ich noch nie gehört.« Sie lächelte. »Und ich dachte, du wärst ein schüchterner Stubenhocker. Du bist ein Genie, Mike. Und ein wunderbarer Mensch … ehrlich!«

»Ich möchte dir diesen Song schenken, Sophie«, sagte Mike, als sie das Lokal verließen. »Du sollst alle Rechte daran bekommen. Wenn wir uns wiedertreffen, und ich hoffe, das werden wir bald, bringe ich dir die Noten und den Text mit.«

»Das kann ich nicht annehmen, Mike.« Sie hatte sich bei ihm eingehängt, und sein Gesicht war dicht vor ihrem. »Wenn schon, gehört der Song uns beiden.«

»Und ich weiß auch schon, was wir damit machen«, sagte er. »Ich habe ein Angebot von einem großen Veranstalter in New Orleans. Er war bei der Generalprobe hier und hat mir eine große Tournee durch die Vereinigten Staaten angeboten. New Orleans, Chicago, Philadelphia, New York, Boston. Überall werden wir mit meinen Liedern auftreten. Und du wirst die Solistin sein, darauf bestehe ich.«

»Und das Theater?«

»Wenn ich ihnen sage, was wir vorhaben, werden sie nicht mehr an dir vorbeikommen. Dann wirst du auch weiterhin in dem Singspiel mitmachen. Aber am meisten freue ich mich auf den Abend, wenn du zum ersten Mal ›To Sophie With Love‹ singen wirst.« Er blieb stehen und blickte sie an. »Darf ich dich küssen?«

»Du fragst noch?«, erkundigte sie sich lachend.

33

Wie jeden Abend, wenn Eileen von den Hühnern kam und mit den frischen Eiern zum Haus zurückkehrte, blickte sie noch einmal zu den Hügeln empor. Obwohl sie während der vergangenen Jahre kein Lebenszeichen von Jonathan erhalten hatte, gab sie die Hoffnung nicht auf und wartete immer noch darauf, dass er auf einem weißen Pferd die Hügel herabgeritten kam. Doch auch an diesem Abend hing nur die untergehende Sonne über den Hügelkämmen, und die einzige Bewegung kam von dem Staub, der mit dem Wind über das Land zog.

Sie liebte Jonathan noch immer. Ihre Liebe war so stark und unerschütterlich, dass sie niemals in Erwägung gezogen hatte, einen anderen Mann zu heiraten, nicht einmal Benjy, den älteren Sohn von Nelson W. Baxter, der ihr monatelang den Hof gemacht und sie mit Komplimenten und Geschenken überhäuft hatte. Normalerweise wäre sie nicht abgeneigt gewesen, eine Ehe mit dem aufrichtigen Mann einzugehen, doch die Erinnerung an Jonathan war zu stark und hätte stets zwischen ihnen gestanden. Auf mehr als ein paar gemeinsame Ausritte hatte sie sich nicht mit ihm eingelassen, und berührt hatten sie sich die ganze Zeit nicht.

Beinahe sechs Jahre war es schon her, dass sie nach Texas gezogen waren, und noch länger lag ihr Abschied von Jonathan zurück. Die Angestellten, denen sie eine Nachricht für ihn hinterlassen hatte, waren vielleicht gar nicht mehr im Dienst oder hatten die Nachricht längst weggeworfen und erinnerten sich nicht mehr daran. Ihre Spuren waren verwischt, und er würde schon mächtig viel Spürsinn brauchen, um sie aufzuspüren. Texas war riesengroß, über achtmal so groß wie Irland. Es gab noch keine Eisenbahn, und bis zur nächsten großen Stadt waren es über hundert Meilen. Wie sollte er sie jemals finden? Oder hatte es sich schon in Texas herumgesprochen, dass eine Eileen O'Leary eine Ranch führte?

Sie hatte noch keine Ahnung, wie sie ihre Ranch nennen würde. Wahrscheinlich würde sie es bei den Namen »KE Bar« belassen, schon weil sie das Brandzeichen, die Buchstaben K und E mit einem horizontalen Balken, dann nicht ändern musste. Seit der Hochzeit ihrer Mutter gehörte ihr die Ranch ganz allein. Monty und die beiden Reiter der Lazy B Ranch hatten das Haupthaus, den Stall und den Schuppen repariert und ein neues Schlafhaus für insgesamt sechs Cowboys gebaut, falls die Ranch einmal wachsen würde. Bisher schlief dort nur Monty, der Oldtimer, der nach den anstrengenden Jahren beinahe unverändert aussah und bestimmt hundert würde. Während des Round-ups, wenn die Rinder zusammengetrieben und die Kälber gebrändet wurden, kampierten dort auch Brett Marlow und Sandy, ihre Aushilfscowboys von der Lazy B.

»Sie können mächtig zufrieden sein, Ma'am.« Seit sie die Ranch von ihrer Mutter übernommen hatte, nannte er sie wieder »Ma'am« und ließ sich auch nicht davon abbringen. »Die Ranch hat sich prächtig entwickelt. Die Gebäude sind gut in Schuss, die fünfzig Rinder gesund, Ihr Gemüsegarten blüht und gedeiht, und Sie reiten inzwischen besser als ich in meinen besten Jahren. Wenn Sie's wirklich darauf anlegen würden, könnten Sie die Ranch sogar größer machen als die Lazy B. Wenn wir mehr herrenlose Mavericks aus den Dickichten holen würden, könnten wir eine Herde nach Kansas zur Eisenbahn treiben.«

»Größer als die Lazy B?« Eileen schüttelte lachend den Kopf. »Ich werde den Teufel tun und mich gegen meinen Stiefvater stellen. Es reicht schon, wenn ich ihm eine Gebühr für die Benutzung der Quellen abluchse, und auch das tue ich nur, damit er nicht denkt, ich würde es mit meiner Ranch nicht ernst meinen.«

»Und er jammert jedes Mal, wenn er Ihnen die Goldmünzen bringt. Das macht er sicher nur, um ordentlich jammern zu können, sonst würde er das Geld gleich auf Ihr Konto überweisen.«

Monty musste grinsen. Er machte kein Hehl daraus, dass er Baxter den kleinen Seitenhieb gönnte. »Aber insgeheim hat er sicher große Hochachtung vor Ihnen. Wir alle haben uns getäuscht. Er ist einer dieser landhungrigen Großrancher, das stimmt schon, aber er ist auch ein Gentleman mit mehr Gefühl im Leib, als ich mir vorstellen konnte, sonst hätte Ihre Mutter ihn niemals genommen.« Er schnalzte mit der Zunge. »O Mann, war das eine Hochzeit! Ein schöneres Fest hätten wir uns zum Kriegsende nicht wünschen können.«

Eileen musste ihm recht geben. Auch sie würde die Hochzeit niemals vergessen. Nelson W. Baxter hatte sich nicht lumpen lassen und alles aufgefahren, was zu einer farbenprächtigen Fiesta gehörte. Vor dem Ranchhaus hatte er mehrere geräumige Zelte aufstellen lassen, die Tische bogen sich unter Kartoffeln, Bohnen, Mais, Zwieback, verschiedenen Salaten und Soßen, Obst aus dem nahen Hill Country und Weinen aus Kalifornien, im Freien grillte sein mexikanischer Koch riesige Steaks und hielt für die Nimmermüden schmackhaften Apple Pie zum Nachtisch bereit. Eine deutsche Kapelle, ebenfalls aus dem Hill Country, spielte zum Tanz auf und verstand sich sogar auf irische Trinklieder, wie Eileen und ihre Mutter zu fortgeschrittener Stunde feststellen konnten. Der offene Pavillon, in dem die Trauung stattfand, war mit bunten Girlanden im amerikanischen Blau-Weiß-Rot und irischem Grün geschmückt, und der katholische Pfarrer, auf dem Kathleen bestanden hatte, war aus dem fernen San Antonio angereist und hatte selbst irische Wurzeln, weshalb er auch ein »*Yo*, ich will« als Ja akzeptierte.

Wenn einige Hochzeitsgäste vermutet hatten, zwei so starke Charaktere wie Nelson W. Baxter und Kathleen O'Leary würden auf Dauer nicht miteinander auskommen, sahen sie sich schon bald getäuscht. Der Rancher wirkte lange nicht mehr so hart und unbarmherzig, wie er manchen Leuten vor der Hochzeit erschienen war, und auch Kathleen zeigte sich öfter von ihrer sanften und fröhlichen Seite. Sich selbst blieben die beiden dabei stets treu. Baxter war auch weiterhin der unumstrittene Herrscher der

Weide, musste seine Macht aber zeitweise mit seiner neuen Frau teilen, die bei allen wichtigen Entscheidungen dabei sein wollte und auch aktiv an der Arbeit teilnahm. Innerhalb von einem Monat lernte sie perfekt reiten und mit einem Lasso umzugehen, und schon bei ihrem ersten Round-up half sie, einige versprengte Tiere aus den Dickichten zu treiben. Beim zweiten Mal ließ sie sich sogar ein Brandeisen geben. Alle Cowboys respektierten sie.

Hatte Baxter allerdings damit gerechnet, durch die Heirat auch an die Ranch seiner Frau zu kommen und damit ungehinderten Zugang zu den beiden Quellen zu haben, sah er sich schon bald auf dem Holzweg. Kathleen dachte gar nicht daran, ihm die Ranch zu überschreiben. Eileen wurde alleinige Besitzerin, und die Abmachung hinsichtlich der Quelle blieb die gleiche. Baxter musste lachen, als Kathleen ihm ihre Entscheidung mitteilte, und sagte: »Siehst du, und genau deswegen habe ich dich geheiratet. Keine andere Frau wäre so störrisch gewesen.«

Auch wenn Monty jetzt im Schlafhaus wohnte, aß er weiterhin mit Eileen im Wohnraum. An diesem Abend gab es Wildeintopf mit Zwieback dank der Antilope, die Monty vor einigen Tagen erlegt hatte. Das Wild wurde spärlicher auf den Ebenen, wusste der Oldtimer zu berichten, seit immer mehr weiße Siedler nach Westen drängten, und professionelle Jäger dabei waren, sogar im Auftrag der Regierung auf die Jagd zu gehen. Vor allem durch den Abschuss möglichst zahlreicher Büffel sollte den Comanchen die Lebensgrundlage entzogen werden.

Die Taktik schien aufzugehen. Der Tod vieler Büffel, aber auch Krankheiten wie Cholera und Pocken dezimierten die Zahl der Comanchen, und die Texas Rangers hatten die Indianer bereits so weit in die Enge getrieben, dass es nicht mehr lange dauern würde, bis sie endgültig aufgeben und ins Reservat ziehen würden. Nur vereinzelte Stämme der Comanchen, darunter die gefürchteten Kwahadi und Nokoni, widersetzten sich noch. Ein Medizinmann hatte ihnen versprochen, dass die Büffel zurückkehrten und die alten Zeiten wieder auflebten.

»Den Morgen, an dem Sie diesen Kiyou von unserem Hof verjagt haben, werde ich nie vergessen«, sagte Monty, nachdem er einen dicken Brocken Antilopenfleisch zerkaut hatte. Er grinste in sich hinein. »Angeblich soll er das große Wort bei den Nokoni führen. Die Soldaten in Fort Chadbourne halten ihn für einen der gefürchtetsten Kriegshäuptlinge der südlichen Plains. Die Texas Rangers sind schon seit ein paar Monaten hinter ihm her und haben nicht mal seinen Schatten gesehen. Was bei diesen Blindgängern allerdings auch nicht viel heißen will.«

»Ich hab ihn auf dem falschen Fuß erwischt.«

»Das kann man wohl sagen«, bestätigte er, »sonst würden Sie jetzt vielleicht vor einem Tipi sitzen und Felle gerben, und die Ranch läge in Schutt und Asche. Und glauben Sie bloß nicht, ich hätte was daran ändern können.« Monty war an diesem Morgen in Fredericksburg gewesen, um sich einen neuen Bullen anzusehen. »Gegen Kiyou hätte ich nichts ausrichten können. Er hat die Skalpe von erstklassigen Kämpfern der Neunten Kavallerie an seinem Gürtel hängen, und meiner hätte schon allein farblich gut zu den anderen gepasst. Der Kerl hätte mir irgendwo aufgelauert und einen Pfeil ins Herz gejagt. Es hat schließlich niemand behauptet, im Krieg gegen die Comanchen ginge es fair zu. Da ist alles erlaubt.«

Eileen erinnerte sich gut. Kiyou war an einem heißen Sommermorgen vor dem Ranchhaus aufgetaucht. Er wusste wohl, dass sich weder Monty noch einer der Cowboys in der Nähe aufhielt, und war allein gekommen. Er saß auf einem gescheckten Kriegspony, ein hochgewachsener Krieger mit strengen Gesichtszügen, die Haare sorgfältig gescheitelt und zu Zöpfen gebunden. In seinen Haaren steckte eine Adlerfeder, seine Ohren schmückten silberne Ringe mit Muschelstücken. Seine Sharps Rifle hatte er über dem Sattel liegen. An seinem Blick war nicht zu erkennen, was er mit ihr vorhatte, aber sicher nichts, was Eileen gefallen würde.

Sie griff nach ihrer Schrotflinte und trat vors Haus. Kiyou wunderte sich anscheinend, dass sie ihm so furchtlos und offen gegenübertrat und mit ihrer Schrotflinte auf ihn anlegte. Normalerweise waren weiße Frauen furchtsamer.

»Wer bist du?«, fragte sie, ohne ihre Nervosität zu zeigen. »Und was willst du hier? Ich kann mich nicht erinnern, einen Comanchen eingeladen zu haben.«

»Ich bin Kiyou, der Anführer der Nokoni-Comanchen«, antwortete er leicht irritiert und in erstaunlich gutem Englisch. »Ich habe schon viel von dir gehört, Eileen O'Leary. Nur wenige Weiber wagen sich ohne Männer in unsere Jagdgründe. Die meisten schreien so laut, wenn sie uns sehen, dass ich ihnen den Schädel spalten muss, nur um ihre Stimme nicht mehr zu hören. Du bist anders als sie.«

»Ich komme aus Irland, einem kleinen Land in Europa. Dort sind die Frauen mutiger als anderswo. Wir laufen nicht heulend davon, nur weil ein Krieger der Nokoni-Comanchen vor uns steht. Wenn du gekommen bist, um zu erfahren, ob ich Angst vor dir habe, dann weißt du es jetzt. Reite zurück zu deinen Kriegern.«

»Und wenn ich es nicht tue? Willst du mich dann erschießen?«

»Die beiden Läufe meiner Schrotflinte zeigen auf dich«, erwiderte Eileen, ohne den Indianer aus den Augen zu lassen. »Und ich würde nicht zögern, sie abzufeuern. So schnell kannst du gar nicht reagieren, dass ich damit danebenschieße.«

»Dennoch würde dich meine Kugel treffen.«

»Und was würde dir das nützen, wenn du tot bist?«

Kiyou sah wohl ein, dass er sich verrechnet hatte. »Ein Weib wie dich gibt es bei den Comanchen nicht. Ich werde dich in mein Tipi entführen. Wenn nicht heute, dann irgendwann. Ich werde dich aus deinem Bett holen und mit dir davonreiten. Alle Krieger der Nokoni-Comanchen werden mich um dich beneiden.«

»Und sobald du zur Seite blickst, würde ich dich umbringen.«

»Ich komme mit vielen Kriegern«, drohte er, »und werde dich von allen besteigen lassen. Sie wissen, wie man einem Weib wehtut, bevor man ihm zeigt, wer im Tipi das Sagen hat. So lehren wir unsere Gefangenen zu gehorchen.«

Eileen fiel es schwer, die Fassung zu bewahren, und verstand kaum ihren Mut. »Sind die Comanchen schon so tief gesunken?«, warf sie ihm vor. »Müssen Sie schon gegen Frauen und Kinder kämpfen, um endlich wieder einen Sieg zu erringen? Sind sie zu feige, gegen Texas Rangers oder Büffeljäger zu kämpfen? Sind die einstigen Herren der Prärie zu Memmen geworden und meiden einen Kampf gegen gleichwertige Gegner?«

Die Worte trafen den Comanchen mitten ins Herz. Er war wohl versucht, seine Sharps herumzureißen und abzudrücken, doch Eileen reagierte rechtzeitig und spannte geräuschvoll die Hähne ihrer Schrotflinte. Kiyou presste die Lippen aufeinander und brummte einen Fluch. Für einen Krieger der Comanchen war es beinahe unerträglich, von einer Frau besiegt und lächerlich gemacht zu werden.

»Und jetzt reiten Sie endlich los, und lassen Sie sich hier nie mehr blicken!«, rief sie streng.

Kiyou blieb nichts anderes übrig, als sein Pferd zu wenden und davonzureiten. Eileen blickte ihm mit erhobener Schrotflinte nach, bis er in der Ferne verschwunden war. Er ließ sich nicht mehr auf ihrer Ranch blicken und machte vor allem weiter nördlich von sich reden, wo er seine Krieger bei zahlreichen Überfällen auf Farmen weißer Siedler unterstützte und dabei weder Frauen noch Kinder verschonte. Sein Einfluss bei den Comanchen aber schien abzunehmen, und inzwischen war von anderen Anführern wie dem jungen Quanah die Rede.

»Aber das heißt noch lange nicht, dass Sie ihn abschreiben können«, sagte Monty. »Vielleicht ist er jetzt sogar noch gefährlicher als früher. Er hat bestimmt nicht vergessen, was Sie ihm damals angetan haben. Bisher hat er von seinen Überfällen auf weiße Farmen und einem Sieg gegen eine kleine Einheit von Texas Rangers profitiert. Zwei Ranger hat er ermordet und skalpiert. Dann verließ ihn das Glück, und die Nokoni wandten sich anderen Anführern zu. Nur wenn er die Geister wieder auf seine Seite bringt, kann er seine Macht zurückgewinnen. Wenn er mit einer Gefangenen wie Ihnen in sein Dorf zurückkehrt.«

»Sie meinen, er kommt mich noch mal besuchen?«

»Könnte sein«, gab der Oldtimer zu bedenken. »Ich will Ihnen keine Angst machen, aber diese Comanchen sind unberechenbar. Auch wenn er sich die ganze Zeit nicht sehen ließ, heißt das noch lange nicht, dass die Gefahr vorüber ist.«

»Meine Schrotflinte steht griffbereit neben dem Bett.«

»Ich lasse Sie auch nicht mehr allein.«

»Und mein Stiefvater lässt seine Cowboys immer noch auf Patrouille gehen, um die Comanchen möglichst früh zu entdecken, falls sie in der Nähe auftauchen. Kiyou ging ihnen damals durch die Lappen, aber das passiert ihnen bestimmt nicht mehr. Wir sind gut vorbereitet, Monty. Mehr können wir nicht tun.«

Die Tage vergingen, und niemand dachte mehr an die Comanchen, als Eileen und Monty zu den Rindern auf die Sommerweide ritten. Als sie die Longhorns durchzählten, merkten sie, dass drei Tiere fehlten. Sie machten sich sofort auf die Suche, im nahen Canyon, jenseits der Hügel und in einem ausgetrockneten Flussbett, ohne eine Spur von ihnen zu finden. Als hätte sie der Erdboden verschluckt.

Sie kehrten zur Weide zurück und lenkten ihre Pferde nebeneinander.

»Jemand muss sie gestohlen haben«, sagte Monty.

»Aber wer? Indianer? Banditen?«

Monty biss ein Stück von seinem Kautabak ab. »Indianer. Wenn es Banditen gewesen wären, hätten wir längst ihre Spuren entdeckt. So gut tarnen sich nur Comanchen. Vielleicht haben sie bei den Quellen angehalten, dort lag früher mal eines ihrer größten Dörfer. Lassen Sie uns nachsehen, dann wissen wir mehr.«

Noch bevor sie die Quellen erreichten, stießen sie auf die Spuren der Viehdiebe. Drei unbeschlagene Pferde, deren Spuren sich am feuchten Flussufer kaum abzeichneten, das konnten nur junge Krieger sein. Mit ausgewachsenen Kriegern wären die Pferde viel schwerer gewesen. Sie ritten langsam weiter und postierten sich eine Viertelmeile von den Quellen entfernt hinter einem Hügel. Monty bedeutete ihr, zurückzubleiben, doch sie robbte neben ihn und blickte durch sein Fernglas auf die lagernden Indianer hinab. Drei junge Krieger, wie sie vermutet hatte, gut im Verwischen von Spuren, aber noch zu grün hinter den Ohren, um die Gegend möglichst schnell zu verlassen. Sie scherzten und lachten, als hätten sie niemanden zu befürchten. Eileen schätzte sie auf höchstens zwölf oder dreizehn.

»Was jetzt?«, fragte Monty.

»Wir lassen ihnen die Rinder«, antwortete sie.

»Drei gute Longhorns?«

»Sie haben Hunger, und wir können sie verschmerzen.«

Sie hatte die Worte kaum ausgesprochen, als mehrere Schüsse fielen, und die jungen Krieger einer nach dem anderen zu Boden sanken. Die weißen Reiter, die sich den toten Indianern näherten, trugen das Abzeichen der Texas Rangers.

»Diese hirnverbrannten Idioten!«, schimpfte Eileen.

Sie ritten zu den Rangers, einem zehn Mann starken Trupp, und Eileen konnte sich kaum beherrschen, so wütend war sie. Sie deutete auf die toten Jungen und fuhr die Männer an: »Haben Sie denn nicht gesehen, dass das noch halbe Kinder sind? Warum führen Sie nicht Krieg gegen Kiyou, Quanah, und wie die Anführer der Comanchen alle heißen. Warum vergreifen Sie sich an kleinen Jungen?«

Der Anführer der Rangers, ein grauhaariger Mann mit einem verwitterten Gesicht und einem dichten Schnurrbart, zeigte sich wenig beeindruckt. »Captain Samuel F. Rogers vom Sonderkommando der Texas Rangers. Ich weiß, offiziell gibt es gar keine Rangers mehr, aber irgendjemand muss sich ja um die Comanchen kümmern. Aus der Ferne konnten wir nicht sehen, dass es Jungen waren.«

»Haben Sie keine Ferngläser?« Ihr taten die toten Jungen leid, obwohl sie wahrscheinlich ohne zu zögern auf sie geschossen hätten. »Das sind meine Longhorns, Captain, und ich hatte mich gerade entschlossen, die Jungen mit den Tieren laufen zu lassen. Ich kann mit meinen Rindern machen, was ich will, oder?«

»Dann sind Sie Eileen O'Leary?«

»Ja, Sir, die bin ich.«

»Das erklärt vieles«, erwiderte der Captain grinsend.

34

Auch nach dem Bürgerkrieg kehrte in Texas keine Ruhe ein. Die Umwälzungen waren gewaltig, vor allem bei den einstigen Plantagenbesitzern, die nicht nur ihre Sklaven, sondern auch ihren politischen Einfluss verloren hatten. Unionstruppen marschierten ein und setzten den Willen des siegreichen Nordens durch. Sie ließen die Texaner auf schmerzhafte Weise spüren, dass sie auf der Seite der Verlierer standen. Sinnlose Steuern, nicht selten frei erfunden, um die Taschen irgendwelcher Offiziere zu füllen, trieben so manchen Rancher oder Farmer in den Ruin.

Eileen war auf die ungebetenen Besucher in den blauen Uniformen vorbereitet. Vor ihnen hatte sie noch größere Angst als vor den Comanchen. Doch als mehrere Einheiten der Unionssoldaten westlich von Fort Chadbourne gesichtet wurden und sich Eileen, ihre Mutter und vor allem ihr Stiefvater bereits auf ein konfliktreiches Zusammentreffen mit den Soldaten einstellten, passierte gar nichts. Die Soldaten ignorierten die riesige Lazy B und ihre kleine Nachbarranch und zogen weiter nach Süden, ohne sie in irgendeiner Weise behelligt zu haben.

Die Erklärung lieferte ein junger Offizier, der wegen seiner Verdienste im Bürgerkrieg zum Captain ernannt worden war und ausgerechnet an dem Tag auf der Lazy B erschien, als Eileen dort zu Besuch war, und sie und ihre Mutter auf der Veranda standen. »Ein Nordstaatler«, sagte Kathleen und ahnte bereits, dass es kein gewöhnlicher Besuch war. »Ich möchte mal wissen … Das ist doch …«

»Robert! Das ist Robert!«, erkannte Eileen ihren Bruder.

»Mammy! Eileen!«

Sie liefen nach unten und umarmten ihn stürmisch, hakten sich zu beiden Seiten bei ihm ein und führten ihn an den verdutzten Cowboys vorbei ins Haus. Im Salon des herrschaftlichen

Ranchhauses war Nelson W. Baxter genauso überrascht wie seine Angestellten, lächelte aber, als er erfuhr, dass Robert Kathleens Sohn war, und ließ seine Köchin frischen Tee aufsetzen.

Robert salutierte vor dem Rancher. »Captain Robert O'Leary, Sir. Wenn ich das richtig sehe, sind Sie mein neuer Stiefvater. Ein Glück, dass es mir gelungen ist, den Colonel davon zu überzeugen, dass hier nichts zu holen ist. Der Colonel hält große Stücke auf mich, wissen Sie?« Er hustete verlegen. »Außerdem hab ich ihm vorgelogen, dass sich ein größerer Trupp von Comanchen in der Nähe aufhält und ganz wild darauf ist, der Armee zu zeigen, wie sie kämpfen können.«

Baxter erwiderte den Gruß. »Dann sind Sie … bist du der erste Unionssoldat, dem ich die Hand schüttele und bei dem ich mich für eine Rettung in höchster Not bedanke.«

»Jetzt stehen wir sowieso wieder auf einer Seite.«

Eileen und ihre Mutter saßen den ganzen Nachmittag mit Robert zusammen. Er berichtete ihnen, dass er nach seiner Zeit bei der Eisenbahn in die Armee eingetreten war, schon wegen des besseren Lohns, und nach einigen erfolgreich überstandenen Schlachten nach Westen abkommandiert worden war. Im Kampf gegen die Sioux und Cheyenne hatte er sich noch mal ausgezeichnet bewährt und war mit einem Orden und einer Beförderung belohnt worden. »Ein Glück, dass ich bei der Einheit war, die das Cheyenne-Dorf überfallen hat, sonst wäre Sophie jetzt tot.«

»Sophie? Du hast Sophie gesehen?«

»Ihr wisst noch gar nicht, dass sie bei den Indianern war?«

»Wie geht es ihr, Robert? Was ist mit ihr?«

Robert lächelte. »Wie ich unser hübsches Schwesterlein kenne, ist sie längst in San Francisco und arbeitet an ihrer Karriere. Sie war jedenfalls fest entschlossen, schon auf der Krankenstation in Fort Lyon. Wie es ihr bei den Indianern ergangen ist, weiß ich nicht. Ich nehme an, dass sie einer der Anführer zur Frau nahm, aber misshandelt hat man sie nicht. Die eigentlichen Probleme begannen erst, als wir im Fort ankamen. Weibliche Gefangene, die längere Zeit bei den Indianern gelebt haben, werden von den meisten Weißen wie Aussätzige behandelt. Schlimmer als Huren. Wenn sie Glück haben, landen sie in einem Kloster, wenn sie Pech haben, in der Gosse oder in einem Bordell. Aber keine Angst, unsere Sophie ist stark genug, um auf eigenen Beinen zu stehen. Sie schlägt sich durch.«

»Hast du dich denn nicht nach ihr erkundigt?«

»Natürlich, aber der Kommandant wusste nur, dass sie die Kutsche nach Westen genommen hat. Ich würde mir keine Sorgen machen. Freut euch, dass wir sie von den Indianern befreien konnten. Das hätte auch schlimm enden können.«

Gegen Abend musste Robert gehen. Seine Einheit kampierte einen halben Tagesritt weiter südlich, und er würde sowieso bis Mitternacht brauchen, um sie zu erreichen. Er umarmte seine Mutter und Eileen und gab seinem Stiefvater erneut die Hand. »Hat mich sehr gefreut. Meine Mutter hat eine gute Wahl getroffen.«

»Deine Mutter ist eine außergewöhnliche Frau, mein Sohn.«

»Kommst du mal wieder vorbei?«, fragte Kathleen.

»Ich werde wohl bei der Armee bleiben, Mammy, und nach der Besatzungszeit, die hoffentlich nicht mehr lange dauert, werde ich wohl auf den nördlichen Plains gegen die Indianer kämpfen müssen. Aber sobald es sich ergibt, besuche ich euch. Lasst euch nicht unterkriegen!« Er salutierte und ritt nach Süden davon.

Sie blickten ihm nach, bis er hinter den fernen Hügeln verschwunden war. Er saß aufrecht im Sattel, wie man es von einem Offizier erwartete, und hatte kaum etwas mit dem hitzköpfigen Jungen von der Überfahrt gemein. Die Armee hatte einen Mann aus ihm gemacht. Er handelte jetzt ruhiger und überlegter und hatte sein Offizierspatent sicher nicht umsonst bekommen. Über die Heldentaten, die in seiner Personalakte standen, hatte er beharrlich geschwiegen, aber man musste schon Außergewöhnliches leisten, um einen der höchsten Orden der Armee zu bekommen. Am glücklichsten aber waren Eileen und ihre Mutter darüber, dass Sophie bei den Indianern überlebt hatte. Selbst wenn sie nicht missbraucht worden war, hatte sie bestimmt sehr gelitten.

Auf dem Ritt zu ihrer Ranch hing Eileen ihren Gedanken nach und musste sich immer wieder zwingen, ihre Umgebung zu beachten. Der Mond, der zwischen den Wolken auftauchte, war rund und schwer, ein Comanche Moon, wie er größer und bedrohlicher nicht sein konnte, und der sie auf eindrucksvolle Weise daran erinnerte, dass Kiyou noch immer eine Rechnung mit ihr offen hatte. Wenn er seine Krieger beeindrucken wollte, musste es bald geschehen. Sie zog die Schrotflinte aus dem Futteral legte sie quer über den Sattel, den Finger am Abzug. Falls er sie auf offener Weide angriff, würde sie nicht lange zögern.

Doch nichts geschah, und sie erreichte unversehrt ihre Ranch. Monty empfing sie erleichtert und deutete nur zum Mond empor, als sie ihn fragend anblickte. »Alles ruhig«, sagte er, »aber ich halte sicherheitshalber Wache. Ich traue diesem Kiyou nicht. Er sah nicht so aus, als würde er sich mit seiner Niederlage abfinden. Lieber ein paar schlaflose Nächte als ein Platz in den Ewigen Jagdgründen.«

Auch Eileen fand in dieser Nacht kaum Schlaf. Zu hell leuchtete der Vollmond durch ihr Fenster in den Schlafraum hinein. Jeder Schatten, jedes Scharren und Knarren konnte Gefahr bedeuten und erst recht das leise Klappen der Stalltür. Sie hörte das Geräusch nur, weil sie das Fenster zwei Finger breit nach oben geschoben hatte. Monty war entweder eingeschlafen oder maß ihm keine Bedeutung bei, obwohl er schon lange genug auf der KE Bar lebte, um unterscheiden zu können, ob das Klappen vom böigen Nachtwind oder einem Menschen kam.

Eileen stand auf und schlich barfuß zum Fenster. Sie kam gerade noch rechtzeitig, um zu erkennen, wie ein Mann sein Pferd in den Stall führte. Er hielt ihm die Nüstern zu, damit es nicht schnaubte. Im hellen Mondlicht sah sie ihn nur von hinten, doch seine Gestalt und seine Bewegungen kamen ihr vertraut vor, und es fiel ihr wie Schuppen von den Augen. Honest John!

Der Gentleman-Bandit versteckte sich mit seinem Pferd in ihrem Stall! War er auf der Flucht?

Ein erster Impuls ließ sie nach ihrer Schrotflinte greifen und zur Tür gehen, doch sie besann sich rechtzeitig und blieb stehen. Was wollte sie mit ihrer Waffe gegen Honest John ausrichten? Monty um Hilfe rufen, ihn fesseln und dem Gesetz übergeben? Warum sollte sie ihn ausliefern? Hatte er während des Überfalls auf ihre Kutsche nicht bewiesen, dass er nur Ausbeuter und Betrüger überfiel?

Sie schlich ins Bett zurück und legte sich hin. An Schlaf war vorerst nicht zu denken. Sie stand noch zweimal auf und spähte zum Stall hinüber, konnte aber nicht entdecken, ob sich Honest John noch versteckt hielt. Wieder in ihrem Bett schlief sie vor Erschöpfung ein. Sie träumte von Jonathan, wieder einmal, sah ihn auf einem weißen Pferd über die Hügel kommen, und schloss ihn in die Arme.

Der Hufschlag mehrerer Pferde riss sie aus dem Schlaf. Sie rannte zum Fenster und sah Captain Rogers und seine Rangers in den Hof reiten. Im Osten schob sich gerade die Sonne über die Hügel und tauchte die Gesichter der Männer in helles Licht. Sie zog rasch ihren Morgenrock über und öffnete die Tür. »Captain Rogers«, begrüßte sie ihn. »Seit wann sind die Rangers so früh auf den Beinen?«

»Entschuldigen Sie die Störung, Ma'am«, erinnerte sich der Captain an gepflegte Umgangsformen, »wir sind Honest John auf den Fersen. Einer meiner Männer glaubt ihn gestern Abend gesehen zu haben. Er muss hier ganz in der Nähe sein. Sie haben doch sicher nichts dagegen, wenn wir uns mal umsehen?«

»Hier ist er bestimmt nicht. Das hätte ich gehört.«

»Wir überzeugen uns lieber selbst, Ma'am.«

Er rief seinen Männern ein paar knappe Befehle zu und ließ sie zu Stall, Schuppen und Schlafhaus ausschwärmen und dort mit brennenden Sturmlaternen nach dem Gentleman-Banditen suchen. Eileen hielt unwillkürlich den Atem an, als zwei Rangers die Stalltür öffneten, und atmete erleichtert auf, als sie einige Minuten später ohne einen Gefangenen zurückkehrten. Auch die anderen Rangers kehrten unverrichteter Dinge zurück. Im Schlafhaus war lediglich Monty gewesen, der wieder einmal eingeschlafen war und sich nervös die Augen rieb.

»Sehen Sie?«, sagte Eileen. »Das habe ich Ihnen doch gleich gesagt.«

»Wir haben unsere Vorschriften, Ma'am«, erwiderte Captain Rogers.

»Kümmern Sie sich lieber um die Comanchen, die sind viel gefährlicher. Dieser Kiyou treibt immer noch sein Unwesen, und über Quanah erzählt man sich auch schon Wunderdinge. Haben Sie denn nicht mitbekommen, dass Vollmond ist?«

»Wir können nicht überall sein, Ma'am.«

Eileen verriet dem Oldtimer nicht, dass Honest John im Stall gewesen war. Was er nicht wusste, bereitete ihm auch keine Sorgen. Und sie war heilfroh, dass der Gentleman-Bandit schon weg gewesen war, als die Rangers in seinem Versteck nachgesehen hatten. Sie hätte in große Schwierigkeiten kommen können, wenn es anders gewesen wäre. Man hätte sie vielleicht angezeigt und verurteilt.

Was sie an Honest John so faszinierte, wusste sie bis jetzt nicht. Sein Äußeres konnte es nicht sein, das hatte sie wegen seiner Maske kaum zu Gesicht bekommen, und vor dem Stall hatte sie nur seinen Rücken gesehen. Waren es seine geschmeidigen Bewegungen oder sein sanfter Blick? Oder faszinierte sie, dass er wie Robin Hood über die Prärie zog und reiche Ausbeuter beraubte? Ein Mann wie er hätte es in der irischen Heimat auch mit den Engländern aufgenommen.

Honest John war schon bald vergessen, und der abnehmende Mond ließ die Angst vor Kiyou schwächer werden. Das Leben nahm wieder seinen normalen Verlauf. Nichts Ungewöhnliches geschah. Doch eines Nachts schreckte Eileen aus dem Schlaf und sah das Gesicht von Kiyou direkt über sich auftauchen. Als sie schreien wollte, legte sich eine schwielige Linke auf ihren Mund,

und mit der Rechten hielt er einen Revolver an ihre Schläfe. Er hat sich bestimmt schon nachmittags ins Haus geschlichen, dachte sie, bevor sie der Revolverkolben traf, er muss die ganze Zeit gewartet haben, um mich im Schlaf überraschen zu können.

Sie verlor das Bewusstsein mit dem Gefühl, nie mehr aufzuwachen und am Ende doch ein Opfer von Kiyou zu werden. Sie hätte ihn nicht demütigen dürfen. Sein Wunsch nach Rache hatte ihn zu einem noch besseren Krieger gemacht. Er hatte Monty und die Cowboys der Lazy B hinters Licht geführt und sich lautlos wie ein Geist in ihr Haus geschlichen. Er würde blutige Rache an ihr nehmen.

Sie spürte nicht mehr, wie er sie knebelte und fesselte und mit ihr durch eines der rückwärtigen Fenster kletterte. Mit ein paar Schritten war er bei seinem Pferd, das er in einer kleinen Senke an einen Strauch gebunden hatte. Er legte sie quer über den Rücken des Tieres, stieg in den Sattel und ritt davon. Niemand sah ihn, niemand hörte ihn, nicht einmal die Cowboys am Flussufer, als er nur eine Viertelmeile von ihnen entfernt von ihnen die Hügel überquerte. »*Taibo*«, brummte er, »weiße Männer! Sie spüren nicht mal den Tod, wenn er zu ihnen kommt.«

Doch auch die Tage von Kiyou waren gezählt. Sie waren bereits auf der offenen Prärie, und Eileen kam gerade wieder zu sich und versuchte verzweifelt, sich den schmerzenden Kopf zu halten, als ein Schuss krachte, und Kiyou wortlos vom Pferd kippte und ins Gras stürzte. Eileen konnte schon wieder so klar sehen, um das blutige Loch in seiner Stirn zu erkennen. Sie würgte unter ihrem Knebel. Auch für sie, die schon viele Tote gesehen hatte, war der Anblick nur schwer zu ertragen. Sie schrie, bis ihre Stirn anschwoll und sie keine Luft mehr bekam.

Als sie wieder einigermaßen klar denken konnte, hörte sie den Hufschlag eines Pferdes. Sie konnte nichts sehen, brachte den Schecken durch einige dumpfe Laute dazu, sich zu bewegen, und hatte den Reiter plötzlich im Blickfeld. Da sie mit dem Kopf nach unten hing, konnte sie ihn nur verkehrt herum sehen. Ein Weißer mit einem breitkrempigen Hut. Er ritt ein weißes Pferd und saß so locker im Sattel wie ein Comanche. Sie kniff die Augen zusammen und vertrieb ein paar störende Tränen, blickte genauer hin und konnte jetzt auch sein Gesicht erkennen. Ein verwegener Bursche, der gerade sein Gewehr ins Futteral steckte, der tapfere Ritter, den sie in ihren Träumen gesehen hatte. Eine Fata Morgana?

»*How ye, Missy*! Ich bin's, Jonathan Delaney!«, rief er schon von Weitem. Doch keine Fata Morgana, das war Jonathan, ihr Jonathan, der nach all diesen Jahren doch noch gekommen war. »Was hängst du denn so schief im Sattel?«

Eileen wartete, bis er sie vom Pferd gehoben und ihre Fesseln gelöst hatte. Sie war noch etwas schwach auf den Beinen, aber stark genug, um ihre Arme um seinen Hals zu legen und ihn zu küssen, zuerst nur zärtlich und behutsam, dann immer leidenschaftlicher, bis beide kaum noch Luft bekamen und erschöpft gegen den Schecken des toten Indianers sanken. »Da bist du ja endlich, verdammt!«

Doch anstatt sich bei Jonathan für ihre Rettung zu bedanken, versetzte Eileen ihm eine spielerische Ohrfeige, die aber so fest war, dass sie ihre Fingerabdrücke auf seiner rechten Wange hinterließ. »Weißt du, wie lange ich auf dich gewartet habe, Jonathan Delaney? Sechs Jahre, geschlagene sechs Jahre! Jede andere Frau wäre längst mit einem anderen durchgebrannt, und ich hatte, weiß Gott, Gelegenheit dazu. Stattdessen hänge ich allein mit einem Oldtimer auf der Ranch rum und arbeite mir den Buckel krumm, während du dir ein schönes Leben machst!«

»Ich habe dir das Leben gerettet.«

»Das ist ja wohl das Mindeste, was ich erwarten durfte.«

»Ich war monatelang auf der Flucht, hab im Krieg für den Norden gekämpft und gleich nach dem Krieg das Weite gesucht, weil ich die Metzelei bis hier oben hatte.« Er griff sich mit der flachen Hand an den Hals. »Und ich hab versucht, den Pfeffersäcken, die sich während des Krieges bereichert haben, was zu nehmen und den Unterdrückten, die am meisten gelitten haben, etwas zu geben.«

»Du warst … Honest John?«

Er grinste. »Honest John? Nie gehört.«

»Du hättest mir wenigstens eine Nachricht schicken können.« Es tat ihr bereits leid, dass sie ihn geohrfeigt hatte. »Wie hast du mich überhaupt gefunden?«

»Der Eisenbahner in Baltimore hatte deine Nachricht. Den Rest hab ich mir zusammengereimt. Du bist bekannter, als du denkst. Sogar in San Antonio reden sie von der tapferen Irin, die keine Angst vor Comanchen und Banditen hat.«

»Das wäre aber beinahe schiefgegangen.«

»Ich sag's nicht weiter.« Er zog sie zu sich heran und küsste sie erneut, diesmal so leidenschaftlich, als müsste sich die ganze Lust, die sich während der letzten Jahre angesammelt hatte, in diesem einen Kuss entladen. »Willst du mich heiraten, Missy? Ich meine, so richtig mit allem Drum und Dran? In San Antonio?«

Sie schob ihn in gespielter Wut von sich. »Natürlich will ich dich heiraten. Seit sechs Jahren will ich dich heiraten. Warum fragst du überhaupt? Wenn du keinen Ring dabeihast, kannst du gleich wieder gehen, das weißt du hoffentlich.«

»Das würde ich doch niemals wagen.« Er zog einen Verlobungsring aus seiner Tasche und steckte ihn ihr an den Finger. »Den hab ich von meiner Großmutter.«

Sie bewunderte den Ring. »O Jonathan! Der ist wunderschön!«

»Nächsten Sonntag? In San Antonio? Mission San José?«

»San Antonio? Warum denn gerade dort?«

»Weil dort Sophie O'Leary auftritt, die berühmte Sängerin. Hab ich erst vor ein paar Tagen in der Zeitung gelesen. Sie tritt im Theater auf, und danach, dachte ich mir, könnte sie doch auf unserer Hochzeitsfeier singen. Was meinst du?«

»Sophie? Ehrlich?«

»Sie ist ein großer Star, Missy.«

»Das ist eine wundervolle Idee, Jonathan. *Right ye be.*«

»*Right ye be, Missy.*«